中国古典文学鉴赏十四课

孙敏强 孙福轩 吴琳 等 著

浙江大学出版社·杭州

ZHEJIANG UNIVERSITY PRESS

目 录

第一课

《诗经》: 千古风雅　怅望伊人

一、背景叙述：青铜时代的遗韵

对于后代读者而言，《诗经》是中国古代诗史上的一个开篇，而对于"诗三百"最早的编纂者来说，却是一个集成和总结。《诗经》是我国文学史上的第一个奇迹，它为远去的上古时代存照，刻录下周朝数百年各阶层人们的歌吟，展现了从庙堂到原野的广阔生动的生活画卷和心灵的历史。内容风格丰富多彩，清浊刚柔熔于一炉，以其大家气度和风范，成就了中国诗史上不凡的开端，成为后人永恒的典范。正是有了《诗经》（和其他所有的文化遗存和文明成果），"郁郁乎文哉"的"二周"八百年辉煌，可以上集夏商之大成，下启秦汉之纪元。

《诗经》产生的文化时代，是我们民族从远古的荒原迈向封建社会、从原始蒙昧走向理性的漫长历史时期末端的一个特殊时代。这个时代，诞育了影响后来几千年中华文明发展进程的伟大经典，而《诗经》是其中最鲜活动人、光彩夺目的具有永恒艺术魅力的篇章。青铜时代，不仅以无言的铜鼎器皿，传示着它的神秘和静穆，更以《诗经》那活在千百代人们心中与口头的情感、韵律和诗语，展现着它的激情和理性。《诗经》，原称《诗》或《诗三百》，存录从周初（公元前 11 世纪）到春秋中叶（公元前 6 世纪）约五百多年间的诗作305 篇（不包括《小雅》中有目无辞的六篇"笙诗"）。作者大多不可考，篇名为后人萃取首句而定，与诗篇主旨无关。

《诗经》本为乐歌，分为"风""雅""颂"。"国风"包括"周南""召南"及"邶""鄘""卫""王""郑""齐""魏""唐""秦""陈""桧""曹""豳"

诸风，共 160 篇。除"王"指东周"王畿"洛阳外，其余十四国风都为地方性土风歌谣。其中"周""召"采自江、汉、汝水一带，其他均采自从陕到鲁的黄河流域。一般认为，除"豳"出西周外，其他大多为东周之作。"雅"是周王朝中央正乐。"雅"通"夏"，周之"王畿"即周王朝所在地，为夏人旧地，周人自称夏人，故王畿之乐被称为"夏"。"雅"者，"正"也。王畿之乐被视为正声和典范，故称。"雅"包括常用于朝会的"大雅"31 篇，多为周初上层贵族所作，小部分出西周末；用于宴飨的"小雅"74 篇，作者包括中下层贵族，大多为西周晚期作品，少数出于东周。"颂"是宗庙祭祀之乐，乐声较缓，以舞曲为多，包括"周颂"即周初乐歌 31 篇，"商颂"5 篇，为宋贵族祭祀祖先商王的颂歌，"鲁颂"4 篇，为春秋中期鲁人歌颂鲁僖公之作。

汉儒认为《诗》中歌谣是周朝为了解政治得失和风俗盛衰，任命"行人"从民间采诗得来。《左传》、《国语》有公卿、列士、乐师献诗的记载。《论语·子罕》云："吾自卫返鲁，然后乐正，雅颂各得其所。"《史记·孔子世家》有孔子删诗说，但为后人所怀疑。

早在春秋时代，《诗》就已成为贵族子弟的必读书，《左传》多有"赋《诗》言志"，即在外交场合引用《诗》句表达意图之例。秦时《诗》遭焚毁，但被儒生记诵、保留下来，并被汉儒尊为经，始称《诗经》。数千年中国古代诗（论）史，也可说是《诗经》的影响史、接受史和阐释史。这使《诗经》积淀着尤为厚重的历史内涵。它深远地影响了中国人和中国人的诗，还被译为外文，在海外广为流传。

二、诗歌鉴赏:《秦风·蒹葭》中的伊人形象

我们先一起读《秦风·蒹葭》:

　　蒹葭苍苍，白露为霜。所谓伊人，在水一方。溯洄从之，道阻且长。溯游从之，宛在水中央。
　　蒹葭凄凄，白露未晞。所谓伊人，在水之湄。溯洄从之，道阻且跻。溯游从之，宛在水中坻。
　　蒹葭采采，白露未已。所谓伊人，在水之涘。溯洄从之，道阻且

右。溯游从之，宛在水中沚。①

如此唯美的形象，穿越数千载，给我们留下鲜活难忘的印象。伊人，所表征的是永恒企慕的对象与境界。我们终其一生跋涉、横渡，无限接近，却永远不能抵达，我们知道终究不能抵达，却依然不辞路长人困，不惧千辛万苦。仿佛那遥远天边的地平线，于我们有无可抵挡的神秘感召力，召唤着我们拼尽全力去横渡与跋涉。

中国诗歌多用意象来表征，"道"是形而下的，而每天经行的路，却被用来指向至高无上的、绝对真理般的形而上本体。每天体察的"滋味"，也被诗论家用来标示惝恍微妙、难以言喻的审美韵致。曹植《洛神赋》描绘洛神，有"体迅飞凫，飘忽若神，凌波微步，罗袜生尘"之语②。洛神罗袜所生之"尘"，决不是灰埃尘土，而是清幽芬芳的轻云、薄雾、烟霭、素辉和光华。我们可以揣摩和想象，千百年来，《秦风·蒹葭》的读者，男子们和女子们，想象的是怎样的伊人形象？那一定是我们生命中最美丽的形象，那也许有形而下的影子，更有形而上的意义，或是由形而下层面指向形而上的意义和境界。人生苦短，逝者如斯，人生代代无穷已，而伊人，永远在彼岸美丽着，成为千秋万代的行者永恒企慕的不朽象征！

孟子说读书尚友，知人论世，鲁迅先生说，要顾及全篇全人。《诗经》产生于列国纷乱的时代。秦，是后起诸侯国，因秦襄公护送平王东迁有功，始得位列诸侯，辖区大致在今陕西中部和甘肃东南部。《汉书·地理志》上说："天水陇西，山多林木，民以板为室屋，及安定、北地、上郡、西河，皆逼近戎狄，修习战备，高上（崇尚）气力，以射猎为先。"秦风十篇，尚武之诗居多，同仇敌忾的成语，就出于《秦风·无衣》之诗。我们知道申包胥哭秦廷故事，为救危亡中的楚国，申包胥绝食长号七天七夜，秦哀公为之赋诗出兵，所赋的就是这首军歌："岂曰无衣？与子同袍。王于兴师，修我戈矛。与子同仇！"慷慨激昂，决绝悲壮！大家可以去读读《史记·伍子胥列传》。经过世世代代的变法图强，秦以后起之秀，消灭六国，一统天下。在这过程中，有多少铁与血、杀戮和苦难，就拿春秋战国时代持续时间最久、战役规

---

① 《诗经·秦风·蒹葭》，朱熹《诗集传》卷六，上海古籍出版社1980年版，第76—77页。
② 曹植《洛神赋》，萧统编，李善注《文选》上册卷十九，中华书局1977年版，第271页。

模最大、伤亡最惨烈的长平之战来说吧，秦国军队前后坑杀赵国士兵近 45 万，双方伤亡超过 60 万。东周五百年，此战与晋阳之役并称。史书如《史记》，散文名篇如贾谊《过秦论》，都将之描述为"悬釜而炊""易子而食""流血漂橹"，令人惨怛惊心。历史蕴含着诗情画意，更包含了交织着铁与血、残酷与苦难的现实。而文学，是历史现实的心灵投影，就像我们读《庄子》，那逍遥之游、蝴蝶之梦，与鲜血淋漓的屠宰是并存的。读《红楼梦》，大观园既似在贾府之外，又分明在贾府之内，山水泉石、花花草草与明争暗斗、谋财害命，纯情故事与冷酷算计，交并在一起。我们有诗心诗意和对远方的企慕，但在心醉神往的同时，也应该有一双慧眼，观照和洞见历史与现实另一面的真实本相。

铁血的秦人啊，居然写出了如此绝世的芳华！面对这位以秋水长天、苍茫的蒹葭、清寒的霜露为背景、为氛围的伊人形象，如同面对天边那一轮皎洁的明月。庄子说："天地有大美而不言。"① 在我们的想象中，这位伊人形象，有几分落寞，有几分清寒，在清秋薄暮中伫立，曾经沧海却依然是那样天然本色，含蕴着超逸绝尘、清水芙蓉般的美。似原野、大地那样沉默而无言，似天空、明河般净朗和莹澈，复如寒霜、清露般高洁与冷峻，是天上淡淡的云，云中南翔的雁行，是水中清清的涟漪，涟漪里荡漾的苇影……诗人绝去雕饰、洗尽铅华，以朴素自然的高超笔调，传写了那不可言说而臻于绝致的美。

将此诗与《诗经·卫风·硕人》中描绘美丽的庄姜夫人的段落进行对比："手如柔荑，肤如凝脂，领如蝤蛴，齿如瓠犀，螓首蛾眉，巧笑倩兮，美目盼兮。"② 在这里，诗人以比喻和白描的手法，从纤柔小巧的手指、细腻白嫩的肌肤、白皙挺拔的脖颈、洁白整齐的牙齿，到宽广方正的额头、细细弯弯的眉毛，以及迷人的笑靥，黑白分明、顾盼流光的眼神等不同的侧面描绘了庄姜夫人的美貌。这成为直接描绘美丽的女性形象的最成功的范例之一。二者相较，《蒹葭》三章明显呈现出下述特点。

首先，不同于《硕人》正面描绘的手法，《蒹葭》之中没有一句一字直接写伊人形象，而是采用背景、氛围烘染的方法，出神入化地传写了伊人形象

---

① 《庄子·知北游》，陈鼓应《庄子今注今译》，中华书局 1983 年版，第 563 页。
② 《诗经·卫风·硕人》，朱熹《诗集传》卷三，上海古籍出版社 1980 年版，第 36 页。

的美。唐司空图在《二十四诗品·含蓄》中谓："不著一字，尽得风流。"[1] 清孙联奎《诗品臆说》解释为："纯用烘托，无一字道著正事，即'不著一字'；非无字也。'不著一字'，即'超以象外'。'尽得风流'，即'得其环中'。"[2] 此解甚妙。"超以象外，得其环中"[3]，为司空图《诗品》首章"雄浑"一品中语，出于《庄子·齐物论》："枢始得其环中，以应无穷。"[4] 郭绍虞先生也据此诠释："一方面超出乎迹象之外，纯以空运，一方面适得环中之妙，仍不失乎其中。"[5] 司空图《与极浦书》又云："戴容州云：'诗家之景，如蓝田日暖，良玉生烟，可望而不可置于眉睫之前也。'象外之象，景外之景，岂容易可谈哉？"[6] 以上数语可谓道尽《蒹葭》妙处。高明的诗人故意"不著一字"直接道伊人形象，而是着意于"象外"的描绘，以大写意的手法烘染了形象所处深秋季节、天水之间的环境氛围，给读者创造了一个可供想象展开的艺术空间，充分调动了读者审美再创造的能动性，使伊人之体态、之容貌、之神情、之风韵，宛然如在目前，鲜活地呈现于千载之下读者的艺术想象之中。可以说，关于伊人形象，诗人什么都没有写，但却远较直接正面的描绘更充分、更传神，也更完美。

《硕人》一诗直接点明主人公的身份地位："齐侯之子，卫侯之妻，东宫之妹，刑侯之姨，谭公维私。"[7] 这样，"硕人"便是一个具体的、特定的人物，而《蒹葭》中关于主人公只用了一个词——"伊人"。在现代南方吴越方言中，伊是第三人称代词，即他或她，如鲁迅先生小说中就常用到。比起他或她来，伊之读音较为柔和、悠长，更具柔性，我们相信，这是保留了古韵和古意的。故"伊人"之称，别具情韵。加之诗人有意识地淡化和隐去了"伊人"的身份、地位、年龄，外延的模糊和不确定，其实正增加了形象内涵的丰富性，扩大了伊人形象的象征意义，使伊人形象具有了硕人形象所没有的审美特性。

其次，读者想象和艺术再创造的积极性被充分唤起，也是因为诗人将伊人形象置于"可望而不可置于眉睫之前"最佳的审美距离之上，从而将文学

---

[1] 司空图著，郭绍虞集解《诗品集解》，人民文学出版社 1963 年版，第 21 页。

[2] 孙联奎、杨廷芝《司空图〈诗品〉解说二种》，齐鲁书社 1980 年版，第 26 页。

[3] 司空图著，郭绍虞集解《诗品集解》，人民文学出版社 1963 年版，第 3 页。

[4] 《庄子·齐物论》，陈鼓应《庄子今注今译》，中华书局 1983 年版，第 54 页。

[5] 司空图著，郭绍虞集解《诗品集解》，人民文学出版社 1963 年版，第 4 页。

[6] 司空图《与极浦书》，郭绍虞主编《中国历代文论选》第二册，上海古籍出版社 1979 年版，第 201 页。

[7] 《诗经·卫风·硕人》，朱熹《诗集传》卷三，上海古籍出版社 1980 年版，第 36 页。

作为语言艺术的优势和长处发挥到了极致。《易经·离卦》："离，利贞，亨。"①
这个卦象本身就象征着虚空、距离和附着、相应的辩证关系与意味。《正义》
曰："离，丽也。丽，谓附着也。"②《说卦传》曰："离也者，明也。"③ 相离、相
间与相附、相应是对立的统一，所以离即丽（附着、骈俪）。离产生距离，产
生空间，有虚空，则"当其无，有车之用""有器之用""有室之用"④；有虚
空，则透亮而光明，"虚室生白，吉祥止止"⑤，有其用，有光明，便是美的。
同样，距离产生美感，有距离，尤其是处于最佳的审美距离之上，则形象、
意境便有"如蓝田日暖，良玉生烟，可望而不可置于眉睫之前"的美感效应。

　　由此，我们可以说，《蒹葭》是我国文学史上以不写之写的手法完美地塑
造意蕴无穷的艺术形象的最早、最成功的一个范例。诗人不直接描绘形象本
身，正是为了充分调动读者审美再创造的兴趣与能力；诗人不对形象加以点明
和交代，正是为了扩大形象的内涵与丰富性。在这里，诗人说得越少，读者
品味得越多；形象的不确定性，使其更具有无限和永恒的意义。这一艺术形象
的成功塑造具有开创性意义。从《诗》《骚》时代开始，伊人、帝子等可望而
不可置于眉睫之前的形象，那不可言说而臻于极致的神秘的美，那光华如月、
凄清如水的格调和神韵，"那神秘的怅惘，圣睿的憧憬，无边无际的企慕，无
涯岸的艳羡"⑥，那令人想望、努力追求，却永远不可企及的憾恨，便不断地复
现、不绝如缕地回响于中国古代文学史上。

三、要点提示

　　《诗三百》凝聚着一个朝代人们的生活、情感和历史沧桑，历百千年的青
铜时代，就这样鲜活地存在于一部伟大的诗歌经典中。因此，《诗》中既有宏
大的历史叙事，更有广阔鲜活、融抒情叙事于一体的社会画面。

---

① 王弼等注，孔颖达等正义《周易正义》卷三《离》，《十三经注疏》上册，上海古籍出版社 1997
　　年版，第 43 页。
② 同上。
③ 同上卷九，第 94 页。
④ 《老子》第十一章，《老子道德经》上，《百子全书》第八册，浙江人民出版社 1984 年版。
⑤ 《庄子·人间世》，陈鼓应《庄子今注今译》，中华书局 1983 年版，第 117 页。
⑥ 闻一多《闻一多全集》第 9 册《庄子》，湖北人民出版社 1993 年版，第 8 页。

1．周人生活与心灵的历史

《诗》中的抒情诗充满深度和力度，千载之下仍充满郁勃着强烈的情感力量。"彼黍离离，彼稷之苗。行迈靡靡，中心摇摇。知我者，谓我心忧；不知我者，谓我何求。悠悠苍天，此何人哉！"（《王风·黍离》）"心之忧矣，其谁知之；其谁知之，盖亦勿思！"（《魏风·园有桃》）前者直呼苍天，后者一如《离骚》终篇："已矣哉！国无人莫我知兮，又何怀乎故都？"一唱三叹中传写了诗人的心志和忧思。诗人心性中必有其所独有而他人无法理解的精神诉求吧？他也必有无以名状的孤独感和寂寞心吧？"苕之华，其叶青青。知我如此，不如无生"（《小雅·苕之华》），抒写的是撕心裂肺的哀痛和忧伤。"陟彼崔嵬，我马虺隤。我姑酌彼金罍，维以不永怀……我马瘏矣。我仆痡矣，云何吁矣"（《国风·周南》），这样抒写"仆夫悲余马怀兮"（《离骚》）情景的诗篇，可谓《诗》中之《骚》。

《诗》中的史诗完整地叙述了周朝一些重要史实。《生民》叙写周族的肇始；《公刘》记述后稷曾孙公刘率部族从有邰迁徙到豳（今陕西旬邑、彬州一带）开垦定居的历程；《绵》历述从古公亶父（周文王祖父、公刘十世孙）由豳迁徙到岐下，与姜女联姻，发展农业，兴修宗庙宫室，消灭夷人，建立国家，一直到文王受命等重大历史事件；《皇矣》记载从太王、太伯、王季到文王时期周族的一些重要史实；《大明》则从文王出生一直叙述到武王伐纣。这些史诗前后相续地记载了周民族肇兴和开国的历史，诵读这些史诗，如同面对周族漫长的历史，也感受到我国古代历史观念、情感的深厚悠远，令人深思王阳明《传习录》"五经亦史"与章学诚《文史通义·易教上》"六经皆史"之说。

如果将《诗》中的史诗和荷马史诗加以对比，不难看出，两者都崇拜英雄，但荷马史诗的英雄更多具有个人色彩，而《诗》中的英雄则往往是祖先，是整个族群的代表；荷马史诗中的英雄更多是与战争联系在一起，而《诗》中的英雄虽也涉及战争，却往往更多是与生产、生活联系在一起。由此出发去把握民族心理、文化性格与文学精神也是颇有意义的。

2．语言与艺术的经典

《诗经》在艺术形式上达到了炉火纯青的审美境界。

第一，诗歌是语言艺术中最具音乐性的体类，作为中国诗史的第一乐章，《诗经》中的音乐性特征体现得尤为突出，取得了很高的艺术成就。《诗经》大量运用双声、叠韵、叠字，取得了美妙动听的音韵效果，如："昔我往矣，杨柳依依"（《小雅·采薇》），"青青子衿，悠悠我心"（《郑风·子衿》），深情缱绻，委婉不尽，这离不开由叠韵为主要元素串联起来的"圆美流转"的语音链。《诗》中音乐性特征还体现在：风、雅中许多诗篇，呈现为形式多样的重章叠节，通过类似音乐旋律和民间歌唱形式的复叠和变化，取得一唱三叹的艺术效果。尼采在《悲剧的诞生》第六章中说："我们在民歌创作中，看见语言紧张到极点，以模仿音乐。""我们坚持：抒情诗依存于音乐的精神……所能表现的，莫不包涵在音乐的广大一般性和普遍有效性中……只有音乐能够象征在太一之中心的原始矛盾和原始痛苦，所以它能象征在一切现象以外和以前的领域。"其实，许多艺术作品，诗歌的韵律、舞蹈的姿势、书法的线条，乃至建筑艺术要素间的对应和高潮，都因为指向和臻于如乐般的境界，而呈现出极致之美。《诗》中不乏这样的境界。"蒹葭苍苍，白露为霜……"（《秦风·蒹葭》）这里无论是抒情主体，还是伊人形象，都无一语直接道着，"在水一方"和"宛在水中央"，也无具体空间的定点与方向。诗人以背景、氛围烘染的写意，出神入化地传写了伊人形象的神情韵致、企慕者求索思慕的不懈努力和可望而不可即的永恒叹惋。正所谓"不着一字，尽得风流"。面对这位以秋水长天、苍茫的蒹葭、清寒的霜露为背景、为氛围的伊人形象，如同面对天边那皎洁的明月。近乎乐思的境界，无有所指却又无所不指，一切都已被超越，复又被涵盖，其"象征在一切现象以外"，所表征的是"原始矛盾和原始痛苦"，是乐思般的"广大一般性和普遍有效性"。

第二，《诗经》的语言艺术也令人叹为观止。刘勰《文心·物色》："依依尽杨柳之貌，杲杲为出日之容，瀌瀌拟雨雪之状，喈喈逐黄鸟之声，喓喓学草虫之韵。皎日嘒星，一言穷理；参差沃若，两字穷形。并以少总多，情貌无遗矣。虽复思经千载，将何易夺？"所举皆为《诗》中修辞炼字的经典之例。

炼字与炼句密切相关，《诗》中许多佳作成为后人的典范。《周南·桃夭》："桃之夭夭，灼灼其华。"画意如在目前，洋溢着生命的灿烂、青春之光华和热烈的情感。后人仿此，多有名句，如："雨中草色绿堪染，水上桃花红欲然"（王维《辋川别业》），"江碧鸟逾白，山青花欲燃"（杜甫《绝句》二首其二），

"日出江花红胜火，春来江水绿如蓝"（白居易《忆江南》三首其一）。绿，绿得叫人心醉！红，红得像烈火和生命在燃烧！

这种语言风格并已渗透、浸淫整个文学境界。《唐风·葛生》："葛生蒙楚，蔹蔓于野。予美亡此，谁与独处！……夏之日，冬之夜。百岁之后，归于其居！"伴随抒情主人公人生百年炎炎夏日、漫漫冬夜的刻骨铭心的思念，却以朴实无华的语言出之，与苏轼《江城子·十年生死两茫茫》相参看，让人倍加珍惜人间情缘。

第三，《诗经》传情写意、叙事状景的高超手法，也为诗史奠定了很高的起点。赋、比、兴是《诗》运用最多的手法。《卫风·硕人》："手如柔荑，肤如凝脂"，这段陈述性的铺排（赋）由系列的比喻（比）构成，如一幅工笔画。"风雨凄凄，鸡鸣喈喈……"（《郑风·风雨》），则为兴，寥寥数语，传写出风雨交加、鸡犬不宁时，夫妻久别重逢那难于用笔墨形容的动人情景和复杂感受。"绵绵瓜瓞，民之初生"（《大雅·绵》），我们即便没有像闻一多先生那样去考证先祖的葫芦崇拜和葫芦出人的神话，也可从那绵绵不绝、顽强蔓延、生生不息的青青藤蔓，油然而生对先祖、对生命、对历史的深沉情感。风雨鸡鸣与既见君子、绵绵瓜瓞与民之初生之间，存在相当深广的艺术空间，留待后人去跨越和飞渡，由此产生"言有尽而意无穷"（严羽《沧浪诗话·诗辩》）的艺术效果。

《诗》的作者善于营造意境，还体现在运用情景之间的异质同构和反差形成的艺术张力，突现特定的情思。王夫之《姜斋诗话》指出："'昔我往矣，杨柳依依。今我来思，雨雪霏霏'，以乐景写哀，以哀景写乐，一倍增其哀乐。"此外，诗人从对面写来的艺术手法也值得注意。《魏风·陟岵》："陟彼岵兮，瞻望父兮。父曰：嗟！予子行役，夙夜无已。上慎旃哉，犹来！无止！……"不说自己思乡思亲，而是想象亲人思念、祝福行役在外的游子，盼他早日来归，这比正面抒写更为感人。后人常以此抒写亲情："遥知兄弟登高处，遍插茱萸少一人"（王维《九月九日忆山东兄弟》），"今夜鄜州月，闺中只独看。遥怜小儿女，未解忆长安"（杜甫《月夜》），"是处青山可埋骨，他年夜雨独伤神"（苏轼《狱中示子由》）。《诗》中开创性的艺术手法，为中国诗史作出了重要贡献。

3.《诗经》赋、比、兴的启示

汉儒最早研究赋、比、兴，但他们将其视为政治教化的手段而非艺术方法。孔颖达《毛诗正义》引郑玄语："赋之言铺，直铺陈今之政教善恶。比，见今之失，不敢斥言，取比类以言之。兴，见今之美，嫌于媚谀，取善事以喻劝之。"[①] 南朝文论家才开始将其作为文学手法来探讨，《艺文类聚》卷五十六载挚虞云："赋者，敷陈之称也；比者，喻类之言也；兴者，有感之辞也。"刘勰《文心雕龙·比兴》也说："比者，附也；兴者，起也。附理者切类以指事，起情者依微以拟议。起情故兴体以立，附理故比例以生。""诗人比兴……拟容取心。"钟嵘《诗品序》谓："文已尽而意有余，兴也；因物喻志，比也；直书其事，寓言写物，赋也。……"

刘、钟之说深入揭示了赋、比、兴的审美性质和意义："拟容"者在物在象，是对物象性状形貌的描摹刻画；"取心"者在意在情，是对主观情思和审美体验的搜求表现。其结果就是情思与物象的融合和诗歌形象意境的产生，使"文已尽而意有余"，"味之者无极，闻之者动心"（钟嵘《诗品序》）。这样，比兴说已从方法论范畴上升到文学本体论，发展而为创作论和形象思维理论。这是赋、比、兴研究的重要成果。

不妨从审美空间角度重新审视赋、比、兴之说：首先，赋似乎是单维、线性的；比，是二维、平面的；兴，是多维、立体的。多维，从二维、单维发展而来；立体、平面的画卷，离不开线性的描绘。故朱熹《诗集传》有"赋而兴"、"赋时物以起兴"之说，《诗》中还有赋而比、比而兴交叉重合的情况。赋可兼比兴；比兴也可以有赋的描述；兴是发端，但发端也可用比（赋）；兴可以含有比之意，比也可以为兴之例。三者相辅相成。

其次，前人的争议较多集中于比兴，汉儒将其与美刺联系起来作为教化手段，后人又较偏于以理性的眼光专求比兴中的意义，比兴的本义因此互相混淆而夹缠不清。其实，正如徐渭所说："《诗》之兴体，起句绝无意味，自古乐府亦已然。……此真天机自动，触物发声，以启下段欲写之情，默会亦自有妙处，决不可以意义说者。"[②] 如此起兴，其无穷而微妙的审美意味正在绝无意味。现代诗人刘大白说得更确切："兴就是起一个头，借着合诗人底眼耳鼻

---

① 《周礼注疏》卷二三，《十三经注疏》清嘉庆刻本。
② 徐渭《奉师季先生书》（三），《徐渭集》第二册，中华书局1983年版，第458页。

舌身意相接构的色声香味触法起一个头。换句话讲，就是把看到听到嗅到尝到碰到想到的事物借来起一个头。这个起头，也许和下文似乎有关系，也许完全没有关系。总之，这个借来起头的事物，是诗人底一个实感，而曾经打动过诗人底心灵。"[①]钱钟书《管锥编》也以此妙解"一二三四五，上山打老虎"的童谣。当儿童蹦蹦跳跳吟诵歌唱之时，这就是诗，还求什么意义？

要而言之，赋将情景事呈现在读者面前，鲜明可感；比是比喻，喻意与喻象间有较为单纯、显豁和直接的意义联系，相较纯粹的赋有更大的距离空间；兴为起兴，其与比的差异在于，兴象与意兴间并不呈现为如比那样直接、显明和单向的审美联系，在起兴之物象与诗人意兴间存在着特殊、宽广和美妙的审美空间，在《诗》的创作与欣赏中，主体的艺术想象和感知发生了创造性的跳跃、飘飞和移情，特殊的美由此诞生！这里且以谢朓《暂使下都》发端为例：如将上下句对换，那么审美效应必大相径庭。因为"客心悲未央，大江流日夜"仅仅是比，其审美内涵较显豁和单一；而"大江流日夜，客心悲未央"，以"大江"起兴，可自然包含"客心"的义项；而以"客心"开头，却不可能完美包容以"大江"起兴的全部审美意兴。就审美意兴的内涵、容量和空间言：兴大于比（单纯的比）大于赋（单纯的赋）。

四、问题讨论

勃兰兑斯早已指出，一个民族的文学史，实为一个民族的心灵史、精神史、形象史。因此，一个民族的文学形象，正是民族文化精神的载体。我们从那可望而不可即的"伊人"形象中，解读其间裹挟着的、涵蕴着的，是一个民族对人性的深刻理解和社会文化观念。这样的理解和社会文化观念，构成了诗人笔下文学形象的精神内核和原型意象，在民族文学形象史上不断潜旋流转、交相显现，值得我们从多角度进行思考和探问。

1. 从现实人生的角度探讨伊人形象

从《诗》《骚》中的"伊人""帝子"形象，到陶渊明笔下秉"瑰逸之令姿""表倾城之艳色"的美丽女神，直至《聊斋志异》《红楼梦》中美好的女性

---

① 刘大白《白屋说诗》，岳麓书社 2012 年版，第 1 页。

形象，形成了中国文学史上独特的伊人形象系列和抒情主题旋律，文学家们将其全部的热情、理想和生命的光华赋予他们笔下钟爱的形象，使她们焕发着永恒的青春和异样的光彩，她们是美丽的女神，理想的化身，其意义早已超越了爱恋者与爱恋对象的表象。在古代诗人的心目中，她们像是天上的月，彼岸的灯，她们以其神性与柔性的辉光照耀着中国数千年文学美的历程，温润着在沙漠里孤独前行者的灵魂和千古仁人志士寂寞的心，也寄托和回应着他们心中至善、至美和至真的诉求。

（1）温润的人格理想

在东西方文学传统中，都不乏作为理想化身的女神形象，她们以美妙的身姿，映照着千百年来寂寞而纯粹的文人理想。诵读《秦风·蒹葭》中朦胧、缥缈而遥不可及的伊人，是否会恍若置身于月光流洒中，体悟某种亘古不变的生命的追思与神圣的指引？是的，中国诗歌所呈现的含蓄蕴藉、飘逸、淡远的艺术品格，文学家们所追寻的宁静、空灵、妙悟的艺术境界，令人想到的，正是这样明净的月色，和起舞于月色中的、长袖翩跹的嫦娥。那是"言有尽而意无穷"的诗心，浸润于月光的流转中，存在于意象的观照里。朱光潜曾经对中西诗歌钟爱的不同意象进行了比较，他说："中国诗人所爱好的自然是明溪疏柳，是微风细雨，是湖光山色，是月景。"正如尼采把酒神狄俄尼索斯与日神阿波罗上升为形而上学一样，中国文学中的女神形象，始终焕发着月亮皎洁而纯粹的光辉。在一代代文学家们无穷无尽的诗意仰望中，总少不了那周行而不息的月之精魂。那些千古传诵的诗章，写月的作品几乎俯拾即是，如"江上柳如烟，雁飞残月天""杨柳岸，晓风残月"，再如"月落乌啼霜满天，江枫渔火对愁眠""明月别枝惊鹊，清风半夜鸣蝉""明月松间照，清泉石上流"，等等，令人感叹天地"有大美而不言"，信然。

如月光一般含情注视人间的女神形象，传达着我们的先民对理想人格的期待。那是一种怎样的美好品格，让诗人追慕景从、孜孜以求？我们从中或许可以读解出古代文人"温、良、恭、俭、让"的投影，许慎的《说文解字》曾以"柔"释"儒"，即是以含而不露、温文尔雅为君子的理想人格。《诗经》经过先哲圣师的手定，一字一句，皆成为"温柔敦厚"之诗教范型，起着涵化济世之功。孔子说："不学诗，无以言。"可见《诗经》以其强烈的现实色彩与实践意义，凝聚了中华民族早期社会先民共同的理想信念。其间的文学品格与抒情定式，已潜移默化地注入中华民族文化的血液之中，产生了不可估量的影响。而缥缈不可及的"伊人"，以一种极具美学色彩的、艺术化的存在，引发了后世诗人无尽的思慕。

歌德曾经说道："妇女的天性就是这样，它跟艺术非常接近。"如果说"女神"形象，恰为中国艺术的表征，它与古代诗人钟爱的月色一样，正代表了一种臻于至美的人格境界。"春江花月夜"，即使"连海平"的"春江潮水"，也显得那样静谧、美妙而生生不息，一如文学家们塑造的伊人形象，成为世人心目中理想人格的化身。

（2）至善的审美观念

在西方哲人笔下，希腊神话中的女性，拥有了最率真的个性和最本真的情态。而中国的女神，又是以怎样的面目显现于先民的想象与企慕之中呢？《诗经》中大量的篇目，本是源自民间的、涌动着鲜活气息的歌谣。它以整齐而略显参差的韵律形式，呈现先民们在社会生活中变化着的步调，以及与宇宙自然互动的节律，如《周南·芣苢》：

> 采采芣苢，薄言采之。采采芣苢，薄言有之。
> 采采芣苢，薄言掇之。采采芣苢，薄言捋之。
> 采采芣苢，薄言袺之。采采芣苢，薄言襭之。

这样的群体歌唱，让人联想到汉乐府诗中江南女儿的采莲曲，这是源于大地山川和生命情感，合乎自然天籁和诗情乐理的歌诗。方玉润《诗经原始》曰："恍听田家妇女，三三五五，于平原旷野、风和日丽中群歌互答，余音袅袅，忽断忽续。"在繁茂明丽的画面中，回荡着自然造物的恩赐带来的悠然平和的情感。古代文人多以寥寥数笔描绘女神面貌，却浓墨重彩书写贤能如女娲、坚韧如精卫、柔美如嫦娥，或有功德于人类，或为苍生带来福祉。这种趋向潜移默化地融入于后世女性形象的描写中，使中国文学中的女性形象往往寄寓了至"善"的追求，对"美"的歌颂也常常以"善"为前提。女性形象之"美"侧重于品行之"善"。《周南·桃夭》中以桃花灿烂来比喻美好的女郎：

> 桃之夭夭，灼灼其华。之子于归，宜其室家。

13

> 桃之夭夭，有蕡其实。之子于归，宜其家室。
>
> 桃之夭夭，其叶蓁蓁。之子于归，宜其家人。

皎如桃花、照眼明鲜的美，仅止于目，这是尽美，却未臻于尽善，只有"宜其室家"，才算得上美，这是对生命明媚丰盈的向往，是对创造丰饶万物的大地的礼赞。在周民族史诗中，帝王的降生被赋予神异的色彩。从伏羲炎黄的诞生神话，到禹母吞神珠而有孕，简狄吞玄鸟之卵而生商契，乃至《史记·高祖本纪》所云刘媪"梦与神遇，是时雷电晦冥"，太公"见蛟龙于其上"，"遂产高祖"，直到《清史稿·太祖本纪》"感朱果而孕"，代代有类似的创世神话和始祖传奇，显现着中华民族渊源久远的始祖崇拜情结。清人姚际恒在《诗经通论》中说："桃花色最艳，故以喻女子，开千古词赋咏美人之祖。"刘勰《文心雕龙·物色》篇把"灼灼"状桃花之鲜看作是思考千年也难改易一字的佳构。这首诗之佳，在于写出了由表及里的美的丰富形态，从首章的"灼灼其华"到次章的"有蕡其实"再到"其叶蓁蓁"，数次变换比兴，无不自然贴切，复中有变，屡见屡新，通过变化而臻于华实相符、形神俱备的境地。这正是《诗经》时代的审美观念。

（3）永恒的精神家园

《诗经·国风》之开篇《关雎》写君子求淑女，"求之不得，辗转反侧"。在《秦风·蒹葭》篇中体现的，亦是情思遭遇阻隔的无限惆怅。诗人心里向往着她，却不能达到水的中央，随着韵律的重复与递进，那虚无缥缈、不可企及的美好理想，被一重重推到了彼岸。令诗人倾慕和渴望的"在水一方"，前路的"道阻且长"，都在说自己与她隔水而无路可通。然而还是幻想着能够抵达那彼岸，"溯游从之"，但毕竟是很遥远的事，所以诗人依然唱着"宛在水中沚"。同学们都学习过相对论，知道江河的宽阔与狭窄，时间的久远与短促，人的感觉会随着感情的变化而发生变化。《诗经》中并非没有相反的例子——"谁谓河广？一苇杭之。"于是我们疑惑了，造成诗人苦闷的，难道真的是渡江之艰难险阻吗？答案很明显，溯游本身是没有意义的，有意义的仅仅是追寻伊人的历程而已。正是因为有渴望、有憧憬、有期待，于是才有苦闷、有失落、有悲哀。因而"水"之意象，带来的才是激情的燃烧与幻灭，并引发了诗人心中愿望难以达成的遗憾，这一喜一忧间，承载了先秦先民们日复一日憧憬与共通的生命历程。

"道阻且长"，也揭示了我们每个人跋涉于天地间、追寻彼岸世界美好幻影的实相。女神的温柔光辉，在世人心中源源不绝地点亮爱的希望，却又时时用她神秘的微笑，召唤着灵魂的回归。中国文学经典中，对女神光彩与风姿的歌咏不绝如缕，却总遥隔着时间与空间的寥廓距离，笼罩上一层想象与记忆的恒久面纱。于是在苍茫寂寥的天地之间，在无数个刹那虚空的茫然怅惘里，伊人的幻影在清寒薄雾中或隐或现，仿佛只有抵达那里，才能安顿诗人焦灼的灵魂，让生命复归于自然造化的不竭泉源。因此，西方文学的经典女性形象，人性常常表现为对神性的解构，而中国古典文学中的女性形象，人性往往湮没于神性的光辉。这一古老的差异，为此后女性文学形象和主题旋律定下了基调。

2.《诗经》伊人形象的影响

《诗经·蒹葭》是我国文学史上以不写之写的手法完美地塑造意蕴无穷的艺术形象的最早、最成功的范例。诗人不直接描绘形象本身，正是为了充分调动读者审美再创造的兴趣与能力；诗人不对形象加以点明和交代，正是为了扩大形象的内涵与丰富性。在这里，诗人说得越少，读者品味得越多；形象的不确定性，使其更具有无限和永恒的意义。这一艺术形象的成功塑造具有开创性的意义。从《诗》《骚》时代开始，伊人、帝子可望而不可置于眉睫之前的形象，那不可言说而臻于极致的神秘的美，那光华如月、凄清如水的格调和神韵，"那神秘的怅惘，圣睿的憧憬，无边无际的企慕，无涯岸的艳羡"[1]，那令人向往、努力追求，却永远不可企及的憾恨，便不断地复现，不绝如缕地回响于中国古代文学史上，形成了文学史上独特的伊人形象系列和抒情主题旋律。

（1）人神恋爱的主题

如果说，《诗经》中的《蒹葭》脱落繁华，绝去雕饰，以自然素朴、深情理性的大写意笔触一唱三叹地写出了绝代芳华，《楚辞·九歌》中的《湘君》《湘夫人》，根据神话与民间传说，以浪漫主义的激情和具有浓郁楚文化色彩

---

[1] 闻一多《闻一多全集》第9册《庄子》，湖北人民出版社1993年版，第8页。

的芬芳美丽的笔调歌唱了神和神之间的恋爱，都抒写了诗人形而上的永恒企慕；那么，宋玉的《高唐》《神女》二赋则两者兼具，以华美而梦幻般的风格描绘了人、神之间的欢爱与永隔。随着篇幅容量的大大增加，作者更得以驰骋才情，尽态极妍地描绘女神之神貌，在吟诵人间的爱恋与追慕的同时，委婉深致地尽情传写那无尽的企慕与怅望之情。《高唐赋》写楚王昼寝，梦见巫山神女愿荐枕席，去而辞曰："妾在巫山之阳，高丘之阻，旦为朝云，暮为行雨，朝朝暮暮，阳台之下"，以神话传说的色彩和方式，缠绵、美艳而缥缈恍惚地状写人间情爱。

> 昔者，楚襄王与宋玉游于云梦之台，望高之观，其上独有云气，崒兮直上，忽兮改容，须臾之间，变化无穷。王问玉曰："此何气也？"玉对曰："所谓朝云者也。"王曰："何谓朝云？"……
>
> 上古既无，世所未见，瑰姿玮态，不可胜赞。其始来也，耀乎若白日初出照屋梁；其少进也，皎若明月舒其光。须臾之间，美貌横生。晔兮如华，温乎如莹。五色并驰，不可殚形。详而视之，夺人目精。其盛饰也，则罗纨绮缋盛文章，极服妙采照万方。

宋玉的描写，依然体现着理想追求和企慕的形而上精神爱恋的情调和意味。《蒹葭》《湘夫人》和宋玉的《高唐》《神女》二赋，情韵、笔调和模式或有差异，却都融注着爱恋与追慕、失落与怅惘的永恒主题。自宋玉二赋以后，文学史上更为多见的是描绘人神恋爱、在性爱叙写中表现对人生理想境界的形而上追求的情节与主题的作品，而宋玉则是上承《诗》《骚》，下启后人的重要文学家。

（2）理想抱负的咏叹

清代王邦采曾说："屈原之作，洋洋焉洒洒焉，其最难读者，莫如《离骚》一篇。而《离骚》之尤难读者，在中间见帝、求女两段，必得其解，方不失之背谬，不流于奇幻，不入于淫靡。"当诗人面临退与进的犹疑时，他终究还是选择了后者，对心目中美好的女神展开了上天入地的幻想与追求。诗人"上下而求索"而不愿放弃的执着、虽九死而未悔的坚守，无不指示着企慕女神与诗人现实理想的交汇合一。

无独有偶，曹植《洛神赋》仍然是人神恋爱的主题，却也更多地包含了人间的情怀与人生的况味。赋中有"感交甫之弃言兮，怅犹豫而狐疑"之句，李善注引《神仙传》曰，郑交甫行于汉水之滨，遇到两位仙女，遂情不自禁，目而挑之。仙女解佩玉与之，交甫受而纳于怀中，但行不过数步，怀中已不见玉佩；回头一望，二女也已无踪影。[①]《洛神赋》全篇不正弥漫着在恍恍惚惚中追忆前尘往事，不能忘情于在对理想、对美的执着追求中失之交臂的永恒遗憾和伤感情调吗？在每一个个体的生命里，都或多或少会有与曹植此赋中所述相通的经历与情感，这是此赋千载之下仍能引发读者深沉共鸣的原因。

《洛神赋》中抒写的情思具有双重的意味。首先，与《蒹葭》作者和屈宋一样，曹植在深情缱绻地叙写人神间的恋慕与永绝中，寄寓着永恒的人生期盼与理想追求的深层意蕴。其次，曹植在赋中一方面委婉深致地传写了企慕者思恋、怅望和失落、寂寞的双重情结；另一方面，又传写了洛神作为被恋慕的对象本身的矛盾、徘徊和彷徨的心态与"怨盛年之莫当"的伤感。而这两方面的情愫实际上都是曹植特殊的人生遭际与生命情感的体现。就像苏轼《前赤壁赋》中幻设苏子与客的对话，苏子之语固然代表了苏东坡的情怀，而吹洞箫之客"如怨如慕，如泣如诉"的箫音和伤感的话语，又何尝不是"早生华发"的作者感悟"人间如梦"（苏轼《念奴娇·赤壁怀古》）时的伤心之语？曹植赋序中既已标明"余朝京师"，赋文第一句又交代："余从京域，言归东藩。"[②] 如此反复言之，是颇有深意的。京城是政治中心，是实现志士理想与抱负、一展其生平才华的地方，因此，京师情结屡见于古代诗人的篇章中。李白登金陵凤凰台，而有"总为浮云能蔽日，长安不见使人愁"之句[③]；辛弃疾上郁孤台，有"西北望长安，可怜无数山"之叹[④]。当曹子建无限惆怅地回望群山遮蔽、浮云笼罩的京城时，他的心头也堆积着几多的失落、迷惘和忧伤！他把自己同时化身为恋慕者和被恋慕者，将这一切编织和抒写于凄艳动人的人神恋爱故事之中，我们解读出的，却是他对理想的热烈追求和对现实人生的无限关怀。

---

① 闻一多《闻一多全集》第 9 册《庄子》，湖北人民出版社 1993 年版，第 8 页。
② 闻一多《闻一多全集》第 9 册《庄子》，湖北人民出版社 1993 年版，第 270 页。
③ 李白《登金陵凤凰台》，王琦注《李太白全集》中册卷二十一，中华书局 1977 年版，第 986 页。
④ 辛弃疾《菩萨蛮·书江西造口壁》，俞平伯《唐宋词选释》下卷，人民文学出版社 1979 年版，第 188 页。

五、拓展资料

1. 孔颖达《毛诗正义》，上海古籍出版社 1990 年版
2. 朱熹《诗集传》，上海古籍出版社 1980 年版
3. 王先谦《诗三家义集疏》，中华书局 1987 年版
4. 余冠英《诗经选》，人民文学出版社 1956 年版
5. 高亨《诗经今注》，上海古籍出版社 1980 年版

第二课

《楚辞》: 香草美人　瑰丽楚声

一、背景叙述: 瑰丽的南国诗章

"楚辞"之名,最早见于《史记·张汤传》,原本是泛指楚地歌辞,以后才特指屈原在楚国歌谣基础上借鉴《诗经》体类改造而成的诗歌新样式。现存最早的楚辞集为《楚辞章句》,是东汉王逸于安帝延光年间以西汉末刘向辑录的《楚辞》十六卷本为底本增补编注而成的,收录屈宋、唐勒、景差等楚国诗人的作品和贾谊、淮南小山、东方朔、严忌、王褒、刘向、王逸等两汉诗人的模仿之作。楚辞的代表作是屈原的《离骚》,因而后人又称楚辞为"骚"或"楚骚"。

宋黄伯思《新校楚辞序》说:"盖屈、宋诸骚,皆书楚语,作楚声,纪楚地,名楚物,故可谓之楚辞。"(《东观余论》)楚辞是南方楚文化的代表,浓郁的南国文化色彩,使其呈现出不同于《诗经》的鲜明特点。

在中原史官文化早已取代了巫官文化的时代,南方的楚国君臣百姓却仍然巫风盛行,"信巫觋,重淫祠"(《汉书·地理志》)。这使楚人时时得以沉醉于原始宗教情感和浪漫的幻想之中,在屈原的创作里不难看到楚国民风民俗的深厚影响,他的《九歌》是祭神组诗,他的《招魂》所依据的民间招魂习俗,我们至今仍然能在江南民间看到,他作品中的神游境界,和"问卜""降神"等情节,乃至宋玉的《高唐》《神女》赋中神话般的描写,都有着浓郁的楚国巫官文化色彩。民族早期的神话、民间乡野的习俗和原始巫术的积淀和折射,使楚辞境界充满了奇思异想,它是如此热烈奔放,精彩绝艳,清新浪漫。

王逸《楚辞章句》在谈到楚地巫风之盛时说:"其祠必作歌乐,鼓舞以乐诸神。"楚人能歌善舞，楚国音乐歌舞高度繁荣。我们从《楚辞》及一些先秦典籍中可以看到许多楚地的曲名，如《涉江》《采菱》《劳商》《九辩》《九歌》《薤露》《阳春》《白雪》等，湖北随县出土的曾侯乙编钟，其音域跨越 5 个八度，比现代钢琴只少一个八度，中心音域 12 个半音齐全，足以说明楚地音乐之发达。而楚辞与楚歌楚舞有着不解之缘。楚辞原本就是乐歌，将屈宋辞赋之情韵、句式和风格与现存较早的著名楚歌《孺子歌》（《孟子·离娄》所载）、《越人歌》（刘向《说苑》所载）相比较，可以看出其共同的风格特征。屈原正是在这样的基础上兼收并蓄南北方诗歌的精神传统和艺术形式，融汇和创造出了楚辞体这一诗歌新样式，从而翻开了中国诗史的新篇章。

楚国土地辽阔，物产丰富，山清水秀，这是琳琅满目的楚辞世界的现实背景和基础。《汉书·地理志》说，楚国"有江汉川泽山林之饶，江南地广，或火耕水耨，民食鱼稻，以渔猎山伐为业，果蓏蠃蛤，食物常足"。20 世纪出土的战国时代一些楚国文物如青铜器冶炼水平之高，丝帛、漆器工艺之精致，其图案之空灵飞动、奇幻美华，令后人惊叹。楚国版图之大、人口之多，战国诸雄无出其右者，故纵横家苏秦有"楚，天下之强国也"、"从合则楚王，横成则秦帝"（《战国策·楚策》）之说。楚国国力的强盛和楚文化的发达，有着雄厚的物质基础。这也同样是楚辞诞生和发展的基础。

中国，是诗的国度。黄河流域、中原大地凝重健朗、雄浑博大的气度与风骨，和潇湘洞庭、巴山蜀水富于神秘性、飞动性的灵气与韵致……共同构成了古代中华诗国江山版图的血脉、精神和色彩。楚辞以屈宋为代表，以其哀感顽艳的情思物象、奇幻丰富的艺术想象和华美清丽的辞采形式，开中国浪漫主义文学之先河，成为与《诗经》双峰并峙的诗歌典范。随着秦汉的大一统，南北融合，诗、骚合一成为诗歌发展的必然趋势，在这个历史进程中，《楚辞》和《诗经》一样，对生生不息、源远流长的中国古代诗歌艺术产生了深远的影响。

二、诗歌鉴赏：屈原之精神

如果说，《诗经》中的《蒹葭》，脱落繁华，绝去雕饰，以自然素朴、深情理性的大写意笔触一唱三叹地写出了绝代芳华，《楚辞·九歌》中的《湘君》

《湘夫人》，根据神话与民间传说，以浪漫主义的激情和具有浓郁楚文化色彩的芬芳美丽的笔调歌唱了神和神之间的恋爱，都抒写了诗人形而上的永恒企慕，《楚辞·九歌》中，《湘君》之"望夫君兮未来"，《湘夫人》之"登白蘋兮骋望"，那怅望中所呈现的正是与《蒹葭》相近的"可望而不可置于眉睫之前"的形象境界，从而产生了迷离恍惚、若即若离的心理间距和审美效果：

> 帝子降兮北渚，目眇眇兮愁予。
> 嫋嫋兮秋风，洞庭波兮木叶下。[①]

　　《湘夫人》中的帝子形象，其神情、其韵致一如伊人形象，诗中"目眇眇兮愁予"一句直接描绘帝子目光神情，与《硕人》"巧笑倩兮，美目盼兮"有异曲同工之妙，而"嫋嫋兮秋风"二句，则与《蒹葭》中"蒹葭苍苍"二句同一思致，都是通过对秋天景象、境界的描绘，将"清凉素秋节"[②]的韵致、情调赋予伊人或帝子形象，使其呈现出一种神秘而永恒的美。

　　屈原是我国诗史第一人，作为心灵探索和诉求的写照，他的辞赋以奇幻瑰丽的形象境界、哀怨悲壮的情思格调和鲜艳芬芳的色彩韵味，成功地展现了诗人自我千古不朽的鲜明形象，和一种伟大的人格精神，从而成为文艺史上彪炳千秋的艺术典范。

　　司马迁《史记·屈原贾生列传》，以史笔中罕见的充满诗人激情的笔调叙写了屈原的生平，表达了汉代和后世人们对屈原的崇敬之情。战国末期，士人朝秦暮楚，翻云覆雨，而楚怀王昏庸无能，亲信小人和谗言。屈原正是在这样背景中，坚守着自己的社会理想、政治理念和人格精神。司马迁在传文中这样写到诗人最后的归宿："屈原至于江滨，被发行吟泽畔。颜色憔悴，形容枯槁……乃作怀沙之赋。……于是怀石遂自投汨罗以死。"临终之际，他坚定地回答劝勉他随波逐流同其醒醉以全生养性的渔父说："吾闻之：'新沐者必弹冠，新浴者必振衣。'人又谁能以身之察察，受物之汶汶者乎？宁赴常流，而葬乎江鱼腹中耳。又安能以皓皓之白，而蒙世之温蠖乎？"想当屈原"忧愁幽思而作《离骚》"之时，那是诗人在向苍天大地、向人间正义和理想境界、

---

① 屈原《九歌·湘夫人》，马茂元《楚辞选》，人民文学出版社1958年版，第80页。
② 陶渊明《和郭主簿》其二，逯钦立校注《陶渊明集》卷二，中华书局1979年版，第61页。

向美好的神灵和千秋万代诉求！读这首长诗，一如聆听从伟大而痛苦的心灵涌出的圣乐。全诗没有客观冷静的叙述和证明，没有按部就班的起承转合，诗人任由情感和思绪如长风、如江流般在苍茫的天地间回环往复，百折千回。我们唯有努力提升自己的高度，才能仰视诗人的形象。我们仿佛看到诗人的灵魂那一次次的回忆和自白、自省和叩问、怀疑和肯定。诗人最后那踉跄而坚毅的脚印，永远地留在了天水之间，印在千秋万代求索者的心中。

在《离骚》回旋曲式的悠长旋律中，出现最多的音符便是"我"，诗人曰"朕"、曰"吾"、曰"余"、曰"予"、曰"我"，计87处之多，如此高频率出现的这些字样，展现的是一个大写的"我"和鲜明的自我意识！朱自清曾说，自楚骚起，中国诗人才"真正开始歌咏自己"，从而构成中国诗史从"诗言志"到"抒中情"的"大转变"。[①] 全诗以自叙家族渊源、身世生辰开始，反复地抒写自己高洁的情志、美好的理想、卓越的才华和求索抗争的决心与过程，最后以表明心志作结。我们看到的是遍植芳华以鲜艳雅洁的花草修饰自我的唯美形象，是"路曼曼其修远兮，吾将上下而求索"的形象，是当誓将"远逝以自疏"之际在旭日的光明中深情回望故乡的土地、徘徊而不能去的形象（"陟升皇之赫戏兮，忽临睨夫旧乡"）。诗人以浪漫主义的创作方法成功地塑造了我国诗史上第一个完美的自我形象。

这87个"我"字书写的是伟大的人格精神、社会理想和人生信念，以及为之献身的勇气与热诚。面对充满杀戮、背叛、陷害和堕落，无信义、无节操的黑暗现实，诗人就像他笔下独立不迁、始终如一的后皇嘉树，没有丝毫的妥协与苟且，最后效仿彭咸怀石自沉于清清的汨罗江水中，不惜以牺牲生命来成就自我，成就一种伟大的人格。这是怎样崇高而纯粹的人生精神啊！面对如此孤标特峙的人格和圣洁精神，一切的阿谀取容、蝇营狗苟相形之下都显得如此无聊和肮脏。每当民族危亡、出处大节的关头，屈原的人格精神，总是燃烧着爱国者的心，辉映着仁人志士脚下的路。鲁迅先生在《且介亭杂文·中国人失掉自信力了吗》中说："我们从古以来，就有埋头苦干的人，有拼命硬干的人，有为民请命的人，有舍身求法的人，……这就是中国的脊梁。"屈原的精神是楚民族的精神，这样的精神，为楚辞之魂！

---

① 朱自清《诗言志辨》，见《朱自清古典文学论文集》，上海古籍出版社1981年版，第218—220页。

三、要点提示

1. 潇湘之韵致

刘勰《文心·物色》说："屈平所以能洞鉴《风》《骚》之情者，抑亦江山之助乎？"杜甫《祠南夕望》诗写道："湖南清绝地，万古一长嗟。"楚辞与楚国的山水自然、人文环境联系在一起。潇湘（洞庭）这个中国古代特殊的诗歌意象很值得我们关注，因为要把握楚辞的审美韵致，就应该理解这一意象、意境特定的审美内涵。在后人心目中，楚辞与潇湘是分不开的，潇湘已经不单单是江河的名字，潇湘是楚辞的化身，楚辞是潇湘的注解；潇湘就是楚辞，楚辞也就是潇湘。潇湘，是一组忧伤的故事，一条流淌着诗韵的河流；潇湘，是宋玉笔下深情的女神的家园，是一个牵动千古诗人心魂的意象。是潇湘，赋予楚地、楚歌、楚辞、楚文化以灵气；也是潇湘，轻轻托举起屈子的诗魂。《楚辞·招魂》："湛湛江水兮，上有枫。目极千里兮，伤春心。魂兮归来哀江南！"《招魂》一说为宋玉招屈子之魂而作，一说为屈原所作，千呼万唤国魂诗魂的意境，正是这样被安置在潇湘这特殊的氛围和背景之上的。

郦道元《水经注》说："潇者，水清深也。《湘中记》曰：'湘川清照，五六丈下见底。'"这条与同样诗情画意的洞庭相连的河流，有许多凄美动人的故事和传说。除了屈子而外，还有娥皇、女英的神话传说。汉刘向《列女传·有虞二妃》载："有虞二妃，帝尧二女也，长娥皇，次女英。"《列女传》云："舜陟方，死于苍梧，二妃死于江、湘之间，俗谓之湘君。"《山海经》说："洞庭之山……帝之二女居之，是常游于江渊，……出入必以飘风暴雨。"晋张华《博物志·史补》云："舜崩，二女啼，以涕挥竹，竹尽斑。""斑竹""湘妃竹"的传说，就出于此。湘君、湘夫人被视为"百川之神"，屈原《九歌》《湘君》《湘夫人》即咏叹之，后者有"帝子降兮北渚，目眇眇兮愁予。袅袅兮秋风，洞庭波兮木叶下"的名句。潇湘承载着多少生离死别的故事，蕴含着多少诗意和柔情，这一切都化为了楚辞的诗行。

当然，潇湘也并非只有柔情，楚人自有其特有的刚烈。屈原的人格精神里就别具一种刚毅和坚韧，在屈原辞赋美人香草般华美芬芳的语言和境界之中，有着屈子所独具的刚直不阿，那就是他上下求索、"虽九死其犹未悔"（《离骚》）的执着的人生所体现的风骨精神。其《九歌·国殇》有"带长剑兮挟秦弓，首虽离兮心不惩。诚既勇兮又以武，终刚强兮不可凌。身既死兮神以灵，魂魄毅兮为鬼雄"之句，传写出了楚国为国捐躯的年轻将士的英雄之气。司马迁《史记·屈原贾生列传》载："屈原既死之后，楚有宋玉、唐勒、景差之徒者，皆好辞而以赋见称；皆祖屈原之从容辞令，而终莫敢直谏。"但他们的莫敢直谏并不能掩盖楚人倔强的文化性格。"楚虽三户，亡秦必楚"（《史记·项羽本纪》），这是楚南公，一位楚国老人，在怀王客死于秦，楚国危亡之际，反抗暴政的不屈的预言和诅咒。明代诗人袁宏道《叙小修诗》指出"楚风"的特点是"劲质而多怼，峭急而多露"，正是就楚人的精神而言的。楚人的倔强和刚烈，并不像中原经史官文化整合后的那样温柔敦厚。楚人的刚与柔，奠定了楚辞特有的审美韵致和风格。

2. 楚辞体及其贡献

清程廷祚《骚赋论》说："盖风、雅、颂之再变而后有《离骚》，骚之体流而成赋。"屈宋继承《诗经》精神传统与楚民歌之风，融会创造出句式多样、文备韵散、体兼诗赋的文体：楚辞体（骚体），作为具有承前启后典型特征的特殊文体，它深远影响了中国古代文体的发展。

楚辞体之所以为体的特殊性自然存在于积字成句、积句成章、积章成体的全体之中。首先就体现在用字上，楚辞中用得最多的字当然就是"兮"了，除"兮"之外还有"些""只"等等，尽管《诗经》中也有类似字眼，但"兮"字句的普遍存在，是构成楚辞体特色的重要因素。

其次，就句式而言，《诗经》有五言及更长的句式，但以四言为主；《楚辞》有四言句式，但基本句式是以《离骚》为代表的六言（不计位于单句末的兮字），和以《湘君》《湘夫人》为代表的五言体（也不计位于每句中的兮字），此外还有不少七言句式。这一变化具有重要意义：四言句式在音韵节奏的组合变化上较为单调，语言表现力与容量因而受到限制。楚辞体句式尽管只比四言多一两个字或两三个字，但在音节语词的组合上可以更灵活多样，因而在状物抒情的容量和韵律节奏的变化方面，有更多回旋余地。刘勰《文心雕龙·诠赋》说赋"拓宇于楚辞"，是很有见地的。另外，如《渔父》《招魂》等，句式多样，文兼韵散，更为自由，

再从篇章体制来看，《诗经》国风中最常见的是重章叠节、反复唱和的民

歌体形式，章节之间有时只更易几个字；雅、颂史诗则往往顺时间维度作单向的线性历史叙事。屈宋辞赋则突破了上述格局，以酣畅的笔调抒情言志，铺陈物色，其笔触在天上与人间、神话与现实、过去与未来之间推移转换，变幻莫测，由此抒发和传写出诗人的幽思和徘徊彷徨而不懈求索的心路历程。这样的境界笔调成为中国古代抒情诗的一个很高的起点。随之而来的，是楚辞体诗在篇幅体制上的发育和扩展。屈原《离骚》，堪称中国古代第一抒情长诗，单就篇幅而言，372 句，2469 字，已大大超过《诗经》中的长诗，为诗史所罕见。至如《招魂》之魂招上下四方，对汉代大赋的空间铺叙，《天问》的问难体、《高唐赋》的对话体对后人主客对话体辞赋，《橘颂》对后人托物言志的咏物体诗赋的影响，都是显而易见的。

总之，作为文备韵散、体兼诗赋的特殊文体，楚辞体对中国古代文体的衍生和演变的重要性与影响力，怎样估计都不过分：由句式言之，中国古代诗歌韵文基本以五七言诗歌和四六言辞赋骈文为主干，而在其形成和发展中，楚辞体对《诗经》四言体的突破起了决定性作用；由体式言之，赋体从汉赋到唐宋散文赋的发展演变不能不归因于楚辞的影响，在诗文（骈散）名篇中是处处可看到楚辞体的句式句法；由精神韵致言之，则如李白《蜀道难》等，可谓没有（或少有）兮字句的骚体诗，唐杜牧《李贺集序》以"骚之苗裔"评李贺，即因其诗"云烟联绵……"之中有着楚辞的余风余韵。可见，楚辞"其衣被词人，非一代也"（刘勰《文心雕龙·辨骚》）。

四、问题讨论

作为中国文学史上第一位伟大的诗人，屈子在《天问》中的亘古追问，让我们得以目睹诗人在忧愁彷徨中执着求索的心灵世界，如何与浩渺无尽的宇宙时空、山川神灵交相叠映，焕发出缤纷绮丽的光彩。而从《离骚》前半篇的"香草""美人"纷至沓来的浪漫想象，到后半篇"求女"上下周游的空间铺陈，诗人以其炽热情感与锲而不舍的理想追求，构筑起一个琦玮谲诡的艺术神殿，丰富了古典诗歌的表现手法。以下就前后两个部分分别讨论。

1. "香草美人"的艺术手法

刘勰在《文心雕龙》中论物色云："春秋代序，阴阳惨舒；物色之动，心亦摇焉。"中国古典诗歌艺术向来强调对自然景物的感发，类比物象、托物起兴的比兴手法，在《诗经》中已发其端。如果说，《诗经》中俯拾即是的草木、鸟兽、虫鱼，散落在浑茫原野中的微小片段与细腻风光，反映了物象的本真样态与诗人的朴实情思，《楚辞》中的"香草""美人"，则连绵往复地用香花香草、鸟兽风霓书写内心低回隐曲的哀愁，在心象与物象之间产生丰富微妙的神理呼应，创造了一个臻于宏大深刻的情感象征体系。正如王逸在《楚辞章句》里提出的："《离骚》之文，依诗取兴，引类譬谕。故善鸟香草，以配忠贞；恶禽臭物，以比谗佞；灵修美人，以媲于君；宓妃佚女，以譬贤臣；虬龙鸾凤，以托君子；飘风云霓，以为小人。"《诗经》中的比兴手法，至《离骚》而发展成熟，无论是取譬事物的广度，还是讽喻世情的深度，都达到了后世难以企及的境地。

"香草美人"的艺术手法，是一个寓情草木、托意男女的象征结构。宋人吴仁杰《离骚草木疏》中指出《离骚》中用以装饰的香花香草"荪、芙蓉以下凡四十又四种"，皆寓意深沉而托兴遥远。以香草作称谓，或源自楚地习俗，而在屈原笔下，更注入了"美政"理想与崇高志向在现实中碰撞、冲突产生的强烈爱憎，为眼中不同的物象注入了浓烈情怀，遂使那些一般无二地生存息衍于自然中的花草鸟兽，也有了"贤愚"之分、高下之别。"芙蓉""幽兰""凤凰"寄托了对美好高洁品质的无限礼赞，"茅""鸡""鸠"则凝聚了对种种丑恶现象的愤激难抑。旧题唐贾岛的《二南密旨》说："比者，类也，妍媸相类相显之理，或君臣昏佞则物象比而刺之，或君臣贤明有亦取物而象之。"屈原不仅大量运用物象，更着意于其中品格神理的揭示。"纷吾既有此内美兮，又重之以修能。扈江离与辟芷兮，纫秋兰以为佩。""朝饮木兰之坠露兮，夕餐秋菊之落英。"纫兰结佩、香草为饰，是屈原自身德行与操守的象征。诗人不愿杂处世俗，与宵小之徒为伍，"鸷鸟之不群兮，自前世而固然"。两相对比，屈子之精神与俗世之喧杂妍媸毕现，给人以何等鲜明的感受！

在《离骚》中感叹"惟草木之零落兮，恐美人之迟暮"。"美人"与"香草"并陈，赋予"香草"充分人格化的寓意。王逸将"香草"与"忠贞"对应起来，道出了香草在《离骚》中不同寻常的象征意义，而恶草、妒女等物象对应的，是兴风作浪、谗害忠良的昏君奸臣。如此便将抽象的品德、意识和复杂的现实关系生动形象地表现出来。我们不禁要问，屈原所咏叹的"美人"形象，究竟是喜爱以香草自饰、品格高洁的诗人自身，还是别有所指？对这一问题，前人众说纷纭，或指楚怀王，或谓众贤同志者，或泛指具德才与有作为之士。游国恩在《楚辞女性中心说》里："屈原对于楚王，既以弃妇自比，所以他在《楚辞》里所表现的，无往而非女子的口吻。"厘清这一重艺术手法，《离骚》中的许多问题便可以豁然开朗，前半部分的主题也就不难理解了。

"香草""美人"两个象征体系，寄托了屈原崇高的美政理想，也曲折反映了诗人与楚国腐朽贵族集团抗争的心境。屈原在绝望之中，对明君贤臣的政治理想仍是孜孜追求，为求壮大楚国的方法，可是说是九死而不悔。"揽木根以结茝兮，贯薜荔之落蕊，矫菌桂以纫蕙兮，所胡绳之纚纚。謇吾法夫前修兮，非世俗之所服"，"余既滋兰之九畹兮，又树蕙之百亩。畦留夷与揭车兮，杂杜衡与芳芷"。诗人何以要种植这些香草？"冀枝叶之峻茂兮，愿俟时乎吾将刈"，从其叙述可知，诗人不愿在浊世中独善其身，而是渴望更多像自己一样的高洁忠贞之士，香泽遍熏朝野。可没过多久，目睹兰芷不芳、荃蕙化茅，自己悉心养育的芳草都变作了萧艾。美人的苦心经营竟落得如此结局，不由感叹"虽萎绝其亦何伤兮，哀众芳之芜秽"。

尽管屈原失望于百草之不芳，但《离骚》"香草美人"的艺术手法却泽被后世，影响深远。建安时期诗人曹植在诗中就多以"香草美人"起兴、比喻，书写怀才不遇引发的失落与彷徨。钟嵘评价其诗"骨气奇高，词采华茂，情兼雅怨，体被文质，粲益古今，卓尔不群"。试读其《杂诗》七首的第四首：

> 南国有佳人，容华若桃李。朝游江北岸，夕宿潇湘沚。
> 时俗薄朱颜，谁为发皓齿？俯仰岁将暮，荣耀难久恃。

诗中的江北、潇湘意象，接通了《湘君》《湘夫人》中萦绕于洞庭烟波木叶的无限愁思。朝夕之间飞驰往还于天水之际的南国佳人形象，不仅遥遥呼应《九歌》浪漫神话反复咏叹的情感恋慕，也倾注了《离骚》"恐美人之迟暮"的哀怨难抑。佳人艳若桃李之花的容光，正好像才华出众、独占世间八斗的诗人自己一样，在举世昏昏、竞趋谲巧的现实环境中，被身为至亲的君王疏远，难以实现"建金石之功"的理想抱负，眼看岁月荏苒、年华将逝，诗人忧心如沸、无从自陈的衷曲，与女子之心境无不相通。因而一而再、再而三地以"香草美人"手法，表达内心难以言说的焦灼忧虑。《洛神赋》中明艳照人而变幻莫测的女神，是诗人在理想失落、现实压抑的处境下怅惘心态的投射。而《美女篇》"盛年处房室，中夜起长叹"的城南女子，亦是诗人将建功立业的热忱寄托于贤明君主，而将自己比附为女子的象征结构。"君若清路尘，妾若浊水泥"中的思妇，则以更多的比喻层次反映诗人远离君王、不被器重的政治遭遇。在长期的精神压抑下，曹植少年时代的昂扬情怀一去不返，其诗也多以比喻和寄托来隐曲展现自身的悲凉处境。

自屈原、曹植而下，陈子昂《感遇》、杜甫《佳人》、朱庆余《闺意献张水部》均是寄怀香草、托意美人的千古名作。清代女诗人吴藻"幼好奇服崇兰足纫"，作《乔影》（《饮酒读骚图》），成为屈原在女性群体中的异代知音。近代龚自珍在社会变革之际，挥洒着"灵均泪"，以"美人如玉剑如虹"的宏大气魄，创造了浪漫华美的风格。每当士人面临政治动荡、人生失意与对黑暗现实的不满，往往以香草、美人起兴，书写时世的巨变与现实人生的悲壮，以独特的艺术符号凝结其间璀璨瑰丽、哀艳动人的悲剧美。《离骚》中"香草美人"，正是这一艺术手法的源头。

2.《离骚》求女的寓意

"路漫漫其修远兮，吾将上下而求索"，屈原在《离骚》中书写的四次神游和三次求女，构成了诗歌宏伟壮阔的空间结构，展现了古典浪漫诗歌臻于完美的艺术形式。清代王邦采曾说："屈原之作，洋洋焉洒洒焉，其最难读者，莫如《离骚》一篇。而《离骚》之尤难读者，在中间见帝、求女两段，必得其解，方不失之背谬，不流于奇幻，不入于淫靡。"读懂屈原求女的寓意，是我们打开诗人精神世界的一把钥匙。从诗歌后半部分迷离的神话世界，诗人展开了由实入虚的、更高一层的飞腾的艺术想象。

这是一场与《九歌》相似的追寻之旅："朝发轫于苍梧兮，夕余至乎县圃。欲少留此灵琐兮，日忽忽其将暮。令羲和弭节兮，望崦嵫而勿迫。路漫漫其修远兮，吾将上下而求索。"当屈原在顾颉憔悴中开启了上征天廷、下界求女的旅途，《离骚》也从"香草""美人"所喻指的真切可感而充满憾恨苦痛的人间现实，转向了琼玉所象征模糊神秘却美好圆满的神灵世界。无论是去往上古的黄金时代还是遥不可及的西极与天廷，诗人所探寻的虚化的、神秘的理想，都无法绕开"求女"这一过程。"求女"之未能遂愿，又为这条扑朔迷离的前路增加了几许曲折艰难。"忽反顾以流涕兮，哀高丘之无女"，诗人泫然涕下、苦苦追求的，究竟是何所指？此问题若不解决，恐不能很好地把握《离骚》的全文。我们不妨通过若干可能的思路，来寻绎诗人在纷驰幻想中执着探索的足迹。

（1）"求女"是否指求仙？

屈原生活的楚地巫风盛行，在《离骚》后半篇中亦留下了人神相接的神话结构与神秘思维的痕迹。在中国古代神话传说中，女神占有重要的地位。或为万物和人类的始祖，或为撑天救人的女性英雄，或为授予人们生活技能的伟大母神，她们都是神话讴歌和颂扬的对象。在楚国危亡之际，国君与大臣们依然相信事鬼神可以获得庇佑。《离骚》中的抒情主人公未进入天宫而折返，欲求下界之女，经过白水、阆风的昆仑仙境，发出"哀高丘之无女"的嗟叹。接着访求宓妃、有娀之佚女与有虞之二姚。屈原想要探寻的女神，实为无所不能的拯救者的形象，惟此则难以了解自己的衷苦、纾解国难。而人神交接的途径，也是用两情相悦的男女恋爱关系而显现的。于是，楚地祭祀中人神恋爱的情节，反复出现在诗人心头。他奔驰在行途之中，热切期盼着与女神遇合，乃至托付媒人说合，这无不与《九歌》中《湘君》《湘夫人》描述的情境如出一辙。

人神恋在作品中常以失败而告终，"求女"亦无功而返。如闻一多等人所说，倘若"求女"只是求仙的一个仪式或者内容，并没有深刻的寓意，那么，如何解释《离骚》中因为求之不得而带来的更为强烈而复杂的痛苦？如果说《九歌》中缥缈倏忽的神灵是楚地巫祀文化的自然叙写，那么《离骚》在前半段"香草美人"的现实世界刻画中，已投射了太多屈原自身的主体意识。后半部分周游四方、相继出现的一众神灵，是诗人感到"非世俗之所服"之后弃绝尘俗，在茫茫天地宇宙时空迷惘探问的孤独行旅。尽管楚辞所具有的宗教祭歌背景，令主人公四方周游求仙的片段很容易被看成仪式化的套语，但其表达的主题依然是根植楚国现实政治的，包含了强烈的世俗性。从这个角度而言，"求女"不仅仅指仙之所在，更要寻求女神来实现楚国强盛的"美政"理想。

宓妃"信美而无礼"，有娀氏和二姚又苦无良媒，这种幻想也终于走向破灭。其现实意旨与前半段的"香草美人"形成了一致。从此处着眼，或许可以更好地体会诗人因现实失意转化而成的丰富幻想之源。无论如何，将求女理解为"求仙"，最为贴近屈原诗歌中咏叹的表象世界，也为诗歌主题的深层索解开放了更多可能性。

（2）"求女"是否为求贤臣？

倘若"求女"确有现实环境的投影，那么屈原所访求的，是否为志同道合的伴侣、可以实现政治理想的"贤臣"呢？前半段的"哀众芳之芜秽"，表明屈原无法在楚国朝堂中寻找到这样的人才，于是只能求助于神灵。就像王逸《楚辞章句》所说的，"女以喻臣。言己虽去，意不能已，犹复顾念楚国无有贤臣"。姜亮夫《楚辞今绎讲录》也说，"在《离骚》中的求宓妃、求二姚、求佚女，是表示求贤，在北方的诗歌也有这样的情况"。贤臣中也包含贤后、贤妃，可以与屈原同心效国，而不致像郑袖那样祸国殃民。那么诗人何以要用"宓妃佚女"来喻指贤臣呢？这里以男女关系指涉君臣关系，正是"香草美人"艺术手法的体现。"美人"是屈原的自比，而屈原与楚王之间，存在着一重寓托男女的君臣关系。文章前半部分，在女媭詈"予"以前，主人公表示自己与灵修"初既与余成言兮，后悔遁而有他。余既不难夫离别兮，伤灵修之数化"。在这里，屈原就像游国恩在《楚辞女性中心说》中所说的，"他自己的遭遇好比一个见弃于男子的妇人"。最终转向"求女"，正是楚王的蒙蔽不察、党人污蔑，让他不得不寄希望于寻找同自己一样的美人啊。求得政治上的知音，不仅可以使诗人在孤苦无援中获得些许精神的抚慰，更可以与诗人一道实现未能达成的理想。

然而，《离骚》前半段已经以"香草"喻"贤臣"，倘若"求女"所求的也是贤臣，这与前后大段铺垫渲染的格局是不相称的。且看"求女"中第一个寻访的宓妃，何以呈现"保厥美以骄傲兮，日康娱以淫游"的形象？这与屈原心目中贤臣，岂不是相去甚远！贤臣与屈原之间，为何需要媒介相通？屈原受到妃子郑袖谗害，目睹朝廷中小人当道，正直之士险象环生，自己亦遭遇放逐、孤立无援，从而四处求女、冀图摆脱困境，又何以对楚国臣子贤良还抱有期望呢？故而"求女"要映射现实，也只能就楚国之外的地域而言。在虚幻的世界中，诗人所面对的依然是绝望的深渊，为心灵的幻象染上了沉重的悲凉色彩。

（3）"求女"是否乃求贤君？

从屈原自身的命运与反复咏叹的主题来看，若能再次得到楚怀王的支持，在遭遇放逐之后的政治生涯或可以免于沉沦。因此《离骚》全篇所表达的离忧之痛，实根植于君臣不能遇合的哀怨。"求女"或多或少地反映了屈原冀图"求君"、施展抱负的理想。这在朱熹那里已得到明确的揭示："求索，求贤君也"，"将往观乎四荒"即"绝远之国，庶几一贤君"，"吾将上下而求索"的愿望，则是"冀及日之未莫而遇贤君也"（《楚辞集注》），这是较为贴近文本的解读，然而理解起来却殊为不易。首先，在古代社会，辅佐君王的臣子并不是唯一、不可取代的，故而主人公三次求女，对性情、品德不同的女子一再寻访，也说明博求众贤之艰难。而对君王又何以能够辗转相觅、多方探问？正如郭沫若所言"换上一个他所挑选的贤君"，岂非有悖于忠贞事主的臣子之道？如果联系诗中主人公以灵氛占卜，得出"两美其必合兮"的结论，便可以了解诗人周流而冀遇明君的思想，只是在理想与想象中寻求超越的探索。诗人在创造的绚烂多彩的幻想世界里，实现像前代那样明君贤臣遇合的希望也如此渺茫。闺中的邃远，巫咸的劝说，亦从反面表明"求贤君"在楚国已经行不通了。

其次，君主能否是女子的身份？楚地较之中原存有更多的上古神迹，屈原所处的郢都附近，仍可见诸多母系社会女性意识的遗存，对《楚骚》"求女"之集体无意识产生影响。"美人"无论是喻指屈原自己，还是君王，皆反映了女性在屈原和楚人深层心理中非同一般的地位。结合屈原对所求对象的描述来看，写宓妃之"日康娱以淫游"，此句的口气确乎更近似于批评君王的常用言辞，与"夏康娱以自纵""羿淫游以佚畋兮"如出一辙，这些原本有德行的君王因荒淫而致丧乱的先例，无不指向楚怀王从任用屈原到宠信佞人、疏远正直的变化。而"鸩、鸠"为恶鸟，诗人何以要托之为媒？司马迁《史记》中说屈原遭遇"邪曲之害公也，方正之不容也"的处境，不被君主任用而无由自陈，只能依靠媒人的说辞来重新赢得楚王的信任。女嬃的规劝、重华的陈词，都隐含了自身对楚王的陈诉与企盼。因此，《离骚》后半段的情感，是主人公仍寄希望于楚王，却无从自陈其情、得到楚王亲近的愤懑。将陈情的对象化身为女子，屈原对楚王、对故国眷恋与渴望便得到曲折的展现，诗人对理想的不懈追求他的伟大人格精神也充分显现出来。

（4）"求女"之情感历程

《离骚》是中国古代最早、最辉煌的长篇抒情诗，辞藻绮丽华美而感情深厚悲怆。其中前半部分的"香草美人"艺术手法与后半部分的神女之探寻，为诗歌渲染了瑰丽神秘的气氛。透过语言编织的表象进入诗歌的深层结构，诗人情感起伏变化的层次脉络是清晰可辨的。

作为屈原"求女"的现实原型，无论是赐予万物的神灵，还是可共辅佐之贤臣与贤君，这个幻想世界中的人物，终究是为了解除《离骚》前半段"香草美人"所隐喻的政治困境而存在。因此，主人公在求女中阻碍重重、屡屡碰壁的情感，才是《离骚》前后贯通的主线。在当时楚国朝廷，屈原并非完全缺少同调，如昭阳、景翠、昭滑等皆对楚国的危机有所认识，但终究不能阻挡楚王犯下严重的错误。仅仅为"求贤臣"而上下周游，在当时的处境之下显然已无力回天！楚顷襄王又重蹈覆辙与秦求和，令屈原痛心不已。屈原被疏、忠言之不进，无奈之下，只能求助于君王身边的近臣，而奸佞的诽谤又让诗人有口难辩。当此之际，若无能够通达君侧之人强谏犯颜，不可能让楚王明辨善恶、回心转意，"求贤君"亦成空中楼阁。灵氛、巫贤劝其他就，又让诗人陷入缠绵叵测的哀伤中。诗人对故土怀揣着深深眷恋，不肯放弃理想与责任，写下饱含血泪的忧愁怨愤之歌，这一情感也并非人神恋爱可以完全涵括的。综上种种，"求女"亦很难简单归结为"女神""贤君""贤臣"或是"通君侧之人"中的某一个。

《离骚》前半部分写实，聚焦于楚国现实政治中忠贤对立的激烈冲突；后半部分抽离于现实，其情感矛盾转化为远游与对故土的绵长眷恋。一实一虚，由实入虚，诗歌中所写的情理物态不再关合现实的处境，诗人炽热的情感却得以实现飞腾与超越。从缤纷万状的"香草美人"到扑朔迷离"神女"探寻之路，也是屈原自身的困惑疑问在诗境中逐渐深化的历程。我们从《离骚》《天问》回荡在宇宙深处的呐喊中，仿佛看到了那些独自行走在荒凉天地间的伟大身影和坚强的灵魂，向人世间复杂难解的时世与命运，发出千古同一的迷惘咏叹。

五、拓展资料

1. 洪兴祖《楚辞补注》，中华书局 1983 年版
2. 朱熹《楚辞集注》，上海古籍出版社 1979 年版
3. 王夫之《楚辞通释》，中华书局 1959 年排印本
4. 姜亮夫《屈原赋校注》，人民文学出版社 1957 年版
5. 马茂元《楚辞选》，人民文学出版社 1980 年版
6. 蒋骥《山带阁注楚辞》，上海古籍出版社 1984 年版

第三课

《庄子》: 翱翔论道　宇宙精神

一、背景叙述: 诗意栖居人间世

　　春秋战国时期，是一个社会大转折、大变革、大动乱的时期，也是各种社会政治主张、思想学术观念活跃与碰撞的重要时期，形成了儒、道、墨、法等诸子百家争鸣、互补的繁盛局面。战国末期，列国间的兼并战争连年不断，使人民的苦难长期达于所能忍受的极限。统治者"轻用民死，死者以（国）量乎泽，若蕉，民其无如矣"①！庄子游刃有余的逍遥之游，他的蝴蝶梦，是以哀鸿遍野、满目疮痍的悲惨世界和鲜血淋漓的苦难人生为背景的。如果说《庄子》是中国思想史、散文史上的一朵奇葩，那它正是开放在废墟之上的花。后人心目中神秘而充满希望的时代，当时却是一个痛苦而绝望的时代，在庄子之书中分明可以感受到这种痛苦和绝望。正因为如此，《庄子》齐万物、等生死、独与天地精神往来的逍遥游境界，那独立的人格、自由的精神和审美的态度，就尤为难能而可贵。这奠定了庄子作为思想和文学巨子的地位。

　　庄子（约前369—前286），名周，战国时期宋国蒙（今河南商丘东北，一说今安徽蒙城）人，是继老子之后道家学派的代表人物。庄子家贫，曾为漆园吏；与梁惠王、齐宣王同时，与名家代表人物惠施为友。楚威王闻其贤，曾派使者以厚礼聘其为相，他却宁愿"曳尾于涂中"②，并且从此隐于乡里，以编草鞋为生，著书十余万言。

---

① 　《庄子·人间世》，陈鼓应《庄子今注今译》，中华书局1983年版，第107页。
② 　《庄子·秋水篇》，同上第441页。

　　《庄子》一书，班固《汉书·艺文志》著录五十二篇，魏晋以后的通行本为三十三篇，包括内篇七，外篇十五，杂篇十一。开篇《逍遥游》及《齐物论》等，较集中地体现了庄子的哲学思想。末篇《天下》，评论了包括庄子在内的先秦各学派的主要代表人物和思想主张，可以视作中国古代第一篇哲学史专论。对于《庄子》内、外、杂篇的区分和真伪问题，历来众说纷纭。学界一般认为，内篇为庄子自著，外、杂篇则多出其后学、门人之手。

　　《庄子》无论是在哲学思想上，还是在文艺美学和人格精神上，都给予后人以深远影响。魏晋著名思想家嵇康在《与山巨源绝交书》中说："老子、庄周，吾之师也"；"又读《庄》《老》，重增其放"；"每非汤、武而薄周、孔"①。而为文"如万斛泉源，不择地而出，在平地滔滔汩汩，虽一日千里无难"②的苏轼则曾经感叹道："吾昔有见于中，口不能言，今见《庄子》，得吾心矣。"③这些言论中所体现的人格精神、思想和艺术主张是前后相通的。正是庄子，解除了笼罩于思想和诗歌语言上的禁忌，使苏东坡找到了适合自己的言说方式。

　　由《论语》到《孟子》，由《老子》到《庄子》，中国古代散文发展到了新的艺术境界。《庄子》一书，"汪洋辟阖，仪态万方，晚周诸子之作，莫能先也"④。它以浪漫不拘的艺术想象，汪洋恣肆的语言风格，以及层出不穷、诙谐生动的寓言故事，成为中国古代散文史上具有里程碑意义的作品。

二、文章鉴赏：《庄子·逍遥游》的象征意义

　　世人何以喜爱《庄子》？是因为庄子笔下那些睿智的草野匠人让我们倍感亲切？还是因为《庄子》寓言唤起我们看蚂蚁打架、蜻蜓戏水、鱼儿出游、蝴蝶翻飞的儿时记忆？是因为作为原经典那常读常新的境界画面、诗意诗心的韵致格调、自由想象的飞跃神思？抑或是那充实郁勃的生命活力和对自然人生的永恒体悟与启示？首先，是《庄子》全篇洋溢着的楚文化的色彩与基因，如此神秘、浪漫，充满奇思异想。

---

① 北京大学中国文学史教研室编《魏晋南北朝文学史参考资料》上册，中华书局1962年版，第213、216页。
② 苏轼《文说》，引自郭绍虞主编《中国历代文论选》第二册，上海古籍出版社1979年版，第315页。
③ 苏辙《东坡先生墓志铭》，见《苏轼诗集》第八册，中华书局1982年版，第2813页。
④ 《鲁迅全集》第九册《汉文学史纲要》，人民文学出版社1981年版，第364页。

大约二三十年后（马叙伦先生考证认为庄子生卒年大约为公元前369年—前286年），屈原（约前340—前278）在他的伟大作品中一再写到"逍遥"这一语词和意境[①]，又大约七十多年后，宋玉（约前298—约前222）《对楚王问》一句"鸟有凤而鱼有鲲"，似乎又为《庄子》开篇的文化属性作了注解。读《庄子》之言宇宙，与屈子《天问》相参看，静静沉思，感喟楚文化孕育的瑰丽作品，总是这样思路漫漫修远，情景变幻莫测。

"北冥有鱼，其名为鲲"，让我们讶异的是，一部哲学著作竟然可以这样开篇！我们欣赏这样一个有意味的开篇，是因为其气势不凡，更是因为这奇思异想、横绝宇宙的境界画面，是那样突如其来地呈现在我们面前，没有什么引子和铺垫，也没有任何文法结构、规矩方圆（如寻常所谓避免重复、埋伏照应、起承转合等）可以去描述它，束缚它。你看到了话语的开头，却无法猜到他第二句会说什么；看完第一段，你不知道第二段会落到何处。莫可虑致，难以情测，如羚羊挂角，无迹可求。这样的开篇，是自由不拘的抒写，那样无所滞碍，酣畅淋漓。《逍遥游》本身，便是艺术上的一次逍遥之游。那关于时空的激情想象和关于小大之辩的哲学沉思，神思飞跃，墨气四射，充满了艺术的张力，开悟和启迪着我们的艺术灵性与心智。叫我们沉思，也让我们迷醉。这个发端，让我无法不联想到《红楼梦》第一回，第一大段，什么都没有发生，第二大段，一切早已结束……洵可谓才子之书！

"鲲之大，不知其几千里也；……鹏之背，不知其几千里也；怒而飞，其翼若垂天之云。""鹏之徙于南冥也，水击三千里，抟扶摇而上者九万里，去以六月息者也。""上古有大椿者，以八千岁为春，八千岁为秋。"这是庄子关于小大和时空的浪漫想象。宋玉《对楚王问》："鸟有凤而鱼有鲲。"《尔雅·释鱼》："凡鱼之子名鲲。"可见，鲲，是鱼苗，是小鱼儿，鹏则是传说中的凤鸟。而在庄子笔下，却被转换成横绝沧海与天空的形象，还有那一举千万里、一季千万年的生命，活泼泼地呈示着自由不拘的想象。

这里只此发端，便具足诗之元素：鲲鹏，是生命主体；由北冥到南冥，是迁；鲲化而为鹏，是化；迁和化，是生命主体所经的时空历程与质性升华。冥，是沧海；里，对应着大地，是人类用自己的脚印丈量大地的尺度；垂天之

[①] 《离骚》："折若木以拂日兮，聊逍遥以相羊。""欲远集而无所止兮，聊浮游以逍遥。"《九歌·湘君》："时不可兮再得，聊逍遥兮容与。"《九歌·湘夫人》："时不可兮骤得，聊逍遥兮容与。"

云，是生命翅膀翱翔天际的意象。在这里，天、地、人，时间与空间，跃迁与变化，构成的是宏大背景中的生命史诗，那样大气磅礴，那样出神入化，充满着诗意与思想、激情与理性。

英国美学家克莱夫·贝尔（Clive Bell，1881—1964）在《艺术》一书中说："在各个不同的作品中，线条色彩以某种特殊方式组成某种形式或形式的关系，激发我们的审美感情。这种线、色的关系和组合、这些审美的感人的形式，我视之为有意味的形式。有意味的形式是一切艺术的共同本质。"他认为形式是艺术的核心，是艺术作品内部各成分和质素构成的一种纯粹关系，"有意味的形式"是能表征和唤起人类审美情感的形式。举例来说，"杨柳"，是意象，也是音节，但单个词，不成诗；复叠以后，"杨柳，杨柳"，仍然不是诗；但我们看："杨柳，杨柳，啊青青的杨柳"，这就是诗了。通过意象的组合和音节的一唱三叹，产生美妙的韵律感，春天的心情、青春的情怀和对青春、春光和春景的无限留恋与叹惋之情便油然而生。是形式，将思想情感艺术化了；也是形式，把我们从日常生活流程中超拔出来。观《逍遥游》开篇，犹如聆听一曲美妙恢弘的乐章。由"北冥有鱼"一节发端，接以"《齐谐》者，志怪者也"，和"而后乃今培风……而后乃今将图南"两节，又间之以"蜩与学鸠"、"小知不及大知"两节，复以大段再现和归结鲲鹏之"怒而飞"与斥鷃腾跃数仞之小大之辩。鲲鹏迁化的意象类似音乐主题不断呈示和复现，以传示不拘的想象、飞跃的生命和无所滞碍、逍遥活泼的自由灵魂，而小大之辩及大鹏怒飞无语、小雀嗤嗤笑之的情节，则穿插其间，犹如音乐旋律中主部主题与副部主题，或大、小提琴间的对话与对比，或雄浑、舒展和庄严，或跳跃、急促和谐谑，应和而成一曲灵动变化、美不胜收的绝妙旋律，这是一个"有意味的"开篇。

值得注意的是，这个有意味的开篇还有另一层重要的象征意义。我们知道，春秋战国时期的中国，与当时西方的古希腊，同处文明史上开拓和奠基的重要时期。德国哲学家卡尔·雅斯贝尔斯在他 1949 年出版的著作《历史的起源与目标》中称之为"轴心时代"，或称"轴心期"。他认为公元前 8 — 3 世纪（大约五百年间），世界文明进入了一个文化学术异彩纷呈、硕果累累的特殊时期，东西方文明群星璀璨，交相辉映，各自奠定了文化的性格及其基础、格局与框架，也确立了发展方向、基本理念与核心价值观。我们不妨比较一下两位哲人孔子（前 551—前 479）和赫拉克利特（Heraclitus，约前 530—前

470）的两句名言，他们几乎同时站在各自的母亲河边若有所思，发而为言，便成为后人铭记千古格言。孔子临川而叹："逝者如斯夫，不舍昼夜。"（《论语·子罕》）赫拉克利特则说："人不能两次走进同一条河流。"夫子的千古浩叹蕴含着深沉的生命情感，近于实践理性；而西哲则更具将客观对象对象化的纯粹理性的意味。李泽厚先生在比较东西方哲学时用过纯粹理性与实践理性的提法（见《美的历程》），后来将"实践理性"改称为"实用理性"以免与康德三大批判（《纯粹理性批判》《实践理性批判》《判断力批判》）中的范畴相混淆。黑格尔《逻辑学》（《小逻辑》）第二版序言："一般科学教育的理智导致一种重要的消极结果，即认为采取有限概念的道路就没有中介可能达到真理。但这结果常会引起另一正相反对的后果，即误以为真理是包含于直接的情感或信仰里。"由此可见，庄子《逍遥游》所呈现和预示的，不正是东方文明和中国文化有意味的辉煌开篇？这个开篇是如此起势不凡，前程远大。

这个开篇的意味，在和同样经典的开篇相较中，会更显其特色。如《论语·学而》第一条："学而时习之，不亦说乎？有朋自远方来，不亦乐乎？人不知而不愠，不亦君子乎？"联系最后一章《尧曰》末句："不知命，无以为君子也；不知礼，无以立也；不知言，无以知人也。"两段三句话各呈三位一体（终其一生的学习，一直到五十学《易》、知天命；以交友为代表的人伦之理与礼；如何对待知遇的处世之道与合理心态，由被知到知人），构成一个前后呼应的系统和框架，我们不能不感叹其毋庸置疑的真理叙述和强大的建构体系与规约的能力。（就像《为政》篇区区一段话："吾十有五而志于学，三十而立，四十而不惑，五十而知天命，六十而耳顺，七十而从心所欲不逾矩"，便概括了岁月年轮，说尽人的一生，让一代代中国人在生命刻度前惶惶然恍恍然。）全书由问诘句始，可谓循循善诱，以陈述句终，否定而肯定，指向直接明确：成就君子人格。作为伦理修身教科书，其影响直至今日。《老子》的开篇是以否定开启思索的，《庄子》的开篇则以想象中一轮生命的迁化开始精神之旅。《庄子》之言"道"，超越又回落，远游而复归。"可以言论者，物之粗也；可以意致者，物之精也；言之所不能论，意之所不能察致者，不期粗精焉。"（《庄子·秋水》）由"物之粗"到"物之精"到不可以精粗期之的层面，这是不断超越的过程。

佛家禅宗也有相似的思致。华严宗五祖圭峰大师宗密对神秀所创的北宗，慧能弟子神会所创的荷泽宗，和慧能再传弟子、南岳怀让的传人马祖道一所创洪州宗进行对比后指出（见《中华传心地禅门师资承袭图》），北宗认为，佛性就像灵知摩尼珠，本来明净，只是为黑暗所蔽，因此"拟待摩拭揩洗，去却黑暗，方得明相出现"，神秀的偈语就强调要勤于拂拭，不使惹尘埃，方能护持佛性，不致失却；荷泽宗则认为，佛性本来就是清静的，即如珠体本来明净，"黑色，乃至一切青黄色等，悉是虚妄"，应"于诸色相处，一一但见莹净圆明，即于珠不惑"，这也正是慧能偈语所表述的思想；而洪州宗则认为："即此黑暗，便是明珠；明珠之体，永不可见，欲得识者，即黑便是明珠，乃至青黄种种皆是"。宗密还把马祖道一"触境皆如"等主张概括为"触类是道而任心"（见《圆觉经大疏钞》卷三下）。由"不使惹尘埃"到佛性本清净、诸色皆虚妄，再到"即黑暗便是明珠"，北宗、荷泽宗到洪州宗演进的也是一个与庄子颇相类似的超越和回落的过程。

闻一多先生说，《庄子》"本身便是一首绝妙的诗"："有大智慧的人们都会认识道的存在，信仰道的实有。却不像庄子那样热忱地爱慕它。在这里，庄子是从哲学又跨进了一步，到了文学的封域。他那婴儿哭着要捉月亮似的天真，那神秘的怅惘，圣睿的憧憬，无边际的企慕，无涯岸的艳羡，便使他成为最真实的诗人"[1]。除了"天真"一语似可有所保留以外，这段话太经典了。晓梦蝴蝶，观鱼知乐，此刻的庄子，不仅是哲人，更像是"天真"的诗人，但我们还是以为，庄子决不"天真"，他看得太明白，无论是对人间世相[2]，还是对于生命的本相，乃至生命底里的苍凉，他都看得太明白了。[3]而这一切，也

---

[1]　闻一多《闻一多全集》第9册，湖北人民出版社1993年版，第8页。

[2]　《山木》："庄子行于山中，见大木，枝叶盛茂，伐木者止其旁而不取也。问其故，曰：'无所可用。'庄子曰：'此木以不材得终其天年！'夫子出于山，舍于故人之家。故人喜，命竖子杀雁而烹之。竖子请曰：'其一能鸣，其一不能鸣，请奚杀？'主人曰：'杀不能鸣者。'"此一思致，也见于《人间世》："南伯子綦游乎商之丘，见大木焉有异，结驷千乘，隐将芘其所藾。子綦曰：'此何木也哉！此必有异材夫！'仰而视其细枝，则拳曲而不可以为栋梁；俯而视其大根，则轴解而不可以为棺椁；咶其叶，则口烂而为伤；嗅之，则使人狂酲，三日而不已。子綦曰：'此果不材之木也，以至于此其大也。嗟乎神人，以此不材。'"

[3]　《齐物论》："一受其成形，不化以待尽。与物相刃相靡，其行尽如驰而莫之能止，不亦悲乎！终身役役而不见其成功，苶然疲役而不知其所归，可不哀邪！人谓之不死，奚益！其形化，其心与之然，可不谓大哀乎？人之生也，固若是芒乎？其我独芒，而人亦有不芒者乎？"又《田子方》："夫哀莫大于心死，而人死亦次之。日出东方而入于西极，万物莫不比方，有首有趾者，待是而后成功。是出则存，是入则亡。万物亦然，有待也而死，有待也而生。吾一受其成形，而不化以待尽。效物而动，日夜无隙，而不知其所终。薰然其成形，知命不能规乎其前。丘以是日徂。"

正是逍遥之游的背景。在戈壁大漠踽踽独行，视线所及，是无边无际的荒漠，没有一丝绿意的画面，真好像到了黄沙漫漫的无何有之乡，那地老天荒的苍凉，就是庄子笔下所欲游的无何有之乡吗？① 然而走进去，会看到，那里有着丰富鲜活的生命存在；在那里，我们见到了胡杨，维吾尔语叫"托克拉克"，意为"最美丽的树"，它"生而千年不死，死而千年不倒，倒而千年不朽"，以伟岸的形象和斑驳苍劲的枝干，见证着岁月的沧桑和生命的传奇。令人震撼的是，在胡杨林里，我们竟然看到了纤弱的芦苇，在深秋凛冽的寒风中摇曳。也曾看到沙漠里爬行的蜥蜴，它浅淡微渺的生命痕迹在无垠的瀚海里只能存在一个瞬间。面对这至柔弱至短暂的生命存在，我们虔敬地将它们摄入镜头，久久地伫立注目。镜头里摄下的还有红柳、芨芨草与骆驼刺，以及那些不知名的小草，我们将其名之为生命的奇迹。我们礼赞它们，一切在大漠上灿烂的生命！那时，恍然若有所悟，惟有行走于无所有之乡，体认到一无所有的人，才能真正体悟到生命的真谛。在无何有之上，在无所有之中，自有恒河沙数，大千世界，有一切的美好、精彩、灿烂。无化生一切，涵括一切的，是一切的根基，是一切的开始与起点，也是一切的归宿、终结和尽头。庄子由此鉴照和书写了气象万千的一切，那似乎天真的神情与欣悦的灵魂，是以看得通透、见得明白为前提的。

现当代一些人喜欢给庄子其人其文贴上"消极"的标签，我们以为，所谓消极、积极，其实只在读书人自己知行合一的读书实践中，谁都不可能超越时代的局限。在给前人挑毛病、下结论前，还是先考虑自己是否能够以合理态度吸取古今中外一切好的思想因子，并积极付诸人生实践，看先贤或自己是否能接受和提供一些新的思想资料吧，这比贴标签批判更具建设性意义。不要说《庄子》，即如那位声称"拔一毛而利天下，不为也"② 的杨朱，对于二千多年后仍疲累于自我与他者边际不清的人情社会的我们，对于仍存在以血缘宗法制社会的某些显规则和潜规则处事，以血缘亲疏和好恶决定人际关系之远近、权益分配之大小，甚或以公众利益、社会道德、公平正义、革命等名义随意侵害和剥夺他人生命财产的社会现象而言，依然甚至特别有值

---

① 《庄子·逍遥游》："今子有大树，患其无用，何不树之于无何有之乡，广莫之野？"又见于《应帝王》："予方将与造物者为人，厌则又乘夫莽眇之鸟，以出六极之外，而游无何有之乡，以处圹埌之野。"《列御寇》："彼至人者，归精神乎无始，而甘冥乎无何有之乡。"

② 见《孟子·尽心上》。

得我们深思的意义和价值。我们欣赏孟子"性善"说，自己也一直在努力做个好人；但我们也理解"性恶"论，因为里面蕴含着对人性的深刻见解和包容态度，蕴含着建立现代真正法治社会的思想因子。"拔一毛而利天下，不为也"和《庄子》"相濡以沫，不如相忘于江湖"之说一样[1]，着意于自我与他者、人与社会之间的合理边际、公平公正、平等地位与自由空间，这是建立现代法治社会的重要因素。杨朱的思想言论中透出的真率、勇气、犀利和可爱，令后人为之倾倒，其思想因子中含有近乎现代公民意识的可贵成分，可惜曾长期湮没不彰。他之所"拔"而贡献于世人的岂止一毛。在无更多确凿的证据证明杨朱就是庄子之前[2]，可以说他是先秦诸子中，以最少言论赢得后人极深刻印象的最独特的思想家。我们礼敬和感恩所有以深刻思想、诗心乐思和智慧之光嘉惠后世、滋养我们心性的先哲。

三、要点提示

1．儒道互补及成因

我国古代文化史上儒道互补格局的形成，既有学说思想自身发展的内在必然性，也与人性结构模式中自然性和社会性的矛盾统一密切相关。

文化学说有盛必有衰，有开创者，也必有继承融合者。百家争鸣的繁盛局面过后，融合已是大势所趋。融合诸家的杂家著作如《吕氏春秋》《淮南子》的先后出现，就已预示争鸣的结束和互补的开始，这是历史的必然。而这种融合最终以儒道为主，也有深刻原因。因为诸子中如阴阳、纵横、小说、名、兵、农、医等都是具体专门的学科，与儒道墨法诸家不属同一层次，不构成对立对等关系。而墨之于儒，法之于儒道，都有明显师承渊源关系，墨更多地将儒家原则贯彻于实践中，法家则兼取儒道而贯彻于政治学和统治术中。故墨法两家在学理上似乎也不构成与儒道对立对等的关系。如就文艺思想而论，墨法否定文艺的依据实同于儒家功利主义文艺观，而结论又与道家

---

[1] 值得注意的是，《庄子》全书有两处提到这个见解。《大宗师》："泉涸，鱼相与处于陆，相呴以湿，相濡以沫，不如相忘于江湖。"《天运》："泉涸，鱼相与处于陆，相呴以湿，相濡以沫，不若相忘于江湖。"

[2] 如台湾学者陈冠学在其著作《庄子新传》（台湾东大图书公司1978年版）中认为庄周即杨朱。

相同。而唯有道家，才真正在思想学说上与儒家异质同构和对立互补。这种对立互补可说是全方位的。如名实之辨，孔子强调"正名"①，主张以名正实，而庄子则针锋相对地指出："名者实之宾也。"② 在文艺思想上，儒家重视文艺，但忽视文艺的审美特性，对政教功能的片面强调束缚了文艺；而道家则从根本上否定文艺，但其审美态度、艺术眼光和自由精神及其对"道"独特的阐述方式，却特别契合于文艺。儒道文艺观恰成互补，深远影响了后世文学思想。

儒道学说的相反相成，还深深地根源于人性内在的——人的自然性与社会性之间、人与社会之间的悖论和矛盾。人们渴望自由渴望激情，渴望无拘无束纵横驰骋，释放和实现自己强烈的生命意志，然而人又只能生存于社会，人与人的差异、生命意志与意志、欲愿与欲愿的矛盾冲撞，呼唤社会法则与道德律令的产生，来调和化解矛盾，以维护社会秩序与人类文明。从本质上说，老庄是真正的诗人，孔孟则是现实主义者。老子主张回到民无知无欲、朴素自然的原始状态，崇尚"赤子"境界和"婴儿"状态。庄子尊重和关怀自我，崇尚自然、本真、自由、逍遥的心性人格。而孔孟则向往周公之治，主张克己复礼，以礼仪规范、诗歌音乐引导和制约人情，通过对人心性的控制、调节和规范，整合与恢复社会秩序，实现天下大治、天下归仁的社会理想。孔孟注视着人的社会性和人类文明与秩序的前进与发展，老庄关怀着人类生命与心性的和谐、自在与自然。这或许是孔孟与老庄的最大差异，也是儒道两家之所以形成对立互补关系的内在原因。

另一方面，通过制造关于圣人、经典和诗乐的神话，儒家在与君权建立神圣同盟时，早已使对语言文字、圣人经典的信仰敬畏变成普遍的民族文化心理。但是，当后代儒家将圣人经典推上神坛时，人和人的思想顿时黯然失色。儒家将经典和诗歌神秘化、神圣化，实际上就已把作为人类思想工具的语言，变成了奴役人和压抑人的思想的沉重大山，将人的工具、人的思想的工具化为把人工具化、把人的思想凝固化的可怕实体。可以说，是儒家经学给诗乐、语言和人们本该自由的思想笼罩上了厚重的黑袍，将诗乐、语言由思想情感存在的家园，变成了牢笼。而百家之中，唯有道家通过否定语言文字、圣人经典、君权政治等，对儒家的地位发起了挑战。儒家谋取和维护话

---

① 《论语·子路》，杨伯峻《论语译注》，中华书局1980年版，第133页。
② 《庄子·逍遥游》，陈鼓应《庄子今注今译》，中华书局1983年版，第18页。

语霸权，与道家消解和挑战其地位的努力相生相伴，相反相成地深刻影响了士人心性和民族文化精神。

2. 庄子的审美理想

庄子的审美理想，可以用《庄子·天运》篇"流光其声"一语概括之。在黄帝张乐于洞庭之野的著名寓言中，庄子说："奏之以阴阳之和，烛之以日月之明；其声能短能长，能柔能刚，变化齐一，不主故常；在谷满谷，在坑满坑。""其卒无尾，其始无首。""四时迭起，万物循生；一盛一衰，文武纶经；一清一浊，阴阳调和，流光其声。"此说可以视为庄子对人生和艺术理想境界的呼唤，是对未来整个美学时代的预言。

"流光其声"可以视为对宇宙人生之美的富于诗意的描述。"流光其声"，"流"，是动态的，不是静止的；是空间的，也是时间的。那是人类和宇宙自然生命永不停息的运行，一切在变，一切在流，而透亮和光明便在运行和流动中产生。《易·系辞》曰："日往则月来，月往则日来，日月相推而明生焉。""光"，是透亮的，也是朦胧的；是时间的，也是空间的。运动和光明，便构成了我们美丽的宇宙人生，犹如音乐之声那美妙的乐音和旋律，节节相生，而又连绵不断；如流水，似月光。"流"，就是庄子的"逍遥游"，是大鹏由北冥到南冥，由此岸向彼岸的飞渡；"光"，是通体透明的宇宙，"虚室生白，吉祥止止"[1]，是光明之意，纯粹之意，完美之意。运动和光明，构成了诗人的宇宙，审美的境界。

作为一种审美境界，"流光其声"就是中国古典艺术极其注重的"韵"，它是流动和光明的统一，也是力与美的统一。"流"与"光"，一经一纬，共同构成了艺术美的世界。"流"，是生命的运行，是线性的流动，是精神和艺术上的"逍遥游"，一气流行之中有张力，有光彩，那是力与美与光明的源泉，也是乐思和旋律的源泉，其动态过程本身就充满着韵律感和节奏感；而"光"，则是宇宙与生命本体的光彩和光华，它由内向外，弥满、温暖和照亮整个生命和艺术的空间及其运行的全过程。如果说"流"更多地有时间的线性的意味，那么"光"则更多地有整体的空间的意味；"流"与力联系在一起，"光"与美联系在一起；"流"是"韵"动态中的方向、过程和姿势，"光"是"韵"辉映

---

① 《庄子·人间世》，第117页。

中的亮色、温度和明泽。"流"是"韵"的节奏和旋律，是艺术生命流动、运行的审美状态；"光"是"韵"的音色和音调，是艺术生命流动、运行的审美属性。"流光其声"所呈现的是完美的宇宙人生和艺术世界。这是庄子对我国古代文艺审美理想的一个经典性的表述。

具体地说，庄子的"流光其声"说包含了三层相互联系、不可分割的理论内涵。

首先，"流光其声"的审美理想所呼唤的是无所滞碍、充沛酣畅的艺术流。《天运》篇说："吾止之于有穷，流之于无止。"所崇尚的是"精神四达并流，无所不极，上际于天，下蟠于地"的境界①，那也就是苏轼《答谢民师书》所标举的如万斛泉源、如行云流水，"常行于所当行，常止于不可不止，文理自然，姿态横生"的艺术境界。

其次，"流光其声"的审美理想所呼唤的，是无往不复、回旋流转、珠圆玉润的诗境与乐思。中国古典艺术崇尚的线性运动，绝非单纯的直线运动，而是循环往复以致无穷的回旋曲式的美。庄子也反复申论及此，《天运》的无首无尾，《齐物论》的"枢始得其环中，以应无穷"，《盗跖》的"执而圆机"，《天下》的"与物宛转"，"推而后行，曳而后往。若飘风之还，若羽之旋"，《寓言》的"万物皆种也，以不同形相禅，始卒若环，莫得其伦，是谓天均"之说等等，崇尚的正是回旋往复的美。

最后，"流光其声"的审美理想所呼唤的，是通体透明的诗的宇宙。庄子屡屡提到日月之光，因为有了日月之光，诗人的心中和身外，才有光明的宇宙。庄子在《天道》篇中以大舜的身份，诗一般的口吻言道："天德而出宁，日月照而四时行，若昼夜之有经，云行而雨施矣。"而与日月星辰之光相联系的，是源于艺术主体心灵的艺术之光，那是人间的至真、至善与至美，是哲人新鲜、深刻的思想与思考，是诗人真挚、赤诚的至情与至性。庄子心目中"流光其声"的审美境界，离不开来自日月星辰的光辉和诗人至情至性的灵光。《齐物论》如此描述这种灵光："注焉而不满，酌焉而不竭，而不知其所由来，此之谓葆光。"宇宙自然与诗人心性的光明与光辉，渗透和融入整个艺术作品，润泽了每一个音符，每一笔线条，每一处细节，辉映、温暖和照亮了审美主体心中和笔下的艺术世界，使其成为一体的完美和谐，如行云流水、

---

① 《庄子·刻意》，第399页。

自然天成、光影声色、妙合无垠的艺术世界。

3. 庄子的叙事艺术

我国古代叙事文学是在强大的史学叙事传统和诗歌抒情传统的双重影响下发展起来的。这样的背景和影响使其走过了特有的历程，禀赋了特殊的品质。而庄子寓言在叙事艺术上作出的有益的探索和尝试，对我国古代叙事文学具有开创性的意义。

（1）庄子寓言的"以文为戏"

我国古代叙事文学的发展历程，实际上就是从史官文化的哺育下逐渐发育和独立的过程。在史学叙事传统的影响下，一直到唐宋时代，传奇作者还每每申明其所述故事情节是耳闻目睹的，并总是冠之以"记""传""志""录"的题名，明代小说评论家有"羽翼信史"一派。即使在金圣叹明辨《水浒传》"因文生事"和《史记》"以文运事"的不同，李渔《闲情偶寄》提出"传奇无实，大半寓言"之说，着重探讨传奇与历史的虚实问题之后，历史家和小说家还没有完全摆脱"以文为史"的观念，文史不分家仍影响着小说、戏曲研究。

诚然，"以文为史"说有其合理性，因为人类一切的精神创造，包括文艺创作都是人类心灵的历史，但一味以看待历史的眼光去看待文学，便是以历史批评取代艺术批评，以道德评判代替审美评判，这是对文学审美特质、规律的曲解和漠视，不利于文学发展。由于在古人观念中，小说艺术的叙事性似乎特别类似于历史文本的叙事性，因而小说自然首当其冲地受到大历史观的制约，艺术原则时常被历史原则所扭曲。而小说艺术也始终尝试着对历史的超越和突围。历史与小说、历史观与小说观的交会和冲撞，构成了中国古代小说与小说理论发展史上的一大景观。

作为小说之滥觞，《庄子》寓言对儒家鼓吹与推崇的礼乐刑政、典章制度和圣贤经典进行了嘲讽和颠覆，并对儒家历史传说进行了大胆的"篡改"和"戏说"。庄子常常将似乎不合情理、子虚乌有的情节加诸圣贤名下，于挥洒谈笑中将崇高庄严的政治、历史和圣贤经典化作一场闹剧。这为后人"以文为戏"的叙事艺术创造开了先例，体现了叙事文学尤其是小说艺术对以儒家学说为代表的史官文化进行叛逆和突围的最早尝试，是小说从史官文化的重重围裏中走向独立和解放的先声，对我国古代小说艺术的发展具有重要意义。

（2）庄子寓言的叙事性想象

想象和虚构，是文学艺术的一个基本属性，但中国古代文学批评，对文学创作尤其是叙事文学创作中的情节构成性想象与虚构似乎一直重视不够。我们从以刘勰为代表的文论家们对艺术想象的论述中不难发现：史官文化和诗歌抒情传统的双重影响，使文论家关注和肯定的，不是作为现实或心灵真实反映的想象，就是侧重于构思艺术意象、意境的，与抒情写意、描物状景有关的想象，而对于既不同于真实地描述历史与现实，又不同于直抒胸臆的情节构成性想象，对于神话传说和寓言故事等叙事类作品中的艺术想象和虚构，则常常持较为审慎的态度。正是基于这一原因，《诗经》中的叙事性想象，因为与记载民族历史的创世神话及史诗联系在一起，而得到汉儒的尊崇；《楚辞》中的浪漫主义想象，凡抒情性的，大多得到后人首肯，而凡"异乎经典"的叙事性的想象虚构，便不同程度地受到后人的批评。这种较为偏颇的文论观念和态度，是不利于小说艺术的生长和发育的。

实际上，想象在诗歌与小说中的具体表现有微妙的差异，在诗歌中表现为抒情性想象（即意境构成性想象，主要着眼于情与景、意与象的关系，通过情景、意象的想象和营构，抒发和表现真挚深刻的思想情感）；而在小说中却表现为叙事性想象（即情节构成性想象，主要着眼于情节的逻辑关系，通过人物形象或生活情节、细节的想象与刻画，书写社会生活和对生活的印象）。所谓情节构成性想象，是指作家在小说创作中运用的既不同于严格写实的史学原则，又不同于诗歌辞赋抒情写意传统的，按照社会生活发展的客观逻辑和人物性格发展的必然逻辑进行的虚构和想象。如果说意境构成性想象应和着诗人心灵的律动，更多地遵循抒情逻辑；那么情节构成性想象则对应着现实与幻想中的人和事，更多地遵循叙事原则。

《庄子》寓言以其思落天外的艺术想象与虚构，充分显示了对情节构成性想象的高度重视和自觉的艺术虚构意识。如《外物》篇："任公子为大钩巨缁，五十犗以为饵，蹲乎会稽，投竿东海，旦旦而钓，期年不得鱼。已而大鱼食之，牵巨钩，铭没而下，骛扬而奋鬐，白波若山，海水震荡，声侔鬼神，惮赫千里。任公子得若鱼，离而腊之，自制河以东，苍梧以北，莫不厌若鱼者。"此外如"庖丁解牛"等也都是以想象性的叙事来表达一种哲学认识。虽然这种想象和虚构与后代的中长篇小说相比还未充分展开，但是，情节构成性想象和虚构是叙事文学的基本要素之一，是小说区别于史传、诗歌的关键性因素。由此观之，《庄子》寓言大多虚构一个叙事性的结构框架，奇思异想而情节连贯，便有着不可忽视的开创性意义，不仅启迪了后人的艺术思维，而且其寓言故事本身也成为后代许多传奇小说构思和取材的渊薮。

（3）诗入寓言与寓言的诗化

小说的诗化，是中国古代小说艺术一个较为特殊的现象。中国古代的小说家首先是诗人，他们虽然也遵循现实主义和典型创造的一般原则，按照社会生活与人物性格发展的必然逻辑来想象虚构，写人叙事，但同时也往往自觉或不自觉地以诗的原则、方法和审美理想来创作，在小说中创造出诗一般的形象和境界，把小说写得像诗一样美。而与小说的诗化密切相关的，是诗歌作为文本在小说中的存在。诗入小说主要有两种情况：一种是作者在小说中自撰或引用前人诗句评说人或事，如《三国演义》开篇引用杨升庵的《临江仙》词评说三国史事；另一种是作者在小说中根据人物形象塑造的需要，或具体情节、氛围和人物的性格逻辑，创作诗歌，归于人物形象名下，如《红楼梦》中林黛玉所咏春恨秋悲的诗篇。

小说的诗化和诗入小说的现象实际上始于庄子。《庄子》的"逍遥游""蝴蝶梦"等呈现着诗一般的形象境界的寓言，正是最早的诗化小说。而诗入小说的两种情况在《庄子》中也已有成功尝试。《人间世》："孔子适楚，楚狂接舆游其门曰：'凤兮凤兮，何如德之衰也！来世不可待，往世不可追也。天下有道，圣人成焉；天下无道，圣人生焉。方今之时，仅免刑焉。福轻乎羽，莫之知载；祸重乎地，莫之知避。已乎已乎，临人以德！殆乎殆乎，画地而趋！'"这是以楚狂接舆的口吻，用诗的形式评说"方今之时"和孔子之德，寥寥数语，便取得了它种方式无以替代的艺术效果。而《外物》篇："儒以诗礼发冢，大儒胪传曰：'东方作矣！事之何若？'小儒曰：'未解裙襦，口中有珠。''诗固有之曰："青青之麦，生于陵陂，生不布施，死何含珠为？"接其鬓，压其颥，而以金椎控其颐，徐别其颊，无伤口中珠。'"此则寓言，可以视为我国文学史上第一篇精彩的短篇幽默讽刺小说，也是诗入小说最早的成功范例。"胪传"一语，十分辛辣地嘲讽了儒家鼓吹的礼仪规范和等级制度，"接其鬓，压其颥，而以金椎控其颐，徐别其颊，无伤口中珠"一段，既是语言描写，又可视为动作描写，盗墓贼之动作、神情和贪婪嘴脸跃然纸上，惜墨如金，而精彩数倍，令人叫绝。通过寥寥数行诗句，活画出人物的性格面目，取得了一般肖像、动作描写所不易达到的艺术效果。嬉笑怒骂，皆成文章，幽默风趣，讽刺尖刻，而意见于言外。此类寓言，可以说是开了《世说新语》之先河。尽管从先秦诸子寓言到《世说新语》、六朝志怪小说，有许多精彩篇章和片段，也有一些诗入小说的成功范例，但通过引用或撰述诗句来传神地刻画人物性格、塑造形象的，似乎还没有超过《庄子·外物》篇的。

四、问题讨论

《庄子》创造了一种寓言体，用生动的形象来解说抽象的哲学思想，他在书中对这一文体有明确的表述："寓言十九，重言十七，卮言日出，和以天倪。"（《庄子·寓言》）这"三言"究竟各自指的是什么？《庄子》中有一篇《天下》分析万物，以超然的态度上来评判人间的言论，总结了全书的体例，里面说道："以天下为沉浊，不可与庄语，以卮言为曼衍，以重言为真，以寓言为广。独与天地精神往来而不敖倪于万物，不遣是非，以与世俗处。"受到一重观念的影响，以及先秦时期对言意关系的认识，庄子为了突破言与意的困境，而提出"三言"的概念。寓言是以神话方式描写自然物的人格化的故事，重言是引证历史故事和长者的言论，卮言是自然无心、不拘一格的语言。通过"三言"的互相配合，《庄子》书中诗性的语言、丰富的想象、广大的意境和深邃的思想贯通无碍，形成了《庄子》迥异于其他诸子的艺术特色。理解庄子特有的言说方式，无疑要从"三言"入手。

1. 庄子"寓言"的特征

寓言是《庄子》中最主要的表达方式。在庄子看来，这是一种"借外论之"的笔法："寓言十九，借外论之。亲父不为其子媒。亲父誉之，不若非其父者也。"（《庄子·寓言》）这是借助众多生动的、具体的形象来寄寓思想、谈说不同的道理。"外"是他人，亦是外物，庄子自己不出现，而驱使种种虚构的人物，以言在此而意在彼的寓言，来传达言外之音、弦外之旨。这一艺术形式在先秦诸子百家著作里已颇常见，庄子更是大量运用。司马迁也说庄子的书"大抵寓言也"。书中二百多则寓言长短不一，短的十五六则缀成一篇，多的一则故事即成一篇。寓言在《庄子》中表现力得到极大的增强，形成了庄子逍遥驰骋于想象世界、融合哲理与艺术的文风。

《庄子》中对"三言"的解说较少，因此关于它的解释也是扑朔迷离。郭象《庄子注》认为"寓言"是将抽象的道理转化成形象化的、可体会感觉的语言，将哲理化的故事表达出来。《周易·系辞》说"圣人立象以尽意"，是以天地万物的形象用抽象的符号和形式表现出来，阐发其间玄妙幽深的本质。《庄子》之中"寓言十九"，数量极大，涵盖层面也极为广阔。从广漠、海天到蜗角毫末，包罗万象，充分体现了"以寓言为广"的特点。无论是神话传说中的神人、圣人还是寄身俗世中的工匠、畸人，都进入庄子的想象空间。如庖丁、匠石、庆梓等小人物，鲲鹏、蜩、学鸠、狸狌、麋鹿、蝴蝶等动物也有"人"一样的思考和行为，还有鸿蒙、罔两、混沌这类超现实的、虚构的形象。庄子反对贵贱、小大与少多之别，"以物观物"来体察认道。这些人物、动物、植物将人性与自然本性结合，在庄子笔下渲染出一幕幕内涵丰富而又极具艺术感染力的场景，不仅超越了物我的局限、脱离了时空的界限，亦消解了生死的差异。

如果同其他先秦诸子比照，在《孟子》的寓言中，没有出现一则动物寓言，而庄子用清醒而冷峻的双眼来观照世界，寓言中鸟兽草木、飞沙走石，皆充满了丰富的人情，甚至还可以讲道理。《在宥》中的"光耀"向"无有"发出疑问："夫子有乎？夫子无乎？"为了表现"无有"的"窅然空然"，赋予"光耀"以可视、可听、可搏的人格特征，使无生命的物质也有了情感，通过传神的人物对话，将深奥幽玄的道理变得具体可感了。那些拟人化了的鸿蒙、河伯、海若、井蛙、神龟，无不展示着令人难忘的精神风采。又如写"楚狂接舆"，没有刻画人物的形貌，只是用"凤兮凤兮"之歌唱，就形容出避世之人的内心世界，给读者留下深刻的印象。

先秦诸子寓言多取材于历史，通过精心的创作结撰来说明道理，为阐发全书的主旨服务。《韩非子》中的寓言多是说理性的，韩非讲法、术、势，为了说服君王，书中的寓言故事常以"人物"为主，不少人物为上层贵族。诸如刻舟求剑、郑人买履、讳疾忌医、老马识途、守株待兔、滥竽充数、买椟还珠、自相矛盾等，皆呈现出浓厚的理性色彩。《庄子》寓言中的主角，不仅有上层贵族，还有小人物，还有无生命的主体，他们没有主次地出现在书中。"邈姑射之神""楚狂接舆""支离叔"等形象，寄寓着《庄子》中特有的理想精神、深长意蕴与超然物外的无待精神，体现了庄子充沛的情感与艺术创造力。《孟子》中的揠苗助长、二人学弈、沧浪之水等篇幅短小、情节简练，呈现为孟子说理过程中的精彩譬喻，体现孟子的仁政主张，赋予书中的论辩以强烈情感与非凡气势。庄子中的寓言层次变化多端，情节往往奇特生动，极为引人入胜。如《秋水》篇的"望洋兴叹"，将抽象的道理形象化、诗意化地表述出来。庄子还创造了联体寓言的形式，用几个寓言从不同角度来阐发一种深邃的哲理与复杂的情感，每一则寓言都无法从浑然整体中分割出来。这些故事神秘怪诞，却是庄子说理的重要依据，寄寓了庄子的思想主张。

迥异于《孟子》《韩非子》中冷静观照与客观说理，庄子的寓言因其主体情感的投注，使寓意更具有多义性。许多寓言并不是作为比喻而存在，而是在形象中融合着象征性的意义。《天地》篇中的"象罔"，以玄珠象征大道，象罔象征自然无所用心者，反映大道不能用心智机巧求得的深刻哲理。庄子的寓言具有创造性和想象性，语言诡谲浪漫，在"庄周梦蝶""望洋兴叹"等寓言中更为明显。庄周梦蝶的结语，是一段向千古而后的作者的提问，"不知周之梦为蝶与？蝴蝶之梦为周与？"，瞬间的梦境，在庄子敏锐的思维中留下了永恒的困惑，连他自己也不清楚到底谁梦见了谁。这无疑形象地道出了世人在梦境与现实中两相徘徊流连的情境。庄子对这一重疑惑又是安然的，自由出入万事万物的人生境界带给人无尽想象，没有停留在绝对的结论之中，而是显现出万物合一的空灵美感。庄子以"三言"观照万事万物，消解现实世界与理想世界的差距，正体现出这样一种崇高的、自由的精神境界。

2. 如何理解《庄子》中的孔子言论？

《庄子·寓言》中说："重言十七，所以已言也，是为耆艾。年先矣，而无经纬本末以期年耆者，是非先也。"所谓重言，即"耆艾之言"，也就是借先前老辈所说的话来"经纬本末"。《庄子》中出现的众多历史人物，如孔子、老子已为世人耳熟能详，重述、引述他们的言论，自然也是为了直接和间接地表达道理。这样的理解似乎没有问题，倘若细究"重言"的例子，就会发现其间包含着内在的矛盾。

　　战国时期礼崩乐坏的景象，在当时的典籍中或多或少有所反映。诸子各家都提出拯救时弊的主张。以孔子为代表的儒家以恢复周礼为己任，与道家思想强调的自然无为、绝圣弃智的观念是格格不入的。在《庄子》中出现的大量寓言，多是为了阐述庄子学派的观点，因而时见对儒家思想的批判与嘲弄。然而令人惊讶的是，孔子几乎是《庄子》中出现次数最多的一个历史人物形象。如果庄子要借重长者来表达道理，为何要借孔子这样的儒家宗师之口来说话呢？

　　这个问题在《庄子》中是可以不言自明的。儒家所推崇的圣人尧、舜形象，与庄子阐述的"道"可以说是有着天然的矛盾，因此庄子不是将他们视为言说真理的长者和效仿的榜样，而是批判的对象。如《天运》篇中写到孔子问道于老子，《在宥》篇写黄帝问道于广成子，《山木》篇中还写到孔子穷苦困厄的经历。我们读其中的圣人、帝王，能够感受到原本光辉高大的形象在庄子这里发生了转换。这样的变化，和庄子对"鲲鹏"的夸张变形手法相比，可以说是反其道而行之的。鲲本来只是鱼子而已，但庄子却说其能化为大鹏，扶摇而上，大至无边无际。《德充符》中的王骀、申徒嘉、叔山无趾等微不足道的小人物，因为"德有所长"而显得伟大，并得到大人物的钦佩、感叹。庄子主张无情，是缘情之"常因自然而不益生也"，与此相应，庄子把自己的感情都倾注到"三言"中的人、物身上。正如林云铭在《庄子因》里说的："庄子似个绝不近情的人，任他贤圣帝王，矢口便骂，眼大如许；又似是个最近情的人，世间里巷，家室之常，工技屠宰之末，离合悲欢之态，笔笔写出，心细如许。"其无意于抒情，字里行间却洋溢着深沉的情感。哪怕是描述工技屠宰的匠人，我们也可以看到庄子对小人物怀有的亲切与尊重。如果说这样的人物能进入庄子心目中的"耆艾"，自然是没有什么疑问的。而相比之下，庄子对孔子经历加以诸多的改造与变形，与历史上的孔子贤圣的形象截然不同，甚至在庄子面前还要以后学、晚辈的身份出现，这不能不引起我们的深思。庄子中的孔子言论，是否可以看作"重言"？

　　按照"重言"的解释，庄子之所以反复引用孔子及儒家人物形象，是想借孔子之口论道，来衡量仲裁、平息争论。从这个角度来看，孔子在庄子中又时常以另一种形象出现，也即作为传道、解惑的长者。在《庄子·人间世》中，孔子向颜回讲述心斋："唯道集虚，虚者，心斋也。"在《庄子·大宗师》中，孔子又向颜回传授坐忘："同则无好也，化则无常也。而果其贤乎！丘也请从而后也。"如此看来，"孔子"确实可以视为《庄子》重言中的"耆艾"，只是他变成了一位虚心学道的人物，而且涉及了庄子思想的核心部分。"心斋"的概念是在孔子与颜回的对话中产生的。庄子之道"不可闻""不可见"，亦是"不可言"的，但却是可以通过心灵问道，并借孔子之口说出来。"心斋"则是指心的斋戒，达到"坐忘"，需要"忘仁义、礼乐"。儒家所倡导和追求的，也是庄子所着力摈弃的："堕肢体，黜聪明，离形去知，同于大通，此谓坐忘。"抛弃肢体，去掉聪明，不受形骸的束缚，乃至忘掉知识性的活动，都是要通过虚静澄明的体悟，感知通往宇宙本体、万物之源的大道，达到泯灭是非、齐同万物的境界。

那么它究竟是庄子自己的语言，还是仍然可以看成别人的话呢？可以想象，庄子说"重言十七，所以已言"，如果"寓言"是庄子心目中的"外人之口"，那么"重言"的说话者，与其说是先哲时贤，不如说是作者自己。然而既都是自己的话，何以又要特别提出来，与寓言、卮言相区别而自成一体？比照《论语》一些篇章所包含的符合"重言"标准的形式，如《论语·微子》中"荷蓧丈人""子路"，所讲述的故事与《庄子·天地》中"为圃者""子贡"有着相近的模式，然而旨趣却相去甚远，孔子及其弟子的面貌更是如此。庄子多次借孔子之口宣扬的道家之"道"，本来是庄子自己的思想。经过这样的艺术加工，重言中的孔子形象已经变成了彻底道家化的人物，乃至孔门学生颜回、曾参等也成为道家思想的践行者。庄子所征引的长者实仅限于表象的借重，而将不可言说的内心体验，通过"三言"的营构而寄寓在人、事、物的表象之内，这是讨论"重言"无法忽略的地方。诸如"云将""鸿蒙""无为谓""无穷""无为"等道家人物，皆符合"寓真于诞、寓实于玄"的总体风格。因此，《庄子》说的"以重言为真"无法视为历史的真实，而与"寓言"的寓实于幻，想要表达的艺术层面的真实是一致的。

3. 如何理解庄子的言与不言？

《庄子·寓言》中说："卮言日出，和以天倪，因以曼衍，所以穷年。""卮"的本义是一种盛酒的酒器，"卮言"之义从此引申而出。殷周时期酒器品类繁多，卮大概是一种盛放酒的器具，因其浑圆无际，故而成"曼衍"之辞，又与中枢相通，而成为浑圆之道的象征。先秦时代有重酒、好酒的传统，饮酒可以愉悦身心、全身葆真，在宴饮中逸兴遄飞的畅言，具无心而发、自然流露的特点，其间结构散漫曲折而变化流衍。庄子不和天下人说"庄语"，而是以"谬悠之说，荒唐之言，无端崖之辞"来讲论哲理，从这个意义来说，"卮言"也正是遗忘成心、不拘常规的"如酒之言"，让人品味其中的蕴藉之思。

从寓言、重言到卮言，形象、意义之后的哲思，集中反映了庄子的言意之辨的艺术形式。道家对语言是秉持怀疑态度的，老子认为："道可道，非常道；名可名，非常名。""道"不可言说的，其名也只是"强为之名"。庄子的哲学则是建立在对"言""意"之辨的深刻论析上的。庄子明确了语言的本质，提出了"言不尽意"的看法，"轮扁不可语斤"，是而道不可传，我们所能读到的并非精华，因为真正的大道是不可以言说的："大道不称，大辩不言。"所以读《庄子》时难免留下这样的疑惑：既然庄子认为语言不能完全表意，那为什么还会有这样一部巨著呢？

"卮言"本身是为突破这一言与道的悖论。"卮言"是"道"的一种载体，是庄子理想中的语言形态。在《庄子》中，对卮言的解释也是最多的。这样一种承担了传道功能的语言，是日常生活中自然而发、不经过深思熟虑的言说，无利害、无是非，因而不致落入语言的筌障。以卮言方式来言说对象，日新而无穷，无始无终，故而能经久。庄子说自己的文章汪洋恣肆、仪态万方，这是卮言的存在形态。它不是对客体直截了当的陈述，而是无所不在的。就像让寓于万物自身的天籁来发声，达到比人籁、地籁更贴近本相的自然状态，是"吾丧我""心斋""物化"的实现，就像大块噫气"吹万不同，而使其自己"的境界，是难以言状之"道"。

"大辩不言"，因此一开口就落入常道，而庄子推崇的卮言却介乎"言"与"不言"之间，既非真正意义上的言说，又非彻底归于静默。用"无"的言来代替"有"的言，使有限的言具有了无限的意义，达到"言无言"的境界。这种看似"无心之言"，说明的是道不自言却可以辗转领悟的道理。

"三言"之中，卮言与寓言、重言在表达形式与意义结构上有着紧密的关联，因此卮言在一定程度上也是指向寓言、重言来说的。它既可以是简单的对话，也可以形成独立的寓言故事，乃至人物对话中常常以譬喻出现的故事，如庄子以涸辙之鲋的寓言讽刺监河侯。《养生主》中先以一段卮言总论，然后以四个寓言从不同侧面分论之。《德充符》则连续列举，在结尾处以卮言总括全文。《骈拇》痛斥仁义道德，是以卮言一步步指出仁义的危害。《人间世》一共由八则寓言组成，文气相连，宗旨一致，皆以道为旨归，可以各自独立来读。因此，寓言、重言与卮言可以相互含涉嵌套，结构灵活不拘。正如王夫之所言的"至于天均而无不齐矣，则寓亦重也，重亦寓也。即有非重非寓者，莫非重寓也"（《庄子解》）。

卮言作为一种抽象的存在，还包含着等同万物的齐均性。它流转不息、渐变连绵，不会停留执着于某一物，处在永不停息的生长转化之中。《逍遥游》中的卮言往往文意相接而又环环相扣。如开头从鲲鹏之大牵引出蜩与学鸠的小虫，列子之御风又呼应了大鹏的高飞，其间小大之辩得以凸显，可谓庄子之妙境。通过鲲化为鹏的艺术变形，展现道在偏离与上升之间回环往复、旋转不息的过程，如此则充分体现了卮言的渐近性和层次性。我们可以用"逍遥游"中的"游"来理解"卮言"的存在方式与本质。"卮言"作为"无用之言"，与庄子"无用成就大用"的思想无疑有着深层的契合关系。

五、拓展资料

1. 郭庆藩《庄子集释》，中华书局 1961 年版
2. 王先谦《庄子集解》，中华书局 1987 年版
3. 王夫之《庄子解》，中华书局 1964 年版
4. 刘文典《庄子补正》，云南人民出版社 1980 年版
5. 陈鼓应《庄子今注今译》，商务印书馆 2007 年版

第四课

陶渊明：田园高隐　桃源寻踪

一、背景叙述：古今隐逸诗人之宗

　　陶渊明，字符亮，一说名潜，字渊明，浔阳柴桑（今江西九江）人。曾祖父陶侃为东晋重臣，官至大司马。其祖父、父亲都曾作太守，但到了陶渊明，家境早已破败。他在《自祭文》中就说："自余为人，逢运之贫，箪瓢屡罄，绤絺冬陈。"贫穷是陶渊明的童年经验，同时也直接影响了陶渊明的人生选择。"家叔以余贫苦，遂见用于小邑"（《归去来兮辞》序），"直为亲旧故，未忍言索居"（《和刘柴桑》），陶渊明诗文中多次提到过其出仕的原因是受到了贫穷的困扰。

　　然而，纵观陶渊明的一生，他在仕途上并没有走得太远。二十八岁初仕江州祭酒，之后他几仕几隐，每一次做官持续的时间都不是很长。最后一次出任彭泽令，仅八十余日，便赋《归去来兮辞》，辞官归隐。关于这次归隐的原因，据《宋书》记载，是因为陶渊明不堪束带见督邮，在历史上也因此留下了他"不能为五斗米折腰"的名言。"陶渊明欲仕则仕，不以求之为嫌；欲隐则隐，不以去之为高。"可见，苏东坡是极为推崇陶渊明在去留、仕隐之间的这种自然心性的。作为中国文化史上著名的隐士，陶渊明在《五柳先生传》里对自己有过这样一个评价，"闲静少言，不慕荣利。好读书，不求甚解，每有会意，便欣然忘食。……忘怀得失，以此自终。"在这里，陶渊明自塑了一个恬淡自适、超然物外的隐士形象。"我实幽居士，无复东西缘。"（《答庞参军》）可见，陶渊明对自我的基本定位就是一个隐者。

　　由于中国古代士人在仕隐之间很难找到一个平衡自我心致的途径，因而，面对陶渊明这样一个真正的隐士，后人就往往表现出无比的歆羡之情。从陶渊明生前的遭遇冷落，到后世成为精神楷模，以及后世慕陶、和陶作为一种普遍的文化现象，在后人对陶渊明的情感认同中，我们就可以窥见其对隐士文化的贡献。

陶渊明辞官归隐后，躬耕南亩，亲事稼穑，可以说，与劳动、与田园均作了一次近距离的接触。而这些生活经验直接成就了陶渊明田园诗的创作。陶渊明与山水诗的开山祖谢灵运在文学史上并称"陶谢"。陶谢所代表的山水田园诗，直接开启了后代一个重要的创作流派，即山水田园诗派，因而在文学史上又具有重要的开拓意义。

二、诗歌鉴赏：真朴自然的田园风景

陶渊明是我国古代山水田园文学中具有代表性的卓越诗人，是晋、宋间一流人物，"常言：五六月中，北窗下卧，遇凉风暂至，自谓是羲皇上人"[1]。"好读书，不求甚解，每有会意，便欣然忘食。"[2] 他以其特有的审美态度来观照自然人生，以恒久不衰的诗人的新鲜感，欣赏和感受着自然与生活中的美。代表作品如《归园田居》其一：

> 方宅十余亩，草屋八九间。
> 榆柳荫后檐，桃李罗堂前。
> 暧暧远人村，依依墟里烟。
> 狗吠深巷中，鸡鸣桑树颠。
> 户庭无尘杂，虚室有余闲。[3]

此诗以所居定点为中心，对前后左右、远近里外的景观作了井然有序的描述，恰似一组缓缓推移、富于层次感的电影镜头。这里，诗人不仅很好地把握了这些景物空间意味上的位置、层次和相应关系，更传写出了它们内在

---

[1] 陶渊明《与子俨等疏》，逯钦立校注《陶渊明集》卷七，中华书局1979年版，第188页。
[2] 陶渊明《五柳先生传》，同上卷六，第175页。
[3] 陶渊明《归园田居》其一，逯钦立校注《陶渊明集》卷二，中华书局1979年版，第40页。

和谐相应、融注一气的生机韵味，淡淡地写来，就创造出一个充盈着宁静和谐氛围的田园境界。

陶渊明把归隐生活、自然田园当作他精神寄托与灵魂归宿之所在。他在《归园田居》其一中自谓："少无适俗韵，性本爱丘山。误落尘网中，一去三十年。羁鸟恋旧林，池鱼思故渊。"并为"久在樊笼里，复得返自然"而载欣载奔。[①] 陶渊明始终是自然田园的朋友，是自然之子。对"丘山"的热爱和"质性自然，非矫励所得"的天性[②]，使诗人充分地达到与大自然的默契，领悟到自然田园的真趣。

陶诗中并非没有丝毫玄理，但他初无玄理横亘胸中。诗人之意本不在玄理，而在于自然人生美的意趣。"仲春遭时雨，始雷发东隅。众蛰各潜骇，草木纵横舒。"[③] 在早春二月的小雨和唤醒大地的第一声春雷中，诗人欣喜地感受到万物复苏的春天的消息，领略着大自然潜藏与勃发着的无限生机，而自然天道也正寓含、体现于此。陶诗中的理语，是经他对自然人生透彻的解悟和他特有的审美态度所浸染和稀释了的，也是与田园境界和谐相融的。同时，陶诗中的理语又说得那样微妙、含蓄，使理语本身就带着某种情趣，含着自然的美的意趣。"此中有真意，欲辨已忘言。"[④] 此中真意，即从对自然人生有所领悟而得来。得意忘言，语出《庄子·外物》。言意之辨，是玄学命题之一。然则陶渊明此语是地地道道的玄理，但与他所描绘的田园境界，与他对自然人生的审美态度和谐一致，说理用事，浑然不觉，富于诗意，令人久久回味。他的旧宅曾遇火焚毁，"一宅无遗宇，舫舟荫门前"。在"迢迢新秋夕，亭亭月将圆"之时，诗人"中宵伫遥念，一盼周九天"。他的思绪目光神游周流于辽阔的宇宙空间，得到了某种人生领悟与解脱。由宅宇在火中化为灰烬，联想到人的形迹之化往亦当如此，并表述了他"形迹凭化往，灵府常独闲"的人生态度与精神境界。[⑤]

诗人有时在"靡靡秋已夕，凄凄风露交。蔓草不复荣，园木空自凋。清气澄余滓，杳然天界高"的深秋寂寞之中，领悟到"万化相寻绎"的天道自然

---

① 陶渊明《归园田居》其一，同上卷二，第40页。
② 陶渊明《归去来兮辞·序》，同上卷五，第159页。
③ 陶渊明《拟古》其三，同上卷四，第110页。
④ 陶渊明《饮酒》其五，同上卷三，第89页。
⑤ 陶渊明《戊申岁六月中遇火》，同上第81—82页。

规律①，在"南窗罕悴物，北林荣且丰。神渊写时雨，晨色奏景风"的仲夏的欣悦中，发出"既来孰不去，人理固有终"的感慨②。这些玄理由陶渊明娓娓道来，很少有抽象无味和晦涩生硬之感。作为自然之子，与田园自然相默契的亲切情感，使诗人时或陶醉自失于其间，达到心物交游、物我为一的境界。"采菊东篱下，悠然见南山"便是诗人进入这样的境界而发于吟咏的佳作。③物我两忘，也便物我合一，达到意与境、诗人情思与田园风光主客观的完美统一。

大凡抒写自然物象的诗，都应达到诗人情思与自然物象主客观的统一。其间有多种方式，可以主观情思映现于客观物象，也可以是客观物象融摄于主观情思。陶渊明与王维、孟浩然等诗人更倾向于前者，而李白等人吟咏物色的创制则更多是属于后者。在陶诗中，诗人的情感不是异常的浓烈、突显，没有一种左右、超越自然境界的力量。其悠然淡泊的情感从田园境界中自然萌生，也自然地化入、消融于田园境界之中。当炊烟飘荡、消散于微风之中（"依依墟里烟"），诗人的情思亦复如此。考察陶渊明的田园诗创作，可以发现，在静观默察、赏悟自然并进行创作时，诗人情思指向、消融于自然境界之中，从而完成了把自然物象纳入诗人审美范畴与情感世界的过程，达到自然物象与诗人情思主客观的融合，这是以主观合于客观的方式完成主客观的统一。

陶渊明注重整体境界的和谐完善，试图歌咏出某种氛围、情调。他较少采用赋法过多地铺排写景，善于隐去、淡化局部景物以谋求境界的浑然无迹。他归隐后写的一些田园组诗，大多抒写一时一地的感受。在陶诗中，景物与情思的抒写都较纯净疏朗，不像谢灵运那样繁富丽密，景物与景物之间的转接过渡与诗人情思的转化也是舒缓自然的，没有突兀不谐之处，景物与景物之间、田园风光与诗人情思之间，充盈着和谐相融的生机和韵味，成为完美整一的艺术境界。陶诗中写到的景物并不多，但常常写得耐人寻味。他总是以静观默察的审美方式从容地描绘景物徐徐展现的动态过程，对主体静态的观照，更显示出大自然的无限生机、意趣和景物内在的和谐。由于诗人主体

---

① 陶渊明《己酉岁九月九日》，同上，第83页。
② 陶渊明《五月旦作和戴主簿》，同上卷二，第53页。
③ 陶渊明《饮酒》其五，逯钦立校注《陶渊明集》卷三，中华书局1979年版，第89页。

的情感并未明显地频繁介入，使陶诗中的田园景物更富于自在具足的意味，更易形成一个和谐完整的境界。如前述《咏贫士》其一之写"孤云""众鸟"，而这，正构成了诗人抒写情思的物象基础。

陶渊明注重整体境界的和谐完美，还表现在，他很注重抒写彼此相应的景物，而隐去或淡化与整个境界、氛围、情调不太协调的景物。如《和郭主簿》其二，"和泽周三春"一句，作为"清凉素秋节"的引子和陪衬，接写道："露凝无游氛，天高风景澈。陵岑耸逸峰，遥瞻皆奇绝。芳菊开林耀，青松冠岩列。怀此贞秀姿，卓为霜下杰。"[1] 所写景物都有清高素洁的意味，与"清凉素秋节"同一情致。这几句就已描画出一个清逸的美的境界，似一幅绝好的素秋写意图。同时很自然地引出"衔觞念幽人"，写景抒情，融为一体。前面描画的境界，恰好成为对"幽人"的渲染烘托。这里，景物与"幽人"契合无间，构成了一个圆融无碍的艺术境界。《拟古》其七："日暮天无云，春风扇微和"，"皎皎云间叶，灼灼叶中华"，刻画景物寥寥数语，便相互映衬，为"佳人美清夜，达曙酣且歌"[2] 描绘了一个澹荡冲和的境界，很好地烘托了"佳人"之美。

三、要点提示

1. 陶渊明性格的多元性

（1）一个悲观的英雄主义者

在对陶渊明性格的体悟中，后人逐渐发现了陶渊明平淡、冲和之外的另一面。"陶渊明诗，人皆说是平淡，据某看他自豪放，但豪放得来不觉耳。"[3]"莫信诗人竟平淡，二分《梁甫》一分《骚》。"[4] 可见，诗人的个性气质中蕴含了多元的构成。

"忆我少壮时，无乐自欣豫。猛志逸四海，骞翮思远翥。荏苒岁月颓，此心稍已去。值欢无复娱，每每多忧虑。气力渐衰损，转觉日不如。……前途当几许，未知止泊处。古人惜寸金，念此使人惧。"（《杂诗》其五）"闲居执

---

① 陶渊明《和郭主簿》其二，逯钦立校注《陶渊明集》卷二，中华书局 1979 年版，第 61 页。

② 陶渊明《拟古》其七，同上卷四，第 113 页。

③ 黎靖德编，王星贤点校《朱子语类》卷一百四十，中华书局 1986 年版，第 3325 页。

④ 刘逸生注《龚自珍己亥杂诗注》，中华书局 1980 年版，第 183 页。

荡志，时驶不可稽……泛舟拟董司，悲风激我怀。"（《杂诗》其十）在表现其英雄主义的文本中，我们发现陶渊明的英雄主义多表现为一种回忆性叙事。随着他内心世界逐渐积累的悲观情绪的蔓延，这种回忆性叙事过渡为对某种童年经验的追思缅怀。

陶渊明英雄主义情绪消遁的原因，产生于他直接的生存感受基础上的生命无可挽留的迁逝之悲，以及由时间造成的生命易逝与功业无成的紧张。《杂诗》组诗表达了他内心许多次不平静的片刻。"从古皆有没，念之中心焦。何以称我情，浊酒且自陶。千载非所知，聊以永今朝。"（《己酉岁九月九日》）这是对生命之不可变更的未来走向的刻意回避，表达了他心中不愿公开的脆弱。他以逃遁到酒的世界中的方式来淡化对未来的思考，正显示了他对未来的悲观感受。"常恐大化尽，气力不及衰。拨置且莫念，一觞聊可挥。"（《还旧居》）

英雄主义在陶渊明身上具体体现为他对于曾经的宏大志向的一种缅怀与追忆，却随着他"英雄迟暮"心态的出现，而渐渐消遁。因此，悲观主义与英雄主义两相作用，不断地调整着陶渊明的自我定位。

而作为一个悲观的英雄主义者，我们认为，他的情感构成是复合式的。英雄主义之名词是"立功、立德、立言"三不朽说的现代抽象。其所包含的拯救情怀，必然在无意中包含着对功名的潜在向往。如陶渊明称夸父"余迹寄邓林，功竟在身后"，说荆轲"其人虽已没，千载有余情"，讲二疏"谁云其人亡，久而道弥著"。由于功名在很大程度上是对英雄行为所遭遇的现实无果的精神补偿，因而，从这一个意义上说，陶渊明是主张立名的。然而，在另一个层面上，陶渊明的功名观念是淡漠的，"去去百年外，身名同翳如"（《和刘柴桑》），"吁嗟身后名，于我若浮烟"（《怨诗楚调示庞主簿邓治中》）。这种对于功名的淡漠态度，源于死亡在很大程度上平衡了一个人生前的成败得失。他说，"百年归丘垄，用此空名道"（《杂诗》其四）。正是陶渊明性格构成中的多元性，决定了他对功名的两重心态。

（2）欣慨交心：复合式情感及其表达

朱光潜先生《诗论》认为，"欣慨交心"这句话可以用来总结陶渊明的精神生活①。"欣慨交心"语出陶渊明的《时运》诗，可见对于心性深处的这两种情绪的混合与交融，陶渊明是有着自身的体会的。因而，悲、喜这两种复合式的情感，在陶渊明的诗歌中是有着直接的表达的。陶渊明是一个对情感具有理性感知力的诗人，"欣慨交心"出自他自己的诗歌创作中，可见，他对自我有一个清醒的体认。

如《游斜川》诗就是典型的表达陶渊明"欣慨交心"的心理变迁的诗歌。这首诗先是叙述了在一个"天气澄和，风物闲美"的日子里，他与"二三邻曲，同游斜川"的事。整首诗的开篇，都可以看出陶渊明沉浸在一种轻松愉快的心情中。然而，"饮酒"却过渡了陶渊明的情感。在"提壶接宾侣，引满更献酬"一句诗歌以后，欢快的心情转向对时光的悲叹。我们在此处发现，酒事往往在过渡陶渊明的心事中起着很重要的引导作用。因而，酒从其最初的目的而言，是在那似醉微醉而又非醉的过程中，获得一种暂时忘却的痛快。然而，我们的陶渊明，却正是在酒的欢醉中有意地保持了一份悲凉的清醒。所以他说，"一士常独醉，一夫终年醒"（《饮酒》十三）。在《诸人共游周家墓柏下》一诗中，他表达了这种复杂情感，酒在转换他的情感视线的过程中，起到了决定性的作用。"今日天气佳，清吹与鸣弹。感彼柏下人，安得不为欢。"即使是在类似扫墓这样的行为中，陶渊明也偶尔对死者幽了一默，即他认为墓下的人也不见得没有欢乐。然而，在经过了"清歌散新声，绿酒开芳颜"的转折以后，陶渊明的感情又转向了"未知明日事，余襟良以殚"的悲凄与殚惧。可以说，酒对于一般人而言，起着一种情感调整的作用。而对于陶渊明，则往往在简短的欢愉中，保持着一种致命的理性与清醒。而这份理智，直接导向了他内心对于未来的悲观情绪。可以说，酒引导了陶渊明悲喜之间的转换。而在同一首诗中表达复合的多重感情，有效地拓展了陶诗的表现空间，也有助于开拓我们对陶渊明性格的阐释空间。

"欣慨交心"是陶渊明比较恒定的心理状态，我们认为，正是他始终保持了这样一贯的情绪节奏，把悲欢作为了一种辩证的自然法则，"衰荣无定在，彼此共更之"（《饮酒》其一），陶渊明的人生也获得了一种更为流畅的节奏。

---

① 朱光潜《诗论》，生活·读书·新知三联书店 1998 年版，第 320 页。

（3）咏史诗：内在情感与外部人格的双重载体

咏史诗，是在虚拟的历史时空中与古之人事的对话，是对一些有距离的人与事抒发内心情感的诗歌形式。咏史即咏怀，这种特殊的诗体形式，又在很大程度上决定了抒情的间接性。这是更为适合表达诗人的隐在情怀的。因而，当达观超然的隐士身份作为陶渊明外部的身份特征时，他的咏史兼咏怀的诗歌表达，就在某种意义上担负了抒发其内部心理特征的功能。

综观陶渊明的咏史诗，我们发现，其所咏之人大致可以分为两类，一类是上文提到过的悲剧英雄，如《咏荆轲》《读山海经》和《读史述九章》等；另一类则是咏贫士与隐士，如《咏贫士七首》和《扇上画赞》等。如果说对悲剧英雄的咏叹，表达了陶渊明潜在的事功热情的话，那么，他对前代贫士与隐士的感喟，则更多寄寓了对自我命运的关注。通过咏史这种抒怀方式，陶渊明完成了两重心理的表达。一方面，通过咏史，他的内在情感获得了历史的客观载体；另一方面，陶渊明又通过咏史诗对符合自我规范的身份，从对理想知识分子的抒情中获得了认同。

咏史诗，作为对历史上的人与事的寄慨，其在意义的赋予上必然带着咏叹者自身的情感诉求。由于历史人物的意义与价值是经由历代诠解之后的综合，因而，时空的久远产生的距离感，就有利于咏叹者在历史人物身上赋予某种理想性的内容，完成对于历史的重构。陶渊明在咏前代贫士的时候，往往截取的是他们性格中值得借鉴的部分，为守护自己的贫穷的生活，寻找到精神安慰的依据。而历代贫士，也通过后人的理想性的重构，获得了经久不衰的再生性的历史意义。陶渊明对前代贫士与隐士之人格的极致表达，很大程度上是经过了历史的虚化而生成了一种文化上"类"的意义。这种"虚化"，主要就是意义，即由于时空作用而可能形成的对本来意义的提升或降低。由于陶渊明本人对自我的定位也是"隐士"和"贫士"，他说"我实幽居士"（《答庞参军》)，因而，咏史诗，正是为陶渊明表达一种相类似的经验提供了历史的标本。而陶渊明又时时在对历史的虚化过程中强化着对自我身份的认定，并且在相类的经验叙述中扩展着对自我生存选择的自信。

这样，陶渊明之于隐士与贫士，就多了一层自我劝勉与鼓励的色彩。由于经济问题引起的陶渊明在人生道路选择上的尴尬处境，直接形成了他的仕隐冲突，因而，陶渊明多次从古代贫士的固穷守节中寻找到了文化安慰。他说，"何以慰吾怀，赖古多此贤"（《咏贫士》其二），"谁云固穷难，邈哉此前修"（《咏贫士》其七），而在那些古代士人的身上，多少都暗含着与陶渊明相关的某些因素。正是与自己心灵的某种契合，才在很大程度上丰富并且补充着陶渊明"咏史"的情感来源。

2. 陶诗的语言："田家语"

"田家语"语出钟嵘《诗品》："至如'欢言酌春酒，日暮天无云'，风华清靡，岂直为田家语耶？"可以说，其实"田家语"就是对陶渊明诗歌语言的概括，展现了陶渊明归园田居的生活实践。田家语是直接源自日常生活的语言，不经任何雕饰，冲口而出，正如元好问所形容的："一语天然万古新，豪华落尽见真淳。"[①]陶渊明以洗净铅华、不饰雕琢的田家语入诗，一改当时的绮靡文风，在文学史上意义深远。

（1）"田家语"中融合着田园背景

中国文明是静的文明。农业社会日出而作、日落而息的简单生活，男耕女织的生活节奏，流泻着宁静安详的生活情调，小农经济的自给自足，洋溢着自得其乐的闲适平和。而"田家语"正是在这样的背景中产生的。"田园生活本身既是'平淡自然'的，如何能够用富艳雕琢的笔调来写呢？"[②]所以，只有那有如天空般澄澈，有如大地般朴质的田家语，才能冥合那古老的村庄、墟落和炊烟……这一些田园的传统意象，停驻了人们恒久的视线。阡陌交通，鸡犬相闻，土地平旷，屋舍俨然，黄发垂髫，井然有序的画面，承载古老的希望，从上至老子之"小国寡民"，下至陶潜之"桃花源"，都带着理想主义的怀旧色彩。而田家语正为我们保留了鲜活的信息。这里面传载着深沉持久的文化传统，在不断的炊烟中，平静升腾着民族经久不变的希望，因而在"不知有汉，无论魏晋"的时序的错综迷离中，生动地再现着鸡鸣狗吠的生生不息。

陈知柔《休斋诗话》中云："人之为诗，要有野意……风人以来得野意者，惟陶渊明耳。"这一"野"字，正是相融于大自然原始的、野性美中的田家语之特色。情与景相融相契，达到了"无我之境"。所以陶诗不复阮籍那样焦灼的寂寞与孤独，以及那巨大、广漠的时空意识与个人辗转扑腾的生命意识之对

---

① 元好问《论诗绝句》（其四），施国祁注《元遗山诗集笺注》，人民文学出版社 1958 年版，第 525 页。
② 王瑶《中国中古文学史论》，北京大学出版社 1986 年版，第 259 页。

立。陶诗无热烈的辞藻，只在平淡的述说中呈现主客相融的平静。"山气日夕佳，飞鸟相与还"（《饮酒二十首》其五），夕阳下暮归的农人，迎着大自然氤氲的气息，于绚烂之极而归于平淡，化入裹着麦香的热风与灿烂而成熟的暮色之中。

（2）"田家语"表现的劳动生活

陶诗是源于"劳动"的。"闲暇辄相思。相思则披衣"（《移居二首》其二），"悠然见南山。山气日夕佳"（《饮酒二十首》其五），"夕露沾我衣。衣沾不足惜"（《归园田居五首》其三），"含熏待清风。清风脱然至"（《饮酒二十首》其十七），"达曙酣且歌。歌竟长叹息"（《拟古九首》其七），以顶真格的连环语式体现了源自劳动的节奏美，但又不同于《诗经》时代有如"采采苯苢"般因意象的重叠、反复而造成的忙碌感。其流转变化间由《诗经》中简单的动作反复上升到了一种视线、意绪上的往复和连贯。

正如诗歌向我们展示的陶渊明踏踏实实地将生命安顿于劳动人生中，并以一个"居者"的心态，对于这片土地深情伫立，"开荒南野际，守拙归园田"（《归园田居五首》其一）。苏轼云："非古之耦耕者，不能道此语。"[1] 在陶诗"采菊东篱下，悠然见南山"（《饮酒》其五）那样悠长的视线显示了冲和、持重的美，陶诗中的连环语式因此而令人一唱三叹、兴味深长。

源自劳动的语言，所言说的悲欣，必然维系着关于收获与灾难的周期，"常恐霜霰至，零落同草莽"（《归园田居五首》其二），这是劳动的忧虑；"平畴交远风，良苗亦怀新"（《癸卯岁始春怀古田舍二首》其二），"桑麻日已长，我土日已广"（《归园田居五首》其二），却如坐春风般地沐浴了收获时的无限憧憬。

（3）"田家语"与农民

陶渊明是知识分子中的归隐者，尽管他不辞辛劳，挥其击壤情，无限潇洒执着于躬耕自资的生活，但他究竟不是农民。然而，我们应该相信，主动归隐的陶渊明，在中国农村强大的精神文化的辐射下，他不仅实现了由劝人劳动"解颜劝农人"（《癸卯岁始春怀古田舍二首》其二）到自觉劳动"躬耕非所叹"（《庚戌岁九月中于西田获早稻》）的态度的转变，同时，也自觉地，为

---

[1] 苏轼《题渊明诗》，孔凡礼点校《苏轼文集》第五册，中华书局 1986 年版，第 2091 页。

着那群默默的、不善言辞的老农表白他们的心声。

陶渊明在诗中写下了劳动人民的重情重义，这表现于"相见无杂言，但道桑麻长"（《归园田居五首》其二）这样简单的道白中，表现于"邻曲时时来"（《移居二首》其一）、"过门更相呼"（《移居二首》其二）这样的走家串门中。由此他与劳动人民建立了一份知己之情。卜邻而居的陶渊明，"相思则披衣，言笑无厌时"（《移居二首》其二），在日常生活伸手可及的到达中寻觅友谊。"抗言谈在昔"（《移居二首》其一），那耿耿的言语诉说着关于祖先的故事；"荆薪代明烛"（《归园田居五首》其五），那微弱的照明，映现着农家款款的真情。彼此的嘘寒问暖，让一个中国文人没有因为生存手段的匮乏和孱弱而流离失所，反而让一叶生命小舟颠簸着，在亘古而永恒的生息中绵绵曲进。《乞食》诗是其中的典型代表，作为一个有着"吾不能为五斗米折腰，拳拳事乡里小人"这样傲岸性格的陶渊明，在这里，我们看到其生命的两重样态，之所以会有"乞食"这样的"苟全"，我想，实在是与农民那真挚淳朴的品质有关。田家那一份暖融融的人情美，客观上也挽留了一位知识分子。

"语言文艺属于民俗，也是直接掌握农民心理和乡村人优美情操的材料。"[①]语言作为一种文化的符号，承载着文化信息，田家语，深烙的便是中国农民的集体无意识。中国农民一直讲究子嗣的传承，士大夫群体亦讲究耕读传家，因为有此，他们才相信生命不死，"子子孙孙无穷匮矣"，生命的链条在这样的承载中延续，这样的心情也深深规范了陶渊明"田家语"言说之内容。其《命子》诗共十首，前六首却写了自己的祖辈，不着一"子"字，这样独特的叙述方式，实体现了一种重家族的心理。陶渊明临死前写的《与子俨等疏》中，也流露了一位父亲不能再为儿女担当的憾恨，"每役柴水之劳，何时可免"？"僶勉辞世，使汝等幼儿饥寒"，"僶勉"二字，写尽了一个为人父者的殚精竭虑。

四、问题讨论

对理想世界的憧憬，是人类古往今来共通的情结。同西方"乌托邦"相互辉映的东方"桃花源"，出自晋代诗人陶渊明的《桃花源诗并纪》。在纷扰不安

---

① （日）后藤兴善著，王汝澜译《民俗学入门》，中国民间文艺出版社 1984 年版，第 64 页。

的晋宋之际，陶渊明以淳朴山村为原型，融入上古初民男耕女织、和谐富足的理想生活形态，构筑了富于农业社会特征的文学地景，成为后世中国文人士子的生命安顿栖息之所。

1. "桃花源"文学想象的原型讨论

"桃花源"是乌何有之乡，还是在这世间确凿存在的地方？《桃花源诗并纪》以及后世诗人的想象追慕，为古典文学构筑了一处不可多得的集体记忆。这一文学地景是如此的特殊，它描绘的既不是某个具体实有的地域，也没有固定的图景和形态。如果把"桃源"看作是一个包含了社会、物质与象征层次的文化意象，它在历史上可以说从未划出一个令人信服的地理坐标来。明代阙士琦、清代方壑各作《桃源避秦考》，想要坐实桃源胜地之所在。陈寅恪《桃花源记旁证》也有过这样的努力，他认为"陶渊明《桃花源记》寓意之文，亦纪实之文也"，试图从桃源的"纪实"之处钩沉索隐，最终却只能用某些没有确指的字眼，来联想猜测"桃源"的原型。历史学家刨根究底式的探问，难免有将一个追寻存在的伟大诗人，解释成一位普通游客的危险。如果关注到"桃花源"中的叙事成分，意识到《桃花源记并序》曾收入《搜神后记》的事实，问题恐怕不在于讨论桃源究竟在何处，而是桃源之有无。否则，文中看似有始有终、脉络清晰的叙述，何以充满了神秘的意味？

陶渊明笔下的"桃源"中人，是为躲避秦代末年政治乱世，而"来此绝境"。为了突出这一"绝境"的隐秘，陶渊明设置了一次意外的进入，一个曲折幽渺的洞口，和一位高士复寻而不知所踪的结局，使淳朴而神秘的"桃源"世界，包含了浓厚的超现实色彩。在六朝志怪笔记中流传的刘晨、阮肇误入桃源的故事，也将"桃源"塑造为世人可望而不可即的处所。而在陶渊明的叙写中，武陵渔人之所以进入那个恬淡宁静的村庄，纯粹是一个偶然的际遇。这样的经历，和陶渊明在其他诗篇中所歌咏的"少无适俗韵，性本爱丘山。误落尘网中，一去三十年"不一样，后者是陶渊明心目中充满了宿命意味的必然选择，所以才有"羁鸟恋旧林，池鱼思故渊"中表达的夙愿得偿的欢欣。倘若"武陵渔人"的身份，有陶渊明生长环境的投影，桃花源的原型，也是作者所归之田园。这样的假设，确实可以解释诗文所描述的桑竹田野的村落，何以与陶渊明归去的田园如出一辙。然而反过来，陶渊明或许很容易将漫长躬耕生涯中目睹的景象融入桃源图景，却并不意味着他心目中的"桃花源"即在身边。陶渊明或许是桃花源中人，"武陵人"却并非如此。侥幸进入这片秘境中的渔人，起初带着疑惧、恐惧和惊讶的眼光来打量这片陌生的土地，后来再次寻求桃源，却陷入"不复得路"的怅惘。这表明"桃花源"给予观者的意义，是一次可遇而不可求的探寻，是生命中美好珍贵的、得到却马上失去的瞬间。

因此，"桃花源"与"乌托邦"一样，都是借他人之眼观看的理想社会。"桃花源"中的观看者被设定为"渔人"，有其深厚的历史渊源。对理想乐土的憧憬，早在先秦时期已经出现。《诗经·魏风·硕鼠》中的笔墨主要集中在现实批判，对所谓"乐土"没有具体描绘，却向我们展示了"桃花源"想象得以萌发的现实基础。社会的动荡、现实的黑暗，和战乱带来的深重苦难，无不激发着世人对乐土的呼唤。而真正给后世带来启发性的、正面书写乐土的文字，是《老子》中所描述的"小国寡民"、绝圣弃智的生活，和《列子》中的华胥国寓言。与其说"桃花源"的原型，是某个人间的处所，不如说是来自这一共通的想象所构筑的理想图景。在陶渊明笔下，理想乐土的描绘更为真切了："土地平旷、屋舍俨然，有良田美池桑竹之属。阡陌交通，鸡犬相闻。"诗人向我们描绘了一个村落的模样，它疏隔于外界的纷扰，显得恬静无争，仍然维持着上古的生活节律，遵从生命运行的自然周期，充满了葆真全性、回归自然之乐。山野之中所见，皆无涉世要、无关宏旨，但对于汲汲于世俗功名者，却如世外桃源一般遥不可及。诗人面对"日月掷人去，有志不获骋"的矛盾挣扎，以委运任化的生命态度，对贫寒忧苦的劳作生活一笑置之，从自然中获得了深沉的宁静。

吴景旭在《历代诗话》中指出渔父形象的虚构色彩："古来三渔父，一出庄子，一出屈子，一出《桃花源记》，皆其洸洋迷幻，感愤胶葛，因托为其辞以寄意焉，岂必真有其人哉！""渔父"不一定实有其人，而是诗人笔下自然而然幻化出的形象。在隐逸文学传统中，《庄子·渔父》、屈原《渔父》篇中的"渔父"都是作为高士形象出现的，寄寓了直率朴质、无执无待的人格精神，是隐逸精神的理想载体。而在陶渊明笔下，进入"桃花源"文学想象的，也是渔人这样超脱现实、清静无为的形象。

同时，渔父所看到的理想乐土，从开始的隐蔽入口、到最终不复得路的结局，都在暗示着这一理想之地的子虚乌有。隐，是恬退避世的生存选择，本质上与世俗声名是对立的。理想的栖隐者，当然是息影山林、销声匿迹的，不会被世人所知，一旦回归于世俗尘网，隐便无从谈起。当渔父违背约定，将这一秘境告知太守，试图让桃花源回归于社会运行的轨道中来，也就永远失落了这个理想的世界。只有处在世俗政权统治和秩序规训之外，桃花源才能保持着它的独立性。正如明代张岱《桃源历序》所云："天下何在无历？自古无历者，惟桃花源一村。人以无历，故无汉无魏晋，以无历，故见生树生，见死获死，有寒暑而无冬夏，有稼穑而无春秋，以无历，故无岁时服腊之忧，无王税催科之苦，鸡犬桑麻，桃花流水，其乐何似？"作为与日常世界相对应的、具有象征意味的理想世界，时间在这里仿佛凝固、静止了，只剩下空间。这样的理想，遥接了老子"小国寡民"和上古歌谣《击壤歌》"日出而作，日入而息"的淳古而原始的人类憧憬。无论社会发展到何种状态，这都是不可能实现的，然而它却为千百载文士提供了一处精神家园，一场追寻之旅，对后世的影响极为深远。

2. "桃花源"意蕴的历史变迁

陶渊明所创造的"桃花源"，融合了历史与传说，是虚设的，却也是立足人间的，充满了真切淳朴的泥土气息。在六朝的游仙传说中，也有相似的故事模型，一位普通人在不经意间进入一个小洞，抵达了仙乡乐土，在"异境"游历中，或目睹珍馐异馔、富贵繁华，或观棋对弈、忘怀尘世，或与仙女产生爱情。这里的"异境"，是瑰丽奇幻的、富于仙道色彩的洞天福地。在结尾处，常常揭示出这一绝对的、无限的仙乡，与凡俗世界存在显著的时间差。文学中的空间想象，是开放性的，没有固定的模式。"桃花源"在历史上，是否只是作为隐逸世界的象征而存在呢？

"桃花源"是中国文学史上独一无二的"乌托邦"，有着深邃遥远的象征意涵，也载负着文人士大夫的集体记忆与理想追求。诞生在陶渊明笔下的质朴混沌的桃源世界，在漫长的历史中不断映照着当下情境，有着长久的生命力。在唐代王维、孟浩然、刘禹锡手中，桃源世界被虚化了，是飘荡着浪漫音符的、美丽空灵的仙境；在杜甫、苏轼、王安石眼中，桃源世界回归了现实，寄托了文人士大夫对仁君贤臣的理想。陶渊明之后的诗人们，不断将新的文学想象投注在"桃花源"的文学符号上，使质朴自然的"桃花源"图景，如滚雪球似的增长，产生更为丰富的意蕴。

从人世中偶然进入一个别有"洞天"的异境，本是道教特有的、充满了超然意味的宗教想象。因此，"桃花源"不仅仅是隐逸之地，而是徘徊于"仙乡"与人间世的文学空间。前者直至唐代才得到充分的阐释。中唐诗人韩愈曾作《桃源图》，诗中有"神仙有无何渺茫，桃源之说诚荒唐"之论，也就是在这一时期，桃源已与游仙想象混融交织，形成了不食人间烟火的乐土想象。韩愈遥接陶渊明《桃花源记》的诗意，重现桃源立足于人间的田园图式，希望可以恢复到桃源淳古天真的本来面目。而他所质疑的"荒唐"传说，即是唐代以来游仙题材影响下的"桃花源"仙境想象。初唐的王绩，盛唐的李白、杜甫、王维，皆有类似的作品。其中最为绚烂缤纷的改写，来自王维的《桃源行》。王维以新题乐府的形式，将六朝游仙故事中"山中才七日，世上已千年"的情节模式，也引入"桃花源"之中，并涌动着诗中常见的清丽明净的色调，如写入口即画出青溪红树、桃花流水，来点染出灵境的优美："渔舟逐水爱山春，两岸桃花夹去津。坐看红树不知远，行尽青溪不见人。山口潜行始隈隩，山开旷望旋平陆。遥看一处攒云树，近入千家散花竹。"这一桃源景象如此浪漫美妙，仿佛仙境一般！王维诗歌亦取法陶渊明，但他从质朴自然的田野风光，转向了超然物外的山水世界，赋予"桃花源"缥缈空灵的色彩、不染纤尘的想象。就连桃源中的居住者，也被仙化了。他们是当年避秦而一去不返的仙人："初因避地去人间，及至成仙遂不还。"即使是诗歌最后谜一般的结局，也写得如诗如画："春来遍是桃花水，不辨仙源何处寻。"空灵优美、自由无碍的仙境，不再是陶渊明笔下的有着人间生活气息的恬淡，而是远隔尘俗、缥缈恍惚。中唐诗人刘禹锡也有类似的想象，他在《桃源行》将桃源中人称作"仙子"，描画了一个似有若无、杳然难及的神仙世界，这与唐人盛行的仙道之风不无关系。

陶渊明的作品历经数百年的流传，到宋代才真正成为文人士大夫的精神家园，他们盛赞陶渊明不为五斗米折腰的高洁品质与独立人格，表达对这位隐逸诗人的仰慕与追随。苏东坡十分喜爱陶渊明诗，在谪居惠州期间曾写下《和陶桃花源》诗。他和韩愈一样认为"世传桃源事，多过其实"，只要去除世俗之见，就能抵达真正的桃源仙境。"不如我仇池，高举复几岁"。"仇池"是东坡先生的梦中桃源，杜甫曾有诗咏曰"万古仇池穴，潜通小有天"，这是一块一山九峰的石头，亦是一个乌托邦世界的现实载体，苏东坡起名为"壶中九华"，并记载它"可以避世，如桃源也"（《和陶桃花源》），将它所隐喻的隐逸世界，视为自己的人生归宿。然而"壶中九华"的秘境，对苏东坡而言也只是一个虚幻的瞬间。"归来晚岁同元亮，却扫何人伴敬通"（《予昔作壶中九华诗，其后八年，复过湖口，则石已为好事者取去，乃和前韵，以自解云》）。在遇赦放还的途中，东坡写下这样的诗句，就像那位行经桃花源的武陵渔人，无法实现超脱世网的人生选择，只能对陶渊明笔下人世难觅的美景怀以无限景慕和追思了。

宋人恢复了"桃花源"屋舍良田、松竹桃花的乡村生活景象，并淡化了唐诗中渲染的虚无缥缈的神仙色彩。王安石的桃源诗，在士人的生存理想之外又增加了桃源的现实关切，寄寓着深沉历史的感慨："望夷宫中鹿为马，秦人半死长城下。避时不独商山翁，亦有桃源种桃者。"这是心系时势的诗人政治家，试图从桃源想象中探问历史的纷争与成败兴亡："世上那知古有秦，山中岂料今为晋。闻道长安吹战尘，春风回首一沾巾。重华一去宁复得，天下纷纷经几秦。"这样的"桃花源"是纯然入世的，它从不渴求远离尘世，亦避无可避，而是直面政治弊端，寻求济世良方，表达了对社会太平、君主贤明的期望，从而带有强烈的现实色彩。

"桃花源"是一场追寻理想社会的旅程，是屈原"上下而求索"在社会制度形态的演绎。从古至今，对"桃花源"的探问从未停歇，而其文学意蕴，也经由不断的体认与阐释，凝聚了一代又一代世人的美好想象。

五、拓展资料

1. 逯钦立校注《陶渊明集》，中华书局 1979 年版
2. 龚斌《陶渊明集校笺》，上海古籍出版社 1996 年版
3. 北大、北师大中文系编《陶渊明研究资料汇编》，中华书局 1962 年版
4. 袁行霈《陶渊明研究》，北京大学出版社 1997 年版
5. 戴建业《澄明之境——陶渊明新论》，华中师范大学出版社 1998 年版

第五课

王维：山水妙境　诗画应通

一、背景叙述：宿世谬词客，前身应画师

王维（701—761），字摩诘，是盛唐诗坛极负盛名的诗人，因官至尚书右丞，人称王右丞。其祖上为太原祁（今山西祁县）人，"父处廉，终汾州司马，徙家于蒲（今山西永济），遂为河东人"（《旧唐书·王维传》）。

王维是盛唐文化全面繁荣的历史条件下产生的一个多才多艺的作家。他精通音乐，中进士后曾当过大乐丞；书法上他兼擅草隶各体，绘画才能尤为突出。他曾自负地说自己"宿世谬词客，前身应画师"（《偶然作》其六），后人更推许他为南宗画派之祖。他的诗歌创作就基于这样全面的艺术修养之上，因而取得了很高的成就。

王维的诗歌风靡当代，留泽后世，得到时人和后人很高的赞誉。《册府元龟》云："王维有俊才，尤工五言诗，独步于当时，染翰之后，人皆讽诵。"殷璠在《河岳英灵集序》中称王维为"河岳英灵"，谓其"词秀调雅，意新理惬，在泉成珠，着壁成绘，一字一句，皆出常境"。爱好文学的代宗皇帝曾下令编辑王维的诗文，他的弟弟王缙经过一番努力把他的诗文编为十卷献给代宗。代宗批示曰："卿之伯氏（指王维），天下文宗，位历先朝，名高希代。抗行周雅，长揖楚辞，调六气于终编，正五音于逸韵。泉飞藻思，云散襟情，诗家者流。时论归美，诵于人口。"这个评价基本上概括了王维诗歌的艺术造诣和在当时的影响。作为笃心于艺术的诗人，王维一生创作了大量的诗歌，但流传下来的仅有 400 首左右。

王维自幼聪颖，《新唐书》本传说他"九岁知属辞"，在青年时代便名动京

师。唐人薛用弱《集异记》记载："王维右丞，年未弱冠，文章得名。性娴音律，妙能琵琶，游历诸贵之间，尤为岐王之所眷重。"王维在岐王等人的举荐下顺利考中进士。中第后即解褐为太乐丞，开始了仕宦生涯。但他随即因署中伶人舞黄狮子犯禁，坐谪济州司仓参军。当年秋天离开京城赴济州任。后辞职闲居淇上、长安。

初到长安，他开始跟大荐福寺道光禅师学习顿教，并结识了孟浩然、裴迪等山水田园诗也颇有建树的诗人。王维这个时期不太得意，青年赋闲，仕途困顿，还遭受了丧妻的打击。但他于求仕并未完全死心，又献诗当时的中书令张九龄，并隐于终南山，希求汲引。后拜右拾遗。此后十多年中，王维除了短期出使塞上和其他地方外，基本在京中供职，过着平静的文官生活，所任虽是闲官但也稍有升迁。所以他有充足的时间在自己的辋川别业里弹琴赋诗，傲啸终日，生活极为闲适。这一时期，王维在创作上达到了巅峰，写下了大量的山水田园诗；在思想上则随着年龄的老迈由积极进取转向参禅信佛。

天宝十五载（756），安禄山叛军攻陷长安，王维被俘。被俘后，他曾吃药取痢，假称患病，以逃避麻烦。后来虽无奈接受伪职，但他依旧心随唐王朝，并作诗明志："万户伤心生野烟，百官何日再朝天。秋槐叶落空宫里，凝碧池头奏管弦。"（《菩提寺禁裴迪来相看，说逆贼等凝碧池上作音乐，供奉人等举声，便一时泪下，私成口号诵示裴迪》）

次年，唐军相继收复长安、洛阳，王维与其他陷贼之官均被收系狱中，押解长安。按唐律，王维接受伪官，罪当死，有人提出他曾作凝碧宫诗，可证其忠心；加之其弟王缙请求削己官职以赎死罪，唐肃宗就原谅了他，责授太子中允之职，不久又加集贤殿学士；后迁太子中庶子、中书舍人（《旧唐书·王维传》）。上元元年（760）夏，60岁的王维转尚书右丞，这是他一生所任官职中最高的官阶，第二年去世。

作为一代才子，王维少年得志，名传遐迩，但终其一生，多遇坎坷，再加上性格优柔，仕途极不顺利，竟至险遭杀头之祸；作为一个诗人，王维以自己的优秀诗篇，为盛唐诗坛大增光辉，是唐代乃至中国文学史上的最重要的诗人之一。

二、诗歌鉴赏：王维诗歌的禅意与画意

我们先来读一首王维的小诗，《鸟鸣涧》云：

> 人闲桂花落，夜静春山空。
> 月出惊山鸟，时鸣春涧中。①

这是一首流动着生命韵律的小诗，一支宁静安谧的月光曲。

古人有泛神论的观念，在他们看来，宏大磅礴如日月天体的运行，轻柔缥缈如纤尘游氛的流动，无不与宇宙本体生命息息相通。（《庄子·逍遥游》："野马也，尘埃也，生物之以息相吹也。"）而愈轻柔愈细微的事物运动，愈能显现出宇宙自然生命的微妙律动，这，正是诗人在这首小诗中所传写的。

桂花寂寂地开放，又悄然飘落；皎洁的月光，如薄雾似流霜，梦幻般地弥满洒落天上人间，也将婆娑的桂影斑斑驳驳地投映于涧中；小鸟在月夜里随意鸣唱，空谷传音，悠扬婉转。这是一个自然自在的世界，鸟啼花落，默默无言地透露着大自然的生机、韵律和生命的信息。诗人这首小诗把我们带进了一个空灵微妙的境界。

"鸟啼花落，皆与神通。人不能悟，付之飘风"②（袁枚《续诗品》），而诗人却领悟到了。这种感悟，不凭借知识，也非有意识地强求所能得，而是猝然间的兴会和物我相遇；这种感悟，不止于感官知觉，也非漠然的旁观，而是泯灭了物与我的界限，以整个心灵去亲和去感应。"人闲桂花落"，一个"闲"字，轻轻抹去物我的对立，淡化了主体色彩，使整个境界具有了自然自在的意味，而诗人则成为其中的一分子。诗人此时已摒除一切尘思俗虑，以朗澈透明的心境与超然的审美态度感悟与观照周围的一切，"嗒焉似丧其耦"③，而与自然无言地默契。这是道家崇尚的天人合一的最高境界，也是佛家禅宗的妙悟境界。清代神韵论者王士祯说："王裴辋川绝句，字字入禅"，"妙谛微言，与世尊拈花，迦叶微笑，等无差别"。④此诗亦然。佛家祖师在拈花微笑

---

① 王维《鸟鸣涧》，赵殿成《王右丞集笺注》卷十三，上海古籍出版社1978年版，第240页。
② 袁枚《续诗品·神悟》，郭绍虞《诗品集解 续诗品注》，人民文学出版社1963年版，第171页。
③ 《庄子·齐物论》，陈鼓应《庄子今注今译》，中华书局1983年版，第33页。
④ 王士祯《带经堂诗话》上册卷三，人民文学出版社1963年版，第83页。

中领悟与传示了佛家真谛，诗人在他的诗境里领悟和向我们传示了什么呢？他没有明说，而一切也都在这无言之中。

"人闲桂花落"，正是这忘机忘我的"闲"的心境与观照态度，使诗人敏感赏悟到至微妙、至纤细的景物及其变化：似看到桂花魂梦般的飘落，也似听到了花瓣飘依大地的瞬间那轻柔的声息。诗人是敏感的，他也将敏感如游丝的气质赋予精灵般的小鸟。"月出惊山鸟"，一个"惊"字，他人写来，或不免有惊心触目之感，而在诗人笔下却如此自然和富于表现力，既烘染出环境氛围的静谧，又传写出小鸟的神韵。诗人领悟到的一切，小鸟也领悟到，并以清脆甜美的串串音符表达出来了。

苏东坡对王维有极其经典的评论，他说："味摩诘之诗，诗中有画。观摩诘之画，画中有诗。"① 这首小诗正是一幅绝好的月夜春涧图，这里不仅在时间上，而且在空间意义上，也是那样和谐有序，富于层次感和韵律感，光影声色，妙合无间，莹彻玲珑，毫无人工造作的意味。"夜静春山空"一句，写出了整个境界与氛围，"静故了群动，空故纳万境。"② 东坡此语正道出了王诗之妙处。"落花无言，人淡如菊"③，"素处以默，妙机其微"④。王维的五言绝句，正完美地体现其人格理想与诗美理想。

王维的诗歌创制鲜明地体现了"诗中有禅""诗中有画"的艺术特征，从而使山水田园诗创作别开生面，呈现出新的境界。有意味的是，王维的绘画艺术开文人写意画之先河，明代大画家董其昌谓："文人之画，自王右丞始。"并推尊王维为山水画"南宗"之祖。在董其昌看来，王维在文人山水写意画发展史上的地位，相当于慧能在禅宗发展史上的地位。

他晚年居蓝田，描绘辋川山水与隐居生活。后代画家推崇王维的也是像《袁安卧雪图》那样的写意画，据说王维画了雪中芭蕉，而雪中是不可能有绿意葱茏的芭蕉的。他的诗作和诗境，尤其是辋川诸绝（及其所绘雪中芭蕉等），真可谓色相俱空，通于禅家境界。这些诗作有其共同的特征：意境空寂幽深，极具审美价值和高超的艺术水准。山水田园诗似乎没有用任何佛教术语，也

---

① 苏轼《东坡题跋·书摩诘蓝田烟雨图》，孔凡礼点校《苏轼文集》第五册，中华书局1986年版，第2209页。
② 苏轼《送参寥师》，王文诰辑注、孔凡礼点校《苏轼诗集》第三册，中华书局1982年版，第906页。
③ 司空图著，郭绍虞集解《诗品集解》，人民文学出版社1963年版，第12页。
④ 司空图著，郭绍虞集解《诗品集解》，人民文学出版社1963年版，第5页。

非禅学话题，却又富含禅趣，诗境通于禅境，空山无人，鸟鸣花落，水流云在，月照素琴，寂而常照，动静不二，生意盎然，又一切皆幻，而一切又"无非般若"，"总是法身"，通于"青青翠竹""郁郁黄花"和"万古长空，一朝风月"的境界。这，才真正是"诗中有禅"。

观其《终南别业》："兴来每独往，胜事空自知。行到水穷处，坐看云起时。"① 水流蜿蜒曲折，无所滞碍，白云悠悠而起，舒卷自如，而诗人也悠闲自在，信步行到水天尽头，听流水潺湲，看白云悠悠。近人俞陛云《诗境浅说》云："行至水穷。若已到尽头，而又看云起，见妙境之无穷。……此二句有一片化机之妙。"在这样的化境中，对人生的领悟和对佛家真谛的彻悟已融而为一了，而在禅宗看来，这两者本来就不可截然分开。这样的境界，也正是佛家禅宗所谓的"不住心""无常心"与"平常心"，既是美的诗境，也是禅趣生动的佛家境界，更是超逸自在的人生之境。他的《送别》诗有"但去莫复问，白云无尽时"② 一联，也当作如此解。

可以说，王维的许多小诗，都蕴含着这样的韵致和禅趣：

木末芙蓉花，山中发红萼。涧户寂无人，纷纷开且落。③
独坐幽篁里，弹琴复长啸。深林人不知，明月来相照。④

辛夷，即木兰，花似芙蓉，故称芙蓉花。这里，无论是自开自落的辛夷花，还是独坐幽篁、弹琴长啸的诗人，都是自然自在的。胜事自知的诗人这样徜徉和逍遥于水穷、云起的时空境界，观"云无心以出岫，鸟倦飞而知还"⑤，看空谷中花开花落，在明月下幽篁里弹琴长啸。这里的境是诗人大彻大悟后所观照之境，而境中之人，则是解脱后无所滞碍之人。明代胡应麟极欣赏此等诗，称之为"入禅"之作，指出：读这些诗，使人"身世两忘，万念皆寂"⑥。像这样的诗，正可谓是诗中有禅。

① 王维《终南别业》，赵殿成《王右丞集笺注》卷三，上海古籍出版社 1978 年版，第 35 页。
② 王维《送别》，同上，第 48 页。
③ 王维《辛夷坞》，同上卷十三，第 249 页。
④ 王维《竹里馆》，同上。
⑤ 陶渊明《归去来兮辞》，逯钦立校注《陶渊明集》卷二，中华书局 1979 年版，第 159 页。
⑥ 胡应麟《诗薮》，转引自富寿荪选注《千首唐人绝句》上册，上海古籍出版社 1985 年版，第 120 页。

《鹿柴》诗云："空山不见人，但闻人语响。返景入深林，复照青苔上。"[1]清代李锳《诗法易简录》说："'人语响'是有声也，'返景照'是有色也，写空山不从无声无色处写，偏从有声有色处写，而愈见其空。"[2]王维喜欢写"空"，如"薄暮空潭曲"[3]，"空山新雨后，天气晚来秋"[4]，"郡邑浮前浦，波澜动远空"[5]，"积雨空林烟火迟"[6]，"夜静春山空"[7]，"山路元无雨，空翠湿人衣"[8]，"檀栾映空曲"[9]，等等。但王维笔下所写的空，不是生命寂灭的空，而是生命活跃、生机流动的空。在《鹿柴》中，由于响过清脆悦耳的瞬间的人语声，当空谷复归于万籁俱寂的时候，那更是让人谛听得到并渗透和浸润整个心魂的幽静。而后两句写返照的夕阳那最后一抹余晖，透过幽密的深林，投射到林下青苔之上，这一抹淡淡的暖色调，与整个深林的冷色调，以及深林之下更幽冷的（青苔的）色调，构成了多么丰富而极有层次感、对比鲜明强烈的冷暖色调序列！由于有过这一抹淡淡的暖色调，当返景如乐思般渐渐淡出和远逝的时候，空山就显得更为幽暗，而在夜幕降临的时候，空山和整个大自然将归于无边无际的幽寂。苏东坡《送参寥师》写道：

欲令诗语妙，无厌空且静。静故了群动，空故纳万境。

阅世走人间，观身卧云岭。咸酸杂众好，中有至味永。[10]

此诗真可奉为王维辋川诸绝等诗作的欣赏指南，不仅道出了王维诗"空且静"的内蕴和意义，而且道出了诗人对自然人生体悟与观照的方式、态度和心得。在王维诗境里自然生命微妙的运动和变化中，我们可以谛听到生命

---

[1] 王维《鹿柴》，赵殿成《王右丞集笺注》卷十三，上海古籍出版社1978年版，第243页。

[2] 李锳《诗法易简录》，转引自富寿荪选注《千首唐人绝句》上册，上海古籍出版社1985年版，第113页。

[3] 王维《过香积寺》赵殿成《王右丞集笺注》卷七，上海古籍出版社1978年版，第131页。

[4] 王维《山居秋暝》，同上，第122页。

[5] 王维《汉江临泛》，同上卷八，第150页。

[6] 王维《积雨辋川庄作》，同上卷十，第187页。

[7] 王维《鸟鸣涧》，同上卷十三，第240页。

[8] 王维《山中》，同上卷十五，第271页。

[9] 王维《斤竹岭》，同上卷十三，第243页。

[10] 苏轼《送参寥师》，王文诰辑注、孔繁礼点校《苏轼诗集》第三册，中华书局1982年版，第906—907页。

的脉动、宇宙的韵律及其在诗人心灵中微弱而清晰的响应和回声。又如《木兰柴》：

秋山敛余照，飞鸟逐前侣。彩翠时分明，夕岚无处所。①

　　此诗之意境一如《鹿柴》之"返景入深林，复照青苔上"②。暮秋时节，落日最后的余晖，透过深林，化作一抹抹、一缕缕的光柱，犹如舞台上的一束束追光，那五彩斑斓的小鸟就在光环中飞越，呈现出一连串刹那的美丽，最后，融入和消失于色调无比丰富的晚霞般的雾霭之中，而这一切又将为夜幕那渺漫无边的幽暗所笼罩。飞鸟消失在夕岚里，夕岚消失在夜幕里，夜幕消失在诗人的眼中和心里……这不正是佛家禅宗思想最完美、最诗意的体现吗？这不正是意味无穷的禅趣吗？看来，诗人对这样的意境是颇为欣赏的，因此，类似意象和境界在诗人笔下一再出现，如《崔濮阳兄季重前山兴》："残雨斜日照，夕岚飞鸟还"③，《送方尊师归嵩山》也有"夕阳彩翠忽成岚"④ 之句，又《华子冈》写道："飞鸟去不穷，连山复秋色。上下华子冈，惆怅情何极"⑤。如前所述，在佛家看来：鸟飞空中，无有挂碍，如"羚羊挂角，无迹可求"，"如空中之音，相中之色，水中之月，镜中之象"，"莹彻玲珑，不可凑泊"（严羽《沧浪诗话·诗辩》此段中诸语大多出于《传灯录》、《五灯会元》等禅家佛典）。王维多用飞鸟意象，决不只是出于写实，而是用以写意，以此意象意境蕴涵对世相特有的诗意把握和理解。这样的诗，浑化无迹地传写了诗人对自然人生、对美的境界的体悟，并不刻意用佛家事典，或用之不使人觉，却很好地传写了佛家禅宗之旨。

　　读这样的诗，夏日里会给我们带来一缕清凉，躁动中会给我们带来一份宁静，狂热中会使我们多一点清醒。也许，我们本来就不必苦苦寻觅诗境，不必去面壁深山拜佛修禅，但是，我们的生命里不能没有这样的一份清凉和宁静，这能使我们不至于在对理想和幸福的努力追求中失却了良知与本

---

① 王维《木兰柴》，赵殿成《王右丞集笺注》卷十三，上海古籍出版社 1978 年版，第 244 页。
② 王维《鹿柴》，同上，第 243 页。
③ 王维《崔濮阳兄季重前山兴》，同上卷三，第 35 页。
④ 王维《送方尊师归嵩山》，同上卷十，第 190 页。
⑤ 王维《华子冈》，同上卷十三，第 242 页。

性，迷失了回家的路。拥有一个安身立命之所、一个心灵的归宿和精神的家园，是我们的莫大之福，于我们对理想和幸福的追求也是不可或缺的。王维辋川诸绝等诗作与禅宗大师们的学说一样，代表着寻找精神家园的一种努力和结果。这，也许就是王维的诗于今仍有其特殊审美价值和艺术魅力的重要原因吧。

三、要点提示

1．王维诗歌的思想内容

王维的诗歌内容涉及面非常广，根据表现思想内容的侧重点不同，我们大致可把他的诗歌分为四个方面：

首先是表现积极的人生态度和进取精神的作品。这些大部分是王维前半生的作品，数量虽不多，但把盛唐士子积极用世的精神状态表达得淋漓尽致，是他诗歌中最精彩的部分之一。这部分诗歌涉及的内容有从军、边塞、豪侠以及一些政治讽刺诗。

初唐至盛唐，李唐王朝虽然不免种种弊政，但总体来说，政治开明，军事上亦强盛，经济、文化、艺术等也有很大的发展。国家的富庶、政治文化的发达、人们在各个方面得到较大的自由发展空间，处于这样环境中的唐士子充满自豪与自信，他们直言不讳地表达自己的汲汲功名之心和对盛世的责任感。科举制度的日益完备亦使得用人、选士的门径比较宽，士人们实现理想的机会较多，他们对国家、朝廷的期望值较高，以天下为己任、舍我其谁的社会责任感也越来越强烈。因而，士子的最大热情当然是希望通过科举入仕一展自己的济世抱负；或者以各种方式放声高歌，歌唱眼前的盛世，批判社会的黑暗面。他们全部的生命就围绕这个中心展开。

青年时期的王维生活在这种社会氛围中，负才取仕、兼济天下的愿望非常强烈。他在《不遇咏》里自述其志："济人然后拂衣去，肯作徒尔一男儿。"后来他在《赠从弟司库员外绿》中也坦白地说："少年识事浅，强学干名利。"那时的他和其他年轻人一样十几岁就离家远游博取功名，虽然遭遇了一些挫折，但在当时权贵的引荐下也进士及第，先后担任了大小不等的一些官职，虽然有着"微官易得罪"（《初出济州别城中故人》）的不平，有着"翩翩繁华子，多出金张门"（《济上四贤咏》）的不满，但其精神基本还是积极向上的，在宦游京城、被贬济州和出使塞上时都写过一些意气风发、激人上进的诗作。例如《少年行四首》其一：

> 新丰美酒斗十千，咸阳游侠多少年。相逢意气为君饮，系马高楼垂柳边。

这首诗极为传神地表现了王维初出茅庐时的恃才宦游、意气风发。

> 天官动将星，汉上柳条青。万里鸣刁斗，三军出井陉。忘身辞凤阙，报国取龙庭。岂学书生辈，窗间老一经！

> （《送赵都督赴代州得青字》）

> 出身仕汉羽林郎，初随骠骑战渔阳。孰知不向边庭苦，纵死犹闻侠骨香。
> 一身能擘两雕弧，虏骑千重只似无。偏坐金鞍调白羽，纷纷射杀五单于。

> （《少年行四首》其二、其三）

这些从军诗基调慷慨激昂，一方面表现从军、戍边战士的英雄气概，另一方面表现盛唐时期文人纷思报国、不惮言死的豪侠之气，使人读来不禁血脉偾张。通过这些诗我们可以想象王维当时踌躇满志的心态。即使是抒写不遇情怀，笔调也一样高昂，如《夷门歌》《陇头行》《老将行》，怨愤中带着冲不淡的一腔热血。

其次是王维描写自己幽栖生活和所见自然景色的山水田园诗。此类诗歌在数量和艺术表现力上都代表了王维诗歌创作上的光辉成就，是王维诗歌中最重要的部分。

由于生活和仕途的不顺，王维的进取心渐渐淡化，步入中年后基本上过着亦官亦隐的生活。生活的闲暇、个性的冲淡及佛理的日益渗入，让王维有时间、有兴趣沉浸在山水物趣之中。他以卓绝的艺术领悟力和精湛的表现手法把眼前的山水田园风光挫于笔端，赋予这些景物神采各异的风格和情调。

有的通过对景色的细致摹写表现其静谧之美，如《鸟鸣涧》《阙题二首》（其一）；有的通过对山水的写意勾勒其开阔意境，如《汉江临泛》《终南山》；有的通过景中人物的视角转变来表现景物的微妙变化，如《欹湖》《终南别业》；有的则通过所写景物的自适表现时空的变迁，如《辛夷坞》《萍池》等。

这些诗多写于诗人隐居或半隐时期，包蕴着他在特定环境下的切身感受：或歌唱眼前的明秀山水，或表现于置身田园的闲适自得；或沉浸于物我皆忘的化境，或寄一情一物阐发生命的幽思。但无论是写景还是状物，他都运用新颖的构思、自然的笔调和传神的描写表现出画意盎然、情景交融的特色。苏东坡云"味摩诘之诗，诗中有画"，正是此意。

第三类是王维描写亲友情意、闺怨爱情等其他生活题材的诗歌。这类诗歌散见于各时期，表现了诗人对各方面生活的细致体察，思想内容较丰富，艺术上也很有特色。写思乡表亲情的如《九月九日忆山东兄弟》《观别者》；写友情的有《送元二使安西》；写男女爱情的有《相思》；写闺怨题材的有《西施咏》《洛阳女儿行》；写其他生活题材的有《观猎》《寒食汜上作》等。

这些作品表现了作者对生活的热爱，千古之下人同此心，博得了后人一致认同，成为传颂千古的名篇。如人们一提及爱情必诵"红豆生南国"；一言送别必吟"渭城朝雨浥轻尘"；一说到远人思乡必想到"每逢佳节倍思亲"。可以说，王维为丰富我们民族抒发情感的方式作出了巨大贡献。

另外，王维还有一些歌功颂德的应制诗、奉酬贵族的唱和诗以及赞美佛教的说理诗。这些诗并非像有些评论家说的那样缺少意趣。比如应制诗中，王维描绘盛唐气象，反映时代精神，也寄托了自己的政治理想。作为研究王维的第一手资料，这些唱和诗、说理诗对于我们进一步了解王维的行迹和思想变化大有帮助。

2．山水田园诗

在王维诸题材的诗中，以山水田园诗数量最多，艺术成就最高。我们就来看一下这类诗歌的艺术魅力和王维善用、常用的表现手法。

首先，王维继承了前人山水田园诗创作的经验。

在我国诗歌史上，自诗经始山川田园景物便大量入诗，但都只是作为诗人言志抒情的比兴手段，直到三国还没有专为山川田园景物而写的诗歌。以山川田园为歌咏对象，体现诗人的美学理想，艺术地再现大自然的诗作，到晋宋时代才产生和定型。此时，山水田园诗的作者们才尝试以表现自然为中心来布局谋篇，改变了以往景物在诗里的陪衬地位。其中，谢灵运和陶渊明的贡献最大。他们为表现山水和田园的自然美摸索出初步经验，对后世影响巨大。

但陶谢二人在题材和艺术手法上都不同。谢灵运主攻山水诗，手法工巧，风格华靡；但他过于注重对字句的雕琢，而忽略了诗歌整篇的布局，故其诗多秀句而少浑成之篇。陶渊明擅长田园诗，其意古拙，风格淡远；但他不注重诗句的琢磨，故其诗虽整篇意象浑成而少雅句。王维吸取陶谢二人所长，避其之短，并进一步完善，完成了山水诗和田园诗的合流，形成了自然秀润、明净淡雅、闲淡清远的风格，开创了山水田园诗工巧精细与自然浑成的意境。王维也以此在当时诗坛独树一帜，成为山水田园诗的领袖人物。

其次，王维善于把自己在各门类艺术中对美的敏锐感受及表达能力转化为精彩诗笔。

王维的山水田园诗在艺术形象塑造的成就上远远超过了前人，并令后学难以望其项背。其中一个重要的原因是他的诗具有鲜明的形象性，远为其他诗人所不及。苏轼说他"诗中有画"，一言既出，千古共鸣。如《新晴野望》一诗：

> 新晴原野旷，极目无氛垢。郭门临渡头，村树连溪口。
> 白水明田外，碧峰出山后。农月无闲人，倾家事南亩。

全诗明丽旖旎，生趣盎然。王维以"画笔"在字里行间为我们描摹渲染小村所处环境之美，突出新晴后遥望所获得的新鲜印象。诗人先开篇确立"画轴"的视角；然后轻描淡写带出了小村四周的环境，恰到好处地把树萦水绕的恬静山村点缀于美丽画幅之中；接下来以"白""碧"二字为山水着色，"出""明"二字为山田摹态，而"田外""山后"则点出了水与峰于画卷中的位置，细致地勾勒出画面的重叠意象；最后还不忘写意地一抹，于卷中点缀上农忙的人们，使画卷顿时平添几许生气，让人回味无穷。"顾长康善画而不能诗，杜子美善作诗而不能画。从容二子之间者，王右丞也"（《诗话总龟》），这一说法，无疑是对王维融会贯通诗和画的艺术手法并用之于诗的最佳脚注。

除此之外，王维还往往在诗中能传达出所写的音响，所以有人指出王诗是"有声画"（《史鉴类编》）。试看这几首诗：

> 桃红复含宿雨，柳绿更带朝烟。花落家童未扫，莺啼山客犹眠。
>
> （《田园乐》其六）
>
> 人闲桂花落，夜静春山空。月出惊山鸟，时鸣春涧中。
>
> （《鸟鸣涧》）
>
> 木末芙蓉花，山中发红萼。涧户寂无人，纷纷开且落。
>
> （《辛夷坞》）

《田园乐》其六首二句的桃红柳绿奠定了画卷的春之色调，宿雨朝烟一方面为春景着娇媚姿色，另一方面"画"出了时间乃在早晨，院里连个人影也没有。一宿山雨打落的满庭花瓣，还未见家童出来拾扫，黄莺清脆的叫声却远远传来，不时打破春山的宁静；而山庄的主人在融融的春光里依旧梦意酣然。这种闲适恬静的意境和山中生活的自得放纵，诗人正是诉诸断断续续的听觉衬托出来的。

《鸟鸣涧》先以静夜空山桂落人闲的意象绘出一个幽深的环境。山谷里周遭俱黑，万籁俱寂。一轮明月不知何时爬过山脊，让春涧有了一丝朦胧影像。远行于天际的月亮，其速度之慢难以用视觉察知，但它在山顶上的悄然出现，竟显得那么突然，把山鸟吓得惶恐不安地惊叫起来：春涧中的静就这么被凸现出来。山鸟的叫声不时在空旷的山谷中回荡，更给这静谧蒙上一层神秘的色彩。《辛夷坞》的静写得更新奇。涧户之寂，似乎连植物都受到感应，树梢上的芙蓉花不甘寂寞地自开自落以自娱，人们仿佛可以听到花瓣落地的沙沙声。鲜艳的芙蓉花，也给这种清冷的意境染上了明丽的色调。王维在诗中以想象的动写静，达到了出神入化的境界。

由此可以看出王维"有声画"诗作的两个特点。其一，诗中的动态性只是一种艺术手段，而描写和表现大自然中田园山水的静美境界才是他山水田园诗的主旨所归。其二，王维山水诗和田园诗中静的特点还是有差异的：田园诗在优雅闲逸的情致和明朗淡泊的气氛中描写的多是闲静的意境和生活的惬意，如《田园乐》其六就是以黄莺的清啼反衬山客睡意酣然的闲静和自得；而山水诗在幽深冷寂的氛围和浓厚艳丽的色彩中，表现的多是幽静的意境和诗人对生命对自然的思索，如《鸟鸣涧》《辛夷坞》就是通过捕捉花落、月出、鸟鸣等一些短暂而细微的动态达到烘托幽静的目的。

这种"诗中画"和"有声画"的艺术感染力源于王维对诗画乐表现技法的结合运用。虽然"诗中画"和"有声画"在唐代其他诗人的作品中也大量可见，如孟浩然、储光羲等，但唯独王维于此最擅，这不能不说是得益于他在多门艺术上的兼善。《史鉴类编》说："王维之作，如上林春晓，芳树微烘，百啭流莺，宫商迭奏，黄山紫塞，汉馆秦宫，苒绵伟丽于氤氲杳渺之间，真所谓有声画也。非妙于丹青者，其孰能之？矧乃辞情闲畅，音调雅训，至今人师之诵之，为楷式焉。"斯言得之。

再次，王维以艺术家兼佛教徒的特殊身份，把自己的宗教体验转化为审美感受，借助佛教的认识方法和思想深度来丰富诗的表现手法和思想内涵。

据说王维笃心于佛理最初源于他的母亲，《新唐书·王维传》载王维"兄弟皆笃志奉佛，食不荤，衣不文彩"；仕途的不顺和个性的优柔进一步让他靠近了佛教，"至于晚年，弥加进道，端坐虚室，念兹无生"（王缙《进王右丞集表》）。他在参禅之余专门写了一些佛教说理诗，可见佛教对他的影响之深。

王士祯云："舍筏登岸，禅家以为悟境，诗家以为化境，诗禅一致，等无差别。"（《香祖笔记》）诗歌创作中的"悟"与修禅中的"悟"有相同之处。王维天生颖慧，举一反三，修禅习静时体物入微的思致自然会带进山水诗创作之中。他的一些山水诗正如参禅一样，把主观情致深深寄寓在自然之美中，不明言道而道自现，不明言道而道借形显，如《鹿柴》《鸟鸣涧》《辛夷坞》等等，亦情亦景融为一体。

另外，禅人感悟客观世界也强调心灵的自由。如同道家的"虚静""神思"一样，他们的想象可以海阔天空。王维在诗歌创作中驰骋想象，将自然表象转化为心理意象，对千姿百态的意象经过筛选，升华为意境，传达出诗人的感触。他的辋川小诗语言简洁空灵，意境宽阔悠远，都是通过意象组合而来。王维在山水诗中不但高山大河和雄伟壮丽的景物表现得很好（如《使至塞上》），而且前人很少写及的小丘细流、花草虫鱼等寻常景物的幽静美也在笔下取得了成功。使用这些手法，王维呈现在诗中的意象就超越了景物本身，有了更深邃的思考，如感叹自然界中万物的自适（《辛夷坞》），生命的奄忽（《初至山中》），等等。

前人早已注意到王维诗中与佛理相通之处。明人胡应麟说："太白五言绝，自是大仙口语，右丞却入禅宗。如'人闲桂花落，夜静春山空。月出惊山鸟，时鸣春涧中。''木末芙蓉花，山中发红萼。涧户寂无人，纷纷开且落。'读之身世两忘，万念俱寂，不谓声律之中，有此妙诠。"（《诗薮》内编卷六）

其实不惟山水田园诗，王维的其他题材也广泛运用上述手法，取得了较好的艺术效果。总体来看，王维诗歌的艺术魅力集中地体现为鲜明的意象、恬静的心态、闲远的画境、细致的体察以及丰富的余味。

王维清新淡远的诗风在我国诗歌发展史上一直作为形象思维的典范来启迪后人。中唐诗人韦应物、刘长卿、柳宗元、大历十才子，晚唐诗人司空图，宋代诗人梅尧臣、陆游、严羽、四灵诗派，清代诗人王士禛等，都深受他的影响。

王维在诗歌领域中取得的成就不仅在于意境的创造，亦包含了艺术技法的多维呈现。以诗体而论，他众体兼长，五古、七古、五绝、七绝、五律、七律，以至六言、排律俱有佳作。高棅在《唐诗品汇》中，五古、七古推王维为名家，五律、七律、五排、五绝以王维为正宗，七绝以王维为羽翼。另外，王维所写的杂言体乐府和楚辞体等也有着深厚的造诣。就此而言，"王维可说是盛唐时代表了各种诗体所达到的成就的一个全面的典型"。

四、问题讨论

王维作为盛唐山水诗派的代表人物，以其澄淡精致的风光状写与清新淡远的艺术风格，令唐诗的写景艺术达到了兴象玲珑、不可凑泊的境界。苏东坡评价王维云"诗中有画""画中有诗"。这一观点在后世影响极大，几乎成为世人对王维诗歌的共识。可以说，理解王维诗歌中所呈现的诗画相通的艺术规律，也把握了中国古典文学鉴赏中的核心与本质性的问题，对深化古典诗歌艺术和审美特征的认识，也有着重要的意义。

1. 诗与画的共性

苏轼"诗中有画""画中有诗"的经典评价，指出了诗与画的密切联系。作为艺术表现的不同形式，二者有其共性，是毋庸置疑的。无论是语言唤起的视觉形象，还是色彩、线条与结构所凝聚的空间形态，都包含着体物肖形、传情写意的追求。诗歌以自然景物引发感兴，从《诗经》已经发端。王维诗歌中的山水景物刻画更成了沟通诗画的代表。王维曾在陕西蓝田的终南山置别业，清修参禅三十余年。他在此间观察自然，以画家特有的细致和敏锐捕捉眼前景物的光影色相，并擅用清晰巧妙的构图、鲜明丰富的色彩来呈现这些美景。"空山新雨后，天气晚来秋。明月松间照，清泉石上流"一句以雨后的空山与秋意来临的背景，松间的明月与石上的清泉构成远与近、动与静的对照，在诗句的起承中形成背景与局部的切换，雨后空山的苍翠与苍茫秋意的金黄，映现出皎洁的明月与清澈的泉流，给人以明丽鲜活的视觉感受。诗句没有直接说出颜色，诗歌中的色彩却宛在目前。

两种艺术形式是如何相互借鉴，形成"诗中有画""画中有诗"的密不可分的状态的呢？苏轼在评论诗与画的关系时，还指出二者之间共通的艺术法则与艺术境界的内在契合："诗画本一律，天工与清新。"（《书鄢陵王主簿所画折枝二首》）。兼通诗与画的王维，在采撷周遭的自然景象来进行加工时，以超轶绝伦的笔触沟通了二者的艺术界限。其传诵千古的名句"大漠孤烟直，长河落日圆"，采用绘画的原则来构筑诗歌语言，在静止的刹那观照中绘制了一幅直观而鲜明的画面，通过对落日与孤烟形状的精细勾勒，一幅广阔壮丽的大漠黄昏图景映入眼帘。用画家的笔法和眼光来感受世界，便形成了诗画结合的特点。而"江流天地外，山色有无中"，刻画了一幅微茫淡远的山水图，作者不是用线条勾勒来凸显局部，而是以极为细腻的笔法传达色彩感受，画面远处的山色似有若无，最终消弭在一抹明亮灰色中。

刘熙载《艺概》云："山之精神写不出，以烟霞写之；春之精神写不出，以草木写之。故诗无气象，则精神无所寓矣。"王维的诗歌很少传递诗人主观情感，常常是以不动声色的绘画语言体物写道，反映客体的精神气象。如"太乙近天都，连山到海隅"，起句意在笔先，一幅气象万千的终南山画卷已如成竹在胸。作者先以夸张的语言点出从关中一直延伸到海隅的空间距离，烘托终南山的气势磅礴。"白云回望合，青霭入看无。分野中峰变，阴晴众壑殊"，是局部的勾勒皴染，显现出山中烟霞的变幻莫测，山岭阴晴明暗的千姿百态。实景与虚景相互映发，臻于同一妙境。"欲投人处宿，隔水问樵夫"，又深入巨幅画卷中的一处生动的细节，写人与樵夫隔水相望，欲投人家住宿。《终南山》体现的空间意识与创作视野是有代表性的，诗人不是按视觉先后逐步呈现，而是以仰视、俯视、傍眺、远望、近察等不同视点所览物象共存并置，表现整体的美感经验。诗歌的命意构图呈现的自是绘画的技法。

中国画的构图强调黑白对比、动静结合，绘画中的远近常以视觉的高低来区分，王维诗中不少句子都遵循这一绘画的原则，如"迢迢南川水，明灭青林端"，"水国舟中寺，山桥树杪行"。《林泉高致》中论山水画取景有"高远、深远与平远"之别，《旧唐书·王维传》载王维："书画特臻其妙，笔踪措思，参与造化，而创意经图，即有所缺，如山水平远，云峰石色，绝迹天机，非绘者之所及也。"从这里可以看出王维的山水画多显现"重深""平远"，这就形成了画作中苍茫辽远的特征。"白水明田外，碧峰出山后"（《新晴野望》），远处田野之外的白水形成了平向延展的主导视野，山后的青峰又显现高远之势，构图设色相得益彰。这样的技巧在王维的山水诗中有着娴熟的反映。

苏轼《凤翔八观·王维吴道子画》对比王维与吴道子，指出："吴生虽妙绝，犹以画工论。摩诘得之于象外，有如仙翮谢笼樊。"苏轼心目中所激赏的画，是与匠人之画相对立的、不斤斤于形似的，符合文人画所崇尚的萧散、简远的风格与天然造化、无法度可循之境。文人作画无关教化之旨，亦少功利牵制，故而具有平淡纯粹的至高审美境界，虽然无法精细地还原景象的细节，但却能够表现物象的精神意趣，从而在简单的物象中发掘出丰富的象征意味，使绘画向诗靠拢。王维诗中那些浸染了禅意的、如水月镜花般空幻的意境，也从侧面体现其画工之妙："木末芙蓉花，山中发红萼。涧户寂无人，纷纷开且落。"（《辛夷坞》）这寂寞深邃的颜色，在山涧之间、无人之处兀自生灭枯荣，充盈其间的是不可采撷的抽象存在，是非经诗人之眼而无从得知的美感，这样不可拘执的神理意象，暗藏着天地自然永久的证悟。

王维的画作笔墨清新、格调高雅，善于运用留白，表现诗的意境。而这又与中国画对于神似、意境的追求是一致的。苏东坡说"论画贵形似，见与儿童邻"（《书鄢陵王主簿所画折枝二首》），强调诗与画的神似，就是把握住二者在整体意境上的关联，而忽略细部的逐一贴合。同时又并非仅限于体物工巧，追求形似，而使大量的空间铺陈损害诗歌含蓄蕴藉之致，"必能状难写之景，如在目前，含不尽之意，见于言外"（欧阳修《六一诗话》），这是画笔难以描摹之景，写得如在目前，又含有诗歌特有的不尽之致。诗人时将吟咏之物敷上淡淡色彩，使诗歌具有含蓄不尽、朦胧幽深的苍茫美感，又使用晕染来消解物我的界限，"坐看苍苔色，欲上人衣来"，写人坐赏苍苔，产生了草色上衣的错觉，画面中的景物明暗融接，分不出笔触与边界，在寂静悠长的味外之旨中达到物我合一的妙境。因此，诗与画的交融，不仅要在保证创作符合诗的基本特征的基础上，加之以形象鲜明的画面感，而且要令写景既具有王夫之所称"现量"的特征，又能使人产生丰富的联想，这是诗与画的会通，也是审美主体与客体之间神会妙合的有机结晶。

2. 诗与画的差异

诗与画都通过形象反映自然、表现人情。历代论者多关注诗画的共通法则，从中相互汲取创作经验，实现艺术的创新。然而过度强调其相近的一面，也因遮蔽了两者的差异而无法尽展所长。《文心雕龙·定势》已指出文学与图像不同的表现方式："绘事图色，文辞尽情。"绘画以存形为指归，文辞的特质是其抒情性。诗歌长于在物象中寄寓人情，而画长于对事物进行客观描摹。张岱在讨论王维诗时就提出，"蓝田白石出，玉山红叶稀"尚可入画，"山路原无雨，空翠湿人衣"则如何入画？（《琅嬛文集·与包严介》）"空翠"极为形象地写出山中草木的青翠之色在缥缈云雾中若隐若现之态，而这"空"中并非真的毫无一物，而是弥漫着水汽的氤氲，行走于山路之间，没有经过草木露水的实体触碰，却自然而然在这一重氤氲中逐渐沾湿了衣服。在这空灵幽深的意境中，视觉与触觉的界限也消解于虚字的递进转折，为诗歌带来身临其境的真切感受。这一景象虽然无声无息，但确如张岱所言，是画者无从下笔的地方。当物境以诗人的主体情思相联结，一草一木乃至虚空的氛围也染上人化的色彩，形成了诗与画的显著区别。

同样是对现实世界的摹写，诗歌在表现细部情态与复杂物境上，也难免有捉襟见肘之处。语言本就与客观世界的精确形态有着显著距离，无法直接地列举出陈述对象的所有特征，尤其是那些非线性的、立体的空间与心理现实。从庄子"言不尽意"的困惑，到禅宗"不立文字"的宗旨，更深入一层地指出语言在体道上的间接性。这也使诗歌的长处不在于追求穷形尽相地逼肖事物的本来面貌，或同绘画一样情貌无遗地反映现实。在历史上，这样的创作倾向往往是受到批判的，未必能成就好的作品。张岱所云："若以有诗之画作画，画不能佳；以有画意之诗为诗，诗必不妙。"（《琅嬛文集·与包严介》）画意之诗片面追求感官、强调形似，会破坏诗歌空灵蕴藉的韵味。从这个角度而言，王维作品中诸多倍受称赏的佳句，恰恰不是由于"诗中有画"而妙不可言，而是源于深藏于绘画之眼的诗心观照，调和诗艺与画艺的冲突，超然物外而不拘泥于意象本身，从而消解了以画入诗的弊端，呈现诗歌意境之美。可以想见，"返景入深林，复照青苔上"（《鹿柴》）的景象，是阳光穿过幽深的树林间，斑驳光影洒落在青苔之上的完整过程，这一自然变化给人以某种启迪，蕴含着深刻的禅理。而诗句间意脉的承递，恰恰通过画面所不能反映的光影持续性，营造了富于诗意的时间延宕。"行到水穷处，坐看云起时"，不仅有空间处所的转变，亦包含着时间的演进，诗人沿着溪流行走，走到水尽之处，恰恰是云升起的地方。事物的起落更替在自然造化与人心感受间保持着微妙的平衡，这样此消彼长、心物迭映的过程，才是画家手眼所不能融摄的诗之灵魂。

因此，诗与画的差异，也是一首诗穿越艺术限域、抵达诗心的机缘所在。钱钟书《读拉奥孔》论诗画之别，总结二者一重历时性、一重共时性，"绘画只表达空间里的平列，不表达时间上的后继"。这是由于绘画借用线条与颜色定格于一瞬间，这些符号在空间中展开，因此它们更多表现在空间中真实或想象中存在的物体，物与物的关系又表现为空间的共时并置。而诗歌以语言来表现，是若干连续的字符与声音的排列，有着天然的先后承续，也更多表现那些时间中着先后承续性的事物。当然，有时序的诗歌亦可以同时展示时间上的先后承接与空间的转换。而绘画则很难逾越共时性的限制。如徐凝在《观钓台画图》里所说的，画一声猿啼可以，画三声猿啼如何落笔？古人对此间的困境有着深切的体会，画家顾恺之评论嵇康五言诗，认为"手挥五弦易，目送归鸿难"，如何表现目光凝视归鸿的时间流逝呢？恐怕古往今来的画坛名家对此也是望洋兴叹。王维诗歌往往借此而发挥语言艺术独有的造诣，如"兴阑啼鸟换，坐久落花多"（《从岐王过杨氏别业应教》），"山中一夜雨，树杪百重泉"（《送梓州李使君》），经由时间甬道构成的持续场景，以灵动的意象转换来突破静止画面中并陈互涉的空间关联，深化诗境的构成。

当然，这并不是说在诗与画的艺术原则的层面，时间与空间的界限无法实现沟通与转化。绘画作为一种空间艺术，强调视觉的感受，需要以共时并置的方式展现空间中存在的静止瞬间，因而不能如诗歌般擅于表现飘忽的瞬间动态。然而对空间静止的事物施以颜色浓淡深浅的错综变化，亦可以体现一种诗意的韵律感，如"屋上春鸠鸣，村边杏花白"（《春牛田园作》），以春日轻快的绿色为背景，偶尔一处白色的杏花点染出明快的节奏，与屋上春鸠在宁静山间的清脆嘹亮的忽而鸣叫形成某种节律上的呼应。诗人以不凡的才情向我们展示了诗与画并非不能互相转化而共享相同的节奏。只是在大部分时候，诗作为时间艺术总是倾向以动态的方式来呈现，于是它的长处往往不在于表现事物本身，而是事物的动态变化。"竹喧归浣女，莲动下渔舟"一句（《山居秋暝》），在全诗幽静的背景中营造出喧哗之声，这一静中之动使初秋傍晚空山后的景色更为活泼明媚，更烘托出山居的宁静。这一瞬间的景象倘若移置画中，必然要在静谧的背景中投射出永久的波澜荡漾，从而打破了"静中有动"的平衡。

上古诗、乐、舞浑然一体，表明诗歌从其发端之始就是一种综合性的艺术，较之视觉艺术的静止平面图像与立体形象拥有更为广阔的表现范围。如杜甫《观公孙大娘弟子舞剑器行》，以及明清时期出现的大量观剧诗，亦可以根据叙事的需要表现出一系列活动图像的连缀，反映语言在描画现实、人情物态的较强伸缩性。如潘焕龙《卧园诗话》里所言："绘水者不能绘水之声，绘物者不能绘物之影，绘人者不能绘人之情。诗则无不可绘，此所以较绘事尤妙也。"王维的诗游走于诗画之间，表现声、光与时间的延宕，体现出丰富的包蕴性。

当然，诗歌语言的呈现总是伴随符号转换的过程，而语言符号并不能与自然事物之间生成某种天然一致的联结，而即使是那些追求神似的、写意的山水画，世人也可以毫无障碍地用眼睛看到实在的物象，这是诗歌语言的抽象性在反映事物本质上的独到之处。一方面，诗歌更容易透过表象来寄寓思想，甚至在某种程度上造成与现实景象的隔阂。当诗歌物象所凝结的意涵约定俗成，世人就不必执着于眼前，从而透达其间深层的象征意味。而绘画所着意的，则始终是那些充满美感的瞬间，以及这一瞬间所调动起的感官触碰的记忆。另一方面，历来画家多孜孜追求形式之美，而诗歌以承载诗人的个性与情怀为贵，"有第一等襟抱，第一等学识，斯有第一等真诗"（沈德潜《说诗晬语》）。与直观地再现物象相比，通过意象的组合重构眼中的世界，无疑是更为深刻的。

五、拓展资料

1.（唐）王维撰，（清）赵殿成笺注《王右丞集笺注》，上海古籍出版社1961年版

2. 陈铁民《王维集校注》，中华书局1997年版

3. 张清华《王维年谱》，学林出版社1988年版

4. 陈铁民《王维新论》，北京师范学院出版社1990年版

第六课

《春江花月夜》: 月华流转　亘古时空

一、背景叙述: 孤篇横绝，诗中的诗

　　《春江花月夜》，这是大唐的诗啊，是清晨的大唐，也应是青春的诗人的一首诗。是青春和清晨，赋予此诗以少年般的憧憬、惆怅和淡淡的忧伤；是恢弘的大唐，赋予此诗以深厚的历史底蕴。晚清王闿运推举此诗为："孤篇横绝，竟为大家。"张若虚为扬州人，是吴中四士之一，曾任兖州兵曹。他的一生中留下《春江花月夜》与《代答闺梦还》两首诗，其余生平仕历、游历交往已经不可知，而这首诗歌却被视为唐诗的顶峰之作、"诗中的诗"。我们看似不经意的一个语词，一个意象，便有着讽味不尽的诗情、乐思与画意。如"白云一片去悠悠，青枫浦上不胜愁"一句，就融汇了《楚辞》的意境："湛湛江水兮，上有枫。目极千里兮，伤春心。魂兮归来哀江南！"（《招魂》）"子交手兮东行，送美人兮南浦。"（《九歌·河伯》）尤其不应忽略的还有"碣石潇湘无限路"一语。碣石与潇湘，是两个有着不同意蕴的特殊诗语：碣石是在北地，潇湘属于南国；碣石是仄声，读来斩钉截铁，给人以寒冷硬朗的感受，潇湘是平声，读来缠绵悱恻，有悠扬不尽之致；碣石，与北国的山海、瑟瑟的秋风，与沙场征战，与帝王枭雄有关，潇湘，与澄澈的江水、柔情的清风，与精神长旅，与诗和诗人联系在一起。

　　始皇三十二年（前215），秦皇嬴政东巡，登碣石山，于山上刻勒"碣石门辞"而去。汉武帝刘彻也曾率文武大臣登上碣石，故碣石山主峰有"汉武台"。建安十二年（207），魏武帝曹操领兵出击乌桓，秋日凯旋时，登临碣石，遥望大海，作《碣石篇》组诗四首，时年五十二岁。千古传诵的著名诗句：

"老骥伏枥，志在千里。烈士暮年，壮心不已"，即出于第四章《龟虽寿》。其首篇《观沧海》云：

> 东临碣石，以观沧海。水何澹澹，山岛竦峙。树木丛生，百草丰茂。秋风萧瑟，洪波涌起。日月之行，若出其中；星汉灿烂，若出其里。幸甚至哉，歌以咏志。

这是英雄志士慷慨悲壮的雄浑歌诗，《南齐书·乐志》记载："《碣石》，魏武帝辞，晋以为《碣石舞》，其歌四章。"这样的歌舞流行于南北朝，而唐代及以后，碣石便一直作为具有特殊意韵、弥漫着英雄气的意象和词语在诗中频繁出现。一直到现代，碣石还作为具有王霸之气的意象在诗词中偶尔出现。

潇湘，是一个忧伤的故事，是一条流淌着诗韵和柔性的河流，是牵动千古诗人心魂的意象。是潇湘，赋予楚地、楚歌、楚辞、楚文化以灵气；也是潇湘，作为深情的女神的家园，轻轻托举起屈子的诗魂。当我们捧起《楚辞》，心中便点燃起一瓣心香，为屈子，也为了潇湘。念诵潇湘，我们疏瀹五藏，清漱口齿，吟咏之间，声韵是那样的清切、悠扬，令人无限神往，令人黯然神伤。"楚虽三户，亡秦必楚！"三湘大地啊，有多少男儿热血，化为南国清柔的湘波！

郦道元《水经注》说："潇者，水清深也。《湘中记》曰：'湘川清照，五六丈下见底。'"这条与同样诗情画意的洞庭相连的河流，有着许多动人的故事和传说。司马迁作《史记》，精心结撰《屈原贾生列传》，满怀崇敬地记载了屈原的生平。著名的还有娥皇、女英的神话传说。汉刘向《列女传·有虞二妃》载："有虞二妃者，帝尧之二女也，长娥皇，次女英。"《列女传》又云："舜陟方，死于苍梧……二妃死于江、湘之间，俗谓之湘君。"《山海经》说："洞庭之中，帝二女居之，是常游于江渊，出入必以飘风暴雨。"晋张华《博物志·史补》云："舜崩，二妃啼，以涕挥竹，竹尽斑。""斑竹""湘妃竹"的传说，就出于此。湘君、湘夫人被视为"百川之神"，屈原《九歌》有《湘君》《湘夫人》咏叹之，后者有"帝子降兮北渚，目眇眇兮愁予。袅袅兮秋风，洞庭波兮木叶下"的名句。

潇湘之畔，贾谊曾经凭吊屈原，泪洒于湘水，李商隐也曾面对如泪的湘波和异乡的秋色，不胜凄凉地吟哦出"楚天长短黄昏雨，宋玉无愁亦自愁"的诗句（《楚吟》）。刘禹锡有《潇湘曲》：

> 斑竹枝，斑竹枝，泪痕点点寄相思。楚客欲听瑶瑟怨，满江深夜
> 月明时。

钱起有著名的《省试湘灵鼓瑟》：

> 善鼓云和瑟，常闻帝子灵。冯夷空自舞，楚客不堪听。苦调凄金
> 石，清音入杳冥。苍梧来怨慕，白芷动芳馨。流水传湘浦，悲风过洞
> 庭。终曲人不见，江上数峰青。

"郴江幸自绕郴山，为谁流下潇湘去？"秦观《踏莎行》伤感的诗句，也
延续着潇湘特有的情韵。

如果说，与碣石相关的往往是慷慨悲壮的英雄气概，那么，与潇湘相联
系的便每每是柔情伤感的浪漫情怀；如果说，碣石象征着在冷酷的现实事功
中的搏杀与奋斗，那么，潇湘便意味着在理想和审美的诗境里的徘徊与彷徨。
从古代到现在，从北国到江南，"人生代代无穷已"，南来北往的人们，虽然
步态不同，所走的人生之路也千差万别，但走的不正是碣石、潇湘那无限的
路吗？"昨夜闲潭梦落花，可怜春半不还家。江水流春去欲尽，江潭落月复
西斜。"此中包含了几多复杂而难于言喻的人生情怀。"不知乘月几人归，落月
摇情满江树。"余韵悠悠的尾联，又寄寓了诗人对人间多少美好的祝福。

二、诗歌鉴赏：《春江花月夜》的亘古追思

唐宋诗人的创作中，咏月写月最好的诗人当推李太白与苏东坡，但最好
的月诗则恐怕要数张若虚的《春江花月夜》。这是一首任何唐诗选本都不能不
选录的千古绝作，即使我们要选择几十首、十数首唐诗来讽咏，这首《春江花
月夜》也一定是我们断难割舍的诗，其内容如下：

> 春江潮水连海平，海上明月共潮生。滟滟随波千万里，何处春江

无月明。江流宛转绕芳甸，月照花林皆似霰。空里流霜不觉飞，汀上白沙看不见。江天一色无纤尘，皎皎空中孤月轮。江畔何人初见月？江月何年初照人？人生代代无穷已，江月年年只相似。不知江月待何人，但见长江送流水。白云一片去悠悠，青枫浦上不胜愁。谁家今夜扁舟子，何处相思明月楼？可怜楼上月徘徊，应照离人妆镜台。玉户帘中卷不去，捣衣砧上拂还来。此时相望不相闻，应逐月华流照君。鸿雁长飞光不度，鱼龙潜跃水成文。昨夜闲潭梦落花，可怜春半不还家。江水流春去欲尽，江潭落月复西斜。斜月沉沉藏海雾，碣石潇湘无限路。不知乘月几人归，落月摇情满江树。[1]

面对如此澄净、清朗、高华而带着神秘的怅惘和淡淡忧伤的诗境，我们最好是身临其境，在江畔月下静静地凝望，或是泛舟江湖之上，听远处洞箫传来《春江花月夜》的乐思。最美好的诗思就像最美好的音乐一样，是只可以聆听、吟唱而不可以言说的。闻一多先生曾说："在这种诗面前，一切的赞叹是饶舌，几乎是渎亵。"但他还是忍不住评说"江畔何人初见月"几句道："更夐绝的宇宙意识，一个更深沉，更寥阔，更宁静的境界！在神奇的永恒前面，作者只有错愕，没有憧憬，没有悲伤。""对每一个问题，他得到的仿佛是一个更神秘、更渊默的微笑，他更迷惘了，然而也满足了。"他评全诗结尾的数联云："这里一番神秘而又亲切的、如梦境的晤谈，有的是强烈的宇宙意识，被宇宙意识升华过的纯洁的爱情，又由爱情辐射出来的同情心，这是诗中的诗，顶峰上的顶峰。"[2]

此诗像是一首或一组小夜曲，开头二韵八句，春、江、花、月、夜次第点出，极有层次地融汇成神秘、宽广、恬静、光明的意境。"空里流霜"两联将梦幻般的月光描绘得如此充分和传神。霜是凝结于大地的有形，月光是弥漫于天空的无形，但在诗人的妙笔之下，凝结变成了飞动，无形也这样化成了有形，在诗人俯仰间刹那的艺术直觉中，月光好似真得在"流"、在"飞"、在"徘徊"。那柔情的月光，如流霜，如薄雾，似飞霰，似寒水，滤尽尘嚣，浸彻广宇，将天上人间化作通体透明的光明的宇宙、诗的宇宙。

---

① 张若虚《春江花月夜》，沈德潜编《唐诗别裁集》卷五，中华书局 1975 年版，第 73—74 页。
② 《闻一多全集》第六册《唐诗编》上《宫体诗的自赎》，湖北人民出版社 1993 年版。

在妙合无痕的承转后，"江畔"数联转而为哲学式的沉思。此数联虽不似前几联那样对月光进行具象的描绘，却构成了全诗必不可少的有机组成部分，也是全诗艺术魅力的重要所在。当诗人面对月光下无限空蒙的宇宙沉思和叩问的时候，当诗人追溯人之初、月之初、宇宙之初的时候，我们被深深地感动了，我们的心随诗人一起飞升、清飚！我们的神思会飞翔到生命最初的时光和画面，那今天我们已无法回想而只能想象的第一个美丽的瞬间。我们第一次睁开眼睛看到这一轮皎洁的明月是在哪里，是哪一个夜晚？当我们的心、我们的手向夜空、向明月展开的时候，亲人给予我们的是怎样的祝愿与祝福？那一顷刻伴随我们的，是怎样美妙和美丽的童谣、童话与乐思？那一切，我们都已然记不真切，却依然仿佛就发生在昨天，就出现在眼前。

"江月年年只相似"，又有版本作"望相似"，前者含无尽感慨，后者有可感的情韵与动态。总体来说，似乎"只相似"更胜一筹，大家可以见仁见智，加以讨论。

诗人笔下的离合悲欢、人生喟叹往往被安置于绵绵无尽的时间和无限伸展的空间背景之中。面对烟波浩渺的大江，我们总是感到，似乎有一种神奇的力量，像是神秘的和弦，勾起人心中最隐秘、最美丽、最忧伤的情感。而尤其让我们神思飞越、情不能已的是大江蜿蜒曲折处，江河水流经此处，水面更加开阔，缓缓地、悠悠然拐了一个弯，划出一条美丽的弧线，以更舒展的姿势奔涌向前，大自然在这里尽显动态与韵律之美。这便是"江流宛转绕芳甸"一语所传写的意境。使我们感动、向往并将自己与无尽的宇宙时空联系在一起的，还有滔滔江河汇入大海的瞬间那永恒和无边无际的壮观。"春江潮水连海平，海上明月共潮生。滟滟随波千万里，何处春江无月明"，所展现给我们的，正是这样令我们无限遐想的境界。如果没有这几联对时光的追溯，那么前几联所描绘的月光世界便没有了渊源和维系，而没有上述空间，此数联便没有了根基，而无所归依。

"白云"一联使诗人的笔触由天上的月转向人间的情，在这里我们所听到的是相思曲和青春咏叹调。月光下的离别、愁思和嗟伤都是淡淡的，诗情画意的。最后二韵八句，与开头八句恰成极为完美的关合和对应，春、江、花、月、夜渐次归结与收束。尾联笔调摇曳，余韵悠悠，令人回味无穷。全诗共三十六句，四句一换韵，每四句一组中，都于一、二、四句押韵，用韵极有规律而又富于变化。单就音节韵调而言，就颇有江流宛转、移步换景的奇妙感觉，读来流畅和谐而又回环往复。十五个月字，从月华东升一直写到斜月西沉。全诗弥漫和流动着的，是银色的月光、淡淡的忧思和静静的春江水。这首长诗本身就像天上的明月，拥有这样的一轮明月和这样的诗篇，是我们生命里的幸运。

三、要点提示

1．"宫体诗"的自赎

《春江花月夜》是乐府歌辞，相传它的曲调创始于陈后主。陈后主常与宫中女学士、朝臣等唱和，其中的佳篇被采录下来，《春江花月夜》因此而流传。后来唐代诗人张若虚谱唱新词，创造了这首情辞优美的诗篇。全诗最早见于北宋郭茂倩的《乐府诗集》。乐府，是古代制乐机关的名称。乐是音乐，府是官署，它创立于秦代，汉武帝时成为"采诗制乐"的专门官署。乐府诗即为乐府机关所采集、编制的"歌诗"，亦称"乐府歌辞"，它的诗句多是配乐演唱的，因此是一种带有音乐性的诗体。全诗以月光的周行推动情感的流转，形成了往复回还的韵律。

《春江花月夜》一共有三十六句，在结构上，每四句一换韵，前二句起、后二句收，平仄两调交替使用。诗歌多采用对偶和排比的句式，如"玉户帘中卷不去，捣衣砧上拂还来""谁家今夜扁舟子，何处相思明月楼"，通过词、句的组合丰富语言的表现力。"江畔何人初见月，江月何年初照人"则是以词序的组合形成意义的变换与递进。全诗构思紧密精巧，句法整齐而富有变化，且环环相扣、重点突出，是乐府诗中少见的佳构。

闻一多将这首诗视为"宫体诗的自赎"。宫体诗是流行于宫廷中的艳诗，源于梁简文帝时期的君臣唱和，在徐陵编撰的《玉台新咏》中，这一诗体更加盛行。《春江花月夜》原也是陈代的宫体诗，到张若虚笔下还未洗净宫体的情调与旋律。然而这一时期的诗人已经从美的短暂性中逐渐领悟到一种宇宙意识，并将这样超越时空的永恒观念以具有诗意的形象展现出来，形成了"一个更深沉、更寥廓、更宁静的世界"（《唐诗杂论·宫体诗的自赎》）。全诗歌咏自然风景，体现宇宙永恒的领悟，彻底摆脱了宫体诗庸俗的艳情，使诗歌回到清新而圣洁的境界，不仅着意于体现富于美感的形象，而且表现得隽永含蓄、余味深长。

《春江花月夜》的写景紧扣题面而来，景离不开"春""江""花""月""夜"这五方面的内容。春、江、花、月、夜这五个字在诗句中有大量的叠现，全篇采用了较多的复沓形式，通过五部分的不同排列形式组成了美妙的乐章。其中"春"字出现四次，"江""月"字在全篇中出现了十次以上，构成全篇的主线。由于诗中句法灵活多样，每次出现的上下文不同，也产生了不同的意义。开头写春江月夜，"春""江""花""月"等词不断出现，由春江而海潮，由海潮而明月，由明月而江水，将月生的动态呈现得极为寥廓宁静。诗歌又以轻灵曼妙的格调抒写月色，江水绕着花林，花林映照月色，月色笼在流霜中，有字词的蝉联，亦包含了句意的反复叠用，形成回环往复、曲折委婉的曲调。于是梦幻朦胧的夜色与月下的一切，都溶浸在乐曲之中。江上之人，似恒河沙数。江月之永恒，世代之无穷，通过两对叠词的连用，奏响繁复而整齐的韵律，形成了诗歌的高潮。继而又以悠游白云、缕缕情思，写如断似续、缠绵动人的离情。这一独特的诗体使《春江花月夜》的写景与抒情无不淋漓尽致。

诗歌描写游子思妇的情感，也一洗宫体诗的婉约纤丽风格。诗中由"白云"和"青枫浦"两处各自叙写，以宽阔的视野观照人世中游子思妇的离愁。或从思妇眼中看游子之一去无迹"可怜春半不回家"，或从游子的"不胜愁"来写他对情人的欲见而不得，或透过月来写妆台、捣衣，以月光的皎洁流照加强物的抒情性，将相思爱恋升华为温厚和睦的人伦情感，并以"愿逐月华流照君"这样奇特的想象，将思妇与游子间两地怀想的情感描摹得真切动人。最后从相爱之人不能朝夕相伴，引发世间旷夫思妇共通的命运思索："不知乘月几人归"，将千愁万绪归结为"落月摇情"的摇曳不尽。全诗情致宛转、余韵无穷，是一首真挚自然、纯洁动人的爱情诗。

2. 缜密的艺术结构

《文心雕龙·神思》说："寂然凝虑，思接千载；悄焉动容，视通万里。"《春江花月夜》精心结撰全篇，将诗人的宇宙意识与人生哲思融入缜密的艺术结构之中，从横、纵两个维度次第展开，节节相承。其中，月为贯穿全篇的线索，沿着月由升至沉的时间顺序，先后写夜月从潮水平面中涌现、照耀于花林、高挂于空中到月之西斜、月之沉与落的过程。前半部分写自然景色，至月抵天心，转向人的心理活动；后半部分写月的下沉，从思妇与游子两个角度展开，随江上扁舟而藏于海雾。全诗整齐而又有变化，自始至终围绕"月"来铺写。将月的不同位置、角度与形态，与春江林树的背景融为一体，使人产生无限遐思。

诗歌的情感结构与自然景象相互对应。明月穿过潮水初现于长空，诗人情思飞扬、意绪圆满，仿佛与沐浴在月光下的万物化为一体。夜色渐浓，月光照耀江流，主人公的意绪也逐渐深沉，开始遥想古今、抒发哲思。月从天心渐斜，人间的相思离情浸染于笔端，高楼思妇、舟楫游子，处处景物皆洒满了愁绪。月落江树之间，远方游子的思归之情犹自辗转徘徊，曲终不尽。

诗歌以江、月统合全诗，"碣石潇湘无限路"是空间上的贯通全局，"月"的"共潮生"与"满江树"从时间上构成完整的夜晚。月出与月落的部分，呈现着延宕的笔调与缓慢的节奏。中间由慢而快，由宏大而深微，以时间之永恒来承接空间之广阔。月至天心而将落，笔墨也臻于静止，从空间的维度展开情感与想象。总体上，前半部分的诗人情思隐现于春江花月夜的景色中，意象静谧柔和，情感纯洁绵邈。后半部分的情感与月色交融，交相流照在春江花月夜的游子思妇身上，随着时间的演进而往复回环，形成了动静结合、起伏顿挫的抒情脉络。

张若虚擅长以淡笔写浓情，写出了清丽隽永的意境。全诗淡远的格调，如梁启超所说"虎跑泉泡的雨前龙井，望去连颜色也没有，但吃下去几点钟，还有余香留在舌上"（《中国韵文里头所表现的情感》）。在情感不断累积而愁绪转深的"斜月沉沉"的结尾，也只是在朦胧的画面中透出若有似无的哀愁与隐约轻微的情感起伏。月的皎洁光华笼罩在整个世界，为每一处空间染上了明净、柔和的色调，使光线的明暗、景物的隐现与线条的过渡，都显现出流畅、和谐与圆美的境界。诗人写月，以远观为主，环环相接，又将静观、流观与交互观照结合起来，以空灵淡远的情思一洗纤秾，创造出不朽的抒情名篇。

3. 浩瀚深邃的哲思

张若虚的《春江花月夜》，以对生活的憧憬、对青春的迷惘与留恋，将诗境引向了广阔的自然人生，并在月中升华诗思，达到了哲理性的高度。陆时雍评价此诗，有"幽情渺思，多以悬感见奇"之论（《唐诗镜》）。诗歌一开头即以跳跃式的笔墨挥洒出一个无边无际的浩瀚宇宙，眼前的江月从空间维度无限延展开来，"春江潮水连海平，海上明月共潮生"，"滟滟随波千万里，何处春江无月明"！宽阔无垠的春江与洒落江水之上的月光，引发了诗人夐绝的宇宙意识。明月在天空中升起，这轮换变迁的历程，触动了深邃的历史人生思考。"江畔何人初见月，江月何年初照人？"面对此情此境，诗人不禁神游万载，俯视古今，生出对自然、对人世的感慨。明月为天地间终古常在的永恒事物，而个体生命面对它，渺小得恍若一瞬而已。

面对广阔的宇宙时空，诗人的情思也不再拘限在某一个狭小的局部。"江流宛转绕芳甸"，在鲜花盛开的大片平地上，江流宛转绕过，江水有情，却又无所停滞。诗人目不转睛地追逐着流水的韵律，捕捉月华在花林中流转，用巧妙的比喻写出声情并茂的瞬间，水光潋滟、花月交映，花枝摇动间仿佛还听到莎莎的雨雪轻盈落下的声音。透过这一层意思的蝉联，诗人仰望花林上空，只见月光流动，辉映着花林，在清冷空气的透射下，如霜一般飞动飘落。在水、月、花的相互映照中无法移开视线，甚至在林下水边的汀上白沙也变得若隐若现了。这一段视域狭深，风光物态被描绘得细腻、微妙，却显得空灵超脱、不着痕迹。

随着"皎皎空中孤月轮"的点睛之笔，诗人道出了月中体悟的宇宙人生的哲思。悬挂于天心的孤月俯瞰人间，极易引发世人的想象。诗人与月相对，不禁提出了那个古老而又常新的问题。从时间的维度上寻绎往古，将眼前之情景追溯到最遥远的过去，人之代代无穷、月之阴晴圆缺是周而复始、自古如此的；再延伸到遥不可知的未来："不知江月待何人，但见长江送流水。"这不舍昼夜的滔滔流水，又将眼前的一切飞速地凝固成历史的陈迹，统摄于"人生代代无穷已，江月年年只相似"的宇宙自然规律之中。这样的发问，不是激烈的质疑，也没有痛苦的迷惘，而是平静无奇的娓娓道来。在重叠往复的静观妙想中，体现出更为纯粹的、哲学式的宇宙意识与生命情怀。

王国维对这一重境界曾有生动的剖析："诗人与宇宙人生，必须入乎其内，又须出乎其外。入乎其内，故能写之，出乎其外，故能观之。"诗人写到悬于天心的明月，也达到了哲理诗情的高点，透过无穷的天地与无限的时光想象超越了现实人生。从"白云一片去悠悠"开始，诗歌的情感从宇宙时空降落到现实人生。后半段在结构上与前半段是对称的，月下的哲思淡化了人世此在的执着，也消解了个体的哀愁。于是以悠悠"白云"飘忽不定，写行人游子往来尘世间杳无定所。以"青枫浦"的象征接通历史与过去，"几处""谁家"的联想接通社会与人生，于是俗世人生的情感，在这一重浩瀚的时空背景中得以净化和升华。

贯穿全篇的宇宙意识，也赋予诗人超然的全知视角，实现人间情怀向宇宙时空的超越，构筑起春江花月夜的月光世界。因此，这是一首动人的爱情诗，更是一首空灵脱俗的哲理之作，其格调高雅、"哀而不伤"，千古传诵不衰。

四、问题讨论

1. 唐宋诗歌中的月光世界

夜晚与白天一起，共同构成了诗人的整日的、诗歌的世界。而众星闪耀的夜空，明月是当然的明星。在古代诗人看来，明月是夜空的女神，是连接天空节律与人间冷暖、沟通理想世界与现实人生的触媒，月的阴晴圆缺，总是对应着诗人的悲欢离合。因此，诗人的静夜之思，总是与明月有着血缘般的联系。月光照亮和辉映着诗人眼中和心里的宇宙，月是诗人的知己，是诗意的化身，是诗思的源泉。月，就是诗。

月，在中国古代文化中，有柔性与柔情的意味。月是太阴，日是太阳；太阳对应于男性、父亲，月亮对应于女性、母亲。《文选》卷十三谢庄《月赋》李善注云："《周易》曰：'坎为月，阴精也。'郑玄曰：'臣象也。'……《说文》曰：'月者，太阴之精。'"[1]在封建政治与伦理生活中，太阳与君父等等，处于中心和独尊的地位，显得威严、庄重、高高在上而不可亲近。太阳的光焰太强烈、太灼人，而君父的影子太高大、太浓重了，太阳和君父在政治与伦理生活中霸权地位的取得，与其在诗的国度里的隐退之间似乎存在着必然的联系。诗人们发自内心热情讴歌的往往不是君父，而是母爱；他们的诗笔描绘得

---

[1] 谢庄《月赋》，《文选》上册卷十三，中华书局 1977 年版，第 196 页。

最美的似乎不是太阳，而是月亮。而月亮也总是以母性的、柔性的光辉抚慰着诗人寂寞的心，温暖和照耀着诗人的世界。"别梦依依到谢家，小廊回合曲栏斜。多情只有春庭月，犹为离人照落花。"① 张泌的这首《寄人》便非常典型地体现了这样的思致和情调。张九龄《望月怀远》有云：

　　　　海上生明月，天涯共此时。情人怨遥夜，竟夕起相思。灭烛怜光满，披衣觉露滋。不堪盈手赠，还寝梦佳期。②

　　诗是写未梦时，《寄人》则写已梦时，而其情其景都脱胎于谢庄《月赋》："美人迈兮音尘阙，隔千里兮共明月。临风叹兮将焉歇？川路长兮不可越。"③ 人在天涯，遥夜相思，唯有明月可以相共，唯有在梦中可以相逢。因此，明月便常常成为诗人乡情相思、离愁别恨的寄托和象征，成为诗人抒发深切关怀与真诚祝福的意象。李白《静夜思》："床前明月光，疑是地上霜。举头望明月，低头思故乡"④，属于前者，而《闻王昌龄左迁龙标遥有此寄》："我寄愁心与明月，随风直到夜郎西"⑤，则属于后一种情况。苏轼《水调歌头·明月几时有》中"但愿人长久，千里共婵娟"的词句更成为千百年来人间最美好的祝愿之辞⑥。李白的《静夜思》，是我们的小朋友最早背诵的诗之一，也是游子永远难忘的诗篇。那举头遥望的一轮明月，与我们心中的原乡、生命情结和最隐秘的思想联系在一起。

　　明月既是亲情友谊、离愁别绪和寂寞情怀的象征，那么，望月而怀远，见月而伤情，也成为诗人常见的特有意绪。李白《玉阶怨》："玉阶生白露，夜久侵罗袜。却下水晶帘，玲珑望秋月。"⑦ 王建《十五夜望月寄杜郎中》有云："中庭地白树栖鸦，冷露无声湿桂花。今夜月明人尽望，不知秋思落谁家"⑧，即是睹月而有所思，诗人所要抒写的一切，尽在这无声的一望之中了。杜甫

---

① 张泌《寄人》，《全唐诗》下册，上海古籍出版社 1986 年版，第 1850 页。

② 张九龄《望月怀远》，《全唐诗》上册，上海古籍出版社 1986 年版，第 148 页。

③ 谢庄《月赋》，《文选》上册卷十三，中华书局 1977 年版，第 197 页。

④ 李白《静夜思》，王琦注《李太白全集》上册卷六，中华书局 1977 年版，第 346 页。

⑤ 李白《闻王昌龄左迁龙标遥有此寄》，同上中册卷十三，第 661 页。

⑥ 苏轼《水调歌头·明月几时有》，胡云翼《宋词选》，上海古籍出版社 1978 年版，第 64 页。

⑦ 李白《玉阶怨》，王琦注《李太白全集》上册卷五，中华书局 1977 年版，第 293 页。

⑧ 王建《十五夜望月寄杜郎中》，《全唐诗》上册，上海古籍出版社 1986 年版，第 760–761 页。

身经离乱，对亲人、对故友一往情深，而其思念亲友之诗，每每与月夜相关："今夜鄜州月，闺中只独看。遥怜小儿女，未解忆长安。"[①] 这是想念妻儿之诗。《月夜忆舍弟》中二联有"露从今夜白，月是故乡明。有弟皆分散，无家问死生"之语[②]；《梦李白》系念流放"江南瘴疠地"的李白，思而成梦，有"魂来枫叶青，魂返关塞黑。君今在罗网，何以有羽翼？落月满屋梁，犹疑照颜色"之句[③]。甚至寻访昭君故里，发思古之幽情，也有"画图省识春风面，环珮空归月夜魂"一联[④]。明月，与诗人一样深沉而多情，温暖着离情与客思，也照亮着离魂返乡的路。正因为如此，姜夔《踏莎行·燕燕轻盈》："淮南皓月冷千山，冥冥归去无人管"[⑤]，更显得清苦、沉痛和苍凉。王国维《人间词话》说最爱白石的这两句词，正是因为这样的词境传写了经历悲欢离合的词人心底的悲凉。其《扬州慢·淮左名都》："自胡马窥江去后，废池乔木，犹厌言兵"，"二十四桥仍在，波心荡，冷月无声"[⑥]，也是类似的写法，皓月高挂夜空，清寒的月色，仿佛已然阅尽沧桑，清冷漠然地辉映和旁观着人间的离合悲欢，还有什么比这更沉痛的呢？无情被写作有情，而有情又复转而为无情，这是愈转愈深的加一倍写法。

嫦娥奔月，月兔捣药，吴刚伐桂，面对皎洁的月光，人们萌生过多少这样奇异的想象，创造出几多美丽动人的神话故事。诗人们用所有的才思想象，尽情地描绘他们眼中和心底的明月。在诗人的笔下，月有别样的丰富性状与情韵：月如钩如弓（李贺《马诗》二十三首其五："大漠沙如雪，燕山月似钩。"白居易《暮江吟》："可怜九月初三夜，露似真珠月似弓。"），如眉如襟（戴叔伦《兰溪棹歌》："凉月如眉挂柳湾，越中山色镜中看。"杜牧《沈下贤》："一夕小敷山下梦，水如环珮月如襟。"），复如水如霜（赵嘏《江楼感旧》："独上江楼思渺然，月光如水水如天。"杜牧《秋夕》："天阶夜色凉如水。"李益《夜上受降城闻笛》："回乐峰前沙似雪，受降城外月如霜。"），李商隐则由月亮神话别出心裁地幻化出看似热闹中更显清寒如许、凄凉无限的意境：

---

① 杜甫《月夜》，钱谦益《钱注杜诗》上册卷九，上海古籍出版社 1979 年版，第 313 页。
② 杜甫《月夜忆舍弟》，同上卷十，第 347 页。
③ 杜甫《梦李白》二首其一，同上卷三，第 87 页。
④ 杜甫《咏怀古迹》五首其三，同上卷十五，第 512 页。
⑤ 姜夔《踏莎行·燕燕轻盈》，胡云翼《宋词选》，上海古籍出版社 1978 年版，第 344 页。
⑥ 姜夔《扬州慢·淮左名都》，同上，第 341-342 页。

初闻征雁已无蝉，百尺楼高水接天。青女素娥俱耐冷，月中霜里斗婵娟。①

诗人笔下的月光世界常常是清寒的、凄怨的，而且总是伴随着清怨的音乐之声。王维《沈十四拾遗新竹生读经处同诸公之作》云："细枝风响乱，疏影月光寒。"② 岑参《送王著作赴淮西幕府》有"月色冷楚城，淮光透霜空"之句③。王昌龄《巴陵别刘处士》："竹映秋馆深，月寒江风起。"④ 柳宗元《新植海石榴》："月寒空阶曙，幽梦彩云生。"⑤ 韦应物《上皇三台诗》也有"月寒秋竹冷，风切夜窗声"之句⑥。这些都写出了凄清如许的情韵与色调。王昌龄《从军行》诸作，时或写到明月，而成千古名句，如《出塞》二首其一之"秦时明月汉时关"⑦，又《从军行》七首其一、其二：

烽火城西百尺楼，黄昏独坐海风秋。更吹羌笛关山月，无那金闺万里愁。

琵琶起舞换新声，总是关山旧别情。撩乱边愁听不尽，高高秋月照长城。⑧

这一轮皎洁的明月照耀着从秦汉到今时所有离别的人们，照耀着边关的将士和闺中思妇，也照耀着悠悠羌笛与琵琶的缭乱之音。高适《听张立本女吟》有"自把玉钗敲砌竹，清歌一曲月如霜"之句⑨，钱起《归雁》："潇湘何事等闲回？水碧沙明两岸苔。二十五弦弹夜月，不胜清怨却飞来。"⑩ 杜牧《寄扬

---

① 李商隐《霜月》，富寿荪选注《千首唐人绝句》下册，上海古籍出版社 1985 年版，第 758 页。
② 王维《沈十四拾遗新竹生读经处同诸公之作》，赵殿成《王右丞集笺注》卷十一，上海古籍出版社 1978 年版，第 207 页。
③ 岑参《送王著作赴淮西幕府》，《全唐诗》上册，上海古籍出版社 1986 年版，第 463 页。
④ 王昌龄《巴陵别刘处士》，《全唐诗》上册，上海古籍出版社 1986 年版，第 327 页。
⑤ 柳宗元《新植海石榴》，《柳宗元集》第四册卷四十三，中华书局 1979 年版，第 1228 页。
⑥ 韦应物《上皇三台诗》，《全唐诗》上册，上海古籍出版社 1986 年版，第 457 页。
⑦ 王昌龄《出塞》，富寿荪选注《千首唐人绝句》上册，上海古籍出版社 1985 年版，第 81 页。
⑧ 王昌龄《从军行》，同上，第 77–78 页。
⑨ 高适《听张立本女吟》，《全唐诗》上册，上海古籍出版社 1986 年版，第 506 页。
⑩ 钱起《归雁》，富寿荪选注《千首唐人绝句》上册，上海古籍出版社 1985 年版，第 313 页。

州韩绰判官》：“二十四桥明月夜，玉人何处教吹箫？”① 李贺《李凭箜篌引》极写箜篌之音，可以惊天地、泣鬼神，而以“吴质不眠倚桂树，露脚斜飞湿寒兔”作结②，那凄清的月色常常伴着凄怨的乐音。大诗人欧阳修《梦中作》“夜凉吹笛千山月”一语③，真是将那月色、那笛声写绝了，而苏东坡《前赤壁赋》“月出于东山之上”一节，“击空明兮溯流光”一歌，“其声呜呜然”一段④，也将那明月、歌声与箫音写得如此空灵、凄怨和动人，明月，成为诗人千古名作的诗心和灵光。月光下的天空，月光下的大地和海洋，月光下的山河，月光下的明湖、幽涧和清泉，月光下的梅、竹，月光下的霜露，月光下的笛声和醉梦，这一切，构成了诗人的世界。是明月，装点着诗人的江山，成为千古诗人不绝如缕的灵感和源泉。“月出皎兮，佼人僚兮。舒窈纠兮，劳心悄兮。”⑤ 皎洁的明月辉映着诗人的诗思和他心目中的女神，赋予她嫦娥仙子般动人的美丽。诗人的明月之诗常常有神来之笔。曹植《七哀诗》：“明月照高楼，流光正徘徊。上有愁思妇，悲叹有余哀”⑥，化无形的、无情的月光为有情、有形、有韵律、有动感、有生命的存在。“流光”一句，把月光写活了，也写足写透了。月华如水，弥满洒落天上人间，与思妇如雪花一样无处不在的忧思正相融浃。宋之问有“桂子月中落，天香云外飘”之句⑦，白居易《忆江南》写道：“山寺月中寻桂子，郡亭枕上看潮头”⑧，其《寄韬光禅师》也有“遥想吾师行道处，天香桂子落纷纷”的诗句⑨。钱易《南部新书》云：“杭州灵隐寺多桂。寺僧曰：此月中桂也。至今中秋望夜往往子堕，寺僧亦尝拾得。”西湖民间故事里也有中秋夜月中桂子落于灵隐寺沙沙有声的传说。这是多么美妙的奇思异想和艺术直觉啊！在诗人仰望星空和月宫的想象与神思中，那月中的阴影仿佛真是桂树，而当此良夜，那月中桂子理应飘落人间天堂而香浮天际、落子有声的。上述诗句把这种直觉式的观照和感悟诗意地传写出来了。

---

① 杜牧《寄扬州韩绰判官》，冯集梧注《樊川诗集注》卷四，上海古籍出版社 1978 年版，第 282 页。
② 李贺《李凭箜篌引》，王琦等注《李贺诗歌集注》卷一，上海古籍出版社 1978 年版，第 31 页。
③ 欧阳修《梦中作》，洪本健校笺《欧阳修诗文集校笺·居士集》卷十二，第 353 页。
④ 苏东坡《前赤壁赋》，孔凡礼点校《苏轼文集》第一册，中华书局 1986 年版，第 5-6 页。
⑤ 《诗经·陈风·月出》，朱熹《诗集传》卷八，上海古籍出版社 1980 年版，第 82 页。
⑥ 曹植《七哀诗》，逯钦立辑校《先秦汉魏晋南北朝诗》上册《魏诗》卷七，中华书局 1983 年版，第 458 页。
⑦ 宋之问《灵隐寺》，《全唐诗》上册，上海古籍出版社 1986 年版，第 161 页。
⑧ 白居易《望江南》二首其二，俞平伯《唐宋词选释》上卷，人民文学出版社 1979 年版，第 18 页。
⑨ 白居易《寄韬光禅师》，《全唐诗》下册，上海古籍出版社 1986 年版，第 1174 页。

明月催发了多少伟大诗人的诗兴，滋润了他们清风般的诗笔？明月，像艺术女神一样，以灵性的光辉不止一次地照耀着诗人王维的瑶琴和乐思，照耀着他笔下的空谷和山涧，照耀着自开自落的桂花和绿色小鸟的歌吟，照耀着浣纱的少女和她们归去的路径。明月也曾伴随着李白的诗酒生涯，其《把酒问月》云：

> 青天有月来几时？ 我今停杯一问之。人攀明月不可得，月行却与人相随。皎如飞镜临丹阙，绿烟灭尽清辉发。但见宵从海上来，宁知晓向云间没？白兔捣药秋复春，嫦娥孤栖与谁邻？今人不见古时月，今月曾经照古人。古人今人若流水，共看明月皆如此。唯愿当歌对酒时，月光长照金樽里。①

王夫之《唐诗评选》称此诗"于古今为创调"。实际上，此诗之问月与张若虚的《春江花月夜》颇有异曲同工之处。把酒而问月，问月之所由来，问月之所经行，问月之归程，问月之芳邻，问月之所见，问月之所感，句句是问，句句是答，而归结于浩渺的时空和对天上人间的美好愿望。这千古一问，成就了谪仙李白最好的月诗之一。苏东坡著名的中秋词《水调歌头·明月几时有》之诗思得之于李白此诗为多。李白有著名的《月下独酌》四首组诗，第一首云：

> 花间一壶酒，独酌无相亲。举杯邀明月，对影成三人。月既不解饮，影徒随我身。暂伴月将影，行乐须及春。我歌月徘徊，我舞影零乱。醒时同交欢，醉后各分散。永结无情游，相期邈云汉。②

在月下孤斟独饮的寂寞中，却能幻化出"对影成三人"的热闹场面，而"我歌月徘徊，我舞影零乱"的热，更显现了诗人寂寞孤独的冷。作为高华绝代、独步天下的浪漫主义诗人，他的心性中必有他所独有而他人无法理解的精神诉求吧？他也必有无以名状的孤独感和寂寞心吧？唯有明月伴随着诗人，

---

① 李白《把酒问月》，王琦注《李太白全集》中册卷二十，中华书局1977年版，第941页。
② 李白《月下独酌》四首其一，同上卷二十三，第1063页。

照耀和抚慰寂寞的诗人，《静夜思》所描绘的不正是这样的情景吗？传说李白最后是醉中赴水捉月而死的，虽说并不可靠，我们却愿意相信这是诗人最后的归宿。唐代诗歌中，写月的名章迥句可谓俯拾皆是，不胜枚举，凡名家，必有写月的好诗好句。唐代以后，李后主有其不堪回首的如钩的秋月，柳永吟唱过"今宵酒醒何处，杨柳岸晓风残月"[1]，王安石有"春风又绿江南岸，明月何时照我还"之句[2]。宋代词史上，吟咏中秋而可称双璧的是苏东坡的《水调歌头·明月几时有》与张孝祥的《念奴娇·过洞庭》，张词曰：

> 洞庭青草，近中秋、更无一点风色。玉鉴琼田三万顷，著我扁舟一叶。素月分辉，明河共影，表里俱澄澈。悠然心会，妙处难与君说。
>
> 应念岭表经年，孤光自照，肝胆皆冰雪。短发萧骚襟袖冷，稳泛沧溟空阔。尽挹西江，细斟北斗，万象为宾客。扣舷独啸，不知今夕何夕。[3]

两词相较，苏子以谪仙人般的想象、哲人的玄思和一往情深、广被天下的赤子之心见长，张词则以驱遣万象、描绘境界的豪迈气概与手笔见长，而意境之清寒高远，心胸之澄明超旷，此其所同也。

2. 古代诗人的时空意识

古代文士凡登高临远，仰观俯察山水名胜之际，必然要发于咏叹，许多不朽的诗文名篇都是诗人登临而作的结果。在以"天人合一"为重要元素的精神传统和文化氛围的濡染和影响下，中国古代经典作家在创作中体现出来的人生情感往往是和宇宙时空意识紧密地联系在一起的，他们笔下的离合悲欢、人生喟叹往往被安置于绵绵无尽的时间和无限扩展的空间背景之中。

"秋水时至，百川灌河，泾流之大，两涘渚崖之间，不辨牛马。""顺流而东行，至于北海，东面而视，不见水端。"[4]面对宇宙和更远的宇宙，我们每一个人都会有这样"望洋向若而叹"的时候。《世说新语·言语》记载：

---

① 柳永《雨霖铃·寒蝉凄切》，俞平伯《唐宋词选释》中卷，人民文学出版社 1979 年版，第 74 页。

② 王安石《泊船瓜洲》，钱锺书《宋诗选注》，人民文学出版社 1958 年版，第 56 页，

③ 张孝祥《念奴娇·过洞庭》，胡云翼《宋词选》，上海古籍出版社 1982 年版，第 233–234 页。

④ 《庄子·秋水》，陈鼓应《庄子今注今译》，中华书局 1983 年版，第 411 页。

卫洗马（玠）初欲渡江，形神惨悴，语左右云："见此芒芒，不觉百端交集。苟未免有情，亦复谁能遣此？"①

《春江花月夜》开头数联正是通过春江入海和江流宛转的意境，唤起我们浩渺无际的空间意识和相应的人生情感。

如果说此诗发端数联展现了无限空蒙的空间画面，令人神思超越，那么，"江畔何人初见月？江月何年初照人？人生代代无穷已，江月年年只相似。不知江月待何人，但见长江送流水"数联，则转而为哲学式的沉思。这是在时间维度上展开的心与魂的神游和追问，虽然不像前几联那样对月光进行具象的描绘，却构成了全诗必不可少的组成部分，也是全诗艺术魅力的所在。时间和空间的完美呈现构成了艺术结构的经纬和主轴。如果没有这几联对时光的追溯，那么前几联所描绘的月光世界便没有了渊源和维系；而如果没有上述数联空间画面的展开，那么此数联也同样没有了根基，而无所归依。当楚国的伟大诗人屈原在他千古绝唱的《天问》中郑重再三地向苍穹、向大地、向太阳、向母亲河发问："圜则九重，孰营度之？""八柱何当？东南何亏？九天之际，安放安属？""日月安属？列星安陈？出自汤谷，次于蒙汜。自明及晦，所行几里？""何阖而晦？何开而明？""九州何错？川谷何洿？东流不溢，孰知其故？东西南北，其修孰多？"②这样的发问，实际上就是面对自己的生命在发问。这样的宇宙情怀和大地意识，也正是我们生命意识的重要组成部分。

这样的关于时间和空间的沉思与追问犹如响彻古今、不绝如缕的主题旋律，回响在哲人志士的心头，与中国古代文学的发展历史同其始终。

刘勰《文心雕龙·原道》："仰观吐曜，俯察含章"一语，概括了古人观照天地宇宙的最典型的态势与方式。《易·系辞》一则谓："古者庖牺氏之王天下也，仰则观象于天，俯则观法于地，观鸟兽之文与地之宜，近取诸身，远取诸物，于是始作八卦，以通神明之德，以类万物之情。"③一则谓："仰以观于

---

① 刘义庆《世说新语·言语》，徐震堮校笺《世说新语校笺》上册，中华书局1984年版，第51页。
② 蒋天枢校释《楚辞校释》，上海古籍出版社1989年版，第177–190页
③ 《易·系辞下》，王弼等注，孔颖达等正义《周易正义》，《十三经注疏》上册，上海古籍出版社1997年版，第86页。

天文，俯以察于地理，是故知幽明之故。"[1] 显而易见，《周易》早就已经体现出这样的观照方式，并深远地影响于后人。书圣王羲之与墨客文士雅集，良辰美景，酒酣耳热之际，赋诗序文，而有千古名篇《兰亭集序》，文中写道："仰观宇宙之大，俯察品类之盛，所以游目骋怀，足以极视听之娱，信可乐也。"仰观俯察，即就宇宙空间而言，而"夫人之相与，俯仰一世，或取诸怀抱，晤言一室之内，或因寄所托，放浪形骸之外"云云，即以此为空间背景。文中"向之所欣，俯仰之间，已为陈迹，犹不能不以之兴怀，况修短随化，终期于尽。古人云：死生亦大矣，岂不痛哉！"和"每览昔人兴感之由，若合符契……后之视今，亦犹今之视昔"云云[2]，则是就时间而言的，在宇宙时空的浩叹中寄寓着深切的人生情感。这样的时空观与生命情感始终贯穿于我国古代诗文经典作品之中。李白在《春夜宴从弟桃花园序》中写道：

> 夫天地者，万物之逆旅也；光阴者，百代之过客也。而浮生若梦，为欢几何？古人秉烛夜游，良有以也。况阳春召我以烟景，大块假我以文章……[3]

一方面，在无尽的宇宙时空中深切地体验个体生命的短暂与有限，另一方面，又始终洋溢着对自我生命与人生的执着深情而又达观超迈的激情，这是李白此文与《兰亭集序》精神相通之处。

"三十功名尘与土，八千里路云和月。"（岳飞《满江红》）当诗人凭栏之时，这样与时空交织在一起的人生情怀，催生出许多伟大诗人动人的诗文名篇。

而其《前赤壁赋》更令人恍若置身于赤壁之下，大江之上，乐歌之中，相伴清风明月，神游于无穷无尽的宇宙时空中。

古今、人我是相通的，人与自然是相通的，时间与空间是相通的，艺术也是相通的。名园佳制与山水诗文名篇一样，既起因于一定时空的自然佳山水，又发源于艺术家的审美理想、人生情感、境界气象和人格精神。因此，

---

[1] 同上，《系辞下》，第 77 页。
[2] 王羲之《兰亭集序》，吴楚材、吴调侯选《古文观止》上册，中华书局 1959 年版，第 286-287 页。
[3] 李白《春夜宴从弟桃花园序》，王琦注《李太白全集》下册卷二十七，中华书局 1977 年版，第 1292 页。

前人作品中以宇宙时空观为内核的登临情结与审美意识在后人的园林作品中得到完美的呈现是自然而然的。

时间与空间，一纵一横，一经一纬，就这样构成了许多名篇巨制的时空主轴，将诗人的宇宙意识和人生情感编织成了天机云锦般的艺术结构和画面。

五、拓展资料

1. 闻一多《唐诗杂论》，上海古籍出版社 2019 年版
2. 程千帆《张若虚〈春江花月夜〉集评》，《文艺理论研究》1982 年第 3 期
3. 吴小如《说张若虚〈春江花月夜〉》，《北京大学学报》1985 年第 5 期

第七课

李白: 诗国高潮　谪仙风神

一、背景叙述: 大唐盛世的洪钟

　　伟大的时代造就了伟大的诗人。李白，生于唐武后长安元年（701），卒于代宗宝应元年（762），一生活动主要在玄宗、肃宗两朝。这正是唐朝由兴盛走向衰亡的转折时期。唐玄宗前期，是唐朝的鼎盛时期。大唐王朝建立至此已有约百年，其间国家统一，社会安定，生产发展较快，社会财富得到了极大的积累，从而达到国力强盛、经济文化高度繁荣的高峰，史称"开元盛世"。杜甫在《忆昔》其二里写道："忆昔开元全盛日，小邑犹藏万家室。稻米流脂粟米白，公私仓廪俱丰实。九州道路无豺虎，远行不劳吉日出。齐纨鲁缟车班班，男耕女桑不相失。宫中圣人奏云门，天下朋友皆胶漆。百余年间未灾变，叔孙礼乐萧何律。"① 因而，整个社会出现了一种生机勃勃的气象，人们对国家和民族充满了自信。与此相适应，盛唐文化不仅兼容南北，而且贯通中外，有着恢宏的气势，在音乐、舞蹈、书法、绘画、文学方面都出现了一些杰出的大家，大放光彩。就唐诗而言，其发展也达到了顶峰，充满蓬勃向上精神的浪漫主义诗风成了诗坛的主流。但是，繁荣的表面下，唐朝社会又有着深刻的矛盾。随着李林甫的入相，唐玄宗后期，政治日趋黑暗，各种矛盾逐渐激化，终于爆发了历时八年的安史之乱。战争使人民大量死亡，社会经济遭到了极大的破坏，唐王朝从此从顶峰走向衰亡。

　　李白，字太白，号青莲居士，祖籍陇西成纪（今甘肃秦安），出生于中

---

① 杜甫《忆昔》，仇兆鳌注《杜诗详注》，中华书局 1979 年版，第 1163 页。

亚的碎叶城（在今吉尔吉斯斯坦境内），后随家迁居绵州昌隆（今四川江油）。李白志在兼济天下，又受到佛、道思想的影响，向往功成身退的人生道路，但是他一生的努力皆以失败而告终，其间虽曾被唐玄宗所赏识，待之以极高的礼遇，但实质上还是类同俳优。不过，正可谓"文章憎命达"，现实的坎坷使李白清楚地认识了社会，而他崇尚自由的个性、常人难以企及的天才在盛唐广阔的空间里也得到充分展示，这二者的结合使他成为群星璀璨的盛唐诗坛上最耀眼的一颗巨星，成为中国文学史上一位继往开来、衣被百世的伟大诗人。他受《诗经》现实主义的影响，更继承了屈原的积极浪漫主义，对庄子散文、魏晋六朝文学也是兼收并蓄，成为一个集大成的诗人。他的诗歌热情地讴歌理想，表现自我；抗争命运，宣泄愤恨；针砭时弊，揭露社会黑暗；同时表现人民的生活，歌颂祖国山河。奇特的想象、大胆的夸张等构成了他诗歌豪放飘逸的基本风格，为他赢得了"诗仙"的美誉。他擅长多种诗体，五、七言古诗和七言绝句成就最大，没有几人能与之比肩。李白诗歌的出现，还廓清了当时诗坛上的梁陈余风，正如《草堂集序》中所说："陈拾遗横制颓波，天下质文翕然一变，至今朝诗体，尚有梁、陈宫掖之风。至公大变，扫地并尽。"①

李白是时代的骄子，一出现就震惊了诗坛，征服了众多的读者，享有崇高的声誉和地位。如《本事诗》就曾记载贺知章读李白的《蜀道难》，"读未竟，称叹者数四，号为'谪仙'"，杜甫也在《梦李白》中说他"冠盖满京华"。李白的影响也是极其深远的。"李杜文章在，光焰万丈长"，李白和杜甫向来被人们看作是古典诗歌的最高典范，历代诗人都重视向李白学习，并从中受益。中唐韩愈、孟郊大力向李白学习，创造了自己横放的艺术风格，李贺富于奇特幻想的诗篇更是从李白的作品中汲取了养料。其他诗人如唐代的杜牧、张籍、王建等也继承了李白的浪漫主义传统，宋代的苏东坡被评为"似太白"，陆游青年时则有"小李白"之称，后代的杨维桢、高启、龚自珍、郭沫若……都曾从李白的作品中吸取了丰富的营养。李白还深受我国广大人民群众的喜爱，他的名字几乎人人皆知，诗篇也广为传诵。另外，李白还是世界文化史上的一位巨人，他的名字和诗歌传诵到国外，为世界人民所敬重和喜爱。

---

① 李阳冰《草堂集序》，瞿蜕园、朱金城校注《李白集校注》，上海古籍出版社1980年版，第1789页。

二、诗歌鉴赏:《将进酒》的兴象风神

李白的诗歌是浸染在酒中的,醉中的世界赋予李白丰沛的奇思异想与无与伦比的沉酣歌唱。世人传道"李白斗酒诗百篇"(《饮中八仙歌》),与酒为伴更为李白带来了不朽的名篇杰构,且读一首《将进酒》:

> 君不见,黄河之水天上来,奔流到海不复回。君不见,高堂明镜悲白发,朝如青丝暮成雪。人生得意须尽欢,莫使金樽空对月。天生我材必有用,千金散尽还复来。烹羊宰牛且为乐,会须一饮三百杯。岑夫子,丹丘生,将进酒,杯莫停。与君歌一曲,请君为我倾耳听。钟鼓馔玉不足贵,但愿长醉不复醒。古来圣贤皆寂寞,惟有饮者留其名。陈王昔时宴平乐,斗酒十千恣欢谑。主人何为言少钱,径须沽取对君酌。五花马,千金裘,呼儿将出换美酒,与尔同销万古愁。

开头犹如行云流水,横空出世,将诗人充沛的情感倾泻而出。诗人眼中,一面是黄河奔流向大海,一泻千里而不返;一面是青丝朝夕成白发,容颜老去而难再。醇厚的酒意激发了笔势飞腾的想象,将诗人引入一个深沉寥廓的世界。"笔落惊风雨,诗成泣鬼神",这是纵酒放歌的李白,将人生的愁绪抒写得如酒一样酣畅浓烈。贺知章称他为"谪仙人",李白也以此而自称。《将进酒》中凌空起势的两句,已显示出李白超凡脱俗的构思。

《论语》中也有这样的句子:"子在川上曰:逝者如斯夫! 不舍昼夜!"年华流逝的景象,总是伴随着功业未竟、英雄迟暮的感伤,古往今来的贤哲对此只能发出同一嗟叹。诗人把笔墨扩大到奔腾不息的黄河之水,与水一样滔滔而逝的青春容颜。因而无影无形、不可触摸的岁月,在人与自然相互映照的永恒关系图式中变得清晰可量。"朝如青丝暮成雪",镜中映照了光阴带来的荣枯盛衰,永恒的自然则以昼夜不停的奔流映照了个体生命的短促,寥寥两句就将人世的无奈与痛苦写得淋漓尽致。就像《庄子》说"朝菌不知晦朔",人在自然面前又何尝不是如此!

这是每个人都要经历的情感。李白以诗名世,此外别无所有,而人生亦像普通的世人那样,欢乐时少、忧愁时多。老去时回望过往,徒然留下光阴

短暂的讶异。只是诗人没有停留在这一层意思，他挥洒着率性任真的笔，将萦绕在众人心头的阴影一扫而空，奉劝着席间的同伴，且珍惜把酒高歌的一刻欢愉，如此才能丰富充盈人的灵魂，才能将无情的时间流逝置之度外。"莫使金樽空对月"，这是时不我待的催促。人生既然如此短暂，痛饮狂歌、尽情适性，方不负大好年华。世上还有什么珍宝，能比得上诗酒尽欢的无限风流？只管将囊中羞涩的担忧抛诸一旁，更无需在意世俗眼中的前途，因为"天生我材必有用，千金散尽还复来"，这是大唐盛世赋予诗人的开阔视野，也是诗人独有的潇洒情性。

面对自然与人生的永恒困惑，诗人徘徊于理想与现实之间，依然充满了乐观的想象。这是建立在他"但用东山谢安石，为君谈笑静胡沙""长风破浪会有时，直挂云帆济沧海"的高远志向之上的。哪怕兼济天下的理想在现实中化为泡影，诗人始终保持着他的傲岸品性。写下这首诗，距离他被唐玄宗赐金放还，已过去了八年。八年来他心情悲愤愁郁，却始终没有失去时代赋予他的自信。他寻仙问道于山崖之间，与友人欢歌纵酒，不惜挥金如土，沉醉于知己相逢、相对成欢之乐。"烹羊宰牛且为乐，会须一饮三百杯"，这样的豪情兴致，就像开篇奔腾的黄河浩荡而至，有着汹涌澎湃、不可阻挡的气势。诗人一面呼喊着"岑夫子，丹丘生。将进酒，杯莫停"，一面痛饮狂歌，终于酣然大醉。酒逢知己千杯少，诗人开怀痛饮、互诉愁肠，将心中的无奈痛苦，借诗中的一曲高歌传达出来。

酣醉的李白看到了一个更大的世界，他沉浸在其中不愿醒来。在这里，诗人写出了他的醉中真意，也道出了他孜孜以求的人生理想："钟鼓馔玉不足贵，但愿长醉不复醒。古来圣贤皆寂寞，惟有饮者留其名。"诗人面对人世的钟鼎玉食，表现出异乎寻常的清醒，他宁愿在酒的世界中参悟生命的至境，也不愿向世俗妥协。这是李白向功名富贵发出的牢骚，也是对黑暗现实的极度蔑视。只有在狂饮酣醉之中，他才可以超脱人世羁绊，成为睥睨王侯、傲然于世间的自由灵魂，借以消释心中的"万古之愁"。

诗人对"古来圣贤皆寂寞"的感叹，有着感同身受的意味。他曾自比孔子，又引谢安以为同调，自然可以领悟到圣贤的寂寞之境。而成为圣贤，也是诗人在醉中所否定了的人生，因而他才说出那样惊世骇俗的、借饮酒以流芳百世的话来。这一由外而内、由人类而个体的困境，在诗人所描述的酒中真境中可谓透达本相。李白诗中的"万古愁"，并非一己之悲欢，是现在与过去贤者共有的悲愁。这是饮酒所无法解除的，李白深知酒中真味，对此认识不可谓不清醒："抽刀断水水更流，举杯消愁愁更愁。"在把酒尽欢的美好祝愿中，却包含了许多的"万古愁"。可见把酒与言欢，并非全然没有内在的矛盾。然而诗人在醉中忘却了愁，照彻了世情，成为一位真正的巨人。面对现实幻灭、人生如梦的感喟，他上溯历史，找到了借酒消愁的同调。同样是不世出的天才，诗人曹植在黑暗的政治中也是饱受压抑，未能实现拯济苍生的理想。在韶华一去不返的催迫中，他是否也同自己一样呼朋唤友、大醉不醒？李白给出了答案。怀才不遇的古人，与知己同调及时行乐的景象犹历历在目。李白在另一首诗中，还写道："浮生若梦，为欢几何？古人秉烛夜游，良有以也。"（《春夜宴桃李园序》）时光不为任何人停留，那又何必将酣畅的生命沉沦于世俗，而不去将有限的人生投入更有兴味的饮酒之中，乘兴而饮、兴尽而归呢？

尽管全篇萦绕着诗人如椽巨笔写下的万古愁绪，但却没有陷入低沉哀伤的情调。愁随酒销、酒兴酣畅。愤激之中，依然怀揣着济世的理想。面对短暂的时间与有限的生命，他的悲伤与欢乐也进入一个阔大而永恒的场域，以不拘一格的艺术构思、大起大落的笔势开合，多角度地歌咏宴饮欢会的场面。其间风神洒落的形象，令世人久久难忘。

三、要点提示

1. 强烈的英雄主义色彩

盛唐社会的繁荣给了李白高度的自信，表现在他的诗歌中便是强烈昂扬的英雄主义色彩。首先，他与同时代的士人一样，有着治国平天下的理想："申管晏之谈，谋帝王之术，奋其智能，愿为辅弼。使寰区大定，海县清一，事君之道成，荣亲之义毕。"（《代寿山答孟少府移文书》）这样的信念使他在诗歌中描写歌颂了历史上许多英雄人物，抒发自己的豪情壮志，表现建功立业、实现自我价值的愿望。他在《梁甫吟》中写姜尚："君不见，朝歌屠叟辞棘津，八十西来钓渭滨！宁羞白发照渌水，逢时吐气思经纶。广张三千六百钓，风期暗与文王亲。大贤虎变愚不测，当年颇似寻常人。"还写了郦食其：

"君不见，高阳酒徒起草中，长揖山东隆准公！入门不拜骋雄辩，两女辍洗来趋风。东下齐城七十二，指挥楚汉如旋蓬。狂客落魄尚如此，何况壮士当群雄！"《古风》其十写了鲁仲连："齐有倜傥生，鲁连特高妙。明月出海底，一朝开光耀。却秦振英声，后世仰末照。意轻千金赠，顾向平原笑。吾亦澹荡人，拂衣可同调。"这些人物有的起于草莽，有的傲岸不屈，有的视功名富贵如草芥，他们都曾在历史舞台上叱咤风云。李白对他们不仅热心赞颂，还引为同调，向往像他们一样，能在伟大的时代谱写宏伟的篇章。他对自己的才能充满信心："天生我材必有用，千金散尽还复来"（《将进酒》），相信成就功业对自己来说轻而易举。他曾自抒其志："傅说板筑臣，李斯鹰犬人。欻起匡社稷，宁复长艰辛？"（《冬夜醉宿龙门觉起言志》）他还曾自比张良、诸葛亮、谢安等非凡的人物，如在《永王东巡歌》中说："但用东山谢安石，为君谈笑静胡沙。"

李白有着积极向上的政治热情，但同时又有着功成身退的理想，以此保持自己独立的人格，透露着一种缚不住的英雄气概。他说："苟无济代心，独善亦何益。……谢公不徒然，起来为苍生。"（《赠韦秘书子春》）但是这只是他人生的第一步，他最终的目标是："终与安社稷，功成去五湖。"（《赠韦秘书子春》）无论身处穷达，这在他的一生中是一以贯之的。他在早年干谒的时候说："功成拂衣去，摇曳沧洲旁。"（《玉真公主别馆苦雨赠卫尉张卿》其二）深得玄宗赏识之时也说："功成谢人间，从此一投钓。"（《翰林读书言怀》）

其次，李白的诗中充满藐视权贵、崇尚自由的思想。他以不世之才自居，要求平交诸侯、长揖万乘、不屈己、不干人，他轻尧舜，笑孔丘，"揄扬九重万乘主，谑浪赤墀青琐贤"（《玉壶吟》），"黄金白璧买歌笑，一醉累月轻王侯"（《忆旧游寄谯郡元参军》）。后来随着对当时社会黑暗面了解的增多，他的诗中越来越多了对贤愚颠倒、忠奸不分的现实的揭露与批判，如《鸣皋歌送岑征君》中说："鸡聚族以争食，凤孤飞而无邻。蝘蜓嘲龙，鱼目混珍；嫫母衣锦，西施负薪。"这种对现实的不满和怀才不遇的悲愤更激起了他的自豪感，表现出对富贵权势的轻蔑和坚守自己信念的决心："凤饥不啄粟，所食唯琅玕。焉能与群鸡，蹙促争一餐"（《古风》其四十），"宁向草中耿介死，不求黄金笼下生"（《设辟邪伎鼓吹雉子班曲辞》）。在《梦游天姥吟留别》中，李白大胆地宣称："安能摧眉折腰事权贵，使我不得开心颜？"这是一个不屈的声音，在漫漫的历史长河中回响；这是一个英雄的声音，在追求自由者的心中回荡。

2．狂放的艺术个性

狂放是李白艺术个性中最突出的特征之一，他曾说："我本楚狂人，凤歌笑孔丘。"（《庐山谣》）他的狂放有着丰富的内涵，下面就其艺术表现方面略述一二。

首先，李白的诗歌运用了大量的夸张手法，这样突出了诗人笔下的形象，强化了诗人的感情，起到了艺术聚焦的作用。这些夸张以现实生活为基础，常与诗人的想象相结合，出人意料之外，又符合艺术真实。如"吟诗作赋北窗里，万言不值一杯水。世人闻此皆掉头，有如东风射马耳"（《答王十二寒夜独酌有怀》），用"不值一杯水"来形容诗章的不受重视；用"东风射马耳"来夸张人们的表现，由此表达作者心中的愤慨和郁闷。再如《秋浦歌》其十五："白发三千丈，缘愁似个长。不知明镜里，何处得秋霜"，将无形的愁用有形的白发来形容，并且夸张到三千尺，极写自己愁绪之深广，非常生动形象。再如诗人用"君不见，高堂明镜悲白发，朝如青丝暮成雪"（《将进酒》）的夸张笔调来写人生易逝、光阴似箭的感叹。

其次，李白的诗歌喜用雄奇壮阔的画面和形象，同时往往和夸张、想象的手法并用，表达诗人广阔的胸怀和远大的志向。他常以大鹏、天马、凤凰等幻想事物和雄奇的山水为题材，而且写得分外壮丽，具有理想化的色彩。如"大鹏一日同风起，扶摇直上九万里。假令风歇时下来，犹能簸却沧溟水"（《上李邕》），"天马来出月支窟，背为虎文龙翼骨。嘶青云，振绿发，兰筋权奇走灭没。腾昆仑，历西极，四足无一蹶。鸡鸣刷燕晡秣越，神行电迈蹑恍惚"（《天马歌》），用大鹏、天马的形象来作诗人自己心怀壮志的写照。再如他爱写黄河、长江的奔腾咆哮："黄河之水天上来，奔流到海不复回"（《将进酒》），"登高壮观天地间，大江茫茫去不还。黄云万里动风色，白波九道流雪山"（《庐山谣寄卢侍御虚舟》）。他笔下的山都是雄伟的：蜀道是"百步九折萦岩峦……连峰去天不盈尺，枯松倒挂倚绝壁"（《蜀道难》）；庐山是"金阙前开二峰长，银河倒挂三石梁，香炉瀑布遥相望，回崖沓嶂凌苍苍"（《庐山谣》）。唯其如此，诗人胸中的豪气才有所寄托和体现，超凡的意象和英雄的性格才真正融为一体。

　　最后，李白的诗歌真率自然，即使在日常生活的描绘中也往往创造出纯真高洁的意境，透出一种天真的狂放。如"小时不识月，呼作白玉盘。又疑瑶台镜，飞在青云端"（《古朗月行》），诗本要借月亮被蚀来比喻天宝时期朝政的黑暗，却用了儿童般的语言来描绘月亮初升时的形态。再如他写思念怀人就说："狂风吹我心，直挂咸阳树"（《金乡送韦八之西京》）、"我寄愁心与明月，随风直到夜郎西"（《闻王昌龄左迁龙标遥有此寄》），直如口出，又都是胸臆语，有违实际，又都合情，显示了诗人不拘一格的表现方法和狂放的艺术个性。

3．极幻以求极真的审美追求

　　李白的诗具有强烈的浪漫主义色彩，常用神话传说和游仙、梦境等幻想形式，超越时空，将现实和梦境、人间和仙界鬼域打成一片，从而以一种极幻的方式真实地表现了自我、反映了现实。这样的作品有很多，如《蜀道难》通篇出以想象，着力描写了蜀中奇丽险峻的山川。篇中以五丁开山、望帝化为杜鹃等神话传说来营造一种苍凉的境界，又描写了人们在山巅上手扪星辰、呼吸紧张、抚膺长叹的动作神态，亦幻亦真，表现了蜀道之难。最后又联系到现实，借"磨牙吮血，杀人如麻"的豺狼为喻，担心如此险峻之处，"所守或匪亲"，容易造成割据的局面。

　　李白诗歌的这个特点更好地实现了其写作目的，而且形象生动。首先，这样写有利于更纵恣地抒发作者的感情和理想。如在《梦游天姥吟留别》中，李白以其饱含深情的笔向读者展示了他动人的梦境："我欲因之梦吴越，一夜飞度镜湖月。湖月照我影，送我至剡溪。谢公宿处今尚在，渌水荡漾清猿啼。脚著谢公屐，身登青云梯。半壁见海日，空中闻天鸡。千岩万转路不定，迷花倚石忽已暝。熊咆龙吟殷岩泉，栗深林兮惊层巅。云青青兮欲雨，水澹澹兮生烟。列缺霹雳，丘峦崩摧。洞天石扇，訇然中开。青冥浩荡不见底，日月照耀金银台。霓为衣兮风为马，云之君兮纷纷而来下。虎鼓瑟兮鸾回车，仙之人兮列如麻。"徜徉在美妙的仙境之中，受到充分的礼遇和重视，享有不羁的自由，这正是李白所陶醉的理想境界。所以一回到现实："忽魂悸以魄动，恍惊起而长嗟。惟觉时之枕席，失向来之烟霞"，他就自然地直抒胸臆：

"安能摧眉折腰事权贵，使我不得开心颜？"再如《远别离》："远别离，古有皇英之二女。乃在洞庭之南，潇湘之浦。海水直下万里深，谁人不言此离苦？日惨惨兮云冥冥，猩猩啼烟兮鬼啸雨。我纵言之将何补？皇穹窃恐不照余之忠诚，雷凭凭兮欲吼怒。尧舜当之亦禅禹。君失臣兮龙为鱼，权归臣兮鼠变虎。或云：尧幽囚，舜野死。九疑联绵皆相似。重瞳孤坟竟何是？帝子泣兮绿云间，随风波兮去无还。恸哭兮远望，见苍梧之深山。苍梧山崩湘水绝，竹上之泪乃可灭。"此诗作于安史之乱爆发前夕，当时诗人深感朝政昏暗，而幽州之祸迫在眉睫。在这危机四伏的情况下，诗人虽忧心忡忡，却又无可奈何，只能高蹈远举，全身避害，离别之时，不禁感慨万端，所以借舜与二妃离别之苦，写其去国离君之情。这可谓深得屈原《离骚》的神韵。

其次，这样写以变幻的形式形象地表现了现实的各个层面，有时更以想象的情景来衬托现实。如《梁甫吟》写道："我欲攀龙见明主，雷公砰訇震天鼓。帝旁投壶多玉女。三时大笑开电光，倏烁晦冥起风雨。阊阖九门不可通，以额扣关阍者怒。白日不照吾精诚，杞国无事忧天倾。猰貐磨牙竞人肉，驺虞不折生草茎。"这是当时社会权贵把持要津，诗人在现实中上下求索，寻找报国之路而屡遭挫折的形象写照。再如《古风》其十九："西上莲花山，迢迢见明星。素手把芙蓉，虚步蹑太清。霓裳曳广带，飘拂升天行。邀我登云台，高揖卫叔卿。恍恍与之去，驾鸿凌紫冥。俯视洛阳川，茫茫走胡兵。流血涂野草，豺狼尽冠缨。"这首诗吸收了郭璞游仙诗中与神仙交往的情景描写，诗人在想象中与仙人卫叔卿同游于仙境，一切都显得优美。可是，这时诗人俯身看到了现实世界的纷乱：叛军横行于中原大地，血涂野草。这与天上的仙境形成鲜明的对比，从而突出了当时的社会情状，也表现了诗人虽有高蹈遗世的思想，但始终具有不能忘怀现实、忧国忧民的沉痛感情。正如葛立方在《韵语秋阳》中对李白的评论："李太白《古风》两卷，近七十篇，身欲为神仙者，殆十三四：或欲把芙蓉而蹑太清，或欲挟两龙而凌倒景，或欲留玉舄而上蓬山，或欲折若木而游八极，或欲结交王子晋，或欲高揖卫叔卿，或欲借白鹿于赤松子，或欲飡金光于安期生。岂非因贺季真有谪仙之目，而固为是以信其说邪？抑身不用，郁郁不得志，而思高举远引邪？"[1]

---

[1] 葛立方《韵语秋阳》卷十一，何文焕辑《历代诗话》，中华书局1981年版，第565页。

四、问题讨论

诗人与酒，有着非常特殊的关系。对许多诗人来说，酒是他的生命、他的艺术的一个不可或缺的组成部分。多少有关诗人的故事和佳话与酒有关，多少美丽动人的诗篇是诗人在醉意中挥洒而就！诗人的从容和逍遥、诗人的不平与牢骚、诗人的歌哭与欢笑，常常寓之于酒，寄之于诗，构成了他们的诗酒生涯。

1. 唐代诗人与酒

诗人与善酿老翁、诗人与美酒之间是怎样的一种缘分啊！李白的《月下独酌》四首其二可以说是一篇爱酒的宣言书：

> 天若不爱酒，酒星不在天。地若不爱酒，地应无酒泉。天地既爱酒，爱酒不愧天。已闻清比圣，复道浊如贤。贤圣既已饮，何必求神仙。三杯通大道，一斗合自然。但得酒中趣，勿为醒者传。[①]

在李白的生命里，诗与酒是极为重要的元素，而在他不朽的诗篇中，酒也是永远的主题。在醉中"兴酣落笔摇五岳，诗成笑傲凌沧洲"[②]，这样的巅峰状态却可说是这位醉仙的常态。他愁时饮酒，欢乐时也饮酒，如《将进酒》、《行路难》诸作，都将诗人强烈的生命意志和人生喟叹消融于酒、寄寓于诗；他对饮有诗，独酌也有诗，他的《月下独酌》四首其一竟在寂寞孤独中幻化出"举杯邀明月，对影成三人"的场面。李白尚未得大名之前，于长安与贺知章会面，贺读其《蜀道难》未竟，称叹者数四，目李白为"谪仙人"，因解金龟换酒，二人倾杯尽醉，李白由此知名。（参见孟棨《本事诗》）贺知章故后许多年，李白还有《对酒忆贺监》二首，诗序谓："太子宾客贺公，于长安紫极宫一见余，呼余为'谪仙人'，因解金龟，换酒为乐。（缪本下多'没后对酒'四字）怅然有怀，而作是诗。"诗中亦云："金龟换酒处，却忆泪沾巾。"（其一）

---

① 李白《月下独酌》四首其二，同上，中册卷二十，第1063页。
② 李白《江上吟》，同上，上册卷七，第374页。

"人亡余故宅，空有荷花生。念此杳如梦，凄然伤我情。"（其一）[1] 字里行间弥漫着的，是诗人诚挚深切的追念之情，既是为知遇之恩，也是为少了一位可以倾心尽醉的忘年交的长者。李白的《襄阳歌》是比刘伶的《酒德颂》精彩数倍的醉仙自画像：

> 落日欲没岘山西，倒著接䍦花下迷。襄阳小儿齐拍手，拦街争唱《白铜鞮》。旁人借问笑何事，笑杀山公醉似泥。鸬鹚杓，鹦鹉杯。百年三万六千日，一日须倾三百杯。遥看汉水鸭头绿，恰似葡萄初酦醅。此江若变作春酒，垒曲便筑糟丘台。……[2]

诗人意念中的岁月，尽是醉中生涯，诗人醉中的山水，无不与酒相关。在我们的心目中，大唐全盛时期的美酒是最令人迷醉的，盛唐诗人的醉态也是最为动人的。大唐以前的酒似乎还不够清醇、爽朗，诗人的醉意似乎也还不够从容和酣畅，而盛唐以后，酒中所有的是越来越浓的悲酸和苦涩，诗人的醉中也有愈来愈深的无奈和悲凉，直至"千红一窟""万艳同杯"（《红楼梦》第五回）。唯有盛唐诗人们，能自如地挥洒春风般华美芬芳的诗笔，酣畅淋漓地抒写他们生命中的沉醉。

> 划却君山好，平铺湘水流。巴陵无限酒，醉杀洞庭秋。[3]
> 南湖秋水夜无烟，耐可乘流直上天。且就洞庭赊月色，将船买酒白云边。[4]

读这样的诗，我们未饮之前就早已经醉了。是盛唐，成就了诗人李白；也是李白，使盛唐的美酒如此醇美醉人。大唐帝国，以其强盛和繁荣，以其勃勃的生机，也以其兼容并包的博大气象，和充分的文化自信与宽容，造就了中国封建时代的黄金盛世，也成就了一个诗的时代、一个诗的国度！

严羽在《沧浪诗话·诗评》中说："唐人尚意兴而理在其中。""唐人好诗，

---

① 李白《对酒忆贺监》二首，同上，中册卷二十三，第 1085–1086 页。
② 李白《襄阳歌》，同上，上册卷七，第 369 页。
③ 李白《陪侍郎叔游洞庭醉后》三首其三，同上，中册卷二十，第 952 页。
④ 李白《陪族叔刑部侍郎晔及中书贾舍人至游洞庭》五首其二，同上，第 953 页。

多是征戍、迁谪、行旅、离别之作，往往能感动激发人意。"①换言之，唐人于感动激发人意之时之处，便有酒，也便有诗。盛唐诗歌中的激情意兴、风神气象是后代诗歌无法企及和比拟的。在这样一个时代，即使是以"沉郁"著称的诗圣杜甫，也写出了他诙谐豪放、浓墨酣畅的《饮中八仙歌》：

> 知章骑马似乘船，眼花落井水底眠。汝阳三斗始朝天，道逢曲车口流涎，恨不移封向酒泉。左相日兴费万钱，饮如长鲸吸百川，衔杯乐圣称世贤。宗之潇洒美少年，举觞白眼望青天，皎如玉树临风前。苏晋长斋绣佛前，醉中往往爱逃禅。李白一斗诗百篇，长安市上酒家眠，天子呼来不上船，自称臣是酒中仙。张旭三杯草圣传，脱帽露顶王公前，挥毫落纸如云烟。焦遂五斗方卓然，高谈雄辩惊四筵。②

杜甫的诗被称为"诗史"，他"如有神"的诗笔挥洒而就的这幅精彩的"醉仙图"，正是具有特殊历史意义的画面。我们应该非常重视和珍视这个画面，因为这以后多少年，多少代，我们都再也看不到这样精彩的画面，看不到这样酣畅恣肆、陶然忘我的"醉"了。

李白既被视为诗仙，亦被目为醉圣（参见五代后周王仁裕《开元天宝遗事》下《醉圣》）。他嗜酒如命，只要看一看他的《赠内》诗便可知晓：

> 三百六十日，日日醉如泥。虽作李白妇，何异太常妻。③

《后汉书·儒林传》载："周泽为太常，清洁循行，尽敬宗庙。尝卧病斋宫，其妻哀泽老病，窥问所苦，泽大怒，以妻干犯斋禁，遂收送诏狱谢罪。当时疑其诡激，时人为之语曰：'生世不谐，作太常妻，一岁三百六十日，三百五十九日斋。'（《汉官仪》此下云：'一日不斋醉如泥。'）"④李白将其妻比作周泽之妻，不仅委屈了他的妻子，而且也委屈了他自己，不过，他既以醉

---

① 严羽《沧浪诗话·诗评》，郭绍虞《沧浪诗话校释》，人民文学出版社 1983 年版，第 148、198 页。

② 杜甫《饮中八仙歌》，钱谦益《钱注杜诗》上册卷一，上海古籍出版社 1979 年版，第 21—22 页。

③ 李白《赠内》，王琦注《李太白全集》下册卷二十五，中华书局 1977 年版，第 1192 页。

④ 《后汉书·儒林传》，《二十五史》第 2 册，上海古籍出版社、上海书店 1986 年版，第 1028 页。

中仙自视，也就不在乎这些了。宣城有一位善酿美酒的老翁去世，李白特为写《哭宣城善酿纪叟》："纪叟黄泉里，还应酿老春。夜台无晓日，沽酒与何人？"（一作《题戴老酒店》："戴老黄泉下，还应酿大春。夜台无李白，沽酒与何人？"）①

这个问题不难回答。从《诗经》开始，酒便与诗有着千丝万缕的联系，而在咏酒的诗作中，也折射着社会生活的变迁和时代精神的演化。同样是边塞诗作，唐王翰的一曲《凉州词》唱道：

> 葡萄美酒夜光杯，欲饮琵琶马上催。醉卧沙场君莫笑，古来征战几人回？②

王维《少年行》写道：

> 新丰美酒斗十千，咸阳游侠多少年。相逢意气为君饮，系马高楼垂柳边。③

高适《营州歌》亦有"虏酒千杯不醉人，胡儿十岁能骑马"④之句。王翰的诗，或以为是战场欢宴、慷慨豪迈的高歌，或以为是故作豪饮、悲感已极的厌战情绪的抒发，见仁见智，自无不可，但此曲于苍凉中别具奋发昂扬的精神气韵，应该是显而易见的，这样的情韵与格调也体现在王维和数度担任节度使、经历过戎马生涯的高适的诗中。然而，到了宋代，作为镇守边关的军事统帅的范仲淹却在他的边塞词中这样写到酒："浊酒一杯家万里，燕然未勒归无计。羌管悠悠霜满地。人不寐，将军白发征夫泪。"⑤"黯乡魂，追旅思，夜夜除非，好梦留人睡。明月楼高休独倚，酒入愁肠，化作相思泪。"⑥积弱已久、一直处于守势的大宋王朝的诗人已非复盛唐的昂扬与奋发。

---

① 李白《哭宣城善酿纪叟》，王琦注《李太白全集》下册卷二十五，中华书局1977年版，第1202页。
② 王翰《凉州词》，富寿荪《千首唐人绝句》上册，上海古籍出版社1985年版，第51页。
③ 王维《少年行》四首其一，赵殿成《王右丞集笺注》卷十四，上海古籍出版社1978年版，第258页。
④ 高适《营州歌》，沈德潜编《唐诗别裁集》卷十九，中华书局1975年版，第262页。
⑤ 范仲淹《渔家傲》，胡云翼《宋词选》，上海古籍出版社1982年版，第8-9页。
⑥ 范仲淹《苏幕遮》，同上，第7页。

同样是离别之作，王维《送元二使安西》于殷勤送别之际，一唱三叹之中，呈现着清新明朗的调子：

渭城朝雨浥轻尘，客舍青青柳色新。劝君更尽一杯酒，西出阳关无故人。[1]

而宋代柳永著名的《雨霖铃》抒写离情别绪，则弥漫着凄凉伤感的情调："寒蝉凄切，对长亭晚，骤雨初歇。都门帐饮无绪，留恋处，兰舟催发。执手相看泪眼，竟无语凝噎。念去去，千里烟波，暮霭沉沉楚天阔。""今宵酒醒何处？杨柳岸，晓风残月。"[2] 其《蝶恋花》有云："拟把疏狂图一醉，对酒当歌，强乐还无味。"[3] 也已不见了盛唐的明朗和清新。当然，诗与词文体风格本来就有差异，送客者与行者的心情和感受也或有不同，因此，仅仅以上述诗词的对比来把握唐宋时代精神的差异当然是不全面的。但是，当我们将上述差异置于从盛唐经中晚唐而至宋的诗风演化的大背景下，那么就不难理解，上述差异并不是偶然的、个别的现象，而是有其深刻的原因和必然性的。

唐代诗人有以"翁"为号的，如茶圣陆羽自称"桑苎翁"，又号"东冈子"，为唐代诗人以"翁"为号的较罕见的例子之一，宋代诗人有以"子"为号的，如孙光宪号"葆光子"，晁补之号"归来子"，也较少见。总的来说，唐代诗人以"子"为号者较多，宋代诗人则更多的是以"翁"为号。如欧阳修号"醉翁"、刘子翚号"病翁"、岳珂号"倦翁"、苏辙号"颍滨遗老"、贺铸号"庆湖遗老"，宋人以"居士"为号者也大大超过唐人。先秦春秋战国时代，诸子立说、百家争鸣，后人（如唐人）以"子"为号，似颇有先秦诸子的气度和遗风，而中晚唐后，居士渐增，宋代以后，"翁"、"老"居多，这种现象所反映的时代精神和社会心理，尤其是文士的心态是耐人寻味的，而这与前述唐宋边塞、离别题材诗作的差异正相吻合。

曹操酾酒临江，横槊赋诗，其《短歌行》对酒当歌，有"慨当以慷，忧思难忘"之语。"明明如月，何时可掇？忧从中来，不可断绝。""何以解忧，唯

---

[1]　王维《送元二使安西》，赵殿成《王右丞集笺注》卷十四，上海古籍出版社 1978 年版，第 263 页。
[2]　柳永《雨霖铃·寒蝉凄切》，俞平伯《唐宋词选释》中卷，人民文学出版社 1979 年版，第 74 页。
[3]　柳永《蝶恋花》，胡云翼《宋词选》，上海古籍出版社 1982 年版，第 39 页。

有杜康。"① 酒不仅可以解忧，而且可助其慷慨之气。诗与酒，给这位纵横于铁血时代的军事家和政治家增添了许多的魅力。"竹林七贤"中，"嵇叔夜（康）之为人也，岩岩若孤松之独立；其醉也，傀俄若玉山之将崩"②，处在天下多故的黑暗年代，他决不同流合污，决不与统治者合作，"浊酒一杯，弹琴一曲，志愿毕矣"③，与酒联系在一起的，是高洁的操守和人格精神，是唯美主义的韵致和风度。"阮籍当葬母，蒸一肥豚，饮酒二斗，然后临诀，直言'穷矣！'都得一号，因吐血，废顿良久。"④ "步兵校尉缺，厨中有贮酒数百斛，阮籍乃求为步兵校尉。"⑤《晋书·阮籍传》载："文帝初欲为武帝求婚于籍，籍醉六十日，不得言而止。钟会数以时事问之，欲因其可否而致之罪，皆以酣醉获免。"⑥ 生命中最沉痛、最无奈的，生命中的智慧和逍遥，都寄寓于酒中。而刘伶则"惟酒是务，焉知其余"⑦，《世说新语·任诞》载：

> 刘伶病酒，渴甚，从妇求酒。妇捐酒毁器，涕泣谏曰："君饮太过，非摄生之道，必宜断之！"伶曰："甚善。我不能自禁，唯当祝鬼神自誓断之耳。便可具酒肉。"妇曰："敬闻命。"供酒肉于神前，请伶祝誓。伶跪而祝曰："天生刘伶，以酒为名，一饮一斛，五斗解酲。妇人之言，慎不可听！"便引酒进肉，隗然已醉矣。⑧

其《酒德颂》成功地塑造了一位酒仙的形象，"大人先生"，正是他的自我写照。昭明太子萧统《陶渊明集序》说："有疑陶渊明诗篇篇有酒，吾观其意不在酒，亦寄酒为迹者也。"⑨ 其《陶渊明传》载：颜延之过浔阳时，几乎天天与

---

① 曹操《短歌行》，逯钦立辑校《先秦汉魏晋南北朝诗》上册《魏诗》卷一，中华书局 1983 年版，第 349 页。

② 《世说新语·容止》，徐震堮著《世说新语校笺》下册，中华书局 1984 年版，第 334 页。

③ 嵇康《与山巨源绝交书》，北京大学中国文学史教研室《魏晋南北朝文学史参考资料》上册，中华书局 1962 年版，第 225 页。

④ 《世说新语·任诞》，徐震堮著《世说新语校笺》下册，中华书局 1984 年版，第 393 页。

⑤ 同上。

⑥ 《晋书·阮籍传》，《二十五史》第 2 册，上海古籍出版社、上海书店 1986 年版，第 1402 页。

⑦ 刘伶《酒德颂》，同上，第 1404 页。

⑧ 《世说新语·任诞》，徐震堮著《世说新语校笺》下册，中华书局 1984 年版，第 391 页。

⑨ 萧统《陶渊明集序》，北京大学中国文学史教研室《魏晋南北朝文学史参考资料》下册，中华书局 1962 年版，第 451 页。

渊明酣饮致醉，临去，留二万钱与渊明，渊明悉遣送酒家，稍就取酒。渊明"尝九月九日出宅边菊丛中坐，久之，满手把菊，忽值（王）弘送酒至，即便就酌，醉而归。渊明不解音律，而蓄无弦琴一张，每酒适，辄抚弄以寄其意。贵贱造之者，有酒辄设。渊明若先醉，便语客：'我醉欲眠，卿可去。'其真率如此"[①]。陶渊明作《五柳先生传》和《饮酒》诗序等，都写自己爱酒如命，常顾影独酌，忽焉复醉，衔觞赋诗。所谓魏晋风度，即以"竹林七贤"与陶渊明为代表，而与酒密切相关。唐时，如王绩："有奴婢数人种黍，春秋酿酒。养凫雁，莳药草自供。以《周易》、《老子》、《庄子》置床头，他书罕读也。……自号东皋子。乘牛经酒肆，留或数日。高祖武德初，以前官待诏门下省。故事，官给酒日三升。或问：'待诏何乐邪？'答曰：'良酿可恋耳。'侍中陈叔达闻之，日给一斗。时称'斗酒学士'。……著《醉乡记》以次刘伶《酒德颂》。其饮至五斗不乱。人有以酒邀者，无贵贱辄往。著《五斗先生传》。"[②]唐李肇《国史补》载，张旭每酒后草书，挥毫狂走大叫，至以头投水墨中而书之，后因称其醉中作所书画为"醉墨"。高适《醉后赠张九旭》有"兴来书自圣，醉后语尤颠"，"床头一壶酒，能更几回眠"之语，[③]正谓此也。白居易效陶渊明作《醉吟先生传》，皮日休亦自号醉吟先生。宋欧阳修号醉翁，并以名亭，为此而作《醉翁亭记》。……

2. 宋代诗人与酒

颇具典型意义和比较价值的也许是李太白与苏东坡的差异，尤其是两位诗豪诗酒生涯的不同。宋代大诗人欧阳修、苏轼似乎都不是酒量很大的人，欧阳修自称"饮少辄醉"（《醉翁亭记》），苏东坡则自言："我饮不尽器，半酣味尤长。"[④]"我虽不解饮，把盏欢意足。"[⑤]然而，他们都爱喝酒，欧阳修自号"醉翁"，谓："醉翁之意不在酒，在乎山水之间也。山水之乐，得之心而寓之

① 萧统《陶渊明传》，同上，第447–448页。
② 《新唐书·王绩传》，《新唐书》卷一九六，《二十五史》第6册，上海古籍出版社、上海书店1986年版，第4722页。
③ 高适《醉后赠张九旭》，沈德潜编《唐诗别裁集》卷十，中华书局1975年版，第146页。
④ 苏轼《湖上夜归》，王文诰辑注、孔繁礼点校《苏轼诗集》第二册，中华书局1982年版，第440页。
⑤ 苏轼《与临安令宗人同年剧饮》，同上，第451页。

酒也。"① 苏东坡虽曾说过："酒中真复有何好？"②"我本畏酒人。"③ 而且他酒量也较小，一饮便醉，在他诗集中，以"醉中"、"醉归"为篇名或大醉中作的诗词不少。但他爱酒，要他不喝酒，和不让他作诗一样难，他在诗中说："平生坐诗穷，得句忍不吐？吐酒茹好诗，肝胃生滓污。""吾侪非二物（诗与酒），岁月谁与度？"④ 他身体并不很好，除孔毅父外，他弟弟子由也劝他戒酒，他亦曾表示过："从今东坡室，不立杜康祀。"⑤ 但看来这位劝人饮酒赋诗的诗人终究未能止酒。他早就说过："使我有名全是酒，从他作病且忘忧。诗无定律君应将，醉有真乡我可侯。"⑥ 他有《饮酒说》一文云：

> 嗜饮酒人，一日无酒则病，一旦断酒，酒病皆作。谓酒不可断也，则死于酒而已。断酒而病，病有时已，常饮而不病，一病则死矣。吾平生常服热药，饮酒虽不多，然未尝一日不把盏。自去年来，不服热药，今年饮酒至少，日日病，虽不为大害，然不似饮酒服热药时无病也。今日眼痛，静思其理，岂或然耶？⑦

他既和陶《止酒》诗，同时也有《和陶连雨独饮》二首，在序引中他说："吾谪海南，尽卖酒器，以供衣食。独有一荷叶杯，工制美妙，留以自娱。"⑧ 这位远谪天涯海角的诗人，依然是那么坦荡和乐观："醉里有独觉，梦中无杂言。"⑨ 苏东坡有不少极有意趣的诗是与酒联系在一起的，如《章质夫送酒六壶，书至而酒不达，戏作小诗问之》：

> 白衣送酒舞渊明，急扫风轩洗破觥。岂意青州六从事，化为乌有

① 欧阳修《醉翁亭记》，吴楚材、吴调侯《古文观止》下册，中华书局 1959 年版，第 447 页。
② 苏轼《孔毅父以诗戒饮酒，问卖田，且乞墨竹，次其韵》，王文诰辑注、孔繁礼点校《苏轼诗集》第四册，中华书局 1982 年版，第 1175 页。
③ 苏轼《叔弼云，履常不饮，故不作诗，劝履常饮》，同上第六册，第 1799 页。
④ 同上。
⑤ 苏轼《和陶止酒》，同上第七册，第 2246 页。
⑥ 苏轼《次韵王定国得晋卿酒相留夜饮》，同上第五册，第 1617 页。
⑦ 苏轼《饮酒说》，孔凡礼点校《苏轼文集》第六册，中华书局 1986 年版，第 2371 页。
⑧ 苏轼《和陶连雨独饮二首》并引，王文诰辑注、孔繁礼点校《苏轼诗集》第七册，中华书局 1982 年版，第 2252 页。
⑨ 同上，第 2253 页。

一先生。空烦左手持新蟹，漫绕东篱嗅落英。南海使君今北海，定分百榼饷春耕。①

东坡曾欢宴宾客，客人戏言酒杯太小，苏子因有《莫笑银杯小答乔太博》："请君莫笑银杯小，尔来岁旱东海窄。会当拂衣归故丘，作书贷粟监河侯。万斛船中著美酒，与君一生长拍浮。"②除了作诗劝酒外，他还作诗嘲不饮者，可以《太守徐君猷、通守孟亨之，皆不饮酒，以诗戏之》之诗为证，有时病中自己不能饮，他还要邀请宾客来欢饮，并为之作《立春日，病中邀安国，仍请率禹功同来。仆虽不能饮，当请成伯主会，某当杖策倚几于其间，观诸公醉笑，以拨滞闷也》二首。

苏东坡酒量虽然看来没有李白大，但与酒的缘分却似乎不比李白浅。更为难得的是，苏子还自己亲自酿酒，他另有《饮酒说》一文，兼谈酿酒：

> 予虽饮酒不多，然而日欲把盏为乐，殆不可一日无此君。州酿既少，官酤又恶而贵，遂不免闭户自酝。曲既不佳，手诀亦疏谬，不甜而败，则苦硬不可向口。慨然而叹，知穷人之所为无一成者。然甜酸甘苦，忽然过口，何足追计？取能醉人，则吾酒何以佳为？但客不喜尔，然客之喜怒，亦何与吾事哉！元丰四年十月二十一日书。③

他酿过桂花酒，有《新酿桂酒》诗记述其事。他又酿过所谓"真一法酒"，此法得之于岭南，诗人有《真一酒法》（寄建安徐得之）一文详述其法，还有《真一酒歌》和《真一酒》等诗咏其事。其实，《真一酒》引说得很明白："米、麦、水，三一而已，此东坡先生真一酒也。"④诗人还酿过天门冬酒，他有题为《庚辰岁正月十二日，天门冬酒熟，予自漉之，且漉且尝，遂以大醉》的诗二首，未读其诗，我们就早已闻到了诗人家的酒香，也早已看到和感受到了诗人的爱酒，诗人的醉态，诗人的人格魅力！

尽管如此，苏东坡的酣醉，仍然不同于李白生命中的迷醉。因为，高华

---

① 苏轼《章质夫送酒六壶，书至而酒不达，戏作小诗问之》，同上，第 2155-2256 页。
② 苏轼《莫笑银杯小答乔太傅》，同上第二册，第 617 页。
③ 苏轼《饮酒说》，孔凡礼点校《苏轼文集》第六册，中华书局 1986 年版，第 2369 页。
④ 苏轼《真一酒》并引，王文诰辑注、孔繁礼点校《苏轼诗集》第七册，中华书局 1982 年版，第 2124 页。

绝代、豪放达观而又至情至性、深情缱绻的苏东坡，禀赋着超凡丰富的想象、无所滞碍的诗思、驾驭语言的炉火纯青和非凡的艺术表现力的苏东坡，书写之时其文思"如万斛泉源，不择地而出。在平地滔滔汩汩，虽一日千里无难"①的苏东坡，纵然才如李白，情似杜甫，没有什么他想要抒发和表现的对象能逃遁于他的笔端，但他并非身处大唐盛世，故而他写不出李白的那种沉酣和迷醉，大宋也注定不会再有"饮中八仙"这样的画面，这样的酣醉早已随着安史之乱震天动地的鼙鼓之声的到来而注定将成为绝响，而这样的画面也已在烽烟燃起的那一顷刻成了绝版。即使在苏子大醉之中所作的诗词里，我们依然不难从足以与李白比美的境界中读出他不同于李白的那一份独特的清醒和理性，此是时代使然，气运所关，是历史的必然。

五、拓展资料

1. 李白撰，瞿蜕园、朱金城校注《李白集校注》，上海古籍出版社 1980 年版

2. 裴斐、刘善良编《李白资料汇编》（金元明清之部），中华书局 1994 年版

3. 金涛声、朱文彩编《李白资料汇编》（唐宋之部），中华书局 2007 年版

4. 马鞍山李白研究所、中国李白研究会合编《20 世纪李白研究论文精选集》，太白文艺出版社 2000 年版

5. 郁贤浩《李白丛考》，陕西人民出版社 1982 年版

6. 杨海波《李白思想研究》，学林出版社 1997 年版

7. 安旗《李白年谱》，齐鲁书社 1982 年版

---

① 苏轼《文说》，郭绍虞主编《中国历代文论选》第二册，上海古籍出版社 1979 年版，第 315 页。

第八课

杜甫：忧国忧民　一代诗圣

一、背景叙述：穷年忧黎元

唐玄宗后期，沉湎声色，挥霍无度，又沉迷于道教和密宗佛教，不问朝政，权柄先后落入权相李林甫和杨国忠手中。奸佞当道，正直不行，朝廷内部分崩离析；豪绅大肆兼并土地，农民流离失所，阶级矛盾空前尖锐；特别是拥有兵权的藩镇，也时时窥伺着摇摇欲坠的唐帝国大厦。大唐在开元盛世的表面之下危机四伏。终于，在天宝十四载（755），爆发了历时八年之久的安史之乱。叛乱迅速蔓延全国，两京陷落，玄宗仓皇奔蜀，人心终日惶惶。战火所经之处，州县残破，万室空虚，流民遍野，满目疮痍。唐帝国从此由盛转衰。这一急剧动荡的时代，给社会、给人民造成了无以弥补的灾难，但却造就了文学史上最伟大的现实主义诗人——杜甫，所谓"国家不幸诗家幸"。

杜甫（712—770），字子美，出生于河南巩县（今郑州巩义）的一个官宦家庭，是晋朝名将杜预之后；祖父杜审言，是初唐著名的"文章四友"之一。他经历了所谓的开元盛世，也走过了安史之乱的全程，他的一生是坎坷不遇的。盛唐时代，他虽心怀"兼济天下"之志但始终遭受冷遇，困守长安十年，尝尽了人世的心酸；安史之乱中更是历尽艰辛，甚至一度落入叛军手中，随时面临着死亡的威胁；脱贼后杜甫仍然热心于恢复事业，却又因触怒肃宗而屡遭贬斥，抱负不得施展；最后，于770年冬，在由长沙到洛阳的一条客舟上去世，结束了他坎坷不平的一生。

"话到沧桑语始工"，杜甫热爱他生活的时代，他自觉地用诗记载了他生活的时代，生动而真实地反映了那个时代的政治、经济、军事和社会生活的巨大变化，并对许多重要问题表达了自己的意见。他的诗，生动描绘了开元盛世的繁荣景象，也最全面、最深刻地反映出了安史之乱所酿成的深重灾难，以广阔的视野频繁地写时事，并对时事加以评论。在对时代生活的真实描写中，杜甫"穷年忧黎元"、"兼济天下"的伟大思想也得以充分体现。杜诗以其深刻的思想性感染着历代读者，堪称诗歌史上的楷模。

在艺术上，杜诗也取得了很大的成就，形成了"沉郁顿挫"的艺术风格。这不仅仅源于杜甫深厚的艺术涵养，更和他自觉的诗歌创作原则密切相关。他注重学养苦吟，讲究创作技巧，以非常严肃认真的态度对待诗歌创作，对待文学遗产兼收并蓄的开阔胸怀使杜甫成为诗歌创作的集大成者。

杜甫的诗歌是唐代文学史上，也是整个中国古代文学史上的奇迹，对唐代以及后世产生了深远的影响。杜甫被誉为"诗圣"是当之无愧的。

二、诗歌鉴赏：动乱中的"诗史"

杜甫是现实主义的伟大代表人物，他的诗取材于现实，真实地反映了他生活的时代的方方面面，是他所处时代的一面镜子。"诗史"的性质决定了他的写作手法是现实主义的，用叙事手法来记录时事。杜甫又是极其注重艺术表现的，他的叙事艺术取得了巨大的成就，体现在以下三个方面：

首先，杜诗叙事，既善于捕捉最具有表现力的细节，又善于对现实生活作典型的艺术概括。诗人抓住最具特征的细节进行描写，在客观的叙述中，向读者暗示其深隐于内心的情感，含不尽之意于言外。最具有代表性的是《北征》中写家中妻儿的诗句："经年至茅屋，妻子衣百结。恸哭松声回，悲泉共幽咽。平生所娇儿，颜色白胜雪。见爷背面啼，垢腻脚不袜。床前两小女，补缀才过膝。海图坼波涛，旧绣移曲折。天吴及紫凤，颠倒在裋褐。……瘦妻面复光，痴女头自栉。学母无不为，晓妆随手抹。移时施朱铅，狼藉画眉阔。"真实生动的细节，将乱离与贫困一一展现，虽然写的是琐屑的小事，但正是这些细琐的描写，展现了广阔的社会画面。另外，杜甫也善于由个别来反映一般，把广阔的社会画面用一两句诗描绘出来，揭露统治阶级的罪恶令人发指，动人心魄。这是整个社会动乱，人民漂泊不定、死无定所的惨境的一个缩影，这一对现实的高度概括，极易引起人民的共鸣，杜甫不愧是人民的歌者。

　　其次，记叙与抒情相结合，将主观寓于客观的叙事之中，即诗人自己的主观意识、思想感情不是直接说出，而是融合在客观描写中。杜诗不是对历史事件的客观记录，而是在叙述史实的同时，借助一定的艺术表现手法，把诗人自己的思想感情及对时事的评论融入其中，叙事和抒情相结合，在叙事中传达了诗人忧国忧民的诗心。然而，杜甫的叙事诗之所以取得了卓绝的成就，并不仅仅在于叙事中情感的介入，而更在于诗人能冷静地控制自己激动的情绪，不露声色，将主观情感完全寓于客观叙事之中，这是杜诗叙事艺术的最独特之处。如《石壕吏》写官兵深夜捉人从军，通篇除了"吏呼一何怒"微微透露了他的爱憎情感之外，其余都是客观描写，把自己的主观评价和情感融入事件的叙述中，让诗人所选取的事件本身来感染读者，在客观事件的具体描写中，诗人和读者产生了深深的共鸣。

　　最后，在语言上，杜甫借鉴汉乐府叙事的经验，多运用对话或人物独白，注意人物语言的个性化，并大量采用俗语，增加了诗的真实感和亲切感，形象生动。听其言，感其情，如《新安吏》、《潼关吏》，虽然是写和两个吏人的对话，但实质上杜甫是作为一个听众，通过他人的言语来传达自己的情感。在运用人物独白时，杜甫则退至幕后，和读者一起聆听第三者的娓娓道来。如《新婚别》通篇都是新娘子的话语，作者的情感及爱国的呼声"勿为新婚念，努力事戎行"是借新娘子之口表达出来的。无论是对话还是人物独白，诗人都做到了人物语言的个性化，语言和人物的身份及人物的情感相吻合。杜诗叙事的又一特色是采用俗语，这是因为杜甫一生接近人民，为人民而歌哭，写的都是生活中的事件，他的语言也是真实反映人民生活的、易于人民接受的生活化的语言。如《新婚别》中"生女有所归，鸡狗亦得将"，《遭田父泥饮》中"叫父开大瓶"，都是日常生活中使用的语言，这样的例子不胜枚举，它们不仅增加了诗歌的真实感，也有助于突出人物性格和语言的个性化，运用极为成功。

三、要点提示

1. 忧国忧民的诗心

杜甫的诗历来被称为"诗史"，诗人的叙事写实，始终充盈着对社稷苍生的深刻感情。可以说，杜诗不仅是一部"诗史"，更是一部发自肺腑、形诸文字的"心史"。这种忧国忧民的思想感情正是杜甫诗歌的"诗心"所在，它贯穿于杜甫的全部创作，使杜诗在文学史上熠熠生辉，也使杜甫成为文学史上最伟大的诗人之一。

这一"诗心"，在杜甫的诗歌中具体体现在以下几个方面：

首先，忧念社稷，对祖国充满了真诚的热爱。虽然动荡的社会现实使杜甫"致君尧舜上，再使风俗淳"的政治抱负不得施展，但是，他始终关心着祖国的命运，为此而喜忧。开元盛世时，诗人在其《忆昔》诗中满怀欢喜地描绘了盛世的繁荣景象，真诚地为祖国高唱赞歌。当国家处于危难之中时，春天的花鸟也会使他感伤落泪（《春望》）。而一旦大乱初定，他又会因狂喜而流泪，正如他在《闻官军收河南河北》中描写的："剑外忽传收蓟北，初闻涕泪满衣裳。却看妻子愁何在，漫卷诗书喜欲狂。白日放歌须纵酒，青春作伴好还乡。即从巴峡穿巫峡，便下襄阳向洛阳。"可见，诗人的喜怒哀乐始终是和国家前途命运相联系的。叶燮在《原诗·外篇》（上）中说："如杜甫之诗，随举其一篇与其一句，无处不可见其忧国爱君，悯时伤乱。遭颠沛而不苟，处穷约而不滥，崎岖兵戈盗贼之地，而以山川景物、友朋杯酒，抒愤陶情，此杜诗之面目也。"[1] 这是深得杜甫之心的。

其次，哀悯苍生，揭露统治阶级祸国的罪行。杜甫的诗歌真实地反映了人民所经受的种种灾难，对人民寄予了深深的同情。尤其可贵的是，诗人甚至会置己身于不顾，把无私的爱全部献给了他所热爱的广大人民。幼子因饥饿而夭折时，诗人强忍内心丧子的痛苦，却一直念念不忘他人的苦难，为他人而歌哭："默思失业徒，因念远戍卒。忧端齐终南，澒洞不可掇。"[2] 在《茅屋为秋风所破歌》中，这一思想表达得更为真挚感人："安得广厦千万间，大庇天下寒士俱欢颜，风雨不动安如山。呜呼，何时眼前突兀见此屋，吾庐独

---

[1] 叶燮《原诗》卷三，《清诗话》，上海古籍出版社 1978 年版，第 596 页。

[2] 杜甫《自京赴奉先县咏怀五百字》，钱谦益《钱注杜诗》卷一，中华书局 1964 年版，第 35 页。

破受冻死亦足。"基于对人民的深深热爱，诗人对统治者的昏庸与荒淫进行了无情的揭露，在强烈的对比中，揭示出正是阶级压迫造成了人民的苦难。如《驱竖子摘苍耳》中写道："饱食复何心，荒哉膏粱客。富家厨肉臭，战地骸白骨。"揭露尖锐的阶级对立可谓一针见血。杜甫始终是和人民站在一起，为人民而歌哭的。

再次，谴责战乱，强烈呼吁和平。以国家和人民的根本利益为出发点，杜甫对战争的态度，依其性质的不同而变化。唐玄宗穷兵黩武，致使人民流离失所，给人民造成了深重的灾难。杜甫对此进行了严厉的谴责，真诚地希望民族和睦、友好相处。黄彻在《䂬溪诗话》卷一中即评论说："尝爱老杜云：'慎勿吞青海，无劳问越裳。大君先息战，归马华山阳。'……其悲欢忧戚，盖以人主生灵为念。"[1] 杜甫是反对战争的。但是，安史之乱爆发之后，战争性质发生了根本的变化，民族矛盾上升为主要矛盾，杜甫愤怒谴责叛军的烧杀抢掠，把个人不幸、人民苦难和社稷安危结合起来，劝慰人民、勉励朋辈杀敌报国。如《新安吏》在描写兵役所带来的离别的痛苦之后，笔锋一转："掘壕不到水，牧马役亦轻。况乃王师顺，抚养甚分明。送行勿泣血，仆射如父兄"，安慰勉励士兵为国而献身。《新婚别》中诗人则借新娘子的口发出了爱国号召："勿为新婚念，努力事戎行！"

最后，杜甫的一些写景、咏物及写亲朋的诗同样体现了其忧国忧民的"诗心"。杜甫写景，不仅展示景物的风貌，而且寓情于景，把对祖国、对人民的爱倾注于其中，把他坎坷的人生经历、忧愤的情怀寄寓于其中，诗人的高尚情操从而得以展现。如历来为人所传诵的《登高》，诗人寓忧国忧民的情愫于登高观览之中，其伟大的情怀进一步升华。杜甫咏物，同样渗透着个人的思想感情，春夜的雨之所以令人欣喜，乃是因为"好雨知时节，当春乃发生。随风潜入夜，润物细无声"[2]，是为人民而喜。杜甫对亲人、对朋友的感情极为真挚，他写家庭的不幸、朋友的不遇，同样表达了对社稷民生的关切。"有弟皆分散，无家问死生"[3]，"妻孥怪我在，惊定还拭泪。……夜阑更秉烛，相对如梦寐"[4]，这是对亲人的怜爱，更是对战乱的控诉！《梦李白二首》之一

---

[1]　黄彻《䂬溪诗话》卷一，《影印文渊阁四库全书》1479 册，台湾商务印书馆 1983 年版，第 219 页。
[2]　杜甫《春夜喜雨》，钱谦益《钱注杜诗》卷十一，中华书局 1964 年版，第 384 页。
[3]　杜甫《月夜忆舍弟》，同上卷十，第 347 页。
[4]　杜甫《羌村》三首其一，同上卷二，第 62 页。

写道:"君今在罗网,何以有羽翼。……水深波浪阔,无使蛟龙得",感慨李白怀才而不遇,从而表达了对社稷的深深忧虑。

2.精湛深微的叙事艺术

杜诗在文学史上是一个奇迹,它把现实主义诗歌推向了极致,思想内容和艺术技巧达到了完美的统一,而这两个方面都对后世产生了深远的影响。

思想内容方面,第一,杜诗把现实主义推向了顶峰。他的现实主义精神为历代文人所继承并发扬,从而使现实主义传统源远流长,贯穿整个文学史的始终。第一个学习杜甫现实主义创作精神的是白居易,他在《与元九书》中说:"杜诗最多,可传者千余篇。……然撮其新安吏、石壕吏、潼关吏、塞芦子、留花门之章,'朱门酒肉臭,路有冻死骨'之句,亦不过三四十首。杜尚如此,况不迨杜者乎!……始知文章合为时而著,歌诗合为事而作!"[1] 由此,他领导了中唐时期以批评现实为主旨的新乐府运动,加之元稹、张籍、王建等人的共同努力,规模空前,为后人开辟了一条通向现实的创作道路。这一影响,历经晚唐皮日休等人的现实主义创作,一直贯穿到清末黄遵宪等诗人的创作中,而杜甫恰恰是现实主义文学传统的标志性诗人。

第二,杜甫高标的爱国主义精神在以后的历史中,特别是在国家危难之时,对后人产生了积极的教育作用。由于封建地主阶级的腐朽统治,宋以后不断出现异族侵犯的局面,民族矛盾空前尖锐,爱国热情一次又一次被唤起,杜甫所倡导的"忧黎元"的爱国精神一次次被发扬光大。南宋爱国诗人陆游生当南宋偏安之际,眼看中原沦于异族,写出了许多可歌可泣的爱国诗篇,直至临终所书《示儿》诗,依然不忘恢复事业:"死去元知万事空,但悲不见九州同。王师北定中原日,家祭无忘告乃翁!"清代爱国诗人,如顾炎武等也同样在杜诗中得到了精神鼓舞。

艺术技巧方面,首先,杜甫的乐府诗"即事名篇",给后世的诗词创作以很大的启发,元稹在《乐府古题序》中说:"近代惟诗人杜甫《悲陈陶》《哀江头》《兵车》《丽人》等,凡所歌行,率皆即事名篇,无复依傍。予少时与友人白乐天、李公垂等辈谓是为当,遂不复拟赋古题。"[2] 从此,诗人们开始摆脱了

---

① 顾学颉点校《白居易集》卷四十五,中华书局 1979 年版,第 959 页。
② 冀勤点校《元稹集》,中华书局 1982 年版,第 254 页。

"沿袭古题"的旧习，针对诗歌表现的内容，制作相应的题目，从而更进一步增强了诗歌的表现力。

其次，杜诗大量运用俗语，大大提高了诗歌的表现力，并提高了口语在诗歌中的地位，使诗歌更加接近生活、接近人民。元稹高度评价了杜诗语言的这一特色，白居易诗歌的语言极为通俗浅易，形成了一个"浅切派"，黄遵宪在"诗界革命"中呼吁用我手来写我口，更把这一语言特点推向了极致。

最后，杜甫眼界开阔，对于各种风格采取兼收并蓄的态度。"转益多师"，"不薄今人爱古人"，各种风格在杜诗中大放异彩，并得到发展。后世文人根据自己的兴趣爱好，吸取其创作经验，指导自己的诗歌创作。杜甫"读书破万卷，下笔如有神"的注重学养苦吟、精于艺术技巧的创作态度为江西诗派所推崇，方回在《瀛奎律髓》卷二十六中说："古今诗人，当以老杜、山谷、后山，简斋四家为一祖三宗，余可预配响者有数焉"[1]，推尊杜甫为江西诗派之祖。杜甫对后世影响之深远，由此可见一斑。

四、问题讨论

李白和杜甫是中国诗歌史上并峙的两座艺术高峰，他们大致生活在同一个时代，可以说代表了盛唐诗歌的最高成就。一个将浪漫主义的精神发展到极致，一个以现实主义的精神给后世带来深远影响。幸运的是，李白与杜甫还有一段亲密无间的交游，并在诗歌中留下了友谊的见证。这两位风格迥然不同的大诗人，是如何看待彼此的呢？

1. 李白与杜甫的交游

李白与杜甫的相遇，可谓唐诗史上的一桩佳话。这段经历发生在天宝三载（744），李白在洛阳与杜甫初次相逢。第二年，李白与杜甫同游齐鲁，度过了一段"醉眠秋共被，携手日同行"的时光（《与李十二白同寻范十隐居》）。在这场为世人所津津乐道的遇合中，李、杜二人几乎一见如故、形影不离，并写下诗歌互赠给对方。天宝四载（745），李白、杜甫各自踏上了此后的人生，"飞蓬各自远"（《鲁郡东石门送杜二甫》）。短短二年间，两位伟大诗人的

---

[1]　方回《瀛奎律髓》卷二十六，《影印文渊阁四库全书》1366册，台湾商务印书馆1983年版，第358页。

交汇，已令他们产生了亲如手足的情感。杜甫非常了解李白，在分离后还写下将近十二首诗歌来怀念他，然而在传世的诗作中，却几乎看不到李白的回音。李白、杜甫之间的因缘际会，也引发了世人的疑问。在后世齐名并称的李、杜，在当时究竟展开了怎样的交往？我们一起来看这首绝唱：

> 李侯有佳句，往往似阴铿。余亦东蒙客，怜君如弟兄。醉眠秋共被，携手日同行。更想幽期处，还寻北郭生。入门高兴发，侍立小童清。落景闻寒杵，屯云对古城。向来吟橘颂，谁欲讨莼羹。不愿论簪笏，悠悠沧海情。

在初出茅庐的杜甫心目中，李白天才绝世的诗歌、傲岸不羁的个性、超凡脱俗的经历，都是令他深深倾服的。这样的崇拜之情，在李白一生中实属寻常，贺知章一见李白即呼为"谪仙人"，扬誉不已，更何况是年纪小李白11岁、尚未在诗坛崭露头角的青年诗人杜甫？不久，在作于天宝三载的《赠李白》中，杜甫写出了"亦有梁宋游，方期拾瑶草"的求仙之趣，天宝四载写下的《与李十二白同寻范十隐居》中有"向来吟橘颂，谁与讨莼羹。不愿论簪笏，悠悠沧海情"的句子，这是杜甫诗中少见的隐逸情怀。世人都因此而认定杜甫是李白的崇拜者与追随者。然而，此期的杜甫并没有给李白以至高的评价。如果看杜甫对李白诗歌渊源的分析，如"李侯有佳句，往往似阴铿"，反而有未得要领之感。李白以"自从建安来，绮丽不足珍""大雅久不作，吾衰竟谁陈"的诗学使命自期，杜甫这一评价似乎并不符合李白的创作志趣。

因此，在李白与杜甫携手共游、看似亲密无间的时光中，二人是否有精神上的契合与理解，是值得深入追问的。李、杜都是不世出的天才诗人，如果说李白"五岁诵六甲，十岁观百家""十五观奇书，作赋凌相如"，杜甫也是"七龄思即壮，开口咏凤凰。九龄书大字，有作成一囊"，很早即显现诗才。杜甫的诗风虽不能在李白的吟咏中找到痕迹，但必然也是与他志同道合、格调相称，才令李白放怀高歌、思念如流水一样无穷无尽。然而，对"许身一何愚，窃比稷与契"的杜甫来说（《咏怀五百字》），幽栖山林、寻仙访道并不是他人生的主要追求。这段壮游天下、寻幽访胜的生涯，是许多唐代诗人都要经历的一时风尚。杜甫恰好在他人生中的这个阶段，在此契机之中，遇见了一生纵情山水、放浪形骸的李白，并且追随他游历访友，目睹了盛名之下的大诗人求仙炼丹、痛饮狂歌的情景。杜甫在《赠李白》中有这样一句："痛饮狂歌空度日，飞扬跋扈为谁雄。"从这一时期杜甫对李白的评价中，可以想见这两位诗人尽管关系非同寻常，却并非全然没有人生观念的冲突。

杜甫身怀着"致君尧舜"的人生理想，这是他自始至终没有选择放诞的原因。然而这并不妨碍他试图去理解李白，并同所有的至亲好友一样致以真诚的规劝，尽管这样的规劝是徒然的。在李白、杜甫的交游中，令世人称道的也是杜甫对李白形象的刻画。如果不是出于对李白的情谊，杜甫不必下此暗含批评之语。"空度日"三个字，或许是二人非比寻常的投契带来的求全之责，但杜甫的规劝有没有影响到李白呢？恐怕在李白眼中，此时的杜甫，还远远没有达到可以去领略沉醉的人生境界，"古来圣贤皆寂寞，唯有饮者留其名"。李白的寂寞，是无可复制的人生遭际，与千载而下世人遥遥相慕而无可效仿的绝妙诗心，他的身影如月光中翩翩起舞的绝世霓裳，在大唐盛世的顶峰挥洒出风流旖旎的韵律。杜甫以冷静理性的笔墨一语点出了李白诗句的醉意，而他选择的是那个反其道而行之的、清醒而并不寂寞的圣贤道路。年轻的杜甫尚未能体察到李白在大醉中对人世间的无限深情，他所批评的"痛饮狂歌"，也是李白给尘世开出的一剂药方，为古往今来的贤哲不可疗愈的痛苦带来终极抚慰。

因此，在李、杜的交游中，更多表现出了二者风格、个性的不同。李白见召于金銮殿，于翰林院中受到优礼，孰知诗人并未受到玄宗重用，不久赐金放还，流落山水之间。理想落空，茫然而无所栖身，唯有求仙访道、纵酒自遣。这时杜甫的诗才虽已获得赞赏，而影响远未及李白，因而在李白诗中，看不到对杜甫诗歌的评论。怀着修齐治平的理想，杜甫把"飞扬跋扈为谁雄"的疑问赠给李白，并西入长安求仕。横亘二人之间的，不仅有进与退的差异，也有情与理的分途。杜甫的人生将要刻印下大唐盛世理想坠落的投影，会面对李白一直希望解脱的世俗之累。当大唐的恢宏气势与承平气象在安史之乱中烟消云散，杜甫沉郁顿挫的现实主义诗歌才接续了李白乐观浪漫的情调，揭示了由盛而衰的时代面貌与动乱中芸芸众生的真实图景。

2. 杜甫对李白的评价

从天宝三载（744）到天宝四载（745）两位诗人结交以后，杜甫与李白再也没有谋面，然而彼此的友情却没有停止，尤其是杜甫一而再、再而三地写诗怀念李白，在后半生中始终关注李白的命运，直到李白去世前一年的上元二年（761），杜甫还写了怀念李白的最后一首诗《不见》："不见李生久，佯狂真可哀。"经过岁月的发酵，诗人对李白的情谊无疑是愈发醇厚，给他的人生带来深远的影响。随着诗人阅历渐深，终而成为一代诗圣，李白在他心目中的形象，又发生了怎样的变化呢？

韩愈《调张籍》中写道："李杜文章在，光焰万丈长"，开启了后世将李白与杜甫并举、作为盛唐诗歌顶峰的传统。而李白诗歌的成就，经由杜甫的推举而受到后世广泛的认同。李、杜分别后不久，杜甫在长安求仕，这时他对李白的诗歌极为称赏，并从风格、气质的层面来评述李白的诗歌："白也诗无敌，飘然思不群。清新庾开府，俊逸鲍参军。"（《春日忆李白》）在长安困顿窘迫的生活中，杜甫追忆与李白相交的经历，抒发对李白的无限钦佩与崇拜。首先令杜甫怀念不已的，是李白身上独有的出世风神与"清水出芙蓉"的诗歌格调。即使在四处干谒求名的情境中，李白也可以写下"生不用封万户侯，但愿一识韩荆州"（《与韩荆州书》）那样空灵绝俗的文字，以非凡的才情倾动世人。李白在浪漫主义风格的骨子里，终究有一重求仙访道带来的与世无争的底色。这是杜甫曾经批评的，也是他最终转向肯定和赞誉的不可再得的盛世气象。

而杜甫忍辱含垢、尝尽辛酸的处境，在"朝扣富儿门，暮随肥马尘。残杯与冷炙，到处潜悲辛"的诗句中刻画得淋漓尽致。在结识李白之前，杜甫尚未涉足仕途，除了开元二十三年（735）参加过一次科举考试外，几乎没有官场的经历。他对李白放还以后的纵酒与放浪难于理解，也在情理之中。随着诗人困守长安，修齐治平的理想被世人弃之如尘埃，不得不乞怜于权贵，无法像李白一样保全自由与尊严。处在从辉煌走向衰落的时代转折点，杜甫身上也再难有李白所代表的盛唐士人自信昂扬的格调。李白宠辱不惊的风骨气质，无疑令杜甫向往不已：

李白一斗诗百篇，长安市上酒家眠。天子呼来不上船，自称臣是酒中仙。

当杜甫听到民间流传的李白传说，他也受到影响，对李白流连诗酒、豪纵不羁的放浪形象进行了赞颂。这首诗写李白纵情任性的姿态，亦颇显现太白神韵，竟如李白的自我写照一般。这是入世渐深的杜甫，对李白人生境界的高度肯定，也回答了曾经对李白"痛饮狂歌"、有伤颓废的疑问。不仅仅在精神上追思效仿，更出现了李白特有的、浪漫旖旎的情调。

困居长安期间，杜甫成了右卫率府兵曹参军的小官。不久又逢安史乱起，杜甫冒死奔赴行在，虽被授予左拾遗之职，却又因直言遭贬。杜甫本对肃宗中兴满怀希望，而很快又陷入失望，最终弃官出走。此后诗人流荡于旅途中，经历辗转流离，艰辛不可备述，他追慕李白的天才不羁，更理解了李白的失意落寞，对李白相知之深，举世难有企及。

李白离开杜甫以后，在乱中加入永王幕府，终因此而坐罪流放。流放期间的李白生死不明，无疑引发了杜甫深深的牵挂与担忧。此际他身在陇地，漂泊无依，而日中所思，接连入梦，看到"落月满屋梁"的情景，甚至以为故人在侧，不禁悲忧皆至。也正是在这个阶段，杜甫写下了为后世视为李白诗歌定评的一段长诗，其中有如下的句子：

昔年有狂客，号尔谪仙人。笔落惊风雨，诗成泣鬼神。声名从此大，汩没一朝伸。文彩承殊渥，流传必绝伦。

"笔落惊风雨，诗成泣鬼神"是杜甫对李白的极高赞誉，也凝聚了杜甫在漫长人生中对李白的一份深刻倾慕。在二人结交的当时，李白显然没有预料到日后他在杜甫心目中的地位。这一时期杜甫写给李白的批评，也不过是提醒他的傲岸与不羁，与杜甫信守、秉持的尊卑分明、恭顺服从的儒家等级制度格格不入。经历半生漂泊，杜甫眼中的李白，在这一点上始终没有变化，但更多从批评、规劝转变成了怜惜、护持："世人皆欲杀，吾意独怜才"（《不见》），"冠盖满京华，斯人独憔悴"（《梦李白二首》）。此时饱经忧患、洞悉世态的杜甫，已与李白有了更多的共鸣。"皆欲杀""独憔悴"，不仅写出李白的天才在俗世中的孤独，也是杜甫理想破灭后的自怜自伤。

杜甫对李白的评价经历了变化的过程，最终也正像杜甫所说的，于李白而言都成了"寂寞身后事"。李白的深情付与了同他一起沉沦的大唐盛世，而其恣纵不羁的辞藻并未能挽回千军万马的乱局，他的生命也如天风海波一样归于寂寞。杜甫的悲悯使匹夫匹妇的世俗人生在笔下碰撞出惊涛骇浪般的历史深度，引起千载而下无数士人的灵魂共振。当杜甫获得了文字赋予他的力量，他也不再吝惜使用那富有穿透力的笔墨，为友人奏起响彻云霄的钟声。两位伟大诗人的情谊，也因此在文学史上久久回荡。

五、拓展资料

1. 仇兆鳌《杜诗详注》，中华书局 1979 年版
2. 浦起龙《读杜心解》，中华书局 1961 年版
3. 杨伦《杜诗镜铨》，上海古籍出版社 1980 年版
4. 王嗣奭《杜臆》，中华书局 1962 年版
5. 金圣叹《杜诗解》，上海古籍出版社 1984 年版
6. 钱谦益《钱注杜诗》，中华书局 1958 年版
7. 施鸿保《读杜诗说》，中华书局 1962 年版
8. 杜甫《杜工部诗集》，中华书局 1957 年版

第九课

苏东坡：宦海诗思　湖上雨晴

一、背景叙述：北宋文学的高峰

　　11 世纪的中国，正处在社会、政治、经济陷于严重危机的北宋中期。当时的北宋王朝主要存在着财乏、兵弱、官冗三大弊端。庞大的官僚机构耗费了大量财力；国防守备松弛导致外患不断、战事频繁；而巨额的军费开支又加深了国家的财政危机。此外，土地兼并，繁重的徭役兵役，更是加剧了人民的贫困。内忧加上外患，国家贫弱不堪，形势十分严峻。为了改变这种积贫积弱的局面，许多有志之士积极寻求救国图强之法。庆历初年，范仲淹、欧阳修等人掀起了一次政治改革运动，史称"庆历新政"。熙宁二年，在神宗的大力支持下，王安石施行了变法。这些改革措施适应了时代的要求，在一定程度上缓解了社会危机，加强了封建王朝的统治。与此同时，为了适应政治革新的需要，欧阳修、梅尧臣、苏舜钦等倡导了诗文革新运动。这场诗文革新运动对徒有形式、内容空洞的西昆体进行了全面批判，扫荡了五代以来浮华卑弱的文风，促进了宋代文学的发展，取得了很大成就。

　　苏轼正是生活在这样一个时代。苏轼（1037—1101），字子瞻，号东坡居士，四川眉山人，父苏洵、弟苏辙均以能文扬名，人称"三苏"。苏轼是我国文学史上为数不多的全能作家之一，其创作数量和质量都堪称北宋文学的高峰，著作有《东坡乐府》《东坡志林》《仇池笔记》《艾子杂说》等。苏轼留给后世的二千七百多首诗，不仅意境醇厚、内容深刻，而且想象丰富、纵横奔放，尤其以其理趣化的特征著称于世。苏轼的词现存三百多首，视野开阔、风格多样，显示出极大的艺术创造性；他冲破了"词为艳科"的传统观念，跳出了晚唐五代以来专写男女恋情、离愁别绪的旧框子，创作出一批风貌一新的词章，开创了豪放词派，并成为南宋爱国词的滥觞。苏轼的散文，发展了欧阳修平易舒缓的文风，形成了清新自然、流畅婉转的语言风格，又常常把议论、描写和抒情融于一体，在文体上，不拘一格，勇于创新，成为后世学习的楷模，其人被列为唐宋八大家之一。此外，苏轼还擅长书法和绘画，他的书法，列于宋代四大名家（苏轼、黄庭坚、米芾、蔡襄）之首；他的画，写意传神、飞扬灵动，成为世人竞相收藏的珍宝。总之，苏东坡是一个文艺全才，是我国古代不朽的文学巨子。

这样一个多才多艺的旷世奇才，同时却又是遭受磨难最多、最深重的文人，用"崎岖坎坷"这四个字来形容苏轼的一生犹嫌不足。他从政四十多年，经历了两次在朝—外任—贬居的过程，在朝任职不足十年，三分之一时间是在颠沛流离的贬谪生活中度过的，"一代苏长公，四海名未已。投荒忘岁月，积毁高城垒"（《次韵应物有叹黄楼》），苏门弟子陈师道的诗句，恰如其分地概括了苏轼坎坷的一生。

但是苏轼的可敬可爱之处就在于他始终是一位襟怀超旷、识度明达、善于自我消解的文人。他知足常乐，卓然自立，即便是十几年处境最困难的流放生活，都没有改变他开朗的秉性。他从容潇洒地生活，随心所欲地创作，社会人生、山川景物、农村风光都成了他咏唱的题材。他以广阔的视野，旷达的性格，真挚的感情，挥洒巨笔，写下了为数众多雄豪俊爽的名篇，为中国文学留下了一笔极其宝贵的财富。

二、诗歌鉴赏：苏东坡在西湖

如果说西湖美景是一幅名卷，那么，这副名联可以视为总评性的序言，画龙点睛的眉批。联语二十个字"水水山山处处明明秀秀；晴晴雨雨时时好好奇奇"，名词加形容词，没用一个动词，却传神地概写了气象万千的西湖美景及其变幻。而此名联正是出于苏东坡的著名诗绝《饮湖上初晴后雨》：

> 水光潋滟晴方好，山色空蒙雨亦奇。欲把西湖比西子，淡妆浓抹总相宜。

西湖之美，四季流转，气象万千，是怎么说都说不尽的，而东坡却仅用了四句二十八个字，就取得了传神写照的绝妙效果。先实写山水阴晴之美：以潋滟状水光晴好，空濛而完美地传写了雨中雾中西湖之胜。再虚写，让西湖与西子交相辉映，相得益彰，可谓神来之笔。淡妆浓抹一语归结水山晴雨一联。从此西湖便有了西子湖之称。

在雨雾中从断桥西望，满眼是空翠烟霏，初春雨后，杨柳清新，摇漾如线，过北山街，在水光接天的背景中南望水墨意象一般的白堤和细柳，让人感叹，喜欢晴日西湖的大有人在，而雨中西湖之胜却唯有待苏子道出。或许，那一刻，也正是出身蜀中的东坡想家的时候吧？或许，是"巴山夜雨涨秋池"（李商隐《夜雨寄北》）的情景使苏子有此诗思和审美发现吧？

从这首诗到这一对楹联，除了写景之妙，我们还能领悟到一种对人生的感受。自然山水时时处处有让人陶醉的风景，或明丽灿烂，或空濛秀美；社会人生，也时时处处有叫人珍惜的记忆，晴日方好，雨亦可奇。这样的诗联，让我们赏悟和珍惜自然的风景与人间的情缘，更坦然地面对人生的风风雨雨，更亲近自然，热爱与享受人生。由感受联语之妙，到知其所由来，再到从中领悟到一种对待自然人生的审美态度，这是我们领略这副对联所经历的三部曲。

这种人生精神，在苏东坡的作品与经历中随处可见。他有一首《炖肉歌》，又名《猪肉颂》："黄州好猪肉，价钱等粪土。富者不肯吃，贫者不解煮。慢著火，少著水，火候足时他自美。每日起来打一碗，饱得自家君莫管。"是啊！"慢著火，少著水，火候足时他自美。"一碗炖猪肉，苏东坡写来，叫人口舌生津，此中洋溢着的，是对生活的热爱与热情。我们很多人，都品尝过"东坡肉"，这就是他带给我们的。并不讲究的食材，普普通通的猪肉，也不用那么复杂的烹饪方式，关键是适量与耐心，苏子的诗句自有生活的美学与哲学，赋予饮食丰富的精神和文化内涵。

苏东坡可以说是在杭州历史上作出贡献的诗人和地方官中，最重要和最突出的一位。他咏叹杭州与西湖的诗，也是留给当地人最好的精神馈赠。像《饮湖上初晴后雨》，是他为杭州西湖拟定的最好的广告词，卓绝千古，无价可比。民国时人由此绝衍化出来的这副对联，不仅写出了西湖之美，更传写出了苏子的襟怀境界和人经世处事所当具有的平和心态。以此赏悟自然之美，以此看待人生之美，是苏子，也是我们的莫大之福。

苏东坡曾两度任职杭州，熙宁四年（1071），苏东坡35岁时首度来杭任通判，一直到熙宁七年（1074）改知密州。这是苏东坡第一次任杭州地方官，这几年杭州风调雨顺，所以作为副手的他公务之外，颇多余暇。他以非凡的才情赞美和唱叹杭州的山山水水。西湖山水滋润了诗人的词笔，而词人的诗笔也润色和装点了西湖山水。在留下的许多关于杭州和西湖的名篇佳作中，《饮湖上初晴后雨》是最著名的一首。此外如《六月二十七日望湖楼醉书》：

黑云翻墨未遮山，白雨跳珠乱入船。卷地风来忽吹散，望湖楼下水如天。

（《其一》）

放生鱼鳖逐人来，无主荷花到处开。水枕能令山俯仰，风船解与月徘徊。

（《其二》）

未成小隐聊中隐，可得长闲胜暂闲。我本无家更安往，故乡无此好湖山。

（《其五》）

另外还有诗歌如下：

菰蒲无边水茫茫，荷花夜开风露香。渐见灯明出远寺，更待月黑看湖光。

（《夜泛西湖》）

我饮不尽器，半酣尤味长。篮舆湖上归，春风吹面凉。行到孤山西，夜色已苍苍。清吟杂梦寐，得句旋已忘。尚记梨花村，依依闻暗香。

（《湖上夜归》）

苏东坡第二次来杭是任知州，时间为元祐四年至元祐六年（1089—1091），刚到杭州，就遇上了水灾，继而是旱灾。为了赈济灾民，他半年内就向朝廷上表七次，并且到处购买粮食以应对荒年，使得百姓灾民免遭饥馑，没有饿死人。他还自捐黄金五十两，并划拨公款，在杭城中心（众安桥）建设了杭州史上第一家公立医院（"安乐坊"），专门收纳穷苦病人，给他们施舍药剂、稀粥，并请名医坐诊医治穷苦百姓。秦观曾经与他同住一年半之久，看到苏东坡忙得连看书的时间都没有，也没有作诗的心情和时间。但他留下了一带长堤。利用干旱的时机，苏东坡发起治理西湖。他亲自踏勘，巧妙设计，率民众挖掘淤泥，疏浚湖床，并用淤泥堆筑成南北纵贯西子湖的长堤，隔为里、外西湖，于堤上建桥六座。（据史书记载，因为西湖淤泥太软，光用淤泥，大堤立不起来，一定要有硬土掺和。当年苏东坡特为此拜访高丽寺，向寺中长老请求，到高丽寺旁的赤山埠取用硬土，并许诺用自身石像为寺院护法。现西湖杨公堤南口的花家山庄里，有东坡亭，四柱上刻着对联，正面上方悬挂赵朴初先生所题匾额，亭中苏东坡的石雕像，是 1996 年花家山庄建设施工时出土的，连基座通高 2.8 米，身穿长袍，双手持笏，被认为是全国迄今为止发现的唯一的苏东坡古代石雕像。）

苏子是杭州历史上最伟大的市长，当他离任的时候，时人赋词记述东坡离杭时的情景说："来时吴会犹残暑，去日武林春已暮。欲知遗爱感人深，洒泪多于江上雨。"（马瑊《木兰花令》）苏子卒于 1101 年，他故去已经 900 多年，却长留遗爱在人间。当我们流连忘返于苏堤之上时，我们自然而然会想起他和他不朽的诗作。我们至今仍在许多方面享有诗人的恩惠。杭州城、西子湖现在的美丽，与苏东坡的创意和辛劳是分不开的。杭州人民永远纪念这位两度来杭、亲民爱民的贤太守。

苏东坡是一位才华横溢、极富艺术表现力的天才诗人，他的诗以富于理趣著称，如他的《题西林壁》常常为人们所引用。这里，我们先来看他创作较早的著名诗篇《和子由渑池怀旧》：

> 人生到处知何似，应似飞鸿踏雪泥。泥上偶然留指爪，鸿飞那复计东西。老僧已死成新塔，坏壁无由见旧题。往日崎岖还记否，路长人困蹇驴嘶。

古人常以诗代书信，这首诗是兄弟俩书信往来而得的佳作。嘉祐元年

（1056）三月，子由（1039—1112）18岁，与兄长随父亲苏洵从成都赴京（开封）应试，由阆中出褒斜，至河南，路过崤山时，马儿疲累而死，骑驴而至渑池（河南省渑池县），在老僧奉闲的寺庙中留宿，老和尚殷勤款待，并请苏氏父子题诗于壁。次年，兄弟二人双双高中，同登进士科。四年后，苏轼赴凤翔任签判，重过渑池，回应弟弟的《怀渑池寄子瞻兄》而写下了这首绝唱。

"人生到处知何似，应似飞鸿踏雪泥。泥上偶然留指爪，鸿飞那复计东西。"我们偶然地来到这个世间，在无尽的宇宙时空和天地之间，我们犹如浮萍飞蓬，留下漂泊的印迹。印迹是偶然的，而我们的漂泊是有目的、有意义的；印迹留下了，是那样短暂，而生命依然在飞翔，无计东西，无有踪影。那些依稀微茫的雪泥鸿爪，不单是我们留在大地上的印迹，还有在我们身外的，是"老僧已死成新塔，坏壁无由见旧题"，在我们心中的，是"往日崎岖还记否，路长人困蹇驴嘶"。虽然只过了五年，却有那么多的物是人非或人是物非。"老僧已死成新塔，坏壁无由见旧题。"上句是生与死，下句是住与坏（佛教有成、住、坏、空四劫名目），道尽了人世间的苍茫和变迁。"往日崎岖还记否，路长人困蹇驴嘶。"那崎岖的古道，是父子三人一起走过来的，而今兄弟父子天各一方，但无论是生，还是死，是成，还是毁，是聚，还是散，这一切，都是值得珍视、怀想和回味的。

值得注意的是，诗人写这首诗时，才虚龄二十五六岁，可谓刚刚出道，却已显得如此熟谙人生，颇似曾经沧海以后人到中年的况味。

东坡《水调歌头》词序说："丙辰中秋，欢饮达旦，大醉，作此篇，兼怀子由。"把酒问月，古已有之，李白《把酒问月》开篇："青天有月来几时？我今停杯一问之。"此诗之问月与张若虚《春江花月夜》可谓异曲同工。醉而问月，问月之所由来，问月之所经行，问月之归程，问月之芳邻，问月之所见，问月之所感，句句是问，句句是答，而归结于浩渺的时空和对天上人间的美好愿望。千古一问，成就了最好的月诗。而苏词则别有境界，即使在大醉之中，东坡仍保持着一份诗意的清醒与理性的迷醉。清风明月，当此良夜，诗人怀想五六年未见的弟弟子由，发于手足之情的祝福中有广被天下的情怀。清虚高寒的境界、对天上宫阙的向往、高华绝代的天外之想与充盈温情温馨的对此间的肯定和祝福浑然交织。诗人深切体味现实人生：无论是天上，还是人间，"人有悲欢离合，月有阴晴圆缺，此事古难全"。但他还是满怀深情地选择人间此刻："起舞弄清影，何似在人间。"至此，大唐李白式的如少年般的壮志豪情已化而为人到中年，阅尽沧桑后平静而深情祝福："但愿人长久，千里共婵娟！"这是对亲人，也是对天下人间深情的美好祝愿。我们当然为李白酣畅淋漓的醉歌所陶醉，同时也为苏子这一份广被天下后世的深沉祝福而感动。天上人间，古往今来，私情与博爱，沉酣迷醉中的浪漫想象与理性清醒的现实体认……由此融会而成的妙绝诗境，遂成千古中秋绝唱。

《铁围山丛谈》卷三记载："歌者袁绹，乃天宝之李龟年也。宣和间，供奉九重，尝为吾言：东坡公昔与客游金山，适中秋夕，天宇四垂，一碧无际，加江流顷涌。俄月色如画，遂共登金山山顶之妙高台，命绹歌其《水调歌头》曰：'明月几时有？把酒问青天……'歌罢，坡为起舞，而顾问曰'此便是神仙矣！'吾谓文章人物，诚千载一时，后世安所得乎！"遥想诗人当年，此夕中秋，良辰美景，皓月清风，轻歌曼舞，为李白《月下独酌》"我歌月徘徊，我舞影零乱"诗境之再现，是诗仙以后，又一幅谪仙人画面，诚千载一时之神仙境界。丙辰中秋，是神宗熙宁九年（1076）。次年中秋，子由特意相从兄长百余日，一起共度中秋。苏东坡再作同调词一首，序中特为交代："余去岁在东武，作《水调歌头》以寄子由。今年子由相从彭门居百余日，过中秋而去，作此曲以别。余以其语过悲，乃为和之，其意以不早退为戒，以退而相从之乐为慰云。"词中有"我醉歌时君和，醉倒须君扶我，惟酒可忘忧"之句。与此同时，苏子还有《中秋月》一首："暮云收尽溢清寒，银汉无声转玉盘。此生此夜不长好，明月明年何处看。"南宋朱弁《风月堂诗话》说："东坡……绍圣元年（1094）自录此诗，仍题其后云：予十八年前，中秋夜与子由观月彭城（今徐州）时作此诗，以阳关歌之。今复遇此夜，宿于赣上，方南迁岭表。独歌此曲，聊复书之，以识一时之事。殊未觉有今日之悲，但悬知为它日之喜也。"十七八年过去，往日之乐，今日之悲，他日之喜。宦海多风波，身事两茫茫，又值中秋，迁谪万里的苏子，当此良夜，一定倍加思念亲人。阳关三叠，从王维《渭城》一曲，传唱至今，珍重相聚之情，依依离别之意，此生此夜，明月明年。对当下美好瞬间的无限珍惜，清朗而略含怅惘的思绪，读来意味无穷。苏诗的理趣，涵融着苏子对人生的深情体验与深切理解。

再看一首苏东坡的《观潮》绝句："庐山烟雨浙江潮，未到千般恨不消。到得还来别无事，庐山烟雨浙江潮。"要说明一下，这首诗或以为是苏东坡方外交佛印禅师所作，但通常被认为是东坡居士在临终之时手书给他小儿子苏过的诗。我们赞同后一种说法。这里，我们以诗人早期和晚年各一首诗来解读和领悟诗人，解读和领悟诗人作品中的理趣和理性。诗人既洒脱，又入世，既理性，又深情，这样的风度情性，这样的理趣和理性，呈现于诗人一生的创作中。

他的《唐道人言：天目山上俯视雷雨，每大雷电，但闻云中如婴儿声，殊不闻雷震也》："已外浮名更外身，区区雷电若为神。山头只作婴儿看，无限人间失箸人"，让我们想起一句名言：恐惧的其实只是恐惧本身。超脱于身名之外者，自然是无所畏惧的。让我们读一下他的《定风波》：

> 莫听穿林打叶声，何妨吟啸且徐行。竹杖芒鞋轻胜马，谁怕？一蓑烟雨任平生。　　料峭春风吹酒醒，微冷，山头斜照却相迎。回首向来萧瑟处，归去，也无风雨也无晴。

尽管诗人也有经历文字狱劫难黯然神伤的时候，但读了这首诗，我们感受到了诗人的从容，而且知道自己会像诗人一样一生从容。

三、要点提示

1．苏诗的哲理性

在文学创作上，继承摹仿固然必要，开拓创新却更加可贵。从诗歌发展的内在规律来看，唐诗是中国诗史上的一个顶峰，讲究意境、形象，工于借景传情的传统表达方式，已经发展到了十分完美的地步。因此，宋人必须创新求变，另辟蹊径，建立具有独特风格的一代诗风。苏轼是使诗风变唐为宋的突出代表。苏诗所呈现出来的议论化和哲理性，集中代表了宋诗的新风貌。

试以他那首人所共知的《琴诗》为例："若言琴上有琴声，放在匣中何不鸣？若言声在指头上，何不于君指上听？"此诗说不上形象的丰满，纯以奇趣哲理取胜，作者通过一件极为平常的事物揭示出一个哲理性的问题。美妙的琴声是在琴上吗？是在弹琴者的手指上吗？都不是的，否则两者何以都不会自动发出声音呢？原来，美妙的琴声是琴师抚琴所发出来的，只有琴弦和指头互相联系、密切结合，才能形成乐音。不但弹琴是这样，世间万物莫不如此：两物的巧妙结合，就会产生原来任何一物都不具有的新功能和新作用。浅显的诗句之中原来包孕这样一个深邃的哲学道理。

取材于常见的生活场景，却能开拓出新的意境，以丰富的理趣内涵来触发读者的深思遐想，给人以启迪，这便是苏轼哲理诗的妙处。如那首《和子由渑池怀旧》："人生到处知何似，应似飞鸿踏雪泥。泥上偶然留指爪，鸿飞那复计东西。老僧已死成新塔，坏壁无由见旧题。往日崎岖还记否，路长人困蹇驴嘶。"诗人把凭吊故迹、抚今追昔的题材升华到一种颇富哲理的人生感叹，并用形象、生动、新颖的比喻来加以体现。雪泥鸿爪，是对人生旅途的概括。人生苦短，行踪无定，偶然留下的具体痕迹是很容易泯灭的。死者的行迹已然消失，生者的踪迹也终归消亡，就像雪泥上的飞鸿指爪，最终会随着时间的流逝而消失掉。诗歌融议论、记叙、抒情为一体，显示出深沉的思索和睿智的哲见，内涵浑厚，耐人咀嚼。

再如著名的七绝《题西林壁》："横看成岭侧成峰，远近高低各不同。不识庐山真面目，只缘身在此山中。"此诗前两句是对庐山山景的总括描写。"横""侧"二字，表明了观察角度的变化；"成岭""成峰"和"远近高低"，写出了庐山所呈现出的各种不同姿态，寥寥两语，就把庐山的雄奇多姿勾勒出来了。接着作者笔锋一转，抓住横看侧看山形多变、胜景难穷这个特征发表了精辟的议论：看问题，如果孤立地从某个角度、某个立场出发，那只能看到事物的局部，而不能认识到事物的全貌；要对客观事物总体有正确认识，就必须从狭小的圈子里跳出来，摆脱个人偏见。诗由写景入手，又移理入景，通过多变的景物悟出发人深思的道理，使景物和哲理自然而然地熔铸在一起，理有情致，诗有辞采，充分体现了宋诗讲究理趣的特点。

用理性的眼光去观察事物，用哲理的趣味去抒发感慨，苏轼哲理诗的成功之作还有很多，如"卧看落月横千丈，起唤清风得半帆。且并水村欹侧过，人间何处不巉岩"（《慈湖夹阻风》），写出了人生道路上不可避免的坎坷和磨难；"问岁安所之？远在天一涯。已逐东流水，赴海无归时"（《别岁》），是诗人对逝去年华行踪的追寻和慨叹；"莫嫌荦确坡头路，自爱铿然曳杖声"（《东坡》），则是教人们如何坚定步伐，对待不平坦的人生……诸如此类作品不胜枚举。它们从日常生活中开掘新意，于平常言语中寄寓哲理，情理兼备，发人深思，具有独特的艺术魅力，这是苏轼对宋诗新体制的一种成功创新。

2．苏词的革新意义

"以诗为词"是有宋以来人们对苏词的一致看法。所谓"以诗为词"，就是要以写诗的方法来写词，把诗的题材内容、意境形象、手法风格等都引入词的领域并使之扩展，使词"诗"化。苏轼"以诗为词"的非凡成就，在于他从根本上打破传统文人词的旧有套路，突破"词为艳科"的局限，大力创作豪放、婉约、超卓、清秀、淡雅等风格多样化的词，不仅扩大了词的表现领域和意境，而且对提高词的格调，推尊词体，起到了积极的作用。

词最早产生于直白淋漓的民间小曲，风格清新淳朴。到了晚唐五代，由于受宫体诗的影响，词作发展逐渐趋向单一的男欢女爱、妓情相思、离愁别恨的主题，或充当了歌舞宴会上的佐乐之物，由妙龄女子婉转传唱，娱宾遣兴，助妖娆之态，由此，词的风格特征表现为纤弱、婉约，带上了浓厚的脂粉气息。所以词是难登大雅之堂的，所谓"诗庄词媚""诗言志、词寄情"，就代表了人们对诗词的传统看法。比如欧阳修，作为北宋诗文革新运动的领袖人物，写的文章积极向上，昂扬有力，但对于词，他仍不能脱离"小道""艳科"的传统观念，仍以词来应歌、佐欢和描写别离相思。到了柳永，题材虽有所扩大，多了都市繁华、羁旅行役之词，但总体上仍然不能超出风花雪月、舞榭歌台的内容。因此，这个时候苏词的出现就有了非同寻常的意义。

生性豪迈、富于改革精神的苏轼，不能容忍"花间"式绣幌绮筵的低靡、晏欧式芳径深苑的泛滥，也不能容忍柳永式浅酌低唱、偎红倚翠的狭小天地，他要"有为而作""以诗为词"，把诗文革新运动的精神推广到词的领域中去，扫荡香艳而狭窄的词坛，赋予词以新的灵魂和生命。翻开《东坡乐府》，气象万千的词作迎面扑来，或咏史怀古，或说理谈禅，或描写田园风光，或记叙郊游野趣，或抒发怀乡之情，或寄寓悼亡之悲……可以说，苏轼差不多将诗的各种题材类型都带到词的创作中来，并将自己的身世感慨、政治境遇、哲学思想等皆融入词中，真正做到了"无意不可入，无事不可言"（《刘熙载集·艺概》）。

词的题材领域的阔大，必然引起艺术风格的多样化。苏轼的三百多首词，其中有豪放的如《江城子》（老夫聊发少年狂）、《念奴娇》（大江东去浪淘尽），后人评为"一洗绮罗香泽之态，摆脱绸缪宛转之度"（胡寅《斐然集·向子湮酒边词序》）；有婉约的如《水龙吟》（似花还似非花）、《贺新郎》（乳燕飞华屋）、《浣溪沙》（道字娇讹语未成），读之令人感叹"岂在晓风残月之下"（徐釚《词苑丛谈》卷四）；有清秀的如《蝶恋花》（花褪残红青杏小）、《卜算子》（缺月挂疏桐），张炎在《词源》中称其为"清丽舒徐，出人意表"；有超卓的如《永遇乐》（明月如霜）、《定风波》（莫听穿林打叶声），其词"复乎遗尘绝迹，令人无以步趋"（王鹏运《半塘手稿》）……显然可见，"以诗为词"是苏轼卓尔不群的文学贡献，苏词无论是在题材上还是风格上都已完全摆脱了"艳科"之樊篱，抛开封建士大夫浅俗轻薄的创作风气，使词获得了与诗同等的尊严，使词的创作如同诗一样具有广阔的胸襟、深沉的怀抱和高尚的志趣，这样就解放了词体，提高了词品，"指出向上一路，新天下人耳目"（王灼《碧鸡漫志》），在词史上具有划时代的意义。

3．苏文的艺术美

作为中国顶级的文学大家，苏轼在散文创作方面有着极高的造诣，代表了北宋古文运动的最高成就。苏轼的文章既集前人之大成而又有发展——既保持了韩柳散文平易晓畅、婉转自然的一面，又发展了欧文闲逸隽永的特点，形成了自己独特的信手拈来、自然天成的艺术风格。他在《文说》中这样自述："吾文如万斛泉源，不择地而出。在平地滔滔汩汩，虽一日千里无难，及其与山石曲折，随物赋形而不可知也。所可知者，常行于所当行，常止于不可不止，如是而已矣。"这段话概括简短，可谓是他对自己一生诗文创作的经验总结。

苏轼的政治论文，继承了贾谊、陆贽的传统，立论鲜明、逻辑紧密，又受《战国策》的影响很深，往往纵横捭阖、雄辩滔滔。他针对北宋中期积贫积弱的社会状况，系统地论述宋室内外形势，抨击种种政治弊端，提出富国强兵的改革政见，表现出经世济民的政治理想与追求。如《上神宗皇帝书》：

> 人主之所恃者，人心而已。人心之于人主也，如木之有根，如灯之有膏，如鱼之有水，如农夫之有田，如商贾之有财。木无根则槁，灯无膏则灭，鱼无水则死，农夫无田则饥，商贾无财则贫，人主失人

心则亡。此理之必然，不可逭之灾也。

排比的句式、形象的譬喻饱含了对君民关系的真知灼见，又用舒徐流畅的语言娓娓道来，文如行云流水，随题发挥，仿佛信笔所至，如话家常，而又充满明睿的哲理，体现了苏文特有的艺术风格。

苏轼在嘉祐年间所作的《进策》，是一组系统的宏文巨制，集中表现了他的政治识见和改革措施。《进策》共二十五篇，篇篇都是"言必中当世之过"的直言敢谏之文。在这些文章中，苏轼客观分析了国内外形势，清醒地看到当时"天下有治平之名而无治平之实"的危机状况。针对这些危机，他提出改革北宋积弊的一系列措施，从课百官、安万民、厚货财、训军旅四个方面，阐述一整套具体的改革政见，鲜明地反映出作者过人的政治洞察力和非凡的改革锐气。

叙事记游的散文在苏文中艺术价值最高，最富有独创性。这些散文无论是写景状物还是描摹世态人情，都渗透了他强烈的主观情感，其中有苦难，有叹息，但更多的是对人生境界的感悟，是叹息过后的微笑，是饱经忧患却仍然对生活保持热情的豪迈和潇洒。开朗乐观的人格特质与精美凝练的文笔巧妙结合，共同构筑了一个旷达超脱、闲适从容的艺术境界。《记承天寺夜游》就是杰出的一篇：

> 元丰六年十月二日夜，解衣欲睡，月色入户，欣然起行。念无与为乐者，遂至承天寺，寻张怀民。怀民亦未寝，相与步于中庭。庭下如积水空明，水中藻荇交横，盖竹柏影也。何夜无月？何处无竹柏？但少闲人如吾两人者耳！

本文不足百字，却将写景、叙事、抒情一气呵成，在稀疏淡简的语言中寄寓着深邃悠远的思绪和宁静澄明的人生况味。静谧空明的夜色与作者此时的心灵达成了共鸣，"何夜无月？何处无竹柏？但少闲人如吾两人者耳"，既是历经风雨复归平淡的超脱，又流露出知足常乐、悠闲自得的襟怀。

除了《记承天寺夜游》，苏轼还写过许多脍炙人口的记游散文，如《石钟山记》，写夜泊绝壁，探究山名来由，批评人云亦云、主观臆断，强调实地考察的重要性;《超然台记》,描写在超然台上所闻所见以及游玩之乐,阐明超然物外、"无往而不乐"的人生哲理;《喜雨亭记》,叙述造亭经过和降雨的情形,表现出久旱逢雨万民同欢的喜悦心情;前后《赤壁赋》,通过对秋景、冬夜的自然景物的精细描绘,前者探讨了变与不变、有限与无限的哲理,表达了人生虚无短暂、要及时行乐的观点,后者则表现出进退取守皆从容对待的达观态度。苏轼的这些叙事记游散文不仅文笔凝练、诗意盎然,而且总是将描写、叙事、说理紧密结合起来,给人以丰富、深刻的思想启迪。

除了政治论文和叙事、记游散文,其他如随笔、书札、序跋等小品文,在苏轼的散文中也占有一定的地位。这类作品或品诗评画,或谈禅论道,或记述治学心得,或抒写襟抱志趣,莫不随意拈来,生发自如,流转生动,其中有不少独得之识、经验之谈,今天读来仍有重要的参考借鉴价值。

四、问题讨论

1. 走近苏子

元丰二年（1079）,由于不赞成王安石的变法,苏轼被贬湖州。到任才三个月就被免职逮捕,押送京城,交御史台审讯,史称"乌台诗案"。"乌台"是汉御史台的别称,汉御史府（台）中多柏树,常有许多乌鸦栖息在树上,后人因此将御史台称为"乌台"。在狱中,每天都是长子迈送饭。因为不可能相见,所以父子事先约定:平时只送蔬菜肉食,如万一得知死刑判决的坏消息,就改送鱼。等待终审判决时,有一天,苏迈出京借贷,托朋友帮助送饭,忘了告诉这个约定。那人精心准备饭食,给苏轼送去熏鱼一条。苏轼一见大惊,以为凶多吉少,给弟弟苏辙写下诀别诗两首,即《予以事系御史台狱,狱吏稍见侵,自度不能堪,死狱中,不得一别子由,故作二诗授狱卒梁成,以遗子由,二首》,有"百年未满先偿债,十口无归更累人。是处青山可埋骨,他时夜雨独伤神。与君今世为兄弟,又结来生未了因"等凄凉深情的诗句[1]。监狱方面按照规矩,将诗篇呈交神宗皇帝。宋神宗既深受感动,又欣赏诗人的才华,朝中为苏轼求情者众,连王安石也劝神宗:圣朝不宜诛名士。神宗遂令从

---

① 苏轼《予以事系御史台狱,狱吏稍见侵,自度不能堪,死狱中,不得一别子由,故作二诗授狱卒梁成,以遗子由,二首》,同上第三册,第999页。

轻发落，贬黄州团练副使。

但从这样的诗句和诗题中，我们可以感受到诗人心灵的创伤和痛苦的灵魂。"乌台诗案"以后，他被谪黄州，是被监管的对象，在他未来的生涯里，多的是流放的漫漫长路和风尘漂泊的岁月。

绍圣元年（1094），苏轼被哲宗贬为宁远军节度副使惠州安置。苏轼有数妾，在迁谪中渐次离去，唯有王朝云一直患难与共，不离不弃。她美丽善良，能歌善舞，生前最爱苏东坡的一曲《蝶恋花》：

> 花褪残红青杏小。燕子飞时，绿水人家绕。枝上柳绵吹又少。天涯何处无芳草。　　墙里秋千墙外道。墙外行人，墙里佳人笑。笑渐不闻声渐悄，多情却被无情恼。

有年秋天，她和苏轼凭窗闲坐。窗外秋风瑟瑟，落叶萧萧，她唱到"枝上柳绵吹又少，天涯何处无芳草"时，不禁泪流满面，后来，她病卧床榻，又口诵此句，眼中落泪。王朝云死在了惠州，年仅三十四岁。从此，诗人终生不复听此词。这让我们联想到他的另一首词（《江城子·乙卯正月二十日夜记梦》）：

> 十年生死两茫茫，不思量，自难忘。千里孤坟，无处话凄凉。纵使相逢应不识，尘满面，鬓如霜。　　夜来幽梦忽还乡，小轩窗，正梳妆。相顾无言，惟有泪千行。料得年年肠断处，明月夜，短松冈。

苏东坡十九岁时，与王弗（十六岁）结婚。十一年相濡以沫，却不幸中道永诀，1065年，王弗卒于京师，将苏子托付给自己陪嫁的堂妹闰之（朝云，便是王闰之为苏东坡纳的妾），留下了长子迈。作者在《亡妻王氏墓志铭》中郑重记载他父亲的话："汝妇从汝于艰难，不可忘也。"（苏家家风由此可见一斑，唐宋八大家，苏家占了三席，多种原因中，这是一个原因吧。千百年历史上，那些杀业太重、为恶太多、伤天害理的大人物，不仅祸害了苍生，而且遗祸于子孙的，屡见不鲜。）1075年（熙宁八年），东坡知密州，正月二十日夜梦亡妻，便写下了这首流传千古的悼亡词。十年，是时间，千里，是空间，梦中永远年轻的逝者，与在宦海中奔波的诗人，幽明永隔，生死两茫茫。"十年生死两茫茫"一句，写尽了诗人梦醒时手中、眼中、心中空空的情景。陈师道评论此诗道："有声当彻天，有泪当彻泉。"

文字狱和迁谪的生涯并没有摧垮诗人的意志、精神和诗兴。黄庭坚曾在《跋子瞻和陶诗》中写道："子瞻谪岭南，时宰欲杀之。饱吃惠州饭，细和渊明诗。"苏轼自己也写过一首叫《纵笔》的小诗：

> 白发萧散满霜风，小阁藤床寄病容。报道先生春睡美，道人轻打五更钟。

此诗传至京师，宰相章惇冷笑说："苏子尚尔快活耶？"于绍圣四年（1097）四月再将他贬到儋州（今海南省儋州）。

虽然精神上没有被打垮，但诗人却在流放中老去。除了元祐年间太后临朝时，苏东坡曾被召回朝和出知杭州、扬州等地以外，诗人的晚年都是在迁谪中度过的。元符三年（1100）徽宗继位，苏子方才遇赦渡海北还，于次年病逝于常州，享年65岁。

建中靖国元年（1101）正月，苏轼遇赦北还，路过镇江，重游金山寺。寺里，著名画家李公麟为他所画的东坡坐像仍在，诗人劫后余生（两个月后诗人即与世长辞），画也是劫后余存，苏轼写下《自题金山画像》，这成为诗人的绝笔诗：

> 心似已灰之木，身如不系之舟。问汝平生功业，黄州惠州儋州。

值得一提的是，苏东坡遇赦北归时，迫害他的宰相章惇也已失势被贬谪岭南，其子怕遭报复，写信请苏轼高抬贵手，苏子回函安慰他们父子，还详细介绍自己在岭南的生存经验和应该注意的事项，嘱咐他给其父多带一些常用药，以备不时之需。章惇儿子接信后感动得热泪盈眶。

苏子之为人，追求完美，而不严苛，一往情深，而又达观超脱。无论是对尊者，还是后辈，无论是逆境还是顺境，始终温情和理性，尊重别人，也自尊自重。他曾跟弟弟子由说自己："上可以陪玉皇大帝，下可以陪悲田院乞儿。""吾眼前见天下无一个不好人。"（高文虎《蓼花洲闲录》）明清之际的才子张岱极欣赏这两句名言，写进了他的《自为墓志铭》："上陪玉皇大帝而不谄，下陪悲田院乞儿而不骄。"

2. 苏轼与黄庭坚的交游

黄庭坚与秦观、张耒、晁补之并称为"苏门四学士"，他们的诗歌风格各不相同，充分表明苏子的诗学能涵容各种才性，兼收并蓄、相得益彰。黄庭坚与苏轼亦师亦友的交游，还成为宋代文学史上的一桩盛事。后世论及宋代诗歌，每以"苏黄"并称，准确地道出了苏轼与黄庭坚二人的交游对宋代文化的深远影响。

黄庭坚的诗被称为"山谷体"，是继苏轼之后开创宋诗面目的典范。黄庭坚的"无一字无来处""点铁成金""夺胎换骨"等诗学主张，也被世人视为"以文字为诗，以才学为诗，以议论为诗"的宋诗特征的典型体现。苏、黄诗风有很大的不同，前人曾以丈夫、女子比之，而多以为二者才力雄厚、旗鼓相当。相比而言，黄庭坚的风格更容易为人效仿，因而能自成一家，获得许多青年士人的认同。于是在他的周围聚集起一个诗学流派"江西诗派"，而黄庭坚也被视为江西诗派的宗师。

苏轼从宋神宗熙宁五年（1072）就开始知晓黄庭坚之名。这一年湖州太守孙觉拜访苏轼，在苏轼面前出示了黄庭坚的诗文，请他指点。苏轼读后，感到十分惊异，认为这样的诗文风格大不似出自今世之人的手笔，对作者甚为推重。五年后，苏轼行至济南期间，齐州太守李常曾与苏轼一起讨论黄庭坚的诗文，李常对黄庭坚的禀赋个性颇为了解，也正是在这番晤面中，苏东坡对黄庭坚有了更为深入的认识，断定他的志趣异于常人，并引以为同道中人。

元丰二年（1079），黄庭坚向苏轼投寄书信并赠诗，表达对东坡仰慕已久却无由相见的心情，对苏轼的学问文章致以深深的钦佩。在书信中，黄庭坚用两首诗来书写心迹，其中一首有"小草有远志，相依在平生"的句子，平淡隽永，却成为二人一生情谊的预言。苏轼收信后，连忙在秋初回信作答，信中娓娓道来，可见情意亲厚。两人在此际正式订交，而黄庭坚也成为苏门学士，与苏轼一起度过了此后的漫长人生。

苏、黄订交之后，唱和酬答不断，所写往来诗篇，举凡蔬食、饮酒、问病、归隐莫不涉及。然而二人的个性始终有所不同，苏轼力主直抒胸臆，遇不平之事，则宁吐而逆人。这样豪放不拘而敢于批评的作风，让黄庭坚也不禁生出求全之责："东坡文章妙天下，其短处在好骂，慎勿袭其轨也。"（黄庭坚《答洪驹父书》）并且一再强调作诗"非强谏争于庭，怨忿诟于道，怒邻骂座之为也"，论诗也坚持儒家温柔敦厚的诗教传统。当苏轼陷入乌台诗案之际，黄庭坚焦急不安而营救无门，预知自己也将不能幸免。果然不久后黄庭坚亦被处以罚金。至此，二人始终未曾见面，而仅是以书信互通往来，却已有非同一般的交谊。元丰八年（1085）四月，黄庭坚以秘书省校书郎召还朝中，与苏轼相继入京，两人才开始会面，在京中展开了密切的交游互动。

元祐元年的一个春天，黄庭坚登门拜访苏轼，正式会面，从而实现了多年的夙愿。二人仕宦京城、同游近三年。他们常常在一起雅集论道、酬唱赠答。苏、黄同游而倡导新的文风，致使当世有"元祐文章，世称苏黄"之论。苏轼与黄庭坚雅集于王诜西园的情景，还流传着李伯时为他们描绘的肖像，其中东坡"乌帽黄道服，提笔而书"，山谷"团巾茧衣，手秉焦篁而熟视"，皆丝丝入扣。米芾描述画中人物还有"自有林下风味，无一点尘埃气"的赞叹（《西园雅集图记》）。

元祐四年春天，苏轼离京去往杭州。起程前先拜访了文彦博，文彦博叮嘱他此番至杭州后要少作诗，免得再次受到诬谤。自此，苏、黄结束了京师相聚的时光，唱和往来渐次减少。

此后苏、黄相继贬谪、天各一方。在往赴谪所途中，苏轼曾于绍圣元年（1094）在彭蠡与黄庭坚相会三日，便各奔南北，不复相见。苏轼远赴海南，而黄庭坚迁于黔地。二人只能以传书互相问候。黄庭坚对苏轼的思念，在他的诗作中历历可见。在苏轼谪居海南的第二年，黄庭坚在戎州与同僚游无等院，在甘泉瓮井上看见苏轼的题字，遥想其人，低回其下，竟至久久不能离开。在荆州期间，黄庭坚又在承天寺见到了苏轼的和陶诗卷，不禁感慨多时，自题一小诗书于其后。这首著名的《跋子瞻和陶诗》，精到地论述了苏轼学陶、和陶的表现："东坡谪岭南，时宰欲杀之。饱吃惠州饭，细和渊明诗。彭泽千载人，东坡百世士。出处虽不同，风味乃相似。"

苏东坡论诗、文、书法与绘画，都注重"自然"，提倡"枯澹""简古"

的风格，并结合陶渊明、柳宗元的诗歌，解释为"其外枯而中膏，似淡而实美"，推崇质朴、淡泊却蕴含丰富的感情内容的诗句，这是由气象峥嵘、彩色绚烂之后的返璞归真。黄庭坚的诗才虽不及东坡，其创作却符合东坡所推崇的绚烂之极而归平淡的境界。他提出的"点铁成金"、"夺胎换骨"的创作技巧，也在东坡的随物赋形、信笔挥洒之外，开辟了用典炼字、拗峭避俗的宋诗法门，成为当世和后世学习的榜样。黄庭坚对待苏东坡一直非常尊敬，直到晚年还在房中悬挂苏轼遗像，每天清晨起来整齐衣冠，向苏轼行弟子礼，其高情厚谊，令百代之下世人缅想不已，可谓"风节行谊，铿轰一时，炳耀千古"（查仲道《山谷全书书后》）。

五、拓展资料

1. 苏轼《苏轼词集》，上海古籍出版社 2009 年版

2. 四川大学中文系唐宋文学研究室编《苏轼资料汇编》，中华书局 1994 年版

3.《东坡研究论丛》，四川文艺出版社 1986 年版

4. 林语堂《林语堂文集·苏东坡传》，张振玉译，作家出版社 1996 年版

第十课

《三国志演义》：三国画卷　气象恢宏

一、背景叙述：章回小说的发轫之作

　　《三国志演义》又名《三国志通俗演义》《三国志传》《三国英雄志传》《三国志》等，简称为《三国演义》。它是我国文学史上在民间流传的基础上，由文人加工创作的第一部章回体小说，也是长篇历史演义小说的开山之作，其作者为元末明初的罗贯中。从历史到小说，《三国志演义》的成书经历了一千多年的时间。三国时代，人才辈出，晋人陈寿最早把这段历史载入史书《三国志》。南朝刘宋时裴松之为之作注，辑录了汉末以来不少人物的奇闻轶事。在民间，自两晋以来，三国的故事也不断流传。据杜宝的《大业拾遗记》记载，隋炀帝观水上杂戏表演，已有曹瞒浴谯水击水蛟、刘备乘马渡檀溪等节目。唐朝李商隐的《娇儿诗》云"或谑张飞胡，或笑邓艾吃"，从中可以看出晚唐时三国故事就已流传。宋元时期，说书艺术十分兴盛。北宋时"说三分"已是"说话"中的独立科目之一，并且出现了专门说"三分"的著名艺人。据苏轼《东坡志林》记载，这一时期流传的三国故事，已逐步形成了"尊刘贬曹"的倾向。

　　在金院本、元杂剧中也常常搬演三国故事，现存剧目就有四十多种。《三国志演义》中的一些重要篇目，如桃园结义、过五关斩六将、三顾茅庐、赤壁之战、单刀会、白帝城托孤等几乎都有剧本。现存早期的三国讲史话本，有《三分事略》、《三国志平话》，它们其实是同一种书在不同时间刊行的两个刻本。其故事已粗具《三国志演义》的规模，而且"尊刘贬曹"的倾向也很明显，但民间气息较浓，有很多民间故事和传说，与正史记载不符，人名、地名错误很多，文字也较为粗俗。

元末明初，罗贯中在民间传说和民间艺人创作的话本、戏曲的基础上，结合陈寿的《三国志》、裴松之注以及《资治通鉴》、《通鉴纲目》等史书，凭借他丰富的生活经验和文学才华，创作出了不朽的历史演义小说《三国志演义》。可以说，《三国志演义》是群众创作与文人创作相结合的产物。《三国志演义》以刘蜀集团的活动为主线，描写了魏、蜀、吴三国的兴衰历程，在一定程度上反映了在战乱中人民群众所遭受的深重苦难。作者在作品中继承并且强化了在民间广为流传的"尊刘贬曹"的思想倾向，这种思想倾向体现了封建时代人民拥护仁政、反对暴政的思想情感，也寄托着宋元时期民族矛盾中"人心思汉"、渴望统一的理想和愿望。

《三国志演义》成书之后，立即受到社会的普遍欢迎，时人"争相誊录，以便观览"（明人蒋大器《三国志通俗演义序》）。而效仿之作更是层出不穷，从《开辟演义》一直到《清宫演义》，各个历史时代在小说中都有反映。《三国志演义》创作上的巨大成功，为后来的历史演义小说树立了光辉的艺术典范，但同时它又把历史演义小说的创作推向高峰，令后来者无论是思想性还是艺术性，都难以与《三国志演义》相比。

《三国志演义》的版本较为复杂，大致可以分为两个系统：第一，"通俗演义"系统。明嘉靖壬午年间刊刻的《三国志通俗演义》，是现存最早的《三国志演义》版本，简称"嘉靖本"。全书二十四卷，二百四十则，每则都有一句七字的单句回目。明末题署《李卓吾先生批评三国志》的版本，将二百四十则合并为一百二十回。第二，"三国志传"系统。该系统多为二十卷，二百四十则。嘉靖二十七年刊刻的"叶逢春本"是现存最早的"三国志传"版本。在这两大系统之中，"三国志传"本不同程度地写有关索的故事，而"嘉靖本"则完全没有提到关索。至于《三国志演义》这两大版本系统的先后关系，目前学术界仍有不同见解。

清朝康熙年间毛纶、毛宗岗父子以"李卓吾本"为基础，参照志传本，在回目、情节和文字等方面进行了较大的增删润色，并且逐回加上自己的评论。这番修订，使全书在艺术上有所提高，结构更加严谨，文字更加流畅，并且进一步强化了封建正统观念。这就是后来广为流传的一百二十回本《三国演义》。

二、小说鉴赏：《三国志演义》的思想主旨

　　《三国志演义》作为一部历史小说，它的人物原型与故事脉络来自于《三国志》等史书。《三国志》以编年体的形式叙写了从汉灵帝建宁元年（168）到晋武帝太康元年（280）一百多年的历史。小说中的编年与史书记载大致相符，主要故事情节如黄巾起义、董卓之乱、官渡之战、赤壁之战、夷陵之战、三国归晋等基本与历史的发展趋势相吻合；小说中的人物也大多实有其人，并且可以从史书中找到他们的传记，因而在小说中呈现出浓重的历史色彩。小说《三国志演义》的思想主旨，是以"尊刘贬曹"为基本立场，来安排情节、塑造人物、表达作者强烈的爱憎。毛宗岗对此有明确的表示："读《三国志》者，当知有正统、闰运、僭国之别。正统者何？蜀汉是也。僭国者何？吴魏是也。闰运者何？晋是也。"（《读三国志法》）作者拥护、赞颂刘备和蜀汉政权，刘备为中山靖王刘胜之后，贵为皇叔，被视为三国政权的正统。这样的正统观念，是符合世人心目中的家庭伦理观念的。在儒家建立的君君、臣臣、父父、子子的伦理社会等级秩序中，君臣关系是基于家庭伦理的延伸。儒家思想是以家庭伦理特别是血缘关系为基础，来确定和维系个人与群体的秩序。中国古代封建社会的政权传承要获得合法性，与统治阶层具有血缘、亲缘的关系无疑是一个重要的依据。因此，对三国历史而言，曹操虽然位列丞相，他的所作所为却名不正则言不顺，其"挟天子以令诸侯"的行径，明显有窃夺汉朝政权的嫌疑。小说作者贬斥曹魏政权，同情具有血缘合法性的蜀汉政权，也代表了封建时代民众评判皇权、朝廷政权的主导观念。

　　然而真实的朝代更迭总是伴随着无情的阴谋与血腥的杀戮，其中或多或少存在着不那么光彩的行为，与世人所信奉的伦理观念与是非标准相违背。同时基于不同立场的政治观念，也让历史上的三国正统究竟是曹魏还是蜀汉的问题增加了复杂性。在历朝历代的史书中可以说是众说纷纭，并没有某个始终如一的价值尺度。正像清代《四库总目提要》所总结的，三国之正统的说法经历了漫长的演变过程。小说所依据的史书，最早要溯源到三国交战的当时问世的陈寿《三国志》，陈寿本为蜀人，景耀六年（263）蜀汉灭亡后，他受到西晋文人张华的赏识，引荐担任了朝廷的著作郎，所著《三国志》也是以魏为正统的。后来到了习凿齿写《汉晋春秋》，国家所处的时势，正值晋室南

渡、偏安一隅，与蜀汉政权的处境极为相似，为了捍卫东晋的合法性，必然需要以蜀汉政权为正统。到了宋代，太祖以"陈桥兵变"黄袍加身，其政权的获得类似于西晋，因而北宋学者多持本朝立场，尊奉曹魏以为正统。司马光所撰编年史《资治通鉴》，即以曹魏政权为编年。南宋朝廷仓皇南渡到临安，面对南北分裂，中原皆为金国所占据的处境，又对蜀汉政权产生了同病相怜。故而朱熹以后诸家，无不遵从习凿齿之说，推举蜀汉为正统，而否定了《三国志》的正统观念。

相比而言，长期流传于民间的小说传统，因游离于政权更迭之外而能以更为客观的态度来看待历史上的人物与事件，刘备集团经过了漫长历史更迭的检验后树立的正面形象，与曹操集团作为"小人"流传下来的种种令人不齿的反面形象，已然形成了《三国志演义》中爱憎分明的两极。这一思想主旨也奠定了千百年来三国故事的主导倾向。即使是在官方以曹魏为正统的宋元时期，在民间讲史中蔚然兴盛的三国故事，也纷纷忽略官方立场而秉持着对历史人物的道德评价。苏轼《东坡志林》记载："涂巷中小儿薄劣，其家所厌苦"，"辄与钱，令聚坐听说古话"，就提供了一个生动的例子，街巷中有让家中小儿听讲史故事，这些顽皮的小孩儿们听到刘备被打败了竟难过莫名，为之流泪，听到曹操被打败，就感到大快人心，纷纷鼓起掌来。（"至说三国事，闻刘玄德败，颦蹙有出涕者"，"闻曹操败，即喜唱快"。）王鹏据此而感慨："以是知君子小人之泽，百世不斩。"这里所说的"君子小人之泽"，即是小说故事中呈现出的一种鲜明的道德评判，它根植于听众心中，以惊心动魄的戏剧冲突与强烈的情感力量激发着小孩儿的一念良知，刘备和曹操成为君子和小人的两个化身，使原本顽劣不堪的小孩子也受到泽被。君子小人之泽，也是小说的一个永恒主题。历史令人冷峻，而文学催人产生爱憎，这是三国故事能够自发流传千载而不废、打动万千读者的原因。

三国故事是一部悲凉沉重的历史，作者罗贯中在改编小说时，不仅依据正史，还采用了大量的民间传说、讲史平话、戏曲中的三国故事。在此过程中，作者展开想象和虚构的翅膀，渗透了自身的情感追求，使得在讲史话本的基础上发展而来的历史小说，拥有了丰富的情节与奇幻的艺术构思。小说注重反映的是人情物理的真实，其中的夸张、渲染和张冠李戴、移花接木等种种故事情节的改造，乃至故事情节的大段铺叙，都符合作者的审美理想和创作理念，并或多或少给不那么完美的历史注入了人性的温度。《三国志演义》的三国历史不过是作品的骨架，而其中最为精彩的部分则往往是作者的虚构，体现出作者的美好理想与现实关切。

"三顾茅庐"的故事在《三国志》中的记载非常简略："由是先主遂诣亮，凡三往乃见。"①而在《三国志演义》中，作者尽情铺叙，竭力渲染，把这个简单的故事写得迂回曲折，生动形象地刻画出刘备求贤若渴的心情以及诸葛亮超凡脱俗的高雅情致。

赤壁之战是《三国志演义》中描写得最为精彩的一个章节，史书上的记载也非常简略。《三国志演义》中的赤壁之战基本轮廓与史书的记载大体一致，具体的战争进程却已融注了作者的审美理想及其情感，从而与史书的记载大不相同。如草船借箭，突出表现了诸葛亮的智慧超人。然而据《三国志·吴主传》裴注引《魏略》，借箭之事本为孙权所为，也不是发生在赤壁之战期间，而是在赤壁之战结束四年后，即公元213年春；蒋干两次中计，情节曲折紧张，在赤壁之战中是不可缺少的一个重要环节。据《三国志·周瑜传》裴注引《江表传》，确有蒋干游说周瑜之事，但不是在赤壁之战期间，而是在赤壁之战之前。另外，像舌战群儒、智激周瑜、苦肉计、阚泽密献诈降书、庞统巧授连环计、七星坛祭风、智算华容、关云长义释曹操等情节，则完全是虚构的。这些虚构性的情节虽然同历史事实有着较大的出入，但在作品特定的环境下却又显得非常合情合理，正是这些虚构性的情节把史书上记载非常简略的赤壁之战写得波澜壮阔，有张有弛，非常引人入胜。

在《三国志演义》中大量虚构的情节如桃园结义、大闹凤仪亭、过五关斩将、三气周瑜、安居平五路、空城计、上方谷火烧司马懿等比比皆是，这些虚构出来的情节和历史事实已经融合在一起，成为小说中的有机组成部分。如果将小说中的虚构成分从全书中抽掉，那些紧张曲折的故事情节，那些个性鲜明、具有传奇性的人物形象将不复存在。

《三国志演义》中的人物形象经过作者的加工、改造之后，同历史原型相比，也已迥异其趣。在他们的身上，寄托着三国故事流传千百年来广大群众普遍的情感和愿望以及作者的审美理想。

历史上的刘备除了有宽厚仁慈的一面以外，还是一位枭雄。然而在小说

① （晋）陈寿《三国志·诸葛亮传》，中华书局1973年版，第912页。

中，作者则竭力美化刘备，把他塑造成了一位仁君的形象。据《三国志》，身为安喜县尉的刘备，"欲求见督邮，督邮称疾不肯见备，备恨之"[1]，因而怒鞭督邮。而在小说中作者将鞭打督邮的刘备换成了鲁莽、疾恶如仇的张飞；历史上杀死徐州刺史车胄的本是刘备，小说中则换成了关羽；历史上的刘备贬谪了反对他称帝的费诗，而在小说中刘备却是真心真意不愿称帝。可见，作者从史书中选材，服从于艺术构思和人物塑造的需要，他所关心的只是人物的一两个基本特征。对于史书中有损人物形象的材料，作者或者用张冠李戴、移花接木等手段使之改头换面，或者予以舍弃。

历史上的曹操，是一位"非常之人，超世之杰"[2]，然而，他又确实有奸诈、残暴的一面。罗贯中在塑造曹操这一人物形象时，更多地继承广大群众的情感和愿望，把封建统治者的恶德附加在了曹操的身上，把他塑造成"奸雄"的形象。1959年郭沫若、翦伯赞两位史学家掀起了"为曹操翻案"的学术争鸣，他们把历史与文学混为一谈，以史学家的眼光来评价文学现象，固不足取，但他们看到历史上的曹操和小说中的曹操有着巨大的差异，却是很有道理的。同样，《三国志演义》中的其他人物形象，如诸葛亮、关羽、张飞、周瑜、鲁肃等，也已非历史原型。这些历史人物一旦进入小说之中，便在小说中获得了新的生命，与历史原型虽然还有着某种联系，但已经或多或少地产生了距离，不再是历史原型的简单再现。

由此可以看出，《三国志演义》的基本轮廓，大致与历史相符合，但是其中的故事情节和人物形象都围绕"拥刘反曹"这一主题展开。经作者的想象和虚构之后，在作品中，史实与虚构常常交织在一起，因而，不能简单地把小说描写的内容当作三国历史来看待。但同时正是在这种亦实亦虚、亦真亦幻的历史氛围中，三国故事被演绎得波澜壮阔、曲折生动，从而吸引了千百年来的无数读者。

---

[1] 《三国志·先主传》裴注引《典略》，同上，第 872 页。
[2] 《三国志·武帝纪》，同上，第 55 页。

三、要点提示

1.《三国志演义》中的义气

在《三国志演义》中，刘备、关羽、张飞三人肝胆相照、至死不渝的义气一直被后人所称道，"义"在《三国志演义》中是一种最高的道德观念。在作品中也提到了"忠"，并且对所有一心不贰、不事二主的行为大加颂扬，但是在天下分崩、群雄割据的动乱年代，"忠"的观念发生了很大的变化。在《三国志演义》中反复宣扬的"良禽相木而栖，贤臣择主而事"、"非但君择臣，臣亦择君"等观念，已经被当时人广为接受，像张辽投降曹操，赵云几易其主最后效忠于刘备，黄忠降服于刘备，严颜降顺张飞，作者对其行为都大加赞赏，并且称他们为义士。在"忠"与"义"之间，"忠"是相对的，而"义"却是绝对的，它已经凌驾于"忠"的观念之上。

《三国志演义》开宗明义第一则《祭天地桃园结义》，就开始讲述刘、关、张三人桃园结义的故事，并且特别列出他们结义时的誓言："念刘备、关羽、张飞，虽然异姓，结为兄弟，同心协力，救困扶危；上报国家，下安黎庶；不求同年同月同日生，只愿同年同月同日死。皇天后土，以鉴此心。背义忘恩，天人共戮！"这一段誓言正是作品中"义"的总纲。

在《三国志演义》中，刘备躬行"仁义"，以"上报国家，下安黎庶"为己任，是一位"仁君"的典范。他宽厚仁德、爱民如子，每到一处，都深为百姓爱戴。尤其是当阳撤退时，十几万百姓跟随他渡江，虽然情势万分紧急，他也不忍心舍弃百姓。"义"是刘备个人行动的准则，他视仁义重于性命，"宁死，而不为不仁不义之事"，因而三让徐州而不受，出入荆州而不夺，兵临西川亦不忍取。

在作品中，"义"除了表现为"上报国家，下安黎庶"的宏伟理想之外，更主要地表现在人与人之间的情义上。刘、关、张三人虽然结义于艰难困苦之际，但他们之间名为君臣、情同兄弟的情义却生死不渝。关羽惨遭东吴杀害以后，刘备"一日哭绝三五次"，"三日不进水食，但痛哭而已；血湿衣襟，斑斑成血"，张飞也是"且夕号泣，血湿衣襟"，"每醉，望南切齿睁目，怒恨甚急"，他们念念不忘桃园结义时"不求同年同月同日生，只愿同年同月同日死"的誓言，执意要为关羽报仇。即使刘备称帝以后，也不改初衷，并且说：

"朕不与弟报仇，虽有万里江山，何足为贵？""关公与朕犹一体也。大义尚在，岂可忘耶？"以结义始，以殉义终，从而实践了他们桃园结义时的誓言。

刘备不仅对关羽、张飞情同骨肉、生死与共，就是对待诸葛亮、赵云、徐庶等人，也都表现了一种倾城相待、肝胆相照的情义。赵云不畏艰险，单骑救主；徐庶身在曹营，"终身不设一谋"；诸葛亮牢记"托孤之重"，鞠躬尽瘁，死而后已。这固然是对刘备的忠贞，但更主要的是感于刘备的义重如山。他们之间的君臣关系已经不是那种封建伦常意义上上下有序的君臣关系，而是一种带有平民色彩的平等的朋友关系。正是这种"义"的力量，在刘备的周围团结了一批忠义才智之士；正是这种"义"的力量，使转战半生而无一寸之基的刘备很快崛起。这种"义"也就是诸葛亮隆中决策时所说的"人和"。

关羽在《三国志演义》中是"义"的化身。自从桃园结义以后，他一直牢记桃园之盟，即使身陷曹营，也不忘旧日之情。面对曹操的各种笼络收买，关羽丝毫不为之所动，"吾受刘将军厚恩，誓以共死，不可背之"，当得知刘备去向，立刻挂印封金，千里走单骑，过五关斩六将，前往古城聚会。关羽这种"义不负心，忠不顾死"的行为，即使奸邪、狡诈的曹操也是佩服不已，"事主不忘其本，乃天下之义士也；来去明白，乃天下之丈夫也"。关羽这种讲义气、重然诺、共患难、称兄弟的道德行为，不愧为义绝千古的典型形象。

"义"的巨大凝聚力帮助刘备打下了蜀汉江山，同时这种带有民间色彩的义气也有着很大的局限性。关羽为报旧日之恩，在华容道上放走曹操，以至放虎归山。刘备、张飞不忘桃园之盟，执意要为关羽报仇，结果，张飞因怒鞭部下，被部下所杀；刘备倾兵伐吴，也惨遭失败，致使蜀国元气大伤。刘、关、张为了"上报国家，下安黎庶"这一共同的理想结成异姓兄弟，但是他们往往视个人私义重于事业，重于性命，重于一切。在激烈的政治斗争，这种不讲政治原则的义气是要付出惨重代价的。

同时也应看到，在封建社会，特别是在社会动荡不安的年代，像曹操奸诈、残暴，"宁教我负天下人，休教天下人负我"；像吕布见利忘义，出尔反尔；像袁谭和袁尚、刘琦和刘琮、曹丕和曹植兄弟之间同室操戈；像杨松卖主求荣等不义之事比比皆是。对于生活在灾难深重社会里的小手工业者来说，他们向往刘、关、张"上报国家，下安黎庶"的理想；渴望那种名为君臣、情同兄弟、"恩怨分明，信义素著"的义气。尽管这种义气具有很大的局限性，但是这是他们自发的一种朴素的理想和愿望，是他们在冷酷的社会里团结自助的一种有力的手段。作者之所以大力渲染刘、关、张之间那种生死不渝的义气，原因恐怕正在于此。从这一点上来说，这种义气还是值得肯定的。

2. "文不甚深，言不甚俗"的语言艺术

《三国志演义》是一部通俗小说，它的语言却并不是通俗而流畅的白话。和明清时期其他章回小说如《水浒》跟《西游记》相比，它的语言显然具有文言色彩。总体而言，《三国志演义》采用的是"文不甚深，言不甚俗"的浅近文言，形成了富于历史演义特色的行文风格，长于粗笔勾勒，能以寥寥数笔交代史实，刻画出人物的情味。

与当时众多流行的、书写近世史事的白话小说相比，《三国志演义》书写的三国时代的纷争距离当时已然十分遥远，因而以文言体式来再现历史风云，无疑能最大程度吸引读者回溯到三国时代的文化情境，营造一种历史的在场感。然而书中的文言又与史传体迥然有别。对此，可以用明代著名作家袁宏道在《东西汉通俗演义》里的描述作为参照。在袁宏道心目中，如二十一史等书一展卷，即令人神思困顿。但《水浒》等这样的小说读之却引人入胜，使读者手不释卷。其间的区别，首先在于语言的深浅。如《汉书》等史书，"毋论不能解，即解亦多不能竟，几使听者垂头，见者却步"，也就是说这些史书所采用的艰深的文字造成了理解的困难，令人无法卒读。而同样使用文言的《三国志演义》却没有这样的弊端，这不得不归结于作者的艺术手法之巧妙。

史传旨在如实记录文字，故而往往质木无文。而《三国志演义》既采摭了大量的史料，又不排斥虚构，这就为它的行文带来了自由的空间与充沛的活力。它不拘泥于史料，故而能尽情展开勾勒、点染与铺陈，赋予笔下人物以多样的情感，增加了文章的兴味。在此过程中，还大胆地吸收大量于史无证但是精彩生动的一些传说故事。比如桃园结义、三气周瑜等，这些故事都是作者的即兴发挥。同时，作者还以飞驰的想象去渲染和加工历史情节，比如"三顾茅庐"在《三国志》中只有极为省简的笔墨，写刘备"凡三往，乃见"。小说作者从这五个字中演绎出一段极为曲折精彩的故事来，成了"三顾茅庐"这样一个有头有尾、有伏笔、有映衬、叙事翔实的大故事。同时在故事中将刘备、诸葛亮，乃至于张飞、关羽等，每一个人物的个性都刻画得跃然纸上。

《三国志演义》的情节剪裁、叙事手法灵活不拘，如张飞鞭督邮的情节，将张飞这个人物嫉恶如仇和冲动个性表现得极为充分，虽然这并不符合历史。作者将此情节剪裁到张飞身上，天衣无缝地编织出符合人物形象的故事。又如经典的关羽温酒斩华雄，亦不合于历史的真实，历史上斩华雄的实为孙坚而非关羽，而作者亦将此情节安插到关羽身上，将其英雄气概体现得淋漓尽致。这样的情节剪裁与叙事变形，已经脱离了史传的笔法，而体现出小说的审美价值与艺术性。

"文不甚深，言不甚俗"的语言风格，也即注重通俗性与文学性，做到历史真实与艺术真实的统一。这一创作观念上使《三国志演义》成为明代历史演义成就最高的一部。而同时很多的历史演义，在历史的真实性上可能是超过了《三国志演义》，但是在文学成就上却相应逊色。《三国志演义》以其艺术创造力的发挥，成为以小说重新演绎历史的典范。

3.《三国志演义》的人物群像

在《三国志演义》刻画出的波澜壮阔的历史画卷中，最令人难忘的是一大群栩栩如生的人物形象。大约一千两百多个人物交替登场，在作者笔下有条不紊、丝毫不乱。这些人物有主有次，主要人物大多具有鲜明的特征，如刘备的宽厚仁德、曹操的奸诈、诸葛亮的智慧与忠诚、关羽的忠义、周瑜的气量、鲁肃的诚实忠厚等，极具个性色彩。即使一些过场的人物，也常常给人留下深刻的印象。

《三国志演义》在塑造人物形象时，总是抓住人物的主要性格特征，通过不同的故事情节，多角度、多层次反复渲染和强化，给读者以强烈鲜明的印象。关羽的忠义勇武，在温酒斩华雄、千里走单骑、过五关斩六将、单刀会、刮骨疗毒等传奇性的情节里得以展现；吕布的见利忘义、有勇无谋，先后经李肃、李傕、曹操、荀彧、陈登等人之口对其个性特征予以点化，同时又通过杀丁原、杀董卓、偷袭徐州等一系列情节加以形象化地表现。在突出人物主要性格特征的同时，作者还不断从侧面展示人物其他方面的特点。关羽义薄云天、勇武绝伦，但也有骄傲自大、刚愎自用的缺点；吕布偷袭徐州，见利忘义，却又善待刘备家小；曹操狡诈、残暴，但孟德献刀、矫诏讨卓、青梅煮酒、横槊赋诗等情节又同时表现了一个政治家的胸襟气度，显得颇为"豪爽多智"。

《三国志演义》还善于运用烘托、对比等手法来塑造人物。诸葛亮是全书中的主要人物，为了突出这一人物形象，在诸葛亮未出山之前，先写了司马徽和徐庶的赞美和推荐；在刘备三顾茅庐的过程中，又通过农夫、童子、诸葛亮之友、诸葛均、黄承彦等人以及隆中幽雅清美环境的层层烘托，一个具有高洁品格和宏伟抱负的人物形象已是呼之欲出了。

同时，在刘备、关羽、张飞三人不同态度的对比中，刘备的宽厚仁爱、求贤若渴，关羽的沉着，张飞的鲁莽急躁，也都表现得十分鲜明、生动。在《三国志演义》中，这种对比的手法运用较多，小说通过人物性格特征的对比，塑造出许多个性鲜明、栩栩如生的人物形象。周瑜雄姿英发、机智勇敢，在赤壁之战中，沉着应对，奇计迭出，将老谋深算的曹操玩弄于股掌之间。然而，周瑜在与诸葛亮的多次较量中，处处用计，却枉费心机，其所谓的"妙计"——被诸葛亮识破，临终时，无奈地发出"既生瑜，何生亮"的感叹。司马懿深通韬略、足智多谋，是诸葛亮后期的强劲对手。在空城计这一情节中，处于劣势的诸葛亮在城楼上焚香弹琴，竟然吓退司马懿的十五万精兵。事后，司马懿只好仰天长叹："吾不如孔明也！"同时，在祁山斗阵、陇上割麦、木牛流马等较量中，司马懿也屡屡失算。在两者的对比之中，诸葛亮的智谋比司马懿更高一等。正是这一系列的对比，充分展示了诸葛亮的聪明才智。另外诸葛亮和司马懿两人都掌有大权，都承担托孤重托，但诸葛亮秉持公心，竭尽忠诚，至死方休，尽显一代贤相之高风亮节；而司马懿却诡计多端，计赚曹爽，心怀个人野心。两相对比，其品德之高下，截然可判，诸葛亮鞠躬尽瘁、死而后已的精神尤其让人钦佩。

《三国志演义》的人物塑造也有着类型化的缺点，虽然有些人物形象血肉较为丰满，但总体上人物的性格特征较为单一，缺乏发展变化，有时为了强调人物形象的某一性格特征，却多有缺陷，正如鲁迅先生所说的"欲显刘备之长厚而似伪，状诸葛之多智而近妖"[①]。

---

① 鲁迅《中国小说史略》，上海古籍出版社1998年版，第87页。

四、问题讨论

1.《三国志演义》中的"七实三虚"之讨论

《三国志演义》作为一部历史演义，是否可以视为三国历史的真实反映？这是世人对这部小说众说纷纭的关键所在。明代庸愚子为嘉靖本《三国志通俗演义》作序，曾高度肯定其历史真实性，认为从前的三国故事"言辞鄙谬，失之于野"，而《三国志通俗演义》的作者对其进行了文人化加工，其中显著的变化，就是开始遵从历史的真实，采用"文不甚深，言不甚俗"的文言，"事纪其实，亦庶几乎史"。它的语言介乎正史与通俗小说之间，大量援据了史传记载的事件脉络，因而大体上与史书所载保持了一致。以庸愚子为代表的明人评价，从《三国志演义》的历史真实性出发，给予其高度的认可。

而清代著名史学家章学诚，却不认同《三国志演义》遵从历史的写法。他在《丙辰杂记》里面指出一个问题："唯《三国演义》则七分实事，三分虚构，以至观者往往为之惑乱。"这里所说的"七实三虚"大体符合小说创作的情况。历史小说的创作显然不可能全部征实，否则只要看正史即可，又何必采用小说？同时也无法脱离具体的史识而一空依傍。《三国志演义》在依据正史、博采传说的基础上加以创造，将史实与虚构巧妙地结合在一起，从而使其中大部分的内容真实可信，而以少量虚构混淆于大部分史实之中，符合小说所需要的情理之真。然而章学诚从史学的角度出发，对《三国志演义》的内容展开辨析，试图为其中虚构的成分划分大致的比例。他认为小说与历史各有特点，一个纯属虚构，一个力求征实，因而很容易辨别，而《三国志演义》对史实的处理却介于二者之间，如此实中有虚，会误导读者，以致径将其中的虚构的成分当作真实的历史来看。特别是不了解三国史实的读者，极易被小说塑造的情节所惑乱。因此，章学诚所批评的，恰恰是《三国志演义》作者所强调的遵从史实的创作原则。那么我们如何看待史料处理中的"七实三虚"及其带来的历史真实与艺术真实的冲突呢？

如果回归到小说创作所凭借的历史材料，可以发现，在小说家笔下浓墨重彩描绘的，往往是历史语焉不详之处，如三顾茅庐、桃园结义等，本就缺少相应的材料可资证实。其中也有不少与历史细节相抵牾之处，如"温酒斩华雄"的经典片段，在历史上的主人公实为孙坚。而重要史实的移花接木，更反映出小说作者的情感倾向。如历史上赤壁之战的主要人物为孙吴集团，草船借箭的主角也为孙权，在小说中，这些史实悉数转移到刘备、诸葛亮身上，突出了蜀汉集团在这场著名战役中的作用，以及诸葛亮运筹帷幄的智慧。

这一艺术虚构是否与三国故事在民间的长期流传有关？从三国故事的演化来看，《三国志演义》是文人化的创作，在一定程度上实已偏离了民间叙事传统。杜宝在《大业拾遗记》所记载的隋代戏曲表演中，与"三国"有关的演出就包括了曹操谯水击蛟、刘备檀溪跃马的内容，体现了民间艺人对历史故事的渲染与想象。晚唐李商隐曾写下《骄儿》诗记录当时的儿童观看三国故事的场景，写他们"或谑张飞胡，或笑邓艾吃"，这些历史人物的形貌特征在民间传说中已有生动的反映。而宋代的"说话"艺术更对三国历史进行了大量改动，当时有"说三分"的专门科目和专业艺人，虽然众多的话本未见流传，但这些艺人主要以尊刘抑曹为情感倾向加工三国故事，从《三国志平话》中就可见一斑。

现存早期的三国讲史话本，元至治年间建安虞氏刊印的《三国志平话》和内容大致相同的《三分事略》，在叙事中突出了蜀汉阵营的主导性，其中的情节框架大致依据史传，采用了大量的民间传说。诸葛亮的形象与历史记载差异很大，乃至变成了一位带有半神半人色彩的英雄，甚至具有挥剑成河、撒豆成兵的神仙法术。神异色彩的注入加强了诸葛亮形象的虚构性和传奇性。这样的情节相对于史传而言，改动的幅度是相对显著的。一般读者即使没有读过《三国志》中的《诸葛亮传》，也很容易分辨虚构与真实的成分。

在《三国志演义》中，诸葛亮的形象又复归为《三国志·诸葛亮传》所刻画的儒雅睿智的谋臣，其中神异的成分被削弱，而历史真实感得到增强。此外，《三国志演义》有大量的文学加工和想象的成分，描写细腻生动，但作者并不是像民间艺人那样，强调故事的传奇性。《三国志平话》的开头司马仲相断狱，与结尾刘渊兴汉，讲述三国历史的因果，是富有民间宿命色彩的、冤冤相报的叙事。它没有任何史实依据，因而被摒弃不用。这样的处理原则也使《三国志演义》迥异于一般的通俗小说，俨然成了可资采信的纪实材料。作者遵从史实，将三国盛衰治乱、人物臧否出处叙述得明明白白，显示以文学叙事重构历史、"与经史并传"的愿望（陈继儒《叙列国传》）。

小说与历史在流传中的虚实混融，是中国古代小说发展演变过程中的一个重要现象。早在司马迁撰写《史记》时，就已指出《燕丹子》中不符合史实的神异情节："世言荆轲，其称太子丹之命，'天雨粟，马生角'也，太过。又言荆轲伤秦王，皆非也。"故而《史记·刺客列传》中的荆轲故事，没有采纳《燕丹子》的叙述，而后者实可被视为一篇完整独立的小说。因此，史传是小说文体的一个重要渊源，"史统散而小说兴"（《古今小说序》），当史传由纪实转为虚构，也就产生了小说。

《四库提要》"小说家类二"亦称："纪录杂事之书，小说与杂史最易相淆。"在史传中，也不乏像《竹书纪年》那样介于小说与历史之间的史书，令人真伪莫辨。《三国志演义》所依据的"三国"历史，主要为陈寿《三国志》及相关的注疏，这些史料中包含了大量生动的故事。如小说开头写曹操杀吕伯奢一家的情节，来自史传的记载。据《三国志》及注中的零星记载，关于三国历史事件的传闻，实包含着多种多样的叙事角度和不同的结论。曹操究竟为何要杀掉吕伯奢家人，是出于正当防卫，还是因为曹操的多疑？史料对此莫衷一是。在史传中，关于同一事件的叙述，由于叙述人的不同而出现变异，这样的情况十分常见，也增加了历史甄辨的复杂性。

小说作者对史料的采择，选取了最能突出曹操形象特征的、富于冲突性的视角，也即著名的一句"宁可我负天下人，不可天下人负我"，反映了作者对曹操鲜明的情感倾向。在此前的民间传说中，曹操的人物形象并没有得到充分的关注。《三国志平话》是以蜀汉政权为叙事中心，重点围绕刘备和诸葛亮来展开故事情节，因而对曹操的人物形象写得十分简略，这并不符合历史的真实。而《三国志演义》中的曹操，已跃居为全书最精彩的人物之一，在回目中曹操的名字就出现了三十多次，甚至超过了作为中心人物的刘备，这又是符合三国历史事实的改动。

从"羽翼信史"的创作态度出发，《三国志演义》对史料的处理与前代的《三国志平话》相比，历史真实性得到了显著的提高。这一对历史的复归，是以不损害作品的艺术性为前提的。因而"七实三虚"的创作手法，使之成为历史演义的成功典范。

2. "类型化"的人物塑造

《三国志演义》的人物形象塑造有一个鲜明的特点，表现为人物形象的高度类型化。小说家福斯特曾在他的《小说面面观》中提及人物形象的两种类型：一是扁平式的人物形象，也即类型化的人物形象，它高度集中，特征鲜明，相当稳定。第二种是圆柱式的人物形象，个性是立体化、多面的，较之扁平式的人物更加丰满，并表现为发展变化的过程，这是另一种人物形象的类型。

类型化人物，首先表现为人物外貌、身份大致相似。其次，他们身上还高度集中地体现了某一种道德观念、性格禀赋，且性格非常鲜明，描写前后统一、稳定，使读者受到极大的感染。毛宗岗在评点《三国志演义》的时候，提出三国人物的三绝："吾以为《三国》有三奇可称三绝：'诸葛孔明一绝也，关云长一绝也，曹操亦一绝也。'"一个是诸葛亮，是智绝，是智慧的化身，一个是关羽，是义绝，他身上是义这种道德观念的集中体现，还有一个就是曹操是奸绝，曹操是奸雄的一个代表。这里所说的，就是三个重要的人物类型。

类型化的人物个性，往往非常鲜明，一出场即令人过目不忘。如作为智慧化身的诸葛亮，不仅对蜀汉有着鞠躬尽瘁的忠贞，更以运筹帷幄的智谋成为小说中富于光彩的人物。"历稽载籍，贤相林立，而名高万古者，莫如孔明"，小说对诸葛亮智谋的刻画，在其刚出场时已极力渲染。"三顾茅庐"中的层层铺垫，充分展现了诸葛亮足不出户却了然天下大事的从容风度。当诸葛亮献上隆中对策，对天下形势侃侃道来，并提出应对之策，这一"智绝"的形象已经得到高度的强化而定型。

小说每次描写诸葛亮的出场，均不厌其烦地展示他过人的智慧，无论是战场上取得一系列的重大胜利，还是面对曹操的百万大军舌战群儒的勇气，乃至草船借箭、火烧赤壁以少胜多、以弱胜强的精彩片段，都从不同角度反复地强化这一既定的想象特征。哪怕当他陷入危险境地，依然能够知己知彼，镇定自若，以空城计化险为夷。对诸葛亮羽扇纶巾、运筹帷幄而决胜千里的军事指挥才能与智谋，进行了充分描写，集中展示了诸葛亮的智慧。

类型化形象有别于立体、复杂的人物形象，其性格是表里如一的。小说作者着意刻画了关羽超群绝伦的名将形象，写其"青史对青灯，则极其儒雅；赤心如赤面，则极其英灵"的禀赋与特征。关羽的外表"身长九尺，髯长二尺""面如重枣，唇如涂脂""丹凤眼，卧蚕眉"，其高大威严、霁月光风的外在形象与爱憎分明、磊落光明的个性是一致的。关羽曾秉烛达旦读《春秋》，

《春秋》一书以微言明大义，既体现了他作为武将的儒雅，也反映关羽其人深受传统忠孝节义的伦理观念影响。

小说以"千里走单骑"的情节来表达关羽重情重义的个性品质。关羽身在曹营，不论曹操如何恩宠礼遇、宴饮酬谢。他仍不负桃园之盟，一心想要找到自己的兄弟，故而千里走单骑寻找刘备。而在赤壁之战的最后，曹操一败涂地狼狈逃生，在华容道碰到了关羽。关羽驻守的华容道，是曹操逃路的最后一个关口。在此千钧一发之际，关羽碍于当年曹操对他的种种恩遇，把曹操放走了。"义释华容"是对关羽之义的正面描写，也是作者将关羽作为世人心目中"义"之化身的典型情节。从战争双方的立场与阵营来看，关羽放走曹操显然是一个容易引发争议的举动，如何看待这里的"义"呢？

对于关羽与曹操的关系，小说作者没有像塑造孔明一样，以曹操失败的大快人心来凸显关羽的神勇，而是通过"千里走单骑"的伏笔，刻画出个人情感与政治立场的冲突。当他身在曹营而选择毅然离开，是以桃园兄弟的情义超越了政治伦理。而在华容道上千钧一发之际，关羽作为汉室的将领，则又以曹操礼遇的恩情超越了战场的对立。这两处情节有其内在的一致性，都将关羽所信奉的"义"指向了一种绝对的道德品质。

类型化的人物也有别于变化的、成长性的人物，体现出前后性格的稳定性。曹操是小说所刻画的"古今来奸雄中第一奇人"，集中了阴险、刻毒、狡诈等负面性格特征。这一性格在曹操刚出场之时杀掉吕伯奢一家的细节中已经刻画得淋漓尽致，后来一系列的故事情节都表现曹操奸诈阴险的一面。小说还写他自小就有欺叔诳父的言行，表现其天性中的狡猾，一直写到曹操临死，还设下七十二疑冢，生怕他死后有人来盗墓。可见他的性格自始至终是一样的，没有发展变化的过程。这样的形象特征高度稳定地持续，使曹操奸雄的性格特征被固定下来，给人留下非常深刻的印象

《三国志演义》之所以形成类型化人物形象的书写，与其取材于史书有关，纪传体史书多以类来编排，区别忠奸，合成一类，这也是史书中常见的编撰思路。小说采用这样的方式，有助于起到道德教化的目的。人物形象越是鲜明，也越容易被大众接受。中国古代戏曲中脸谱的运用，也是人物类型化的一种具体表现。《三国志演义》中类型化人物塑造，有其特殊的审美价值与艺术贡献。

五、拓展资料

1. 罗贯中《三国志演义》，刘世德、郑铭点校，中华书局 2001 年版

2.《社会科学研究丛刊》编辑部《〈三国演义〉研究集》，四川省社会科学院出版社 1983 年版

3. 谭洛非《〈三国演义〉与中国文化》，巴蜀书社 1992 年版

4. 周兆新:《〈三国演义〉考评》，北京大学出版社 1990 年版

5. 河南省社科院文学研究所《〈三国演义〉研究论文集》，中华书局 1991 年版

6. 王丽娜《中国古典小说戏曲名著在国外》，学林出版社 1988 年版

第十一课

《西游记》: 神魔群像　映写人生

一、背景叙述: 走上神坛的取经之路

　　1449 年的"土木堡之变"是明代历史发展的一道分水岭，以此为转折点，有明一代的国势逐渐由盛转衰，权臣倾轧、宦官乱政、边患频繁、道德沦丧等诸多问题的产生正是对这一事实的印证，但是纵观整个中晚明时期的经济、思想、文学发展状况，它们还是取得了长足的进步。伴随着资本主义生产关系的萌芽，商品经济走向繁荣，商人阶层在整个国家和社会中的地位得到较大的提高；就思想界的情况来看，阳明心学突破了传统程朱理学对思想的禁锢，给沉寂多年的思想界注入了新的动力，以个性解放为特征的心学思潮席卷了整个中晚明时期；与此同时，各种文学流派先后形成、文学运动此起彼伏，从文学的创作实践到理论总结都为中国文学的优美画卷增添了一道亮丽的风景线。

　　随着通俗文学在明代中后叶的繁盛，以诗文为正统的文学创作格局正在悄然发生改变。就通俗小说的创作而言，从嘉靖至万历年间，"四大奇书"陆续以其较为成熟的写定本形式刊行出版，以此为契机，通俗小说掀起了它在中国文学史上的第一个创作高峰。

　　万历二十年（1592），作为"四大奇书"之一的百回本《西游记》首次由南京书坊世德堂刊行，署为"华阳洞天主人"校、陈元之序。这是"西游故事"在经历了漫长的世代累积创作之后所形成的一个较为完整的写定本形式。百回本《西游记》的出现，不仅标志着中国古代神魔小说创作的成熟，也为明代通俗小说题材的拓展起到了示范作用。

　　《西游记》的故事源于唐代僧人玄奘赴天竺（今印度）取经的史实。玄奘归国后，口述西行见闻，由弟子辩机写成《大唐西域记》，该书记载了玄奘取经途中的艰险和异域风情。而玄奘另外两名弟子慧立、彦悰所撰的《大唐大慈恩寺三藏法师传》则对玄奘取经事迹作了夸张的描绘，并插入一些带有神话色彩的故事。此后，随着取经故事在社会中的广泛流传，其虚构成分也日渐增多，成为民间文艺表现的重要题材。在戏剧方面，宋代的南戏有《陈光蕊江流和尚》，金院本有《唐三藏》，杂剧有元代吴昌龄的《唐三藏西天取经》、元末明初无名氏的《二郎神锁齐天大圣》、杨景贤的《西游记》。这些剧作与小说《西游记》的关系难以确定，但足以证明取经故事在社会上已广为流传。话本中，元代刊本《大唐三藏取经诗话》是较早的一种。它篇幅不大，宗教色彩浓厚，情节离奇而比较粗糙，但已具备了小说《西游记》故事的部分轮廓。书中有猴行者化为白衣秀士，神通广大，作为唐僧的保驾弟子，一路降妖伏魔，这就是《西游记》中孙悟空的雏形。书中的深沙神则是《西游记》中沙僧的前身，但文中还没有出现猪八戒这一形象。比较完整的小说《西游记》，至迟在元末明初已经出现。原书已佚，但《永乐大典》13139卷"送""韵""梦"条目下引《梦斩泾河龙》故事，标题即为《西游记》，其内容与现存百回本第九回前半部分基本相同。古代朝鲜的汉语教材《朴通事谚解》中也概括地引述了"车迟国斗圣"故事的片段。书中还有八条注文，介绍了取经故事的主要情节，与今传百回本《西游记》十分接近。其中已有孙悟空出身和"大闹天宫"的故事，而且由"魏征斩龙"过渡，与取经故事连接。人物方面，深沙神已演变为沙和尚，并出现了黑猪精朱八戒。据此可以推测，元人的《西游记》已具有相当规模，并奠定了百回本《西游记》的基本骨架，只是描写还不够精细。

　　伴随着"西游故事"从历史向文学的转型，玄奘取经的历史史实逐渐地被小说、戏剧的文学叙事所淡化，取而代之的是虚构的引人入胜的取经路上除妖斗法情节和性格鲜明的人物塑造，故事中的核心人物也由历史上的唐僧向文学中的孙悟空转移。

　　《西游记》问世后，出现了《后西游记》《续西游记》等续作，内容主要是对《西游记》中的故事做了补续和修正，明人董说还取其一端，翻衍出一部讽刺小说《西游补》，揭露明末官场生活中的丑恶现实。在《西游记》的影响下，很快也出现了一些模仿之作，如《北游记》《东游记》《南游记》三部小说问世，明代书商余象斗将这三部作品与杨本《西游记》并作一书，名曰《四游记》。此外明人许仲琳还撰写了《封神演义》（一云陆西星撰）与之争胜。这些创作在文坛上掀起了一股神魔小说的热潮，直至清末不衰，但从思想内容和艺术水平上来看，这些作品均未达到百回本《西游记》的高度。

二、小说鉴赏：《西游记》的现实人生意蕴

《西游记》中，多层次、多角度地展示了人性，包含着丰富的现实人生意蕴。数百年来，《西游记》为一代又一代广大读者所喜闻乐见的一个重要原因便是，这一神魔故事中的非凡人物和英雄形象所展现的性格与魅力，正对应着人们生命中的人性模式、性格特征与人格理想，其性格弱点与矛盾也是现实生活中常人的性格弱点与矛盾的艺术体现。

唐僧，这位有几分糊涂、有几分胆小和软弱的取经人，一双求索的慧眼却始终坚定地注视着前进的方向。多少次在鬼怪面前吓得魂飞魄散、栽下马来，在妖魔变幻的温柔乡里狼狈窘迫，手足无措，没有抗争搏击之力，却始终威武不能屈，在险山恶水中义无反顾地向前跋涉，不改其赴西天取经的初衷，没有过一丝一毫的犹豫和动摇。不幸的身世，多难的人生，成就了他广被天下的慈悲心怀，身处繁华盛世，却始终眷注着天下苍生，为了普度众生，他以舍身饲虎的忘我精神和无畏的勇气毅然踏上了取经的征程，不管前方有怎样的艰难和未知的凶险。在东西方文化史上，我们一再看到像先秦的儒墨和西方的圣徒那殉道者的身影，他们忘我献身的热诚和上下求索于漫漫长路的斑斑行迹，永远留于天地之间，焕发着永恒的光辉与影响力。圣徒有凡人的弱点，而凡人也有圣徒的追求，这正是唐僧对应于我们的心性、唐僧吸引着我们的视线的重要原因。

在取经队伍中敬陪末座的沙僧，显得木讷、敦厚、沉默寡言，与师兄们相比，本领要逊色、平庸一些。然而一路默默相随，忠心耿耿，从无怨言，时或以大局为重，仗义执言，或执中调和，息事宁人，不苟言笑，心如止水，颇有君子之风，是取经团队中不可或缺的中坚与骨干。而猪八戒，则是《西游记》这部洋溢着浪漫主义精神的巨作中鲜明地体现了现实主义倾向的人物形象。这位天河水神，天蓬元帅，只因凡心偶炽，而触犯天条，被罚贬

下界投胎为猪，食肠宽大，而凡心不改如故。作者让其终成正果，为净坛使者，尽够受用。"食色，性也。"[1]"饮食男女，人之大欲存焉。"[2] 在唐僧师徒四人中，八戒是最富于人性与人情味，最贴近凡人的形象。第七十六回中写八戒在取经途程过半，去灵山已无多路时，还暗自积攒私房钱，将平时从"牙齿上刮下来的"五钱碎银子，"央了个银匠煎在一处"，得四钱六分一块马鞍儿银子，塞在左耳朵眼儿里藏着。第十九回写八戒离开高老庄去西天取经时，还关照高老："好生看待我浑家，只怕我们取不成经时，好来还俗，照旧与你做女婿过活"，"只恐一时间有些差池，却不是和尚误了做，老婆误了婆，两下里都耽搁了"。一路上多次要分行李散伙，回高老庄。一直到第九十五回，已近西天，八戒竟还"动了欲心"，把嫦娥仙子一把抱住道："姐姐，我与你是旧相识，我和你耍子儿去也。"他有时临阵脱逃，有时又奋力向前；他贪吃贪睡，常常偷懒，但一路上累活粗活脏活，又多非他莫属；每每扯谎耍滑，却总被悟空一一戳穿，弄巧成拙；他有时面对妖魔告饶服软，虚与周旋，却仍不失其英雄本色。他是取经队伍中的最不坚定分子，但毕竟还是坚持走完了全程。猪八戒是一面镜子，我们对此可以照见自己的些许弱点和本相，会心一笑中，更觉其可笑、可爱、憨态可掬，妩媚动人。

美猴王孙悟空，乃是感受天真地秀、日精月华，化育而成的一个石猴，是"宇宙之精华，万物之灵长"。他是天地自然无心的杰作、无情的产物，却又是有情的生命，有强烈生命意志的人与神。既然食色诸性已由他的大师弟八戒全力承当与努力戒止，那么，法名悟空的灵猴已超越诸类色相，作者让其禀赋另一层面的人性和强烈的生命意志。悟空天性喜欢迎接挑战，期望遇上强有力的对手。第十八回中，悟空一把扯着高才不放，因为"问了别人没趣，须是问他，才有买卖"。及至降了八戒，临行之际，悟空随手抓了把高老所赠散碎金银与高才，要他"以后但有妖怪，多作成我几个，还有谢人处哩"。一路上，倘前有妖魔，他便喜不自禁，抖擞精神，跃跃欲试，大显神通，至西天取经功成，而为"斗战胜佛"，真是一位与天奋斗、与神奋斗、与魔奋斗而其乐无穷的英雄。作者写他爱逞能、卖弄手段，常常捉弄八戒，喜

---

① 《孟子·告子》上，杨伯峻译注《孟子译注》，中华书局1960年版，第255页。

② 郑玄注，孔颖达疏《礼记正义》卷二二《礼运》，《十三经注疏》下册，上海古籍出版社1997年版，第1422页。

欢夸耀自己"大闹天宫"的壮举，而不愿让人提及他当"弼马温"，替玉帝养马的往事，体现了人性中可爱的弱点。而悟空乐观向上，诙谐幽默，不畏险阻艰难，一往直前，疾恶如仇，扶危济困，同情贫弱，则也在在处处显现着人性的良善与光辉。

悟空形象与心性中最大的矛盾是：他天性活泼好动，精力弥满，桀骜不驯，却一再地受到镇压、拘管，乃至第十四回《心猿归正》被骗戴上了金紧箍，以收其放心，再也摘不下来了。他生来天不管，地不收，具有强烈的叛逆性格，藐视天堂与人间的现存秩序，并且发起了激烈的抗争与挑战，以捍卫自己的尊严，谋求自由自在的生活。但与此同时，他又认同和接受了天上人间诸如"强者为尊"之类的信条，最终成为归正的心猿，回头的浪子，融入了天上人间的秩序与体系之中。悟空形象的上述矛盾正对应着人性中的深刻矛盾，我们在意识深层、内在心性中或多或少都有唐僧所说"野性未除"的成分，有上述的猴性与野性，但却无法超越和违背自然人生发展变迁的必然规律，我们必须认同和遵循人间的道德律令与秩序，也不可能随心所欲地约定游戏规则。我们男女老少每一个人都喜爱大闹天宫的孙悟空，却不得不无奈地接受作者让他融入天国的秩序与体系之中的最终安排，正是出于同样的原因：野性的呼唤和对自由的渴望是人类的天性，而文明与秩序却是人类生存与发展的必然要求，是人与人组成社会的必然结果。我们，成人与孩子，都只能在孙悟空的大闹天宫中得到叛逆的快意和幻想中的满足，又不得不受到自然法则的支配和道德律令的制约，这是我们的宿命，也是人类走向文明、不断进化必须付出的代价。

孙悟空，这个自由的精灵，从诞生伊始，便不愿"受老天之气"，"不入飞鸟之丛，不从走兽之类，独自为王，不胜快乐"，"不伏麒麟辖，不伏凤凰管，又不伏人间王位所拘束，自由自在"。一旦想到"今日虽不归人王法律，不惧禽兽威服，将来年老血衰，暗中有阎王老子管着，一旦身亡，可不枉生世界之中，不得久注天人之间"，便"忽然忧恼，堕下泪来"（见第一回）。为此，他孤身云游海角，远涉天涯，参访仙道，漂泊十数个年头，方得师从菩提祖师。又经十余年学道，方"悟彻菩提真妙理"，会了筋斗云和七十二般变化（见第二回）。继而往东海龙王处讨借兵器，打入阴司，"把猴属之类，但有名者，一概勾之"，并向阎王宣称："今番不伏你管了！"（见第三回）从而引发与天庭的冲突，直至大闹天宫。一直到第一百回，孙悟空得正果成佛后第一件事，便是要唐僧"赶早儿念个松箍儿咒，脱下来，打个粉碎，切莫叫那甚么菩萨再去捉弄他人"。可以说他一直在为自由而搏战。然而，他甫称猴王，便"分派了君臣佐使"，众猴"即供伏无违，一个个序齿排班，朝上礼拜，都称'千岁大王'"。他以"强者为尊"为由，要玉帝"将天宫让与我"，信奉"一日为师，终身为父"的伦理原则，便是悟空性格中深刻矛盾的反映。

从天生石猴，"会行走跳跃，食草木，饮涧泉，采山花，觅树果，与狼虫为伴，虎豹为群，獐鹿为友，猕猴为亲"，"山中无甲子，寒尽不知年"，尽情玩耍游戏，到知道学人穿衣裳遮羞，"学人礼，学人话"，"一心里访问佛仙神圣之道，觅个长生不老之方"，称王称圣，并为此反上天宫，直至被如来镇压在五行山下，又被戴上金紧箍，最终修得正果，取经成佛，这是一个漫长的野性渐除，由猴演进到人到神佛的动态过程。其实，这个神话故事所讲述的不正是人类从混沌初开的蛮荒时代走向文明社会的过程，不正是一个个体生命从呱呱坠地、牙牙学语、蹒跚学步到学会揖让周旋、为官长或家长的过程吗？在人性的结构模式中，既包含了自然性，即动物性、野性的因素，又包含了社会性。人类社会从原始状态到文明社会，个人从天真烂漫、笑啼自如的孩童到慎言慎行、中规中矩的成人，正是自然性逐步内隐，社会性渐次加强的过程。人的社会性逐渐取得了对动物性、野性的控制权，但后者又始终伴随着人的生命、情感与行动，从显意识或潜意识的层次、以隐秘的方式影响着人们的行为。自然性与社会性的相互矛盾、冲撞和相互补充与融合，便构成了充满矛盾、丰富复杂的人性。因此，我们也许可以把孙悟空的形象看成一种象征，将美猴王的故事当作一则寓言。因为，我们每一个人都像美猴王一样，无论是愿意还是不愿意，无一例外或迟或早都得戴上金紧箍，所不同的只是：美猴王戴的是有形质的，我们所戴的是无形无影的；美猴王是师父骗他戴的，一戴上就顿感痛苦不适，却又无可奈何，而我们被戴得不知不觉，毫无痛苦不适之感，甚至不知道是何时戴上的，是始于母亲慈爱的劝勉、父亲严厉的训诲，还是始于诵读《三字经》、跳跳蹦蹦上学堂和老师循循善诱的教导？而且一旦戴上，也和美猴王一样，是松不成、摘不下来的。《西游记》第一百回悟空要师父为自己除去紧箍，"唐僧道：'当时只为你难管，故以此法制之。今已成佛，自然去矣，岂有还在你头上之理？你试摸摸看。'行者举手去摸一摸，果然无之"。至此，有形质的紧箍已化入美猴王的心性、精神与血肉，已成为他自然而然遵循的律令与法则。无边的佛法既已成为悟空心内的自然，放心已收，心猿既已归正，有形的紧箍自然就可以化去了。这难道不正是《论语·为政》中孔子所云"不惑""知天命""耳顺""从心所欲不逾矩"吗[①]？

先秦儒家、道家学派的创始人孔孟和老庄，面对当时战祸频仍、天下大乱、民不聊生的现实，开出了不同的治世之方。老庄主张回到结绳而治，小国寡民，人们无知无欲的天真、朴素、自然的原始状态。老子认为："天下皆知美之为美，斯恶已；皆知善之为善，斯不善已。"（《老子》第二章）他崇尚"赤子"境界和"婴儿"状态，向往"沌沌兮""如婴儿之未孩"的境界（第二十章）。他指出："含德之厚，比于赤子。蜂虿虺蛇不螫，猛兽不据，攫鸟不搏。骨弱筋柔而握固，未知牝牡之合而朘作，精之至也。终日号而不嗄，和之至也。"（第五十五章）因此，他主张："复归于婴儿。"[②]（第二十八章）庄子也有相似的论述。而孔子则向往周公之治，主张克己复礼，以礼乐刑政制度匡救天下，整合与恢复社会秩序，引导和影响世态人情。儒家正心、诚意、修身、齐家、治国、平天下的学说与模式，其基本精神正是通过对人的心性的控制、调节和规范，实现天下大治、天下归仁的社会理想。一部《论语》，所论述的基本内容便是怎样做人，只要看其中的《乡党篇》，从日常生活的饮食起居，到在朝典礼的进退揖让，详细地阐述了一整套的行为规范，具体到在朝的步态表情和在家的食不语、寝不言、肉不方正不食。孔孟与老庄儒道两家所论虽指向不同，却各有其现实针对性与合理性。

从本质上说，老庄是真正的诗人，而孔孟则是清醒的现实主义者。人们渴望自由，渴望激情，渴望无拘无束，纵横驰骋，释放和实现自己强烈的生命意志，然而，人又只能生存于人与人所组成的社会之中，人与人之间的差异，生命意志与欲愿之间的矛盾与冲撞，呼唤着社会法则与道德律令的产生，来调和与化解这种矛盾，以维护一定的社会秩序与人类文明，这就决定了前述渴望实际上决不可能充分和完全地得到实现。孔孟清醒地看到了这一点，他们认定，人注定没有绝对的自由，这是人类为文明与发展必须要付出的代

①　《论语·为政》，杨伯峻《论语译注》，中华书局 1980 年版，第 12 页。
②　《老子道德经》，《百子全书》第八册，浙江人民出版社 1984 年版。

价。因而，他们呼唤理性，强调礼义，主张以外在的礼仪规范与制约人的行为，以诗歌、音乐等文学艺术来陶冶和引领人的心性，使其将仁义道德作为内心的自觉追求，在强化后的习惯中将规矩方圆、礼仪规范化为自然行为，从而将人们纳入公平的、合理的、良性的社会秩序之中。

问题在于，人类社会与文明虽然处在不断发展与完善的动态过程中，却远未臻于十全十美的形态。即如孔子最美好的社会理想"仁"，便是人与人（二人）之间和谐相处的理想状态，但在封建时代实际的社会生活与伦理实践中，君臣、父子、夫妇间的地位、人格并不是对等、平等的，和谐的社会表象是以否定和牺牲一方、成全另一方来取得的。而且，人类社会与文明的每一个进步，都要付出相应的代价。就像美猴王要寻访仙道，由猴进化到神（人），就要离开他的"花果山福地，水帘洞洞天"，亚当、夏娃要得到智慧，睁开眼睛看世界，知道善恶、美丑，知道羞耻，就要被逐出伊甸园。其实，孙悟空的花果山，也就是亚当、夏娃的伊甸园，人类向自己的理想世界每接近一步，与自己原初的伊甸园就更远一分。因此，老子、庄子和《圣经》的作者一样，为人类失去伊甸园而深深地叹惋，似乎觉得人类为文明与进步付出的代价过于巨大了。老庄似乎宁愿将智慧之果归还给上苍，宁愿回到无知无欲，无智无识，不分美丑、善恶的本真、朴素的原始混沌的自然状态中去。

人类不能不向前进步，进化到更高的文明，但人类又总是"野性未除"，作为最高级的灵长动物，人类也不能没有了野性。没有野性，就没有了生机与生命的活力，这也许是人类自身最大的矛盾与问题。孔孟注视着人类文明与秩序的前进和发展，老庄关怀着人类生命与心性的和谐和自在。这正是孔孟与老庄的最大差异，也是儒道两家之所以形成对立、互补关系的内在的必然与根本的原因。人类不能没有美丽的梦想、浪漫的激情、酣畅的迷醉和近乎疯狂的野性，然而，又不能让激情的洪流、迷狂的野性冲毁社会文明与秩序的堤坝，违反社会成员应普遍遵循的行为法则与道德律令，违背大自然与社会发展的客观规律，因此，人类创造和发展了艺术神话与竞技体育等，让人的想象和力量在艺术的天地里、竞技的赛场上纵横驰骋，只要人类一息尚存，就永远会给自己保留让生命之火热烈、充分燃烧的自由空间。

我们喜爱大闹天宫的孙悟空，因为美猴王的天性与我们的心性最隐秘的深层有着神奇的对应，他让我们依稀仿佛可以窥见我们人类的始祖或我们自已过去的影子：新鲜、芬芳、活泼、顽皮、精力弥满。我们相信：《西游记》的作者，一定是一位精力弥满，具有极强生命意志的人。通过美猴王的形象，我们可以感受到作者澎湃的激情和美丽的梦想，同样，也在艺术想象中编织与回味着我们的梦想。然而，我们心目中的英雄美猴王，和我们自己一样，终究都要被套上有形或无形的紧箍，并将其（社会法则与道德律令）化入自己的血液、生命和精神、意识之中，最终达到"从心所欲不逾矩"的境界，这是我们融入和进化到文明与秩序的必然结果和必须付出的代价。也许可以说，中国古代文士正是生活在孔孟之道的背景和框架之中，同时又以老庄佛家之道的旋律与韵调舞蹈着，历千百年。由此看来，美猴王的故事是一个深刻的寓言、永恒的象征和耐人寻味的隐喻。《西游记》便是在上述背景与框架中的又一次美的舞蹈。

《西游记》的隐喻、象征意义不仅体现在美猴王形象上，而且体现于取经团队历九九八十一难终得正果的故事之中。唐僧师徒穿越重重关山，经历种种劫难，不断与身外之魔和心中之魔搏战，最后终于取得真经，这不正是人生历程与人类成长发展历史永恒的象征吗？读着《西游记》中那一次次的磨难与搏战，使人联想到美国作家海明威的《老人与海》，老硬汉桑地亚哥在茫茫大海上先是与大马林鱼、后与一群大鲨鱼进行了一个回合又一个回合的惊心动魄的搏斗，读这样的作品，恰似聆听贝多芬《命运交响曲》那如大海怒涛般一波又一波向命运发出挑战，一浪接一浪向高潮更高潮冲击的雄浑的交响。在我们看来，这些伟大的作品都是整个人类或个体生命奋斗历史与心灵历程的不朽的象征。而唐僧师徒初到灵山取得的无字真经，也使我们很自然地联想到桑地亚哥拖回岸边的大马林鱼那空空的骨架，这又是意味深长的隐喻。宇宙间万事万物，有成必有毁，我们个体的生命、我们的属类，乃至我们的星球都有已知或未知、不问而可知的哲学意义上的终极。人生的意义并不仅仅在最终的结果，更在搏击奋斗的漫长过程本身。

西游的路是漫长的，坎坷不平、充满艰难险阻的，却又是精彩纷呈、风光无限、引人入胜的，那是我们每一个人都必然面对、必须跋涉的单程旅途。无论我们是如唐僧般自觉肩负神圣使命的圣徒，还是如美猴王那样充满斗志、天才盖世的英雄和战士，也无论我们是如八戒般犹豫顾盼、三心二意的跟随者，还是如沙僧般默默跟随、坚定向前的行进者，我们都必定要一直向前走下去。儒家的学说、道家的精神、佛家的真谛，都通过《西游记》作者所讲述的取经故事向我们启示了这一切。

三、要点提示

1.《西游记》版本、作者问题的辨析

从《西游记》的成书历程来看，"西游故事"在不同的历史时期曾被多种文学艺术样式加工改造过，它是历代民间艺人与部分文人集体创作的产物，在创作与传播的互动过程中，作品存在过"各本并传，优劣互见"的情况。

刊刻于万历二十年（1592）南京的世德堂本《西游记》是现存最完整的、可能也是最早的百回本《西游记》，其文本中还保留着一些旧本《西游记》的演变痕迹。在百回本《西游记》成书之前，小说经历了一个漫长的演变过程。这期间"西游故事"有过多次的增订和删改，产生了不少的版本，如古代朝鲜教科书《朴通事谚解》中所引的《西游记平话》、朱鼎臣的《唐三藏西游释厄传》等作品，它们大多数都刊行于百回本《西游记》之前，与百回本《西游记》的成书有着密切的关系。

据孙楷第先生在《中国通俗小说书目》卷五《明清小说部乙》中的介绍，明代刊刻的百回本《西游记》存有两个版本系统：

一是华阳洞天主人的校本，现存三个刊本：《新刻出像官板大字西游记》二十卷一百回，明金陵唐氏世德堂刊本。《鼎锲京本全像西游记》二十卷一百回，明万历间闽书林杨闽斋刊本。《唐僧西游记》二十卷一百回，具体出版时间、地点不详。以上三本，皆题"华阳洞天主人校"，首秣陵陈元之序。

二是李卓吾的评本，仅存明刊大字本《李卓吾先生批评西游记》（一百回不分卷），首袁韫玉序。

不论是华阳洞天主人的校本还是李卓吾的评本，这二者都没有"陈光蕊逢灾、江流儿报仇"这一情节，这是它们与后来清代以来流行的各种刻本在内容上的一个重要差别。除此以外，我们看到在百回本定型以后，清代以来的各种版本所存有的区别只是少量诗词的差异和局部细节上的增删。

在《西游记》版本源流问题上争议最大的要数自"五四"以来人们对世德堂本《西游记》、阳至和（清刻本作杨致和）《西游记》、朱鼎臣《唐三藏西游

释厄传》这三个版本之间关系的辨析。最早将《西游记》的版本源流问题作为一项课题来研究的是鲁迅，他在《中国小说史略》中提出"一百回本《西游记》，盖出于四十一回本《西游记传》之后"。

而针对鲁迅的"杨本—世本"由简至繁一说，胡适则提出相反的看法。他在1931年写的《跋〈四游记〉本的〈西游记传〉》中论道："《四游记》中的《西游记传》是一个妄人删割吴承恩的《西游记》，勉强缩小篇幅，凑足《四游记》之数的。《西游记》小说篇幅太大，决不能和其他三种并列，故不能不硬加删割。但《西游记》行世已久，删书者不敢变动书中故事，故其次第全依《西游记》足本。"

但是囿于材料的限制，不论是鲁迅还是胡适在当时都还没有看到朱鼎臣的《唐三藏西游释厄传》，其研究范围仅限于对"世本"与"杨本"的关系辨析。随着后来新材料的发现，这一问题得以进一步深入，在《西游记》版本源流问题上的研究也转入了对世本和杨本、朱本三者关系以及其他版本问题的探讨上来。

1932年孙楷第在《日本东京所见小说书目》一书中提出朱本和杨本都是出自吴承恩的百回本《西游记》，其三者的关系为"世本—朱本—杨本"。

1933年郑振铎撰写《西游记的演化》一文，在对世本、杨本、朱本的回目和文字仔细对勘之后他认为："朱、杨二本，当皆出于吴氏西游记。而朱本的出现，则似在杨本之前。"其观点也得到了鲁迅的认同，这一看法后来几乎成了文学史上的定论。

此后澳籍华人学者柳存仁同样是通过对文本的精心对勘又提出"朱本—杨本—世本"一说。而杜德桥（G.Dubridge）则提出商榷的意见，他认为三者的关系应是"世本—杨本—朱本"，他的观点与后来李时人在这一问题的结论是一致的。80年代后陈新又立新说，认为这三者的关系为"杨本（古本）—朱本（吴本初稿本和杨本的捏合本）—世本（吴本定本）"。时至今日，亦有不少学者对这一问题继续探讨，世本、朱本、杨本这三者的关系如何，是否存有过吴承恩的写本，是否还有过词话本形式的《西游记》，这些问题还有待我们深入研究。

长期以来，人们一直都把《西游记》（即百回本《西游记》）的著作权归属于吴承恩，这一论断似乎已成为文学史上一个不争的事实，然而随着1983年

《社会科学战线》第4期上章培恒《百回本〈西游记〉是否吴承恩所作》一文的发表，这一由鲁迅、胡适、赵景深等学者所开启的"作者吴承恩说"首次受到了动摇。

据现存文献资料可知，明代刊行出版的百回本《西游记》都未署有作者的名字，此后清代某些学人曾认为全真教道人丘处机是《西游记》的作者，对这一说法清人纪昀、钱大昕已给予了否定。在鲁迅之前，清人吴玉搢的《山阳志遗》、丁晏的《石亭记事续编·淮阴脞录自序》和阮葵生《茶余客话》已经初步确认《西游记》的作者为吴承恩。后来鲁迅在《中国小说史略》一书中进一步加以确证，而他们得出结论的依据主要又是来自天启年间的《淮安府志》中《艺文志·淮贤文目》里的一段记载："吴承恩《射阳集》四册□卷，《春秋列传序》，《西游记》。"

但是从现在的分析来看，《淮安府志》中所记载的《西游记》很有可能是同名的一部游记作品，但鲁迅等人并没有进一步加以辨析以致产生了以讹传讹的后果。此后很大程度上又因为鲁迅在学术史上的地位与影响使得他在《中国小说史略》中提出的《西游记》为吴承恩所作一说差不多成了此后文学史上的定论，影响十分深远，时至今日它仍然是《西游记》作者问题的主流界定。

其实在章培恒之前，对于《西游记》的作者问题日本某些学者已提出异议，如小川环树、太田辰夫等人。在此基础上，着眼于对"作者吴承恩"一说所依据的文献材料的考察，以及对小说中出现的方言、地名问题的辨析，章培恒认为《西游记》不是吴承恩所作，他的结论是：

> 明清的各种《西游记》刊本没有一部署明此书是吴承恩所作：天启《淮安府志》虽有"吴承恩《西游记》"的著录，但并未说明《西游记》是通俗小说，而且，天启《淮安府志》的编者是否会著录一部通俗小说也是问题；复参以《千顷堂书目》，吴作《西游记》当是游记性质的作品，大概是记述其为荆府纪善时的游踪的；书中的方言，情况复杂，根据现有的材料，只能说长江北部地区的方言是百回本以前的本子就有的，百回本倒是增加了一些吴语方言，因此，它不但不能证明百回本的作者是淮安人吴承恩，倒反而显出百回本的作者可能是吴语方言区的人；

至于其他几条欲以证明百回本《西游记》为吴承恩所作的旁证，似也都不能成立，有的甚至可用为非吴承恩作的旁证。

自章培恒此文发表以来，以此为契机，围绕着《西游记》作者问题的学术论争从20世纪80年代初一直延续至90年代中后期，前后加入这场论争的学者约几十人，其观点不外乎分为这么两派：一是支持吴承恩说的"保吴派"，如苏兴、吴圣昔、蔡铁鹰、陈澉等人；另一则是反对吴承恩说的"反吴派"，如章培恒、黄永年、杨秉祺、张锦池、李安纲等人。除此以外，更有学人对《西游记》的作者提出新解，如丘处机、陈元之、李春芳等人都曾被纳入考察的范围之中。

版本问题和作者问题是《西游记》研究的一个基础性工作，随着对文本的深入研究、学术视野的开拓以及新材料的发现，我们对这两个问题的探讨还将进一步深化下去。

2.《西游记》艺术构思的喜剧精神

《西游记》是中国古代神魔小说的翘楚、浪漫文学的代表，创作者以其丰富的艺术想象力建构了一个光怪陆离的神话世界，也塑造出以孙悟空、猪八戒为代表的一批性格鲜明、影响深远的文学形象，数百年来一直为人们所喜闻乐见。从文学接受与传播的角度来看，《西游记》之所以能在后世文学中产生这么大的文学效应，这主要在于小说对人物形象的成功塑造和饶有生趣的情节设置，而贯穿于其中的喜剧精神则是整部小说艺术构思与审美趣味的最大特征。

《西游记》的故事内容主要是由两个部分所构成：一是孙悟空的大闹天宫；另一则是唐僧师徒的西天取经，这其中又包括了取经的缘起故事和在取经途中的八十一难。从小说情节的安排设置来看，它充满着喜剧意味，小说不仅精心构置了各种人物之间的喜剧冲突，而且运用细致入微的笔触，展开充满诙谐情调的细节描写，以达到强烈的喜剧效果：第七回写孙悟空在如来手指边撒尿留名，而后还在如来面前自鸣得意吹嘘的场面；第四十五回写孙悟空、猪八戒、沙僧捉弄虎力、鹿力、羊力三仙，骗他们喝尿的情节；第六十二回写孙悟空为了骗取芭蕉扇变成牛魔王，哄得铁扇公主撒娇呈媚、温情偎倚的一幕……除此以外，小说中唐僧被招亲的尴尬情节，猪八戒那些引人发笑的举措和呆头呆脑的语言，这些内容都是《西游记》故事情节诙谐幽默与戏剧性效果的体现。

小说情节展开的同时也是人物形象性格不断展露的过程。小说充分发掘人物性格中的喜剧因素，展开了正与邪、善与恶、美与丑、真与假等各种矛盾冲突，使书中的情节既离奇曲折、引人入胜，又充满喜剧气息。《西游记》中的人物往往是人、兽、神三者的结合，是生物性、社会性和神异性的体现，同时又富有幽默感，读之使人忍俊不禁。

人物形象是小说艺术表现的感性因素，在《西游记》故事里，孙悟空这一形象无疑是西游人物中最具有艺术感染力、最富有灵性的一位。他虽为唐僧的徒弟，实际上却是全书的第一主角，他出入三界，大闹天宫，一路上除妖伏魔，为取经事业保驾护航，厥功至伟。创作者既赋予了这一形象勇敢、机智、乐观、豪爽、嫉恶如仇、勇于反抗、意志坚强、胸怀坦荡、有情重义、忠于取经事业等精神品质，同时又写出了他高傲自大、逞强好胜、爱慕虚荣、急躁顽皮、爱捉弄人，以及思想上的男尊女卑等性格特点。我们看到，小说中常常以孙悟空的角度和口吻对人物进行品评，如他对猪八戒呆痴的揶揄，对唐僧迂腐的嘲笑，对各路神仙妖魔的恣肆戏谑，戏称观音"该她一世无夫"，甚至当面称如来佛祖是"妖精的外甥"。小说一方面用轻松幽默的笔调刻画他机智、豪爽、风趣的性格和任何时候都不气馁的乐观精神，另一方面又对他秉性高傲等性格缺点进行了善意嘲讽，而以褒奖为主，使这个正面的英雄人物富有人情味和真实感。小说在描绘这个艺术形象时，常常用充满喜剧性的情节和语言，使其成为小说中最具光彩、最富感染力的人物之一。

与孙悟空这一积极性的喜剧形象相反，在取经队伍中猪八戒则是以一个丑角形象出现的，小说中对猪八戒这一喜剧形象的塑造往往是以一种被动的方式来展现的。他有着猪的外部特征和生理习性：长着大嘴巴，大耳朵，身体粗壮，肚皮很大，头脑简单，好吃懒做……在猪八戒身上所体现出来的性格劣根性主要是源自于他的动物属性。

《西游记》中对猪八戒的"食、色"特征着墨之处较多，猪八戒的食量很大，以"食肠宽大"著称，高太公说他"一顿要喫三五斗米饭；早间点心，也得百十个烧饼才够"，在西梁国的御筵上，饭、饼、糕以及各种素菜，对他来说也只是"一骨辣嚼了个罄尽",唐僧和孙悟空都骂过他是一个"馕糠的夯货",在取经途中只要听说有好吃的他便"口内流涎,喉咙里咽咽的嗽唾",逮着机会猪八戒总会吃到"撑肠拄腹,方才住手",那副吃相总是让人觉得憨态可掬。另一方面,猪八戒又是追求淫欲的一个典型代表,在取经路上他只要看到美貌的女子便会色迷心窍,把持不住,一路上总是念念不忘他的高老庄,经常表现出对取经信念的不坚定。因为好色他也没少受折磨,这其中有菩萨们"四圣试禅心"的惩戒,又有妖精们对他的戏弄,面对美色诱惑猪八戒的定力是最差的。当然了,在猪八戒身上我们还是能发现一些难得的优点,比如他憨厚朴实,善良单纯,贪小利而不忘大义,能吃苦耐劳,作战有时也还勇敢等等。对猪八戒这一喜剧形象的刻画,小说主要是通过描写他那充满喜剧色彩的相貌、言行来揭发其性格中的缺点,在批判中肯定这个人物,贬刺与褒美相当,从而使这一形象更具复杂性和现实感,使读者对他产生又爱又恨的审美感受。

《西游记》的喜剧精神既体现为对个性化人物言行的描绘,也包括了对类型化群体的喜剧色彩渲染。在小说中,无论是天上的神佛,还是地上的妖魔、人间的国君、道士、和尚及其他人物,创作者都不同程度地予以嘲讽:或讥笑其色厉内荏;或嘲弄其言行不一;或揶揄其贪财好色;或讽刺其昏庸残暴……《西游记》描绘了一个儒、释、道三教并立的世界,但小说却以一种"寓庄于谐"的笔调来展现这个世界,如写玉皇大帝位高权重实际上却十分的无能;写天上的神仙面似忠善却各怀私心;写下界各路妖精为非作歹,而实际上大半又与神佛有千丝万缕的联系;写人间的国君昏庸无能,屡被旁门左道所利用,受其愚弄;就连西天的如来也都沾染了世俗的习气,纵容阿傩、伽叶向唐僧师徒索取"人事"……正所谓"神魔皆有人性,精魅亦通世故",《西游记》中人物形象的塑造既有一定的现实基础又带着浓厚的幻想基调,表现出丰富的生活情趣和强烈的世俗化倾向。

四、问题讨论

《西游记》的故事原型为唐僧取经，这是中国佛教史上的一桩重大事件。唐僧法名玄奘，他是唐初的一位高僧，曾独自一人前往西天求法十七年，从印度、巴基斯坦等地访得佛经六百余部回国，引起了很大的反响，当时的一些高僧也参与了玄奘主持的佛经翻译，为佛教在中国的传播做出了重要的贡献。《西游记》虽然改编自佛教史上的真实事件，但历经千载流传，已积淀了更为丰富、多元的意蕴。从玄奘法师《大唐西域记》记载的取经行迹，到目前可见的明代最早的《西游记》定本，西游故事的结构、人物、叙事重心及情节模式都已发生了显著的变化。随着道教、儒家思想在取经故事中的融入，关于《西游记》的主题也产生了诸多的争议，整部《西游记》究竟是以阐扬佛教思想为主导，或是宣扬道家思想的"证道书"，亦或为儒家"心学"小说？

1. 《西游记》中的佛教因缘

《西游记》的故事早在玄奘取经当时已见流传，其后主要以说经的形式在民间广泛传播，说经的原意即是演说佛书，故而这一时期的西游故事是以佛教为主要题材的。目前仅见的宋元说经话本无名氏《大唐三藏取经诗话》，向世人展示了西游故事的初始面貌。这里的"诗话"并非诗话点评著作，而是指说经文体有诗有话的特征。《取经诗话》有上、中、下三卷，每卷分为若干段，一共有十七段。每段末尾多有诗一首或二、三首收束总结，揭示佛法无边、信佛则逢凶化吉的宗旨，是以诗与话结合演说佛理的故事。

唐僧师徒取经的目的地"灵山"位于西方，在佛教典籍《法华经》中，"灵山"即为灵鹫山，有如来佛祖在这里弘法，前往听讲说者，除了普通僧众，还有不可胜数的菩萨、金刚、阿罗与揭谛等佛国世界人物。《西游记》中的宇宙时空，笼括天上、人间、地狱、龙宫与佛国的多重世界，其中对人间"四大部洲"、神佛世界的想象，即是以佛教的宇宙时空观念为基础的。因此，《西游记》以佛教思想为主题的说法，有其深厚的历史渊源，全书以奔赴西方极乐世界为线索的空间演进，也是一个印证。

《西游记》中凡涉及佛教人物，常常以正面形象出现，有些在唐僧师徒遭遇险境时施以援手，有些则同唐僧师徒一样陷入危难。唐僧是一位虔诚的佛教徒，是西天取经路途中最为坚定的求道者，无论面临如何的危险、诱惑与艰难处境，始终坚持着前行的方向。其作为一个佛教修行者的定力、耐力与决心，在车迟国斗法一段中有集中的体现。然而，与历史上真实的玄奘法师相比，小说中的唐僧在很多时候表现出迂腐软弱的性格特征，屡屡陷入是非不分、人妖莫辨的困境，这与我们史书所记录的玄奘法师的人格形象有较大的差距。在小说中成为勇气与智慧化身的，是具有神魔属性的孙悟空、猪八戒与沙僧的形象。他们兼具神佛性与人情味，在取经途上不畏艰险，保护唐僧前行，成为《西游记》中的灵魂人物。而唐僧作为取经队伍中唯一的肉体凡胎，被施加了许多讽刺揶揄的笔墨。《西游记》作为一部神魔小说的虚构性与想象性，使神魔人物超越了世俗人类，成为故事的主体。

相比而言，历史上的西天取经以唐僧为主角，而其余众人的形象极为简略。在晚唐的说经话本中，猴行者、深沙神开始代替凡人石槃陀成为取经护法。《取经诗话》将孙悟空塑造成一位"白衣秀才"，拥有神通广大的法力，已成为西游故事的主角。作为说经话本，《取经诗话》中仍有不少平淡无奇的段落阐扬佛理，而这样的段落在情节曲折紧凑的《西游记》中已很少见到。不仅如此，《西游记》结尾集中描画佛教世界，还不忘添加批判、讽刺的故事来消解佛理的严肃意味。书中有这样一段情节：唐僧师徒到达西天，向如来弟子阿傩、伽叶求取真经，阿傩、伽叶竟开口问唐僧要人事，由此引发了无字之经的波折。孙悟空赶回灵山，向佛祖如来告状，如来说出"经不可轻传，亦不可空取"的一番话，告诉唐僧师徒经卷要诵经卖钱，因而经书不可白传。至此，主人公千辛万苦奔赴的庄严佛国已染上了浓厚的世俗气息，西天取经的神圣性也荡然无存。以如此辛辣的讽刺作为取经的终篇，《西游记》真是以阐扬佛教为主题的作品吗？

2.《西游记》中的道教思想

如果《西游记》的主旨不是宣扬佛教思想，那么它是否在传达道教思想呢？小说中不仅出现了诸如太上老君、各路神仙等道教人物，也充斥着金公木母、阴阳五行、心猿意马、婴儿姹女等道教术语，更不乏道教中的十大洞天、三十六小洞天、七十二福地的仙境世界。西天取经的地仙世界，也与道教描绘的神仙体系别无二致。美猴王所居之花果山水帘洞，与之往来的七十二洞妖怪，乃至取经途中的许许多多生长于深山洞宇的神仙精怪，皆构成了西游故事中的道教世界。在与西天途中的各类妖魔展开斗争的情节模式中，这些妖魔无论是吃唐僧肉还是与唐僧媾合，都为了追求长生不老，这是基于道教所推崇的修行方式而产生的文学想象。书中的丹道术语或化用全真教的修行观念来塑造一个个妖魔形象，或以修行的过程来书写曲折回环的故事情节，在全书的回目、行文与故事脉络中皆有所体现。

源自佛教题材的小说，为何会有源自道教的思想体系？宋元时期，唐僧取经故事不断流传，并随着历史环境的更替而产生变迁。尤其是元代南北统一后，北方全真教南下至南方各地弘扬教义，小说创作也受到了道教思想的影响。《西游记》中有大量化用丹道术语的诗词，主要集中于战斗过程的描写，小说不是平铺直叙地述说双方交手的过程，而是以诗词的形式来渲染气氛、交代战斗的具体内容，不少篇幅源自内丹道的诗词文赋，如何道全、张伯端、冯尊师等全真宗师和高道的作品。

由于《西游记》中包含了大量的道教术语和修行方法，小说问世之后，还一度被视为出自长春真人丘处机之手。据元代诗人虞集的说法，丘处机曾以玄奘取经为素材写下一部《西游记》，一些全真道士认为丘处机写下的这部著作，即为家传户诵的《西游记》。《西游记》刊刻于万历二十年的版本，上面没有题署作者的姓名，因而在清代，一些人就认为《西游记》的作者很可能是道教宗师丘处机。

如果《西游记》确实为丘处机所作，或是经由道士整理加工而成，取经故事蕴含的鲜明道教色彩也是可以理解的。清代几位道士的《西游记》评点本盛行一时，阐发其中仙佛同源的思想脉络，总结要旨归于金丹大道。这些评点本是清代西游故事流行于世的重要版本，将小说视为宣扬道教的作品，无疑使宣扬道家思想的主题阐说影响深远。然而西游故事以佛教而起、以成佛而终，道教思想没有进入全书的主要篇章，小说中崇佛抑道的态度也甚为显明。在西天取经途中出现的诸多道士，几乎没有正面人物，道士运用方术来蒙蔽国王，这样的情节却并不罕见。因此，将《西游记》看作一部证道之书，是否能够成立，依然存在着很多的疑问。

3.《西游记》中的儒家思想

　　还有一种观点，认为《西游记》在宣扬儒家"心学"的思想。儒家发展到宋代，受到佛教思想体系的冲击，其内部派生出探究世界本原的理学。朱熹和陆九渊还各自就理学的本源展开了一场辩论。朱熹理学主张以格物致知来探究天理，也即社会人生最根本的道理，主张"存天理，灭人欲"，通过约束自我来践行天理。而陆九渊倡导"心外无理""心即是理"，主张以自身心性的修养，来体悟至高的人生境界，这一主张在明代王阳明那里得到发扬，进一步提出"致良知"之说，倡导明辨善恶是非、知行合一。《西游记》小说诞生在明嘉靖、万历之际，正值阳明心学盛行一时，小说创作也深刻地体现出晚明思潮的影响。

　　关于《西游记》的作者，一般认为是明代文人吴承恩。吴承恩是一位儒生，小说中的思想观念，或多或少地受到了儒家阳明心学的影响。书中很多地方提到"心"，主人公孙悟空被称作"心猿"，抑或是"心主""心性""元神"，是一个渴望自由、嫉恶如仇的战斗英雄，自始至终都体现出高昂的战斗精神，小说以躁动的心灵来喻指孙悟空的这一重性格特征。现存世德堂本《西游记》有很多批语，阐发小说主旨与心学的内在关联。孙悟空第一次拜师学艺，寻访的须菩提祖师住在"灵台方寸山"、"斜月三星洞"，这两者实为"心"字的谜面。孙悟空的成长经历，也被视为放心、收心过程的隐喻。

　　以修心为视角，《西游记》在降妖伏魔的显性故事构架之外，显然还存在着一个深层结构，即为师徒四人的人间修持与心性成长，以及由此带来的冲突、矛盾和具有普遍意义的人性困境。唐僧作为取经团队的领袖，是精神上最有定力的一位，在车迟国斗法的情节中，小说作者让唐僧出场与道士比试禅定，展现了他在佛法修持上所达到的境界。在取经路途上，唐僧是心性最为坚定的领导者，然而他却不具有哪怕是最简单的降妖伏魔的能力，事事倚仗徒弟们，因此而遭遇了种种困境与磨难。孙悟空走上取经道路的原因与唐僧不同，他的能力与本领最强，面对西天路上的磨难也充满了大无畏的乐观精神，在大闹天宫的经历中又炼就了一双火眼金睛，能够明辨是非善恶，因而逢妖必打，毫不手软。而唐僧作为肉体凡胎，并不具备这样的识力和能力，师徒之间因此而发生激烈的矛盾冲突。孙悟空在心性成长中所面临的紧箍咒，显然并非来自某种外力的施加，而是源于其性格、出身与成长环境带来的取经队伍内部的矛盾。

猪八戒、沙僧亦是如此，他们有着不同的个性与能力，因为种种因素而踏上西天之途，一起实现相同的目标。这就导致他们虽然承担了许多的任务，却时时陷入彷徨犹豫或者退避的境地。他们都是要到达西天去修成正果，去完成人生的历练，去完成自我的救赎，一路上降妖伏魔，历经磨难，到达西天取得真经、修成正果。孙悟空作为能力最强的大师兄，是团队安全、战胜困难的重要保证，八戒、沙和尚各自发挥着不可或缺的作用。师徒四人面临一个又一个艰难处境，在长期的同行中经历了性格的磨合与心性的成长。其中较为突出的是孙悟空与猪八戒之间的相处，孙悟空机智灵活、好胜心强，他的性格禀赋中有光明磊落、大公无私的一面，而猪八戒则笨拙迟钝、贪生怕死，充满了普通人在现实俗世中难以克服的缺陷。两人因此而产生许多的矛盾冲突，孙悟空经常捉弄猪八戒，而八戒对悟空虽然心怀不满，却几乎没有正面回应，而是狡黠地借助唐僧之力来惩处悟空，达到以弱胜强的效果。小说作者告诉世人，强与弱在一定条件下是可以相互转化的。在与妖魔斗争前行的旅程中，不仅需要克服现实的困难，也面对心性成长需要修炼的课题，这是包含在《西游记》中的深层主旨。

当然，在明代三教合流的思想趋向中，《西游记》中的心学成分也体现出与佛、道融合的痕迹。心学的基本思想，是使受外物迷惑而放纵不羁的心，回归到良知的自觉境界。这与佛、道的修行过程是有相通之处的，因而在小说中往往很少与佛、道完全区别开来讨论。小说的第四十七回，孙悟空为车迟国王降服了虎力、鹿力与羊力三个化身为道士的妖魔之后，对车迟国国王说了一番话："今日灭了妖邪，方知是禅门有道。向后来，再不可胡为乱信，望你把三教归一，也敬僧，也敬道，也养育人才，我保你江山永固。"这里就是借孙悟空之口，非常明确地提出三教合一的主张。这是宋元而下儒释道三家思想在各自的发展中融合、合流的趋势。《西游记》作为一部世代累积型的文本，在流传过程中出现了多样的形态，最终形成了三教合一的面貌，展现出小说丰富的思想意蕴。

五、拓展资料

1. 张静二《西游记人物研究》，台北学生书局 1984 年版

2. 吴圣昔《西游新解》，中国文联出版公司 1989 年版

3. 张锦池《西游记考证》，黑龙江教育出版社 1997 年版

4. 刘荫柏《西游记研究资料》，上海古籍出版社 1990 年版

5. 朱一玄、刘毓忱《西游记资料汇编》，南开大学出版社 2002 年版

6. 吴承恩《西游记》，人民文学出版社 1980 年版

第十二课

《牡丹亭》: 春闺相思　生死寻梦

一、背景叙述: 一曲唯美的浪漫诗剧

　　明代，是一个从中古走向近古的时代。元明易代之际，社会动荡，人心思治，涌现了一批具有忧患意识、富有时代使命感的文人，给文学创作领域带来了短暂的繁荣。到了明初，出现了资本主义萌芽，人民生活相对稳定，然而思想文化上的专制主义和特务统治不但没有减弱，反而更加肆虐了。直到明代中叶尤其是嘉靖以后，随着城市商业经济的繁荣、市民阶层的壮大、统治阶级的日益腐朽及阳明心学的出现，文学才逐渐走出了沉寂枯滞的局面。这时的文学创作以小说、戏曲等俗文学为代表，打破了雅文化一统江山的局面，更倾向于平民化、下层化，突出个性与人欲的表露。大名鼎鼎的“四大奇书”(《三国志演义》《水浒传》《西游记》《金瓶梅词话》)是小说中的杰出代表。而戏曲是文学兴盛的另一个重要标志。明代戏曲的主体是传奇，由宋元南戏发展而来。明传奇的出现和繁荣，给戏曲艺术带来了一丝新鲜的气息，开拓了一个崭新的局面。《牡丹亭》作为明传奇的典范，在文学史上留下了光辉璀璨的一页。

　　汤显祖是明代成就最高、影响最大的剧作家。一些中外学者将汤显祖与莎士比亚进行平行比较，认为这两位戏剧大师在 16 世纪与 17 世纪之交的东西方剧坛上，都作出了卓越的贡献。《牡丹亭》是汤显祖“临川四梦”(《紫钗记》《牡丹亭》《南柯记》《邯郸记》)中影响最大的一部。沈德符《万历野获

编》说:"汤义仍《牡丹亭梦》一出,家传户诵,几令《西厢》减价。"① 儒释道思想在其身上不可思议地融合,至情论是其一生的追求。《牡丹亭题词》:"情不知所起,一往而深。生者可以死,死可以生。生而不可与死,死而不可复生者,皆非情之至也。"② 有一大批作家受到了汤显祖的影响,戏曲史上称之为"玉茗堂派"或"临川派"。与之相对立的是以沈璟为盟主的"吴江派"。"汤沈之争"在历史上也是鼎鼎有名的。即使这样,就连沈璟也不得不受其影响。沈璟曾改《牡丹亭》为《同梦记》,变《紫钗记》为《新钗记》。在社会上,这本传奇也激起了轩然大波。相传,娄江女子俞二娘读《牡丹亭》自伤而亡。冯小青写绝命诗,杭州演员商小玲上演《寻梦》时气绝而亡。《牡丹亭》以其深刻的思想性和高超的艺术水平,成为中华民族的一笔重要的精神财富。

《牡丹亭》全剧共五十五出,为明代传奇中稀有的长篇。其真正蓝本是《杜丽娘慕色还魂》话本。汤显祖对其作了一定的改动,用圣手使其点石成金,将话本的认识和审美意义提高到新的水平。作品通过杜丽娘和柳梦梅一段生死离合的、离奇的爱情故事,热情地歌颂了女主人公为"情"而死、为"情"而生的感人至情,塑造了一个反对封建礼教、追求爱情自由、要求个性解放的光彩照人的女性形象,同时也暴露了封建礼教的黑暗和虚伪。

二、戏曲鉴赏:因情成梦、因梦生戏

《牡丹亭》产生的时代是 16 世纪末欧洲文艺复兴时期,正处于中国的晚明文学时段,汤显祖举起"为情作使"的旗帜,用一种"以情格理"的"至情"观,来反抗程朱理学,迎接个性解放的新思潮的到来。汤显祖少年时从师于罗汝芳,而罗汝芳是著名的泰州学派大师王艮的三传弟子。这一学派主张"百姓日用即道",提出"制欲非体仁",带有浓厚的平民色彩,肯定人的多重欲求。汤显祖还非常崇拜著名的思想家李贽。李贽狂放不羁的诸多论调对汤显祖产生了不可估量的作用。还有著名的佛学家达观大师,给予汤显祖巨大的影响。另外,他与东林党的政治倾向相通,与其重要人物的关系也很密切。诸多外在因素促就了汤显祖的大作——"临川四梦"的完成。其中以《牡丹亭》

---

① (明)沈德符撰《万历野获编》卷二十五《词曲·填词名手》,中华书局 1959 年版,第 643 页。
② (明)汤显祖撰,徐朔方笺校《汤显祖诗文集》第三十三卷,上海古籍出版社 1982 年版,第 1093 页。

为其"至情"论的优秀注脚。

《牡丹亭》形象而集中地体现了杜丽娘生死不渝的"情"。"情"，与"理"相对立。作者汤显祖强调"情"与"理"不可共存，"人生而有情"，有情人生的最高境界是"至情"。在《牡丹亭》中"情"成为贯穿始终的一条红线，即为情而死、为情而生。在"情"与"理"的矛盾冲突中，剧本采取了"梦"的表现形式，通过"梦"来表现杜丽娘的爱情理想和斗争。《牡丹亭题词》中的一段话是其点睛之笔：

> 天下女子有情，宁有如杜丽娘者乎？梦其人即病，病即弥连，至手画形容，传于世而后死。死三年矣，复能溟漠中求得其所得梦者而生。如丽娘者，乃可谓之有情人耳。情不知所起，一往而深。生者可以死，死可以生。生而不可与死，死而不可复生者，皆非情之至也。梦中之情，何必非真？天下岂少梦中之人耶！必因荐枕而成亲，待挂冠而为密者，皆形骸之论也。……嗟夫！人世之事，非人世所可尽。自非通人，恒以理相格耳！第云理之所必无，安知情之所必有耶！①

可以看出，禁锢的身体不自由，但不能阻挡心的自由。在"游园惊梦"中，杜丽娘与他的梦中情人柳梦梅相遇，便一往情深，为情而死。到了阴间，还坚持为情作斗争，直到死而复生。可见，情的力量是无止无尽的，可以超越生死、超越时空。

在这里，必须指出的是，汤显祖所提倡的"情"并不单单指爱情，并不指一般意义上的情感，而是那种超乎生死、不受任何束缚的至情。在他的《骚苑笙簧序》中就充分地肯定了屈原那种为时事而激愤的情感："天下英豪奇魄之士，苟有意于世容，非好色乎？君父不见知，而有不怨其君父者乎？"②不过，像杜丽娘那种的生可以死、死可以生的爱情，当然也是至情的一类。对于"情"的丰富内涵，大致可以从以下三方面来理解：其一，我们可以理解为一种自由生命意识，对爱情、对理想的不懈追求。其二，应当包含着"真"的意蕴，因为受到徐渭、王学左派和李贽"童心说"影响的汤显祖，认为人应该

---

① （明）汤显祖撰，徐朔方笺校《汤显祖诗文集》第三十三卷，上海古籍出版社1982年版，第1093页。
② 同上，第二十九卷，第1018页。

保持最初自然之本色，率性而为。其三，包含着对人欲的肯定，把情欲看作"情"的一部分，对"存天理，灭人欲"提出抗议。在《牡丹亭》中就较集中地体现了这一点。杜丽娘身上最原始的情欲被美好的春光所唤醒，于是就在梦中与柳梦梅共享了鱼水之欢。

在汤显祖的"临川四梦"中，最显著的艺术特征是梦幻性。汤显祖在《与丁长孺》中说："弟传奇多梦语。"[①] 在《寄邹梅宇》信中又说道："二梦记殊觉恍惚。惟此恍惚，令人怅然。"[②] "恍惚"、"怅然"是梦的一个最重要的特征。做梦时是恍恍惚惚的，而梦醒之后则是怅然。杜丽娘因情成梦，因梦而死，情还必须通过梦来表现，梦俨然成了情的一个必不可少的载体。由梦入死，由梦复生。而且，杜丽娘的情也只有通过梦才能实现。因为在那个封建礼教森严的时代，身为官家小姐的杜丽娘根本没有自由，直到出落得"翠生生"才偷看到了自己家的后花园，连打会瞌睡都要被母亲指责。在这种处境之下，做梦成为其释放情感的唯一途径。整个剧本讲述的就是一个入梦、出梦的故事。汤显祖之所以采取梦的方式，是为了借虚幻之梦来表现生活的真实。梦实际上是一种理想的寄托。在当时黑暗的时代条件下，真情是不能真道的，只能借助于梦这个虚幻的形式。但是，到了后"二梦"（《南柯记》《邯郸记》）中，却是梦醒成仙的结局，流露出汤显祖出世与入世之间无法化解的矛盾感。

三、要点提示

1.《牡丹亭》的结构艺术

大多数的明代传奇都有结构松散的毛病。而作为明代传奇中的鸿篇巨制——《牡丹亭》，似乎也存在着节奏缓慢、故事性不强的缺陷。虽然《牡丹亭》的思想性历来为人们所称道，但在肯定的同时，人们又不能不遗憾地指出其结构不够严密的缺点。柳梦梅和杜丽娘的爱情是作品的主线，而长达五十五出的《牡丹亭》中，竟有二十出与其主题没有直接关系。

结构是作家以情节的安排来描写人物和表现主题的艺术形式。在我国明代末期的舞台上，没有幕，道具布景又极其简单，因此剧作家在处理戏剧

---

① （明）汤显祖撰，徐朔方笺校《汤显祖诗文集》第四十六卷，上海古籍出版社1982年版，第1304页。
② 同上，第四十七卷，第1363页。

情节时，空间和时间一般比较自由，场面组织和变化也比较灵活。这大概是《牡丹亭》结构舒展、多变的一个客观原因。从古典戏曲艺术的要求看，中国的李渔主张"减头绪"、"立主脑"，外国有亚里士多德的"三一律"，这些无疑都说明着戏剧结构的重要性。结构松散，拖泥带水，似乎成了戏剧的一大弊病。而明代戏曲却企图冲破这一藩篱，《牡丹亭》就是一个明证。纵观全剧，就会发现其内在结构的一致性和连贯性，所谓形散而神不散。

汤显祖笔下的《牡丹亭》描写的不仅仅是柳梦梅和杜丽娘的爱情。作者看到了当时社会的动荡和黑暗，看到了"情"与"理"的冲突，因此在其作品中也致力于把它们表达得波澜壮阔，而这并不是爱情可以容纳的。社会矛盾的副线和爱情的主线交缠在一起，共同奏出了一曲情理争斗的交响乐。

《牡丹亭》中有许多似乎与主题没有瓜葛的描写，以《劝农》和《诇药》最为突出。《劝农》描写的是杜宝下乡视察民情，督导农民勤于耕作的事。乍看下来，与其主旨并没有任何联系，但如果把它放到一个整体去看，那就成了剧本不可缺少的一部分。很多人说这一出美化了杜宝这个封建的卫道士。其实不然。杜宝的廉洁奉公、体恤民情，正符合了程朱理学所提倡的正统官僚的特征。这些描写为其后来的高升埋下了伏笔，也为其越来越顽固地遵守封建礼教的行为作了铺垫。《诇药》记述了石道姑为了杜丽娘的复生，到陈最良的店里买药的事。这里，写了陈最良和石道姑的调笑。大家可能对《闺塾》中的陈最良还记忆犹新。那是一个刻板、迂腐的封建儒生。而这儿的陈最良却好像变了一个人似的。其实前后并不矛盾。在故事发展的这个阶段中，陈最良已经蜕变成了一个下层社会的人物，市民气息愈加浓重。这就从侧面反映了社会的真实。陈最良虽是个小人物，但在整个剧本中起着穿针引线的作用。陈最良跟各种人物都有联系，在他们中间奔走忙碌。他穿行在杜丽娘、柳梦梅和杜宝、杜丽娘之间，接着又穿行于李全夫妇和杜宝之间，最后把柳梦梅和杜丽娘与杜宝勾连起来，走完了自己性格呈现的历程。

《牡丹亭》一方面写男女主人公的爱情，另一方面又写社会生活的冲突，把这两方面很好地融为一体。按照不同层次的生活面来分，我们可以把《牡丹亭》分为三个部分。第一部分为从《言怀》到《婚走》共三十六出，反映的是市民的生活面，"情"与"理"的斗争。第二部分从《骇变》到《榜下》为止，共十五出，反映的是军事、政治场面。这部分除了继续写柳梦梅和杜丽娘的爱情主线外，主要写的是杜宝招降李全的过程。这一部分好像游离了主线，其实在军事政治斗争中包括了"情"与"理"的斗争，是整体结构中的一个有机组成部分。第三部分自《索元》到《圆驾》，共四出。这部分开展的场地在朝廷，是"情"与"理"斗争的高潮部分。俯瞰全剧，我们可以清楚地看到两条线索，即柳梦梅和杜丽娘的爱情主线和社会生活矛盾的副线。双线合一，又汇成一个主题："情"与"理"的斗争。结构为主题服务，形式为内容服务，而《牡丹亭》的结构恰恰符合了这一点，因此可以说《牡丹亭》的结构是富有艺术性的，并不是杂乱无章的。

2．生活在女性光辉下的男主人公

在《牡丹亭》中，女主人公——杜丽娘为情生、为情死的光辉形象深入人心，具有巨大的浪漫主义气息，感染着千千万万的读者。与此同时，男主人公——柳梦梅的形象却往往被人们所忽视。有的学者甚至认为柳梦梅是一个为了功名而干谒权贵的平庸书生，这就显得比较偏颇。全面而深刻地认识柳梦梅这个人物形象，对于我们更充分地解读《牡丹亭》这部戏曲名著来说，无疑是个必要的途径。

首先，柳梦梅是一个情种。《硬拷》一出中，柳梦梅的佣人郭驼见主人被其岳父杜宝吊打时说过这样一句话："是斯文倒吃尽斯文痛，无情棒打多情种。"这句话相当准确地概括了柳梦梅的本质。"梦梅"这个名字本身也包含了情的意蕴。只因在梅花树下梦见美人，就难以忘怀，认为有姻缘之分，从而毅然改为"梦梅"。最令人印象深刻的是他不顾"开棺见尸，不分首从皆斩"的律条，冒着被杀头的危险，请石道姑帮助，掘坟救丽娘回生。难怪丽娘回生后第一句话就是："咳，柳郎真信人也！"（《回生》出）为了一个"爱"，柳梦梅赴汤蹈火，在所不惜，如代丽娘赴前线探望其父母，亲自打听，不怕前线动乱，痴痴地去找岳父杜宝。而杜宝认为他是个骗子，要把他解往临安，吊拷审问之。而当佣人郭驼带来他中状元的喜讯后，他第一个想到的是要告诉他的梦中情人——杜丽娘，全然不顾自己还处于被拷打的危险状态。一个活脱脱的情种跃然纸上。

其次，莽撞可笑中透出阳刚，傻气中透出幽默。《牡丹亭》中的柳梦梅并不是一个聪明绝顶的人物，而是一个浑身上下都冒着傻气的酸秀才。他冒冒失失地就去替杜丽娘寻亲，殊不知丽娘已亡三年，杜宝怎可认亲？直到被拒后，还傻兮兮地在班房里打"太平宴诗"的腹稿，以备进见之用。当迟迟得不到进见时，居然"冲席而进"，并不自量力地动手打前来阻止的门子等人。（《闹宴》出）试想，手无缚鸡之力的一介书生，怎么打得过一帮门卫？但是，恰恰这一点，使柳梦梅的身上透出了一些难能可贵的勇敢之气和阳刚之气。金殿辩理，更以藐视相府的姿态出现。上殿之前，他先责备杜宝军事上的无能，要靠贿赂李全的妻子杨婆来退兵："你那里平的个李全，则平的个李半。"幽默之中带着讽刺。然后又责其"纵女游春"等"三大罪"：纵女游春为第一大罪状；女死不奔丧、私建庵观为第二大罪状；嫌贫逐婿、刁打钦赐状元为第三大罪状。以封建道学的逻辑来反治杜宝这个封建势力的卫道者，可以看出柳梦梅并不是严格意义上的"傻气"，有时甚至可以说是机智幽默的。最后，圣旨命"父子夫妻相认，归第成亲"时，柳梦梅却只认丈母，不认丈人，给原本的大团圆结局涂抹上了一层反思的意味。因此，柳梦梅这个形象在反封建上具有了突破性的意义。

柳梦梅在剧本中是一个既平庸又不平庸的人物。他热衷于功名，甚至于为了功名而干谒权贵，这当然是平庸之举。而且当杜丽娘"和你蓊烛临风，西窗闲话"时，对突如其来的艳遇，他也抱着不妨行乐的心态，"夜半无故而遇明月之珠"（《幽媾》出），似乎动机不是很纯。但是，柳梦梅毕竟是一个知书达理的书生，受过良好的教育，对情还是抱着炽热的态度。傻气中带点机智幽默，憨直中带点刚强可爱，他在《牡丹亭》中有着不俗的表演。

四、问题讨论

《红楼梦》中有这样一个场景，在第二十三回《西厢记妙词通戏语，牡丹亭艳曲警芳心》中，林黛玉走到梨香院墙角边上，听到院内唱起"如花美眷，似水流年"八个字而心动神摇，这一情状被薛宝钗所见，就劝林黛玉不要因读杂书移了性情。这一情节道出了《牡丹亭》动人的艺术魅力。无数深受礼教桎梏的深闺女性，正如小说中的林黛玉一样，对女主人公的情感与命运产生了深切的共鸣。那么这部戏曲是如何影响了世人的情感观念呢？

1.《牡丹亭》的文学接受

古代女性在长期的礼教压制下隐藏了自身的情感欲望，明代又是妇女地位极为低落的时代，愈演愈烈的节烈之风极大禁锢了广大妇女的身心，因而《牡丹亭》一问世即引起了强烈反响。才女冯小青写下许多诗篇，字字血泪、言言伤心："冷雨幽窗不可听，挑灯闲看《牡丹亭》。人间亦有痴于我，岂独伤心是小青。""稽首慈云大士前，不升净土不升天，愿为一滴杨枝水，洒到人间并蒂莲。"在女性不能伸张情感诉求的时代，《牡丹亭》对至情的呼唤，显得那样振聋发聩。

上演《牡丹亭》的晚明社会，也是一个张扬人性、人欲的时代，这是至情观念产生的时代背景。明清文化世家大族的女性教育水平较之前代有了显著提高，《闺塾》一出，反映闺阁中人自小学习诗书的情景，杜保太守为女儿延请塾师教她读书识字，是为了他日嫁一读书人，不枉了谈吐相称，父母脸上也有光辉。明清以来的戏曲，塑造了大量光彩照人的女性形象，她们从禁锢的闺阁空间中走出，成为主角与灵魂人物。这些女性形象积淀着社会对女性的情感期待，也充分反映了明清女性观念的悄然变化。

《牡丹亭》关注女性的情感诉求，道学先生陈最良面对的，不再是浑浑噩噩地接受女教思想束缚的躯壳，而是拥有独立见识与个体追求的灵魂，面对春香向《关雎》发出疑问，他的回答显得那样迂腐不堪。当闺阁女子具有了知识水平和文化素养，又如何能不质疑儒家伦理的女教规范？隐藏在女性教育与经典阐释之间的矛盾，是儒家人伦秩序与社会现实的差距。《牡丹亭》用一个梦境来写情，道出了普天下闺阁女子与有情人相伴相知的愿望，从而向女性发出时代的召唤。

冯小青的诗作，在当时广为传诵。明末清初的文士才子陈子龙、龚鼎孳、张岱都写下了和诗。冯小青的生平与遭遇，也经过众人的述说而成为传奇。现存刊行于康熙年间的孤本小说《集咏楼》，讲述了小青与一位年轻士子冯生的爱情故事，用一场《牡丹亭》式的生而死、死而生、魂魄重遇的故事，弥补了小青生前的缺憾，也为小青的经历染上奇幻的色彩。晚明戏曲世家吴江沈、叶氏的闺阁才女叶小鸾，著有《返生香》。她生前对《牡丹亭》钟爱不已，还为之创作了剧本。小鸾惊才绝艳，却在婚期迫近之时一病不起，如女主人公杜丽娘一样在青春年华凋谢了，却再也没能返回人间。

《牡丹亭》超越生死的炽烈情感，在清代女性那里依然拥有持续的反响。才女程琼认为《牡丹亭》是闺阁刺绣剪样之余的箧笥之物，几乎无人不愿看《牡丹亭》。清代诞生的《吴吴山三妇合评牡丹亭》《才子牡丹亭》评点本，诠释了《牡丹亭》的丰富内涵，也承载了女性批阅者的情感接受，更加深入地印证了《牡丹亭》在闺阁世界的影响力。

2.《吴吴山三妇合评牡丹亭》

《牡丹亭》问世而后，不仅搬演于舞台之上，其文字也一直在闺阁之中诵读不衰。康熙年间杭州人吴吴山前后有三位妻子谈则、陈同与钱宜，她们都极为喜爱《牡丹亭》，不仅长期阅读，还相继以批注形式书写自己的体悟。经由一部《牡丹亭》之因缘，三位生不同时的才女，成了彼此的知音，成为《牡丹亭》流传中的一桩佳话。

陈同自小即喜爱《牡丹亭》，她在病中还为《牡丹亭》写下了批注。母亲担心她痴恋成狂，竟欲将书册毁去，陈同偷藏了一本在枕下日夜相伴。后来，陈同在临嫁之际香消玉殒，这本未完成的《牡丹亭》点评本给了吴吴山，陈同写下的《牡丹亭》批语也保存下来。其后吴吴山续娶才女谈则，发现了《牡丹亭》的评点。谈则目睹纸间荧荧，若有泪迹，知其深情付与一部《牡丹亭》，不禁为之感动不已。陈同泪尽于《牡丹亭》，未能成稿。谈则便一笔一画，模仿陈同口吻，试图补齐《牡丹亭》下卷评语。其间心会神遇，不可胜道，评语与上卷如出一辙，竟难以分辨。三年后，谈则也不幸早逝，香魂杳渺，不可复生，只有一部《牡丹亭》见证了两位女子的黯然神伤。十几年后，吴吴山年轻的妻子钱宜在柜中发现这部珍藏已久的《牡丹亭》，于是在陈同、谈则的评语之间附加了自己的评点，终将全部书稿刊行于世。为了纪念这一传奇际遇，钱宜还邀请清代闺阁诗坛著名的"蕉园七子"之一林以宁，为《牡丹亭》评点本撰写了序言。

《牡丹亭》之所以为闺阁女子带来如此大的影响，离不开作者对杜丽娘形象的成功塑造。在吴吴山三妇看来，杜丽娘不仅是闺阁女性心目中理想女性的化身，也集中了男性对"如花美眷"的期待，因而其一言一行，皆被闺人视为金科玉律而奉行。钱宜对杜丽娘的追慕超乎常人，还设下香炉供奉杜丽娘的神像，与丈夫一同参拜。对杜丽娘曲折奇幻的情感历程，清代女性也有深刻的共鸣。在评点本中，钱宜一再提及这一点，指出杜丽娘一出场就要求一个蟾宫折桂的夫婿，体现出古代女性在追求爱情时面临的情理冲突，这也是造成女性婚姻不幸的根源。钱宜感慨道："今人以选择门第及聘财嫁装下备，耽阁良缘者，不知凡几。风移俗易，何时见桃夭之化也？"汤显祖在梦境中编织了闺阁渴望的美满爱情，而现实中的闺秀却受制于森严的宗法制度，从无可能获得追求自身情感的自由。《牡丹亭》因情成梦，梦境固然非真，至少给深受封建制度压迫的闺阁女性带来了极大的安慰。

3.《才子牡丹亭》

吴吴山三妇对杜丽娘的顶礼膜拜，在清代并非仅有的例子。才女程琼曾和丈夫一起评点《才子牡丹亭》，将《旅寄》一折分五色而书写，所评点的《牡丹亭》，自题叫做《绣牡丹》，古代女性刺绣所用的工具为金针，因而又包含了"又把金针度与人"的期许。《牡丹亭》不仅是一部戏曲作品，还旁征博引，关联子史百家、诗词小说、奇闻佚事乃至病症药方，具有广阔丰富的思想内蕴与文化价值。

牡丹亭的创作渊源，历来众说纷纭，在《言怀》一出的批语中，程琼认可名士王思任"提动骷髅之根尘、拽开傀儡之面孔"的评语，认为这样的描述最为贴切地道出了汤显祖创作该剧的目的。"骷髅之根尘"，将人类自然的情欲视为根源，"傀儡之面孔"指的是外在道德的伪装。这一根植于封建礼法社会的两性角色要求，禁锢了世人的个性，扼杀了自然的情感流露。在思想文化复归于保守的封建末世，清代闺阁女性更为强烈地感受到女性在情感婚姻中受到的桎梏，她们的生命被封锁在令人窒息的宗法制度中，唯恐动辄逾矩。《牡丹亭》中的杜丽娘将情色的思慕付诸热烈的行动，这在困守深闺的女性看来是何其大胆！她们一面肯定杜丽娘的情感追求，一面又不得不指出这一情感追求在现实中的虚幻渺茫。程琼在《标目》中的"但使相思莫相负，牡丹亭上三生路"一句，写下批语云：

> 有有情之天下，有有法之天下，安能皆不相负？冒天下之大不韪，是万万不可。

由此可见，普通闺阁女性喜爱《牡丹亭》，仍要小心翼翼地规避着世俗礼教的攻击，不敢越雷池一步。这里的评语实在是王思任所说的"傀儡之面孔"，反映出深藏在《牡丹亭》字里行间的、闺阁女性的斑斑血泪。对于《惊梦》一出，程琼是如何解释的呢？她说：再绝顶聪明的女子，使其不问何人，但有父母之命、媒妁之言，便可藉手登车，绝无此理。程琼显然意识到杜丽娘形象所包含的难以为世人所认可的离经叛道的色彩。浦映绿《读牡丹亭传奇》也表达了类似的看法："情生情死亦寻常，最是无端杜丽娘。亏杀临川点缀好，阿翁古怪婿荒唐。"清代闺阁多指出《牡丹亭》中虚构荒诞的成分，试图将它与闺阁女性的现实予以截然区分。闺秀席佩兰还进一步认为冯小青的故事也是出于世人杜撰：

> 慢论本事属虚无，真有其人虑亦疏。解读《牡丹亭》下语，如何不解读《关雎》？

可以想见，诸如《西厢记》《墙头马上》那样大胆寻求爱情、不惜反抗封建秩序的女主人公，在女教规训臻于严密完备的清代社会已不复可见。汤显祖不仅深刻地理解杜丽娘的困境，也特别指出《牡丹亭》的情之真、梦之幻，正像程琼所说的"聪明人必靠想度日，想中幻设，必有一等世界、一等眷属"（《才子牡丹亭》），这和《红楼梦》中的"意淫"，实有异曲同工之妙。吴吴山三妇在《幽媾》一出，还拈出"鬼可虚情、人需实礼"一语，认为如此才能显现杜丽娘的不凡品性。《牡丹亭》中所包含情与理的矛盾，实为古代社会闺阁女性生存处境的深刻写照。

《牡丹亭》以浪漫梦幻的想象、缤纷绮丽的辞藻，将深闺女性从备受摧残压迫的现实中席卷而出，遁入一重梦境的屏障，使自由与压抑在幻梦与尘世间各得其所，保持了一种精巧的平衡。女性向来是文学作品中相思爱恋、雨恨云愁的化身，而汤显祖构筑的梦境，更有着动摇人心的美感。正值"三春好处无人见"的少女，在满园春色的兴感生发下，意识到自己迷离的爱欲，交织出梅边柳下的幻梦。寻梦不得，生命如春花一样徒然凋零，又在情人的声声呼唤中复生。这是在人性备受压抑摧残的时代，迸发出的动人的、超越生死的至情呼声。情与理的两端，一面是对浪漫梦幻的无限向往，一面是无法摆脱的命定局限，只要对爱情、对自由的渴望没有发生本质的变化，《牡丹亭》的美妙梦境，就会成为理性桎梏下的芸芸众生永恒的精神彼岸。

五、拓展资料

1. 徐扶明《牡丹亭研究资料考释》，上海古籍出版社 1987 年版
2. 毛效同《汤显祖研究资料汇编》（上、下册），上海古籍出版社 1986 年版
3. 徐朔方《论汤显祖及其他》，上海古籍出版社 1983 年版
4. 徐朔方《汤显祖评传》，南京大学出版社 1993 年版
5. 江西省文学艺术研究所《汤显祖研究论文集》，中国戏剧出版社 1984 年版
6. 汤显祖《汤显祖戏曲集》，上海古籍出版社 2010 年版

第十三课

《桃花扇》: 兴亡一曲　扇底飘零

一、背景叙述: 苍凉悲壮的亡国之痛

公元 1662 年，清帝康熙即位后励精图治，实行了一系列有效措施，如奖励垦荒、兴修水利等，使社会经济和农业生产得到了恢复和发展，国家呈现出比较繁荣的景象。在政治上，统治者为了缓和民族矛盾，对汉族官僚地主和文人学士采取怀柔政策，大加笼络。在文化思想上，崇奉孔子，提倡程朱理学，康熙亲自编写了《御纂朱子全书》，竭力宣扬忠君思想和三纲五常等封建伦理道德。公元 1678 年，康熙宣布在北京开设"博学鸿儒科"，罗致了一批"名士"，凡录取者，都授以翰林院的官职。然而，明清鼎革唤起汉族的民族意识和文人的创作才情，产生了追忆历史的普遍心理，富有民族精神的沉痛作品成为时代的主旋律。诗歌中尚史意识的抬头，吴伟业歌行诗的辉煌，散文中传记文和忆旧小品的发达，时事小说的纷涌，都蕴涵着悲愤沉痛的遗民情怀。尤其是时事戏和采用历史题材借古讽今的历史剧，在当时影响非常广泛。

《桃花扇》的作者孔尚任是在清兵入关后民族矛盾尖锐的岁月中出生和成长起来的。作为一个现实主义剧作家，他敏锐地感受到那种痛定思痛、反观历史的文化思潮，在《桃花扇》中成功地写出了南明王朝覆亡的历史，他借"离合之情"来抒发"兴亡之感"，其中强烈的故国之思和切肤的亡国之痛引起了广泛的共鸣，诚如作者的朋友顾彩在《桃花扇》的序文中所说："可以当长

歌，可以代痛哭。"《桃花扇》的创作前后经过十多年，"凡三易稿而书成"①，孔尚任殚精竭虑，最终在康熙三十八年（1699）六月脱稿。最初稿本仅以抄本流传，一直到康熙四十七年（1708），诗人佟蔗村出资付印，才使这一部"久而漫灭，几不可识"的稿本，得以流传到今天。

在清代传奇中，这是一部思想和艺术达到完美结合的杰出作品。"《桃花扇》一剧，皆南朝新事。"②它取材于明崇祯十六年到南明福王二年（1643—1645）史事以复社名士侯方域和秦淮歌妓李香君这一对情侣的悲欢离合为主要线索，以复社文人和魏阉余党的斗争为主要冲突，展示了南明一朝兴亡的广阔历史画面。作者以鲜明的态度，歌颂了忠贞的爱国志士，鞭笞了误国的昏君佞臣，表达了故国之思、亡国之痛。全剧共四十出，写侯、李爱情仅占了十五出。主人公的爱情波折与国家命运紧密相连，"不因重做兴亡梦，儿女浓情何处消"，孔尚任正是通过事不离情、情不离事的艺术构思，把整部剧作都统一于苍凉深沉的悲剧气氛之中，正如他所说："南朝兴亡，遂系之桃花扇底。"③

在清初的剧坛上，人们把孔尚任的《桃花扇》和洪昇的《长生殿》相提并论。它们的广泛传播，使当时出现了"纵使元人多院本，勾栏争唱孔洪词"的盛况。"南洪北孔"成为照耀文坛的双子星座。

二、主题解读：桃花扇的中心意象结构

在江南风雨飘摇、雌了男儿的时与地，一把作为定情礼物相赠的诗扇，溅洒上一个奇女子搏命抗争的鲜血，血痕被点画成了朵朵桃花，这是桃花扇的传奇。而此血此花，此情此志，对比和映衬着昏君的娱乐偷安、奸臣的蝇营狗苟、文士的孱弱凄惶、武将的进退失据；血色的桃花，竟然映照和收摄着一个朝代覆亡的历史与一个民族辛酸的痛史。这真是一个伟大的构思！虽则历史上有事实生成如此，却惟有既禀至性挚情与深沉的历史感，又具有卓绝的艺术感觉和结构能力的剧作家，才能天才地熔铸和构想出这样的戏剧画面

---

① 孔尚任《桃花扇本末》，《桃花扇》，人民文学出版社1984年版，第5页。
② 孔尚任《桃花扇小引》，同上，第1页。
③ 孔尚任《桃花扇本末》，同上，第5页。

和艺术结构。

这是作者最为得意的艺术创造，所以他一再地申说："传奇者，传其事之奇焉者也，事不奇则不传。桃花扇何奇乎？妓女之扇也，荡子之题也，游客之画也，皆事之鄙焉者也；为悦己容，甘虀面以誓志，亦事之细焉者也；宜其相谑，借血点而染花，亦事之轻焉者也；私物表情，密痕寄信，又事之猥亵而不足道者也。桃花扇何奇乎？其不奇而奇者，扇面之桃花也；桃花者，美人之血痕也；血痕者，守贞待字，碎首淋漓不肯辱于权奸者也；权奸者，魏阉之余孽也；余孽者，进声色，罗货利，结党复仇，隳三百年之帝基者也。帝基不存，权奸安在？惟美人之血痕，扇面之桃花，啧啧在口，历历在目，此则事之不奇而奇，不必传而可传者也。人面耶？桃花耶？虽历千百春，艳红相映，问种桃之道士，且不知归何处矣。"①

孔尚任为其《桃花扇》所撰凡例中第一条就指出："剧名《桃花扇》，则桃花扇譬则珠也，作《桃花扇》之笔譬则龙也。穿云入雾，或正或侧，而龙睛龙爪，总不离乎珠，观者当用巨眼。"②我们认为，孔尚任的戏曲创作实践及其"曲珠"之说，渊源于中国古典诗歌意象意境创造的艺术传统和"诗眼""词眼""文眼"之说。所谓的"珠"，相当于前人所谓"诗眼""文眼"的"眼"，是指作品意境或形象体系的关键部位和中心意象。而他这部传奇中的"珠"就是桃花扇。作者设置桃花扇这一中心意象，作为贯穿侯李悲欢离合和照映南明存亡兴衰的"珠"和"眼"，使描绘全剧人物与剧情的如龙之笔得以有了神魂与焦点，不管怎样夭矫盘旋，宛转腾挪，其神情气象，却"总不离乎珠"。作为其创作心得的夫子自道，这段话揭示了《桃花扇》命意与结构艺术的一个重要手法和特征，我们称之为中心意象结构法。作者告诫我们："观者当用巨眼"，是为了强调作为该剧创作重要特色和宝贵经验的中心意象结构法，其对该剧审美创造与接受的重要意义。这一艺术手法深深植根于中国古代文艺抒情写意的传统，由此创造的艺术结构也典型地体现了中国古代叙事文学的诗性特征与诗化倾向。作为古代最完美的剧作之一，《桃花扇》为"曲珠"说作了最好的注脚。

桃花扇中心意象的设置对于剧作审美意蕴的表现和艺术结构的完成有着

---

① 孔尚任《桃花扇传奇小识》，蔡毅《中国古典戏曲序跋汇编》第三册，齐鲁书社1989年版，第1602页。

② 孔尚任《桃花扇传奇凡例》，蔡毅《中国古典戏曲序跋汇编》第三册，齐鲁书社1989年版，第1605页。

至关重要的意义和作用。首先，桃花扇是中国古代诗史上有着特殊审美内蕴和色彩的意象。从"人面耶？桃花耶？""问种桃之道士"诸语可知，当作者将桃花扇作为剧作中心意象时，很自然会想起"去年今日此门中，人面桃花相映红。人面只今何处在，桃花依旧笑春风"①和"况是青春日将暮，桃花乱落如红雨"②的诗句，晏几道《鹧鸪天》词有"彩袖殷勤捧玉钟，当年拚却醉颜红。舞低杨柳楼心月，歌尽桃花扇底风"③，这些诗句有共同的色泽基调，那就是"疏疏密密，浓浓淡淡"的桃花，及其所表征的美好景象与时刻的消逝，此中弥漫着由时空转换、世事变幻所带来的忧伤和沧桑感。桃花是春天最美艳而易凋的花，诗人将其对春天、生命和世事的伤感与喟叹赋予了桃花。伤春伤别、红颜的凋谢、世事的无常等等，成为桃花诗历久弥新的主题。当作者以桃花扇为中心意象和剧名时，正是以古代诗人有关桃花（扇）的绝作及其所寄寓的对世事人生的深沉感喟为底色和背景的。作者以巧妙而特殊的方式将有关桃花（扇）的历史积淀和主题旋律自然地"嫁接"到了剧作中，使之别具意味和韵致，这成为全剧最出彩、最具有戏剧性的部分，而剧作的主题命意、韵致和精神也赖以收摄与凸现。

作者强调说："朝政得失，文人聚散，皆确考时地，全无假借。至于儿女钟情，宾客解嘲，虽稍有点染，亦非乌有子虚之比。"④为此，原书还专列《考据》一篇，一一枚举剧中重要史实事件之所本。孔氏特别指出，剧中展现弘光遗事的几乎所有情节都为实录，"独香姬面血溅扇，杨龙友以画笔点染之，此则龙友小史言于方训公（孔氏族兄）者。虽不见诸别籍，其事则新奇可传。《桃花扇》一剧感此而作也。南朝兴亡，遂系之桃花扇底"⑤。可见，此则逸事勾起了作者的故国之思、创作灵感和激情；而作者之所以对此尤为敏感，将其点化和升华为关键性情节与中心意象，并用为剧名，也是基于他对桃花（扇）在古代诗史上形成的特殊审美积淀的深刻理解。剧中写道："你看疏疏密密，浓浓淡淡，鲜血乱蘸。不是杜鹃抛；是脸上桃花做红雨儿飞落，一点点溅上冰

---

① 崔护《题都城南庄》，富寿荪《千首唐人绝句》下册，上海古籍出版社 1985 年版，第 555 页。
② 李贺《将进酒》，王琦等注《李贺诗歌集注》卷四，上海古籍出版社 1978 年版，第 313 页。
③ 晏几道《鹧鸪天》，俞平伯《唐宋词选释》中卷，人民文学出版社 1979 年版，第 88、89 页。
④ 孔尚任《桃花扇传奇凡例》，蔡毅《中国古典戏曲序跋汇编》第三册，齐鲁书社 1989 年版，第 1605 页。
⑤ 孔尚任《桃花扇传奇本末》，蔡毅《中国古典戏曲序跋汇编》第三册，齐鲁书社 1989 年版，第 1602 页。

绡。"① 作者寄寓了"桃花薄命，扇底飘零"的感喟。

从艺术结构上看，作者以桃花扇为剧名和中心意象，对其进行精心的结撰与浓墨重彩的书写，全剧便因此确立了一条情节主线，通过赠扇定情、血溅扇面、点染画扇、寄扇代书、撕扇出家等情节，作者写出了侯李悲欢离合的完整过程，并且以此为主线，将他们与众多人物及其矛盾冲突，乃至国家覆亡的背景联系在一起。于是，有关桃花扇、主人公及家国命运的所有重要场景与情节，被作者有序地组合为构成前后强烈对比与反差的时空序列，和平时期的情缘与战乱中的乖离，个人命运与国家民族的兴衰存亡，善与恶的矛盾冲突，主人公间性格的差异等，被有机地纳入这个时空序列中，历史的变幻感和沧桑感就这样被完美地凝固在了以桃花扇为焦点、以历史时空为纵横主轴建构起来的艺术结构和框架之中。"南朝兴亡，遂系之桃花扇底"，这体现了作者匠心独运的创意和把握艺术结构的高超能力。

桃花既与香君及其人生遭际有着天然的审美关联，又对应着南明王朝及其历史命运。以有着特殊来历的桃花扇作为中心意象，那具有特定历史积淀与审美意蕴的桃花（扇）便给全剧定下了基调和底色。人物的悲欢离合、家国的沦落衰亡，都被这浅淡深红所映照。香君的挚爱深情、果决坚贞，使昏君的宝座、奸臣的得计黯然失色，也更加彰显了文士武将的孱弱愚蠢；这点点血色桃花的凄美与悲壮，给覆亡的故国、破碎的山河笼罩了更深沉更痛切的悲剧感。叫作者和读者双眼迷离、痛彻心扉的，正是这血色的桃花，及其所蕴涵的审美情感，以及由此映照和观照中的个人生涯与家国历史的沧桑。无独有偶，《红楼梦》中让我们感受那彻骨的悲凉的，也不仅是作品中兴衰际遇、离合悲欢的具体情节，而是缘于作品的中心意象，那块冰冷的石头，及其所表征的作者热肠冷眼的感悟与观照世事的审美态度。《桃花扇》，以血色的桃花，对应个人与家国哀痛的历史；而曹雪芹则以清冷的石头，对应那红楼一梦。这就像中国陶瓷传统工艺中的上釉，完美的质地和画面，因为有了这一层釉彩而精彩百倍，光芒四射，成为美轮美奂的艺术品。桃花扇和石头中心意象的成功设置，给作品全景上了一层釉，使得整个作品的艺术结构和时空境界别开生面，更具有纵深感和立体感，正可谓是异曲同工。因此，《红楼梦》的中心意象结构法同样值得我们加以重视和探讨。

---

① 孔尚任《桃花扇》第二十三出《寄扇》，人民文学出版社 1959 年版，第 148 页。

孔尚任说："场上歌舞，局外指点，知三百年之基业，隳于何人，败于何事，消于何年，歇于何地。不独令观者感慨涕零，亦可惩创人心，为末世之一救矣。"[1] 而在《桃花扇》结尾续四十出中，作者叙写对象已为樵夫渔父的苏昆生和柳敬亭，他们也以一副热肠一双冷眼，将历史的沧桑兴衰赋之于数曲《余韵》，归结了作者对于古今兴亡，尤其是大明王朝覆灭的无尽感慨："俺曾见金陵玉殿莺啼晓，秦淮水榭花开早，谁知道容易冰消！眼看他起朱楼，眼看他宴宾客，眼看他楼塌了。这青苔碧瓦堆，俺曾睡风流觉，将五十年兴亡看饱。那乌衣巷不姓王，莫愁湖鬼夜哭，凤凰台栖枭鸟。残山梦最真，旧境丢难掉，不信这舆图换稿。诌一套《哀江南》，放悲声唱到老。"[2] 真是"渔樵同话旧繁华"[3]。他们和已为道姑的香君都经历过如桃花般的瞬间繁华，而今跳出世外，回望世事，油然而生历史与人生的沧桑感："白骨青灰长艾萧，桃花扇底送南朝；不因重做兴亡梦，儿女浓情何处消。"[4] 这体现了作者对历史的观照角度和方式。《桃花扇》以桃花扇为中心意象和《红楼梦》以石头为中心意象一样，是由中国古代诗人文士对历史人生的审美态度、观照角度和叙事方式所决定的。

西方古典戏曲小说在塑造形象、描绘意境和情节设置中，也常有意象出现，但类似于桃花扇和石头那样贯穿全书、关系全局的，具有丰富历史积淀与特殊审美意蕴的中心意象，是绝无仅有的。在西方古典文论中也没有如我国从"诗眼"说到"曲珠"说那样丰富的相关论述。因此，孔尚任和曹雪芹的中心意象结构法，以及孔氏的"曲珠"说，作为富于民族特色的理论与实践，是对世界文学文论的创造性贡献，有着特殊的美学意义和价值。《桃花扇》和《红楼梦》的上述特色和艺术成就，与作者继承中国文艺抒情写意的审美传统和原则，并将其创造性地运用于戏曲小说创作实践是分不开的。

---

① 孔尚任《桃花扇传奇小识》，蔡毅《中国古典戏曲序跋汇编》第三册，齐鲁书社1989年版，第1601页。

② 孔尚任《桃花扇》卷四，人民文学出版社1959年版，第260页。

③ 孔尚任《桃花扇》卷四，人民文学出版社1959年版，第261页。

④ 孔尚任《桃花扇》卷四，人民文学出版社1959年版，第252页。

三、要点提示

1. 李香君形象的塑造

在中国文学史特别是戏剧史上，"佳人"的形象不胜枚举。而孔尚任将阳刚之美与阴柔之妍集于女主人公李香君一身，塑造了一个中国古代下层女性完美无瑕的不朽形象。李香君迥异于其他"绝代佳人"的根本特点，就在于她不是外美的个别体现，而是外美与内美浑然一体的化身。

李香君首先是色艺俱佳的妙龄歌妓。孔尚任虽然没有正面描绘其肖像，但通过剧中人物之口，突出了她的容貌之美。她的养母李贞丽夸她"温柔纤小"，"婉转娇羞"；杨龙友赞她"益发标致"；侯方域称其"绝色"，赞她穿上绮罗"更觉艳丽"，脱去绮罗"更觉可爱"。

而展现在读者前的最主要的是李香君的内在美质。她的独特并非仅只在于血溅诗扇、独守香楼之举，而是她顽强不屈的斗争精神和在斗争中所表现出来的锐利的眼光、清醒的头脑以及明朗的态度。

新婚之际，她并没有完全陶醉在"销魂滋味"中，而是及时提出杨龙友为何轻掷金钱"来填烟花之窟"的问题，要"问个明白"。一旦听了杨龙友"代为分辨"及侯方域"即为分解"的许诺，她便怒不可遏，当面指责侯："他人攻之，官人救之，官人自处何等也？"并进而直接点破侯方域的内心世界："官人之意，不过因他助俺妆奁，便要徇私废公。那知道这几件钗钏衣裙，原放不到我香君眼里！"理直气壮的慷慨陈词，拔簪脱裙的果断行动，将她公而忘私的义肝忠肠、超尘拔俗的刚烈个性尽皆画出。她真正的美质，就在于富而不淫、穷而有志的纯洁灵魂。

《却奁》重在突出香君的大胆果断，而《辞院》则写出了她的从容镇定。当马、阮以私通左良玉之名要捉拿侯方域，侯眷恋燕尔新婚而不能当即出走时，她正色以激："官人素以豪杰自命，为何学儿女子态"；而当侯在临别之际仍念念不忘"后会"时，她清醒地认识到"满地烟尘，重来亦未可必也"，态度更为现实。《拒媒》中，对金钱富贵的诱劝，她正面表明心迹，说"定情诗扇抵过万两雪花银"。对严刑威吓，则严辞拒绝："信你吓唬，奴的主意已定了。"到了《守楼》中恶仆登门倚势强娶时，她的大胆反抗便化作决绝的行动了——取扇说理，挥扇自卫，血溅诗扇。在紧急关头，她毅然选择了宁为玉碎不为瓦全的道路。

《骂宴》一场，是香君同马、阮权奸面对面斗争的一出好戏。当她被押上赏心亭，便决心做个"女祢衡"，唱出了三支广为传诵的名曲，斥责了马、阮祸国殃民的滔天罪行："堂堂列公，半边南朝，望你峥嵘。出身希贵宠，创业选声容，后庭花，又添几种。"而且还一语中的揭露他们的老底："干儿义子从新用，绝不了魏家种。"这是她心中的块垒饱和着血泪酣畅淋漓地倾泻而出。

当她几经挫折重会侯郎畅叙别情而遭法师呵斥后，她便说"弟子当晓得了"，晓得了什么？就是晓得个人情爱应该置于国家民族利益之下。李香君正是这样一个深明大义、矢志不渝的女性形象。孔尚任以这个内外皆美的艺术形象，集中体现了他借儿女之情来写兴亡之感的美学理想，正如作者所说，《桃花扇》传奇最奇的是美人"碎首淋漓，不肯辱于权奸者也"。

2．一柄桃花扇绾结全篇

孔尚任说过，所谓传奇，非奇不传。桃花扇是美人之血渲染而成，而在这血痕中凝聚着歌妓"守贞待字，碎首淋漓，不肯辱于权奸"的斗争精神[1]，而权奸正是"进声色，罗货利，结党复仇，隳三百年之帝基"[2]，使明朝亡国的千古罪人。《桃花扇》的奇就奇在颂扬了这种斗争精神和点出汉奸误国的题旨，可谓惊世骇俗，惩创人心，"为末世之一救"。剧中所写儿女之情与兴亡之叹密切关联，与那些单纯描写才子佳人的剧作迥然而异。

《桃花扇》全剧展现了正、邪两种力量的剧烈搏斗：正面力量有侯方域及其他复社人士，有李香君、李贞丽、柳敬亭和苏昆生等下层平民，还有主张抗清的史可法等人，反面力量则以阮大铖为代表，包括马士英、田仰等人。正、邪两种力量斗争的最后结局，丧命的是阮大铖、马士英，而侯方域、李香君在历经坎坷后团圆了。

而对侯方域和李香君来说，他们的结合从一开始就带有鲜明的政治色彩，他们的命运是和国家的命运——所谓"南朝气数"——密切相关的。在他们团圆之时，他们面对的是一个破碎的国家和呻吟的民族。第四十出《入道》，写侯、李二人劫后重逢，喜出望外，此时，张道士和侯方域有一段对话：

---

[1] 孔尚任《桃花扇小识》，《桃花扇》，人民文学出版社1984年版，第3页。
[2] 同上。

[张] 你们絮絮叨叨，说的俱是那里话？当此地覆天翻，还恋情根欲种，岂不可笑？

[侯] 此言差矣！从来男女室家，人之大伦，离合悲欢，情有所钟，先生如何管得？

[张] 呵呸！两个痴虫，你看国在那里？家在那里？君在那里？父在那里？偏是这点花月情根，割他不断么？

张道士的一番话，说得侯、李"冷汗淋漓，如梦忽醒"。处身如此江山，他们无法找到一处干净安逸的土地生活下去，更不可能以宁静的心境享受幸福的爱情，因此只有出家入道，远离尘世，去求取心安。这一出的批语说得很明白："非悟道也，亡国之恨也。"

在《桃花扇》续四十出《余韵》中，已经做了渔翁的柳敬亭和已经做了樵夫的苏昆生，相会于山间水涯，有一段沉痛的"渔樵对话"，极富象征意义。面对一派衰落破败的景象，苏昆生吐露出一种苍老悲凉的历史感受：

[离亭宴带歇指煞] 俺曾见金陵玉殿莺啼晓，秦淮水榭花开早，谁知道容易冰消！眼看他起朱楼，眼看他宴宾客，眼看他楼塌了。这青苔碧瓦堆，俺曾睡风流觉，将五十年兴亡看饱。那乌衣巷不姓王，莫愁湖鬼夜哭，凤凰台栖枭鸟。残山梦最真，旧境丢难掉，不信这舆图换稿。诌一套《哀江南》，放悲声唱到老。

苏昆生的悲歌，不仅是对回光返照的南明王朝的凭吊，不仅是对三百年大明江山一旦覆亡的伤感，也不仅是对瞬息万变的历史兴亡的慨叹，在这些凭吊、伤感和慨叹的深层，涵蕴着封建末世的时代哀音。

远在明代嘉靖、隆庆年间，约公元1570年前后，著名昆曲作家梁辰鱼的《浣纱记》，通过范蠡和西施的爱情故事，串演了春秋时期吴、越两国兴亡的全部历史。这部戏曲由于材料罗织过多，关目不免散漫，然而由于作者有意识地把剧中男女主角的悲欢离合跟国家的命运结合起来，依然不失为一部有着划时代意义的历史戏。到了明亡之后，著名诗人吴伟业的《秣陵秋》，假托南唐学士徐铉之子徐适与南唐临淮将军黄济之女黄展娘的爱情故事，来抒发作者对于南明亡国的感慨。比孔尚任稍早的洪昇的《长生殿》，通过唐玄宗与杨玉环的宫廷生活，把唐代天宝前后盛极而衰的政治历史表演出来，同时寄托了作者对于明代亡国的深沉怀念。这些剧作都给孔尚任以一定程度的启发。

大约在与《浣纱记》的写成同时，我国戏曲史上出现了一本直接描写当代政治斗争的历史戏《鸣凤记》。这本戏的部分情节，孔尚任曾在《桃花扇》第二十四出里加以引用。到了明末清初，比孔尚任早一辈的重要戏曲作家李玄玉的《一捧雪》《清忠谱》，先后在舞台上演出。这两部戏除了揭露明代权奸严世蕃、魏忠贤等的罪恶行径，表彰戚继光、周顺昌等的义烈行为之外，还成功地塑造了几个参与斗争的小人物，如《一捧雪》里的雪艳娘、《清忠谱》里的颜佩韦等。这些我国戏曲史上的重要作品，在题材的选择或人物的塑造上，都给孔尚任的《桃花扇》以相当深刻的影响。

从明代嘉靖、隆庆年间到清代康熙年间，是我国元代以后另一个戏曲史上的重要时期。这一时期古典戏曲现实主义精神的发展，主要表现在一些把个人命运跟国家重大政治事件结合起来的历史戏上。从《浣纱记》到《长生殿》，这是它发展的一个方面，作者同样是通过戏中男女主角的离合悲欢，串演前代兴亡历史的。然而这两部戏曲所依据的有不少是古代的神话传说，因此还不是比较严格的历史戏。从《鸣凤记》到《清忠谱》，是它发展的另一个方面。这两部戏曲同样是表演当代政治斗争的戏，作者对于历史事实的表述比较忠实，而缺少戏曲艺术上集中、提炼的功夫。孔尚任的时代紧接着这些作家之后，避免了缺点，因此写出了既忠实于客观历史事实而艺术成就又极其辉煌的《桃花扇》。

3.《桃花扇》的艺术技巧

《桃花扇》传奇的艺术结构极为精到。全剧四十出，分上、下两本。上本从第一出《听稗》到第六出《眠香》，主要写侯、李的结合，同时描写了复社文人对阮大铖的斗争，给爱情涂上了浓重的政治色彩。从第七出《却奁》到第十二出《辞院》，主要写侯、李的由合而离，牵入左良玉东下就粮（《抚兵》），侯方域修书劝止（《修札》），柳敬亭携书投辕（《投辕》），使侯方域与阮大铖、马士英的矛盾渐趋激化，侯不得不离开香君，往投史可法。从第十三出《哭主》到第十六出《设朝》，写南明王朝的骤兴，并预示了其必亡的结局。从上本的第十七出《拒媒》到下本的第三十出《归山》，剧情分为两条线索：一条通过马、阮对李香君的迫害，揭露了南明王朝的腐朽，同时刻画了李香君坚定的政治立场和坚贞的爱情；一条以侯方域大兴党狱，揭示了南明王朝内部矛盾的激化。从第三十一出《草檄》到第四十出《入道》，写南明王朝的覆灭，侯、李在家国沦陷之际又由离而合。第二十一出《媚座》总批云：

> 上本之末，皆写草创争斗之状；下半之首，皆写偷安宴乐之情。争斗则朝宗分其忧，宴游则香君罹其苦。一生一旦，为全本纲领，而南朝之治乱系焉。

作者在人物设置上也别出心裁。他以"离合之情"和"兴亡之感"为尺度，将全剧人物分为三类五部：左部、右部各四"色"，为一类，共十六人，与"离合之情"有关；奇部、偶部各四"气"，为一类，共十二人，与"兴亡之感"有关；总部经星张道士、纬星老赞礼各一人，为一类，是总括全书的人物。并加以说明：

> 色者，离合之象也。男有其俦，女有其伍，以左右别之，而两部之锱铢不爽。气者，兴亡之数也。君子为朋，小人为党，以奇偶计之，而两部之毫发无差。张道士，方外之人也，总结兴亡之案。老赞礼，无名氏也，细参离合之情。明如鉴，平如衡，名曰传奇，实一阴一阳之道矣。

联系到孔尚任在御前讲经时，曾撰写论《易》讲义，不难看出，这种一阴一阳、相对相成的人物设置，包含着作者借助于传统的《易》学对世界、人生的抽象认识。

全剧情节纷繁复杂，却以侯方域、李香君的定情物桃花扇贯穿始终，一线到底。孔尚任《桃花扇凡例》说："剧名《桃花扇》，则桃花扇譬则珠也，作《桃花扇》之笔譬则龙也。穿云入雾，或正或侧，而龙睛龙爪，总不离乎珠。观者当用巨眼。"这柄桃花扇，原本只是爱情的象征，但它一旦成为侯、李离合和南明兴亡的历史见证，便被赋予了特殊的理想的象征意蕴。"桃花薄命，扇底飘零"，这本身就给理想带上了悲伤情调；而香君的桃花扇却是"美人之血痕"点染成的，这就染上了悲壮的色彩；最后张道士裂扇掷地，隐隐地透露出理想的破灭。于是，"南朝兴亡，遂系之桃花扇底"。

《桃花扇》全剧细针密线，环环相扣，一丝不苟。"每出脉络联贯，不可更移，不可减少。"①不但在重要关目的处理上如此，即便剧中许多极其微细的地方，也都是一丝不漏的。如第二十九出写侯方域到蔡益所书店里访问陈定生、吴次尾，因而一起被捕。在第二出侯方域上场时就先说陈、吴两人住在蔡益所书坊，与他时常来往。第三十四出苏昆生说自己与黄得功有一面之缘，要替左良玉去劝说他，在第五出里就先提到黄得功祭旗，要约苏昆生、柳敬亭吃酒。传奇第八出总批说："左部八人未出蔡益所，而其名先标于第一折，右部八人未出蓝田叔，而其名先标于第二折，总部二人未出张遥星，而其名先标于开场，直至闰折始令出场，为后本关钮。后本二十八、二十九、三十折，三人乃挨次冲场，自述脚色。"这些地方都可以看出孔尚任细针密线的功力。

在剧情的转换上，孔尚任的写法也非常灵活。他不仅注意到情节发展的必然关系，还注意到他们中间所可能发生的偶然因素。传奇第一出《听稗》，侯方域本来约好和陈次生、吴次尾到治城道院同看梅花，哪知道半途遇到家童，说魏府徐公子要请客看花，道院早已被占了。这时侯方域就建议到秦淮一访佳丽，而陈、吴二人则主张去听柳敬亭说书。侯方域说柳麻子是阮大铖的门客，不愿去听，吴次尾说他写了《留都防乱揭帖》声讨阮大铖，柳敬亭才知道阮胡子是魏阉余党，拂衣而去。通过这一转折，补叙了前一阶段统治阶级内部的派系斗争，同时还介绍了徐公子的豪华生活，柳麻子的侠义性格，映带后面许多情节。传奇第二出《传歌》，杨龙友去访李香君，看到四壁许多名人的题赠，本想和韵一首，沉吟了一回，觉得自己作他们不过，还是画几笔墨兰吧。后来看了蓝田叔在壁上画的拳石，就在拳石旁画了几笔兰花。经过这一转折，一面介绍了杨龙友的画笔，为后来在香君的宫扇上点染桃花张本，同时还预先把后来寄居媚香楼的蓝田叔介绍给读者。又如《访翠》出，柳敬亭陪侯方域去访李香君，偏偏碰到她去参加盒子会去了。《修札》出侯方域正想听柳敬亭说书，杨龙友匆匆而来，说左良玉引兵东下，要抢南京。这些

---

① 孔尚任《桃花扇本末》，《桃花扇》，人民文学出版社1984年版，第11页。

地方都见出孔尚任在剧情处理上的善于转折变换，使读者看了上一出，不能预拟它下一出。孔尚任喜欢拿孔子的"正雅颂"来比他的写法，他对于当时戏剧写作上的程式化倾向是有意通过创作实践来跟它斗争的。如"激将法"在当时戏曲里已成为滥套，孔尚任在《修札》出里当侯方域要用此法来激柳敬亭时，柳敬亭当场拆穿了他，这就给人一种新鲜的感觉。又如生旦当场团圆已成传奇的惯例，孔尚任写侯、李经过种种波折，才得相逢。又因张道士当头一声棒喝，彼此恍然大悟，撒手分离，突破了程式。然而就前一情节来说，它是从柳敬亭的性格出发的（柳敬亭以说书擅长，诸葛亮的激张飞，宋公明的激李逵，早就烂熟）；就后一情节说，它是切合侯、李二人在国破家亡以后的特殊情况的。从传奇里所表现的侯、李两人性格来看，他们所追求的并不是国破家亡以后的团圆，因此经过张道士的一番指点，他们就恍然大悟。正是孔尚任在情节处理上从人物的不同性格与特定环境出发，这才能"种种出奇而不失之怪"，在创作上表现高度的现实主义精神，突破了当时传奇家的程式与滥套。

四、问题讨论

《桃花扇》是用"考据"的方法创作出的一部"信史"，寄寓了时世巨变中的文人心态。这一戏曲创作方式在文学史上可以说绝无仅有，不论是复杂尖锐的戏剧冲突、波澜迭起的故事情节还是主人公荡气回肠的情感历程，都来自历史现实筑就的真实世情。还原事实的历史意识成为孔尚任创作此剧苦心孤诣的着眼所在，这与大众心目中富于虚构性的小说、戏曲观念显然有着较大的差异。我们应该如何看待《桃花扇》中体现出的历史意识与创作态度？

《桃花扇》选取的时段为明末清初，虽然涉及了明清统治者争夺中原主导权的战乱动荡，其中描写的人物事件，却并没有像《三国演义》以及同时的《清忠谱》《通天台》等历史题材的戏曲一样全然围绕帝王将相的活动来展开。历史剧更多关注治乱兴亡，间或有涉及男女情事的内容，大部分是作为负面教训来予以批判。孔尚任的笔触则延伸向了时世巨变中的普通士人和小人物，创作了一部包含了浓厚历史意识的抒情剧。剧中主人公如侯方域、陈贞慧、吴应箕等"复社"名流是明末文坛的领袖人物；李香君、李贞丽、卞玉京、寇白门、郑妥娘诸女子是与明末名士交往密切的秦淮名姬。文人群体和青楼女子的活动场域构成了《桃花扇》故事的现实空间。而剧中的政治人物如南明弘光朝首辅马士英、抗清将领史可法，以及高杰、黄得功、刘泽清、刘良佐、左良玉、田雄；南明官员杨文骢、袁继咸、黄澍等，在剧中的出场或与主人公动向有直接关联，或交代时势变迁，铺垫情感氛围，推动情节演进。此外，民间艺人柳敬亭、苏昆生、丁继之、张燕筑、沈公宪以及书商蔡益所、画师蓝瑛、道士张薇、老赞礼等，也进入了《桃花扇》庞大的人物谱系之中，其中不少为当世诸多文人所耳闻目睹，而史料载录绝少。这些生动详实的细节，构成了《桃花扇》独特的史料价值。

作者记录南明朝廷覆灭的始末，总体而言符合清廷统治阶级的意志。所辑录的明清之际史料，也基本回避了清军对中原汉族群体的杀戮。剧中的主要冲突集中在复社文人与阉党的矛盾斗争，没有展现明廷与清军战场交锋的广阔图景，而侧重揭露南明朝廷内部的腐朽，诠释其最终走向覆亡的必然性。作者在权奸误国、因私废公的黑暗时局中，指出南明政权趋于败落的重重征象。在清初反思批判明人的思潮中，《桃花扇》的思想意识无疑符合了当时的主流观念。

然而《桃花扇》并未停留在对历史事件的客观叙述，"借离合之情，抒兴亡之感"的手法，是以文学而非史家的眼光来重塑历史的。孔尚任作为汉族官员，不可避免地在剧中流露出强烈的情感倾向。剧中的不少素材来自遗老遗少的口述，也承载了这一时期文人士大夫悼念故明的独特心曲。正如梁启超所揭示的，在当时的政治处境下，作者的情感只能以隐曲的方式呈现："盖生于专制政体下，不得不尔也。然书中固往往不能自制，一读之使人生故国之感。……读此而不油然生民族主义之思想者，必其无人心者也。"（《小说丛话》）桃花扇底摇曳的风情，见证了秦淮一水歌台舞榭的凋零；桃花扇面的血痕斑斑，又遥遥呼应着遗民志士的枕戈泣血之心。剧中的忠臣良将史可法，为抵抗清军誓死不降，作者给予他崇高的礼赞；降清卖国的奸臣阮大铖、马士英、田仰，则予以尖锐批判，如此种种，皆反映出《桃花扇》浓厚的民族和家国意识。

这一创作心态贯彻在历史素材的处理中，通过对人物、事件、地点的戏剧性整合，将爱情主线与"兴亡之感"紧密地结合起来。剧中主人公侯方域与方以智、陈贞慧、冒襄等人同为"明季四公子"，以文采风流而誉称一时。侯方域与秦淮名姬李香君的情感际遇，原本就发生在南明沦陷的重大历史关捩中。侯方域在《李姬传》中写己卯至金陵与香君相识，也即崇祯十二年（1639）。他二十二岁赴南京应试，正值以张溥为首的"复社"与阉党展开激烈斗争之时，侯方域加入了江南文士云集的"复社"，与陈贞慧、吴应箕等人结交。李香君的养母李贞丽，是侯方域友人陈贞慧的红颜知己。侯方域刊布《留都防乱揭帖》，也发生在与李香君相识的这一年。此时清军已从山海关外屡次入侵，明廷形势岌岌可危。而作者在《桃花扇》第一出《听稗》至第七出《却奁》中加剧了这一危急的态势，将主人公的相遇时间改在了"癸未二月"、"癸未三月"，也即明崇祯十六年（1643），更加临近明朝灭亡、南明政权建立前夕的时间节点，剧中的情感发展的时间节奏因此而变得异常紧迫。《桃花扇》中对历史事件的时间改动，有利于减少枝蔓，集中展现南明内部的矛盾斗争。全剧的情感纠葛也显得更为惊心动魄、富于戏剧色彩。

剧中对主人公入清以后的境遇，也展开了巧妙的调整，别出心裁地虚构了侯方域与高杰意见不合，致使被阮大铖迫害入狱的情节。这一陡然生出的波澜，不仅强化了忠奸阵营的对立，也令家国危亡的时局与主人公的危难环环相扣、牵动人心。侯方域入狱后，左良玉听闻此事而举兵东下，也是依据戏曲情节的演进对史实进行的改动。现实中的侯方域实处在高杰军中，直到高杰军队投降清兵，顺治八年（1651），侯方域在清人的逼迫下，无奈而参加河南乡试，中了副榜，后来辞官归去。第二年，他追悔前事，建了一处读书之所，并题曰"壮悔"，将自己的文集也命名为《壮悔堂文集》，不久郁郁而终。清初遗老谈及这段往事，无不唏嘘。孔尚任耳闻目睹主人公的一生经历，对他的遭遇怀有强烈的同情。他广泛搜集史料，不仅将其间遮蔽的历史记忆复现于人间、搬演于场上，还有意识地隐去了一部分与主旨无关的史实，强化了主人公的光辉形象。《桃花扇》中侯方域入清以后违背初心应举的经历，改成与李香君双双入道的结局，无损于主人公坚定的抗清态度与遗民气节。现实中的侯方域在死前愧悔交加，以"壮悔"命名其作，大有对此生功绩一笔抹杀的意味。而孔尚任删去这段过往，全其晚节，弥补了历史人物在进退去取间留下的终身遗憾，也使戏曲中的人物形象更契合了清初遗民心理。

剧中的女主人公李香君生平在史料中记载不详，主要见于侯方域在《壮悔堂文集》中撰写的《李姬传》，在时人笔记如《板桥杂记》中也有零星的记录。在正统的史家观念中，女性的言行微不足道。而身为戏曲家的孔尚任，在这一人物上可谓倾注了极大的情感。他撷取身边亲朋好友的口头见证，对李香君的形象进行了充分渲染，塑造出《桃花扇》中最为精彩的人物形象。作为一位周旋在男性世界中的青楼女子，李香君的形象在时人笔记中或多或少地保留一些世俗风尘气质。其个性、情感与举止风度的描写，与唐人传奇中的李娃、崔莺莺的形象是颇为接近的。在侯方域所撰写的《李姬传》中，对二人离合始末的交代，也不自觉地借鉴了《莺莺传》的叙事结构，反映出侯方域对青楼女性的认知仍然与大部分的文人士子一样，停留在风流韵事的层面。世人以传奇体来评价侯方域的散文，《李姬传》即是侯方域散文中传奇体的典型。唐传奇《莺莺传》的结尾，莺莺另嫁他人、张生求而终不复相见。侯方域在《李姬传》中以第一人称写他与李香君的情事，结尾处也如巧合一般地采用了相近的叙述。然而在《桃花扇》征得的史实中，当明祚无可挽回地走向覆灭，青楼女子在动荡乱局中也表现出空前的忠贞与血性。李香君为侯方域守身不嫁的事迹流传于众人之口，赋予侯、李爱情截然不同的结局。在孔尚任的点染下，《桃花扇》主人公的悲欢离合成为一段可歌可泣的传奇，具有了超越现实的永恒性。

侯方域追怀旧事，曾以饱含愧悔的笔墨记叙李香君的言行。李香君虽出身青楼，沦落风尘，却少有侠气，慧眼识人。侯方域写她在阮大铖意图拉拢侯方域之时，义正词严地奉劝侯方域勿与之结交。面对趋附权奸的阮大铖，一介青楼女子能够明辨忠奸，其清醒的认识是难能可贵的。《桃花扇》将这一事件作为故事演进的关键情节，在剧中展开了浓墨重彩的点染，赋予女主人公更多的家国情怀。李香君以微贱之身介入复杂激烈的政治斗争，坚定守护正义的一方，其伟大的人格力量，令侯方域面对"因私废公"的质问时，也愧汗无地。在《桃花扇》的刻画下，李香君的崇高心灵与不凡见识得到了突出的显现。侯、李的人生际遇也因李香君与阮大铖之间的正面冲突，与南明兴亡产生更为密切的关联，具有重要的历史意义。

作为历史进程中的小人物，地位与李香君一样低下的柳敬亭、苏昆生诸人，在剧中也得到了充分刻画，被塑造为黑暗政治中挽救危局的中流砥柱。这些小人物的活动，本来是疏离于历史脉络之外的。孔尚任在不违背历史发展规律和情节逻辑的基础上，进行了大幅的改动，如针线密织，将其行为与时局变迁结合在一起来写。吴伟业曾为艺人写下柳敬亭传记，记载他曾有为左良玉而结交阮大铖之事。《桃花扇》第三十三出《会狱》中，孔尚任将这一事件的内容进行了替换。剧中讲述柳敬亭与阮大铖的往来，是为了救侯方域而传送"清君侧"的檄文，由此导致被捕。这一修改不仅让柳敬亭与主人公发生关系，也简化了左良玉在历史中复杂的政治活动。复社与阉党被划分成截然对立的双方，展开了殊死搏斗，形成了鲜明的戏剧冲突。

明末清初文坛名士与青楼女子，无视世俗偏见而结合者并不罕见，如钱谦益、柳如是及龚鼎孳、顾媚皆终成眷属。而侯方域与李香君的情感经历，却充满了无可奈何的悲剧意味。李香君地位低贱而风骨凛然，她面对威逼利诱绝不妥协，对待爱人矢志不渝，这样忠贞的表现，现实中的侯方域恐怕始料未及。余怀《板桥杂记》记载李香君的言行，曾写到这样的一段往事："朝宗去后，有故开府田仰以重金邀致香。香辞曰：'不敢负侯公子也。'卒不往。"孔尚任从友人那里听说了李香君苦守誓言、不负侯方域的传闻，让剧中人说出了"便等他三年；便等他十年；便等他一百年；只不嫁田仰"的令人动容的誓言，李香君对侯方域的刻骨铭心，在这桃花扇血溅当场的景象中达到了极致。

《桃花扇》在历史细节上作了很多改动，突出了全剧的审美意味。作者对明末清初的历史发展及盛衰兴亡的演变规律有自己独特的理解，也始终坚持着史学意识的主导性。但在剧中主要人物如侯方域、李香君、史可法等的结局上，都根据历史事实作出了修改，使其符合全剧的艺术主旨。孔尚任虽以历史意识贯穿全剧，然而一部文学作品显然无法在所有细节上都与历史事实完全相符，否则就难以达到艺术性与补史价值的统一。剧中围绕李香君人物形象设置了高潮迭起的片段，多是从历史空白之处着笔，《却奁》一出中，阮大铖向香君赠送妆奁，在史料中并没有相关的事实依据，或者即出自孔尚任有意识的虚构，来着意凸显她傲视权贵的正直形象，成为剧中关键性冲突的铺垫。

总体而言，《桃花扇》中的虚设情节仍是基于史实而展开的。作者将剧中人物的爱情悲剧消解在家国倾颓的历史悲怆之中，结尾的双双入道又透出了历史的虚无感。孔尚任一再强调剧作本乎实事，试图让世人意识到时代变局下现实人生的悲剧性和传奇性。面对主人公在动荡波折的境遇下谱写出的人生传奇，征实的考据无疑比种种凭空的虚构更牵动人心。因此愈是着力于考据其间事实之真，愈发显现情感之不能自已。剧中所寄寓的浓厚的家国意识与悲欢离合的人生感慨，在主人公及相关事件的塑造、铺陈与渲染中达到了深刻感人的艺术效果，正如茅盾所说的，是一部"在历史真实与艺术真实的统一方面取得最大成功的作品"（《关于历史和历史剧》）。

五、拓展资料

1. 袁世硕《孔尚任年谱》，齐鲁书社 1987 年版
2. 洪柏昭《孔尚任与桃花扇》，广东人民出版社 1988 年版
3. 徐振贵《孔尚任评传》，山东大学出版社 1991 年版
4. 孔尚任《桃花扇》，人民文学出版社 1958 年版

第十四课

《红楼梦》：三重空间　幻设世情

一、背景叙述：神话语境下的悲剧

《红楼梦》是中国古典小说发展的艺术高峰，它在一个以神话背景为依托的框架下，借宝玉和黛玉的爱情故事，展示了封建社会后期生活的各个侧面，是中国文化的"大百科全书"。作者曹雪芹以其天才般的预见揭示了"忽喇喇似大厦倾"的整个人生的悲惨命运与结局，使小说具有了浓郁的空幻色彩与挽歌情调，是中国文学史上一部为数不多的真正意义的大悲剧。

《红楼梦》产生以来，便以深刻的现实性和强烈的悲剧氛围对后世的小说戏曲创作产生了重要的影响，鲁迅先生在《中国小说的历史的变迁》中说："《红楼梦》而后，续作极多：有《后红楼梦》、《红楼复梦》、《红楼梦补》、《红楼重梦》、《红楼幻梦》、《红楼圆梦》……大概是补其缺陷，结以团圆。直到道光年间，《红楼梦》才谈厌了。但要叙常人之家，则佳人又少，于是便用了《红楼梦》的笔调，去写优伶和妓女之事情，场面又为之一变。"后世的戏曲如昆曲、子弟书、大鼓、秦腔、弹词、扬州调、滩簧、越剧、皮黄、京剧等都从《红楼梦》中汲取了丰富的营养，改编创作出大量曲词优美的剧作（参见一粟的《红楼梦书录》）。

《红楼梦》的版本异常复杂，脂评本系统就有十二种之多，此外还有王希廉、张新之、姚燮、陈其泰、哈斯宝等人的评点本以及未曾行世的四十回本和六十回本（参见孙楷第先生的《中国通俗小说书目》和一粟的《红楼梦书录》，其中一粟先生著录的版本有56种之多）。在清代光绪年间，《红楼梦》研究便成为一种专门的学问——红学，一直影响至今。二百多年来，阅读和研究《红楼梦》蔚为风气，以致有"开谈不说《红楼梦》，读尽诗书也枉然"的说法。其实，《红楼梦》备受人们的关注，在其问世后几十年的乾嘉时代就开始了，当时就出现了众多的评点和题咏，高鹗于乾隆五十六年（1791）所作的《红楼梦》序说："予闻《红楼梦》脍炙人口者，几二十余年。"梦痴学人则说："《红楼梦》一书，作自曹雪芹先生……嘉庆初年，此书始盛行，遍于海内，家家喜阅，处处争购，《京师竹枝词》有云：'开口不谈《红楼梦》，此公缺典正糊涂。'时尚若此，亦可想见世态之颠。"现代意义上的《红楼梦》研究起于王国维先生的《红楼梦评论》，虽然其本身对《红楼梦》的意义并不大，只是以此来解证叔本华的哲学思想，但毕竟有开启风气之先的积极作用。从此以后，出现了《红楼梦》研究的高峰，论文论著纷至沓来，据一粟先生的《红楼梦书录》统计，自《红楼梦》问世至1954年10月之前，有关的版本、续书、评论、图画、诗词、戏曲、电影、小说等，共970多种，尚属不完全统计。《红楼梦》研究的三大流派——以蔡元培先生为代表的索隐派、以胡适先生为代表的考证派，还有以王国维先生为发端的评论派——也逐渐成形，彼此诉讼不断，此消彼长，形成中国文学史上最为引人注目的一道风景。

作为中国古代最伟大且最具艺术魅力的作品，《红楼梦》亦对世界文学产生着重大的影响，已被翻译成英、日、德、法、俄、意、荷、匈、罗、朝鲜、越南、泰国等多国文字，并产生了一大批研究《红楼梦》的海外知名学者。他们对《红楼梦》的评价都比较高，如法国《通用百科全书》称赞《红楼梦》是十八世纪中国社会的一面镜子"，"是世界文坛上的一座丰碑"；德国的埃瓦·米勒说"《红楼梦》或许是中国第一部现实主义的长篇小说，它不同于一般的历史小说，而是整个封建社会的一个缩影。它的内容有叛逆性，是作者生活和经历的艺术再现。《红楼梦》是世界文学的财富，它的出现给世界文学增加了荣誉，它使世界文学创作者都受惠不浅"。1793年，《红楼梦》乘船来到日本的长崎，从此开始了红学史上的新纪元。二百多年来，日本的许多文学家、汉学家都曾致力于《红楼梦》的翻译和研究工作，其中较著名的就有森槐南、岛崎藤村、岸春风楼、幸田露伴、平冈龙城、大高岩、增田涉、松枝茂夫、伊藤漱平等。他们的研究主要侧重于语言和艺术，近年来，也注意到作者家世生平和版本考证，尤其是伊藤漱平的《红楼梦》研究创获颇多，对我们也较有启示意义。《红楼梦》正以其卓越的艺术魅力，吸引着越来越多人的目光。

二、主题解读：黛玉形象的写实与写意性

苏东坡论诗意画艺，有"论画以形似，见与儿童邻。赋诗必此诗，定非知诗人"之语[①]。其《水龙吟·次韵章质夫杨花词》和《饮湖上初晴后雨》，妙处正在于此。读《红楼梦》也当如此，由有字处而入，会心于言内字外。因为，虚实相生，是中国古典艺术的一个显著特征，也是《红楼梦》不同于一般现实主义叙事作品的特色。

我们惊异于作者的妙笔，让大观园既在贾府之内，又在贾府之外，历史与现实，生活与艺术，冷峻严酷的人生画面与纯情唯美的诗意境界竟然会如此完美地统一在一起，使我们黯然悟透历史与人生，又忘情迷醉于诗情和画意。《红楼梦》中写贾府，便有甄府；有贾宝玉，便有甄宝玉；李纨、妙玉的今天是宝钗、惜春的明天，而宝钗、惜春的今天便是李纨、妙玉的昨天；于晴雯可以看到黛玉的影子，由袭人亦可见宝钗的影子；宝钗与黛玉恰成对照，晴雯与袭人亦相对成趣。真可谓左右映带，如灯取影，莹彻玲珑，妙合无垠。

黛玉形象，便鲜明呈现着写实性与写意性相融的审美特征。作者的生花妙笔，让我们眼前浮现出一位栩栩如生的贵族少女形象，欲待仔细端详追寻，却又空灵虚幻，似"灵想之所独辟，总非人间所有"[②]。由绛珠仙草转世为人报恩还泪的黛玉，终如"空中之音，相中之色，水中之月，镜中之象"[③]，使我们只能"可望而不可置于眉睫之前"[④]。观黛玉形象，如赏凌波仙子，风中摇曳的花与水中荡漾的影共同构成美好的整体形象。其花容月貌、其一颦一笑，跃然如在纸上，而其神、其魂、其韵，却只能得之于言语之外，得之于感悟与想象。

读《红楼梦》至第三回《林黛玉抛父进京都》，写黛玉到贾府依傍外祖母生活，其最初反应是："步步留心，时时在意，不肯轻易多说一句话，多行一

---

①　苏轼《书鄢陵王主簿所画折枝》二首其一，《苏轼诗集》卷二十九，中华书局1982年版，第1525页。
②　恽南田《题洁庵图》，引自宗白华《美学散步》，上海人民出版社1981年版，第58页。
③　严羽撰，郭绍虞校释《沧浪诗话校释·诗辨》，人民文学出版社1983年版，第26页。
④　司空图《与极浦书》，引自郭绍虞《中国历代文论选》第二册，上海古籍出版社1979年版，第201页。

步路"①，很容易给人一种其自我防卫心理过甚的印象。读第二十七回《埋香冢飞燕泣残红》中黛玉《葬花词》"一年三百六十日，风刀霜剑严相逼"等句，其多愁善感，自伤自怜，也使人大有"想眼中能有多少泪珠儿，怎经得秋流到冬尽，春流到夏"之叹，觉其种种心理与行事，似乎不太好理解。实际上，此句创意源自《庄子》，《齐物论》说："（人）一受其成形，不化以待尽。与物相刃相靡，其行进如驰，而莫之能止，不亦悲乎？终身役役而不见其成功，苶然疲役而不知其所归，可不哀邪！人谓之不死，奚益！其形化，其心与之然，可不谓大哀乎？人之生也，固若是芒乎？其我独芒，而人亦有不芒者乎？"②在庄子看来，日升月落驱迫着你我，寒来暑往消耗着人们，功名利禄，物欲杂念煎熬着身心。这不就是"风刀霜剑严相逼"吗？而贵族之家的锦衣玉食，与平民之家的布衣蔬食，滋味伦理似有不同。作者虽然没有一个字正面揭示黛玉寄人篱下的处境及其感受的冷漠，却入木三分地揭示了贾府中人在礼数上错不了的表象后面人情的凉薄，写出了贾府中母子、父子、兄弟、夫妇、妯娌、婆媳等关系中亲情之淡漠与矛盾的错综，使黛玉上述防卫心理与独特的心理、行事显得十分自然、必要和真实可信。

读《红楼梦》，要前后左右来回看，字里字外反复想，才能理解似乎不太好理解的一切。

关于黛玉的处境，有两件事给我们留下了极其深刻的印象。一是黛玉刚进贾府，王夫人、凤姐等一干人围着黛玉，嘘寒问暖，随贾母而笑而泣，而悲而喜，其词意殷殷，让人几乎为浓浓的亲情所感动了。然而，紧接着作者写贾母命两个老嬷嬷带了黛玉去见两个母舅，两个亲舅舅都没有见痛失慈母、穷鸟入怀般的小外甥女。贾赦打发人来回话说："老爷说了：'连日身上不好，见了姑娘彼此倒伤心，暂且不忍相见。'"还嘱咐黛玉倘有委曲之处"只管说得，不要外道才是"。有意思的是，通观全书，好色而霸道、无耻亦无情的贾赦哪里是个有亲情会伤感的人？黛玉来到她二舅贾政处，王夫人淡淡地说："你舅舅今日斋戒去了，再见罢。"如果我们把第三回所叙与第四回薛家进贾府作一比较，对比就更加鲜明了："过了几日，忽家人传报：'姨太太带了哥儿姐儿，合家进京，正在门外下车。'喜得王夫人忙带了女媳人等，接出大厅……

---

① 以下章节所引《红楼梦》文字，均见人民文学出版社 1982 年版。
② 陈鼓应《庄子今注今译》，中华书局 1983 年版，第 46 页。

忙又引了拜见贾母……忙又治席接风。""薛蟠已拜见过贾政，贾琏又引着拜见了贾赦、贾珍等。贾政便使人上来对王夫人说：'姨太太已有了春秋，外甥年轻不知世路，在外住着恐有人生事。咱们东北角上梨香院一所十来间房，白空闲着，打扫了，请姨太太和姐儿哥儿住了甚好。'"在王夫人，其亲疏厚薄，自然而然，而贾府中人于人情凉薄之中更显得势利，亦自不待言。

第二件事是第七十四回《惑奸谗抄检大观园》写凤姐一干人：

> 　　一径出来，因向王善保家的道："我有一句话，不知是不是。要抄检只抄检咱们家的人，薛大姑娘屋里，断乎检抄不得的。"王善保家的笑道："这个自然。岂有抄起亲戚家来。"凤姐点头道："我也这样说呢。"一头说，一头到了潇湘馆内。黛玉已睡了，忽报这些人来，也不知为甚事。才要起来，只见凤姐已走进来，忙按住他不许起来，只说："睡罢，我们就走。"这边且说些闲话。那个王善保家的带了众人到丫环房中，也一一开箱倒笼抄检了一番。因从紫鹃房中抄出两副宝玉常换下来的寄名符儿，一副束带上的披带，两个荷包并扇套，套内有扇子。打开看时皆是宝玉往年往日手内曾拿过的。王善保家的自为得了意，遂忙请凤姐过来验视。……

这段叙写可圈可点，耐人寻味，活画出作为抄检风波全场关键参与者凤姐的形象。对于至亲宝钗，她是有力的保护者。她对抄检发起者（其婆婆邢夫人）的心腹王善保家的这段话，由低八度起首（我有一句话，不知是不是），至高八度结束（薛大姑娘屋里，断乎检抄不得的），斩钉截铁，不容商议。至对方笑说"岂有抄起亲戚家来"，即敲实此意"我也这样说呢"（这是你说的，我赞同你）。而豁免宝钗后，紧接着，抄检便从潇湘馆开始。请注意，凤姐对黛玉所言止于闲话，只字未涉及未交代黛玉最关切的问题：这些人来，所为何事？为何竟开箱倒笼，抄检起来？对于黛玉，她是冷漠的旁观者，其潜台词是：此事与我无关，我也没有义务向你说明缘由。只是在事关宝玉时，凤姐才出面制止，且在轻描淡写中将其化释于无形。当抄到迎春处，王善宝家的外孙女司棋私情败露，凤姐即狠辣出手，大观园众芳凋落，由此开始。凤姐在此风波中自我定位之精准，及其对黛玉的冷漠，对司棋的狠辣，令观者印象深刻，如闻其声，如见其人。自然，薛大姑娘是贾府的亲戚，但失去双亲并无母兄可以依靠的林姑娘难道不是贾府的外亲？对于抄检大观园，素称大方温和的宝钗不动声色地作出了相应的反应——以照顾母亲为由搬出了大观园。当向李纨辞行时，李纨笑道："好妹妹，你去只管去，我自打发人去到你那里去看屋子。你好歹住一两天还进来，别叫我落不是。"宝钗笑道："落什么不是呢，这也是通共常情，你又不曾卖放了贼。"弦外有音地表露了自己的不快。泼辣精明、有气性的探春更是声色俱厉地作出了特别激烈的反应：先是率众丫环开门秉烛而待；继而只让搜检自己的箱笼，不准动丫环们的东西，置对方于非常尴尬的境地；末了还打了王善保家的一个耳光。连丫环晴雯都无言地表示了抗议："到了晴雯的箱子，（王善保家的）因问：'是谁的，怎不开了让搜？'袭人等方欲代晴雯开时，只见晴雯挽着头发闯进来，豁一声将箱子掀开，两手捉着底子，朝天往地下尽情一倒，将所有之物尽都倒出。王善保家的也觉没趣。"唯有素来被认为小性儿、行动爱恼的，心高气傲、尖刻敏感的林黛玉，在仗势欺人的王善保家的一干人将宝玉旧物乱翻乱抄时，却忍气吞声，逆来顺受，没有也不能作出任何反应。黛玉的处境便不问可知了。全书类似这样对黛玉的命运与处境不写之写的例子不胜枚举。

综观全书，我们看不到两个舅舅对孤苦病弱的亲外甥女有过什么亲切关怀的表示。两个舅母，吝啬冷漠的邢夫人自不必说，至于成日念佛的王夫人，第七十四回当王善保家的进谗言诽毁晴雯时，王夫人问凤姐道："上次我们跟了老太太进园逛去，有一个水蛇腰、削肩膀、眉眼又有些象你林妹妹的，正在那里骂小丫头。我的心里很看不上那狂样子……"则黛玉在其心目中的地位、印象也可想而知。在贾府这个大家族里，人际关系异常紧张和复杂，正如第七十五回《开夜宴异兆发悲音》中探春所说："咱们倒是一家子亲骨肉呢，一个个不象乌眼鸡，恨不得你吃了我，我吃了你！"这样的环境氛围，使我们能够理解和接受黛玉形象富于个性特征的行为举止和甚至看似过激的反应。当看到第七十六回写中秋佳节贾府合家团圆观月赏桂，而黛玉与湘云、妙玉三位孤女在"凹晶馆联诗悲寂寞"时，当看到第六十七回《见土仪颦卿思故里》时，当看到第五十七回《慈姨妈爱语慰痴颦》中黛玉要认舅家的亲戚薛姨妈做娘，极其难得地伏在慈祥的薛姨妈身上撒了一次娇时，真令人为之鼻酸。从第四十五回《金兰契互剖金兰语》写宝钗一番关心关切的话，便令黛玉大为感激，说了许多推心置腹的话语。从黛玉与宝玉心心相印的一片痴情，从黛玉与丫环紫鹃痛痒相关、亲如姐妹的情谊，我们完全有理由说，看似口尖量小的黛玉，其实不仅美丽多情，而且心地善良，是个真诚厚道的人。

就写意性者而言，黛玉形象本身，是诗意的象征。作者是以丰厚的文化底蕴、无尽的审美韵致来描绘和传写黛玉形象的。

黛玉形象自然是作者取材于现实人生的天才创造，但这一完美形象的审美特质和构成要素却并不只出于作者的亲身经历。黛玉形象让我们联想到往古的诗人作者和历史、传说以及文艺作品中的人物。诗人哀乐过于常人，庄子乐乎逍遥之至境，屈子哀民生之多艰，即就庄子而言，其哀乐皆有过人者，《红楼梦》中人物，宝玉得其乐，而黛玉则得其哀，观其一觞一咏，大有李贺、李商隐之遗韵和李清照、朱淑真之遗风；其一颦一蹙，则颇似西子"病心而颦"之态。想象其形象神貌，仿佛既有赵飞燕的轻盈袅娜（第二十七回《滴翠亭杨妃戏彩蝶　埋香冢飞燕泣残红》即以杨贵妃比宝钗，以赵飞燕比黛玉），又有王昭君之美丽凄怨（第六十三回《寿怡红群芳开夜宴》写黛玉抽得芙蓉花签，上题着"风露清愁"四字，那面一句旧诗："莫怨东风当自嗟。"而此句引自宋欧阳修《和王介甫明妃曲》二首之二，上句为"红颜胜人多薄命"，显然是以红颜薄命而幽怨的昭君暗比黛玉）。既有苏蕙的兰心蕙性，又有谢道韫的锦心绣口，既有崔莺莺的多情，又有杜丽娘的善感，概而言之，黛玉形象兼有多层象征意蕴。

首先，上文"风露清愁"四字，道出了黛玉形象特有的美。在作者笔下与读者心目中，黛玉形象并非未涉世事、天真烂漫的少女，而是似乎天生就熟谙人生，彻悟世事，早慧而忧郁的女性形象。对这一形象，我们和贾宝玉一样有"曾见过"的感觉，或者"虽然未曾见过他，然我看着面善，心里就算是旧相识，今日只作远别重逢，亦未为不可"。因为，作者是以千百年来形成的审美理念来塑造这一形象的。《诗经·秦风·蒹葭》中以秋水长天、苍茫的蒹葭、清寒的霜露为氛围、为背景的伊人形象，虽通篇不着一字，其异乎寻常的美超越了深邃的时空，在诗史上获得了永恒的生命。在我们的想象中，伊人形象有几分落寞，有几分清寒，在清秋薄暮中伫立，曾经沧海却依然是那样天然本色，含蕴着超逸绝尘的美。无独有偶，《楚辞·九歌·湘夫人》中也仿佛有此境界："帝子降兮北渚，目眇眇兮愁予。袅袅兮秋风，洞庭波兮木叶下。"① 这里的帝子形象一如伊人形象，那种不可言说而臻于极致的美，那种"清水出芙蓉，天然去雕饰"② 的寂寞与静穆的美，标志着先秦的诗人们已炉火纯青地把握了美的极致，而伊人、帝子形象从此便作为最美最动人的神秘形象，在诗人们的笔下不断地重现。"翩若惊鸿，婉若游龙，荣曜秋菊，华茂春松"，"仿佛兮若轻云之蔽月，飘飖兮若流风之回雪"③，"绝代有佳人，幽居在空谷……天寒翠袖薄，日暮倚修竹"……④ 我们从这些意境和形象上常常依稀仿佛可以看到伊人、帝子的影子，而《红楼梦》作者为伊人、帝子形象系列增添了一个新形象。

"风露清愁"，风露，为清秋节候之物色，愁者秋心，宋玉《九辩》有"悲哉秋之为气"之句。黛玉形象的韵致，是"清凉素秋节"⑤ 的韵致。黛玉形象的秋心既是与其性格命运、特定环境相联系的有现实具体内涵的忧愁，又是中国古代诗人对宇宙自然、现实人生诗意的感受和审美体验的显现。作者所赋黛玉悲秋之歌吟，是中国古代诗史悲秋旋律的又一次呈示与回响。总之，黛玉形象是蕴涵着秋之韵的诗意形象。

其次，黛玉原籍苏州，曹雪芹是将她作为一位南国佳人来塑造的。作者倾注了心血与才情赋予这一形象以浓郁的南方楚文化色彩。第一回开头就向读者叙述了一个"千古未闻"的神话故事："西方灵河岸上三生石畔，有绛珠草一株，时有赤瑕宫神瑛侍者，日以甘露灌溉，这绛珠草始得久延岁月。后来既受天地精华，复得雨露滋养，遂得脱却草胎木质，得换人形，仅修成个女体，终日游于离恨天外，饥则食蜜青果为膳，渴则饮灌愁海水为汤。只因尚未酬报灌溉之德，故其五内便郁结着一段缠绵不尽之意。"恰逢神瑛侍者凡心偶炽，欲下凡造历幻缘，那绛珠仙子道："他是甘露之惠，我并无此水可还。他既下世为人，我也去下世为人，但把我一生的眼泪还他，也偿还得过他

① 《楚辞·九歌·湘夫人》，北京大学中国文学史教研室选注《先秦文学史参考资料》，中华书局 1962 年版，第 537 页。

② 李白《经乱离后天恩流夜郎忆旧游书怀赠江夏韦太守良宰》，瞿蜕园《李白集校注》卷十一，上海古籍出版社 1980 年版，第 732 页。

③ 曹植《洛神赋》，北京大学中文系教研室选注《魏晋南北朝文学史参考资料》上册，中华书局 1962 年版，第 97 页。

④ 杜甫《佳人》，钱谦益《钱注杜诗》卷三，上海古籍出版社 1979 年版，第 85 页。

⑤ 陶渊明《和郭主簿》其二，北京大学中文系教研室选注《魏晋南北朝文学史参考资料》下册，中华书局 1962 年版，第 389 页。

了。"这一故事显然受娥皇、女英的神话传说的启发，富于楚文化色彩，从一开始便为黛玉形象定下了情韵与格调。第三十七回《秋爽斋偶结海棠社》中，发起成立诗社的探春为黛玉起雅号说："当日娥皇女英洒泪在竹上成斑，故今斑竹又名湘妃竹。如今他住的是潇湘馆，他又爱哭，将来他想林姐夫，那些竹子也是要变成斑竹的。以后叫他作'潇湘妃子'就完了。"相传唐尧将二女嫁给虞舜，大舜南巡，崩于苍梧，娥皇、女英二妃追之不及，泪洒湘竹，而成斑竹，又称潇湘竹。这一神话传说源于楚地潇湘，典型地体现着楚文化的色彩和韵味。《红楼梦》便承继和传写了这样的情韵。第二十六回写黛玉所居："苍苔露冷，花径风寒""凤尾森森，龙吟细细"，室内"湘帘垂地，悄无人声"，辞采情调，也大有李贺《昌谷北园新笋》（四首其二）中所云"斫取青光写楚辞"①的风味。潇湘馆环境氛围的渲染对于黛玉形象的成功塑造具有特殊意义。

黛玉的前身是绛珠仙子，而她亲如姐妹的知心丫环又叫紫鹃，这里暗含着一个蜀地凄怨而美丽的神话传说。传说古代蜀国国王杜宇，于周末自号望帝。死后其魂魄化为杜鹃鸟，日日夜夜声声悲啼，泪尽而继之以血。从情韵和格调来看，这一神话故事更多地与楚神话相通，与娥皇、女英的神话传说恰成姐妹篇，同为古代诗人的灵感之源。唐宋诗词中如"望帝春心托杜鹃"②，"啼鸟还知如许恨，料不啼清泪长啼血"③等皆出于此。由此来看，紫鹃是啼血的杜鹃，而绛珠则正是血之泪。

屈原"忧愁幽思而作《离骚》"④，"故骚经九章，朗丽以哀志；九歌九辩，绮靡以伤情"⑤，观屈原辞赋，往往在一唱三叹之中，凝结着人生的大忧患，其伤感凄艳的情韵格调，奠定了楚辞和楚文学鲜明的风格基调。《红楼梦》作者在塑造黛玉形象时，用了许多具楚文化色彩的神话典故，可谓独具匠心。黛玉的凄怨与忧思，作者的创意深心，与屈子骚人情思相通。

再次，第七十六回《凹晶馆联诗悲寂寞》中，黛玉以"冷月葬花魂"对湘云的"寒塘渡鹤影"，甲辰本作"冷月葬诗魂"。花魂也好，诗魂也罢，《红楼

---

① 李贺《昌谷北园新笋》四首其二，王琦等注《李贺诗歌集注》，上海古籍出版社1978年版，第140页。
② 李商隐《锦瑟》，《全唐诗》下册，上海古籍出版社1986年版，第1360页。
③ 辛弃疾《贺新郎·绿树听鹈鴂》，胡云翼《宋词选》，上海古籍出版社1982年版，第303页。
④ 司马迁《史记·屈原贾生列传》第八册卷八十四，中华书局1982年版，第2482页。
⑤ 刘勰撰，周振甫注释《文心雕龙注释·辨骚》人民文学出版社1981年版，第36页。

梦》中人物，非黛玉莫属。黛玉，是大观园中最有灵气和才情的诗人，她是美的象征，诗的化身。作者是将她作为女诗人来塑造来描绘的。在大观园春秋诗社活动产生的所有春感秋悲的诗作中，黛玉的诗是最好的。第三十七回《秋爽斋偶结海棠社 蘅芜苑夜拟菊花题》，第三十八回便是《林潇湘魁夺菊花诗》，被宝玉称为"虽不善作却善看，又最公道"的李纨评菊花诸诗说："各有各人的警句。今日公评:《咏菊》第一，《问菊》第二，《菊梦》第三，题目新，诗也新，立意更新，恼不得要推潇湘妃子为魁了。"而第七十回《林黛玉重建桃花社》中，黛玉一首《桃花行》令众人叹服，因改"海棠社"为"桃花社"，并推黛玉为社主。此外，黛玉的《葬花词》《秋窗风雨夕》《唐多令》等诗词篇什在大观园诸人创制中也属上乘之作。这些诗作都寄寓着春恨秋悲的深切情感，可以视为黛玉形象塑造中画龙点睛之笔。第十七至十八回写元妃命宝玉题咏"潇湘馆"等四处，黛玉为宝玉代作《杏帘在望》一首，不仅宝玉自觉"此首比自己所作的三首高过十倍"，而且元妃也"指'杏帘'一首为前三首之冠"。这是化用李清照、赵明诚故事，以李清照比黛玉的。第四十八回《慕雅女雅集苦吟诗》写香菱潜心学诗，而黛玉则循循善诱，仿佛一对诗痴、诗魔。她们是大观园中最富诗人气质的女子。

作者不仅将渗透自己强烈生命情感的动人诗篇归于黛玉名下，而且以诗性的语言和创意、诗的理念和原则来塑造黛玉形象，从而完美地创造了"这一个"含蕴着秋之韵、楚之风、诗之魂的特殊典型。

在黛玉形象的塑造中，还值得注意的是黛玉的哭。我们以为:在中国古典小说之中，笑写得最妙的，是《聊斋志异》中的婴宁之笑；哭写得最美的，是《红楼梦》中的黛玉之哭。我们是这样来看待黛玉之哭的。

三、要点提示

1. 为士人写心: 黛玉悲哭的象征色彩与时代意义

《红楼梦》是一首凄婉的哀歌，是一首用血泪写就的瑰丽而凄怨的诗篇。随着宿命般的残缺与悲剧的落幕，一个历经了繁华与苦难、坎坷与艰辛的伟大心灵发出了余韵悠长的沉重叹息。在这座精美的艺术殿堂里，积淀着太多的中国传统文化与艺术的生命信息，流动着如许的中国古代诗歌的精神韵律。

当我们以如此厚重的心境再一次感受和审视黛玉形象时，她已然不再单纯是一位美丽多情、敏感善愁、富于诗人气质与才情的少女形象，而是承载了几千年中华文化厚重负荷的一个永恒的象征，一种富于典型意义的审美境界。在这一形象中，我们仿佛可以看到中国古代许多文士淡淡的背影。作为中国古代文化精神传统的传承者与批判者，我们是以特殊的心境来感受和面对黛玉的，当我们瞩目这一具体形象时，我们也是在面对和审视我们自己的心性，面对和审视从古到今的中国诗人那心灵跋涉的漫漫长路及审美精神、审美实践的悠悠旅程。

刘熙载在《艺概·诗概》中说："诗人之忧过人也。""诗人之乐过人也。忧世乐天，固当如是。"[1] 当绛珠仙子决定以一生的眼泪偿恩时，《红楼梦》就成了一曲黛玉的悲歌，"滴不尽相思血泪抛红豆，开不完春柳春花满画楼，睡不稳纱窗风雨黄昏后，忘不了新愁与旧愁，咽不下玉粒金莼噎满喉，照不见菱花镜里形容瘦。展不开的眉头，捱不明的更漏。呀，恰便似遮不住的青山隐隐，流不断的绿水悠悠。"我们听到的就是"千红一窟""万艳同杯"的悲凉之音。这里，黛玉的悲歌亦是曹雪芹的歌哭，《红楼梦》是作者的一部伤心史，"趁着这奈何天，伤怀日，寂寥时，试遣愚衷。因此上，演出这怀金悼玉的《红楼梦》"，寄哭泣于黛玉形象，寄哭泣于《红楼梦》，便是作者曹雪芹的精神旨归。林黛玉（金陵十二钗）是作者半生碌碌中感念与怀想的闺阁女子的化身，当心中与笔下美丽的生命之花一一凋谢之时，怎不令作者悲慨万端，长歌当哭呢！"满纸荒唐言，一把辛酸泪！都云作者痴，谁解其中味？"这是作者的愤世之语，是欲有所为而不能为、不可为的伤心之语，是冷眼观世、白眼看人的狂傲之语，是洞察古今、彻悟人生的佛道之语，是由色悟空、由空而幻的大彻之语，《红楼梦》是作者所写的沉痛而绝望的一曲悲歌。

从精神隐喻的层面上看，黛玉的悲哭更是凝聚着千古文人生命意志和审美情感的"千红一哭、万艳同悲"。晚清作家刘鹗在《老残游记·自序》中说：《离骚》为屈大夫之哭泣，《庄子》为蒙叟之哭泣，《史记》为太史公之哭泣，《草堂诗集》为杜工部之哭泣，李后主以词哭，八大山人以画哭，王实甫寄哭泣于《西厢》，曹雪芹寄哭泣于《红楼梦》……名其茶曰"千芳一窟"，名其酒曰"万艳同杯"者，千芳一哭，万艳同悲也。黛玉之歌哭是曹雪芹之歌哭，又

---

[1]　刘熙载《艺概·诗概》，上海古籍出版社 1978 年版，第 50 页。

非曹雪芹一人之歌哭。千古文人善哭，其歌也无端，其哭也有怀："有身世之感情，有家国之感情，有社会之感情，有种教之感情。其感情愈深者，其哭泣愈痛。"在黛玉形象之上，我们仿佛可以看到千古文士孤鸿般缥缈的身影，听到他们探索、徘徊的足音和隐约、悠长的喟叹。文人士子的这种忧患与幽思，并非源于对自我生命损失的具体感受，而是面对宇宙绵邈、大地苍茫时，来自生命最深处的使命感和寂寞心，是基于一种宇宙观、人生观，基于对历史与人生的哲学态度、艺术精神和审美体验。"无材可去补苍天，枉入红尘若许年。"曹雪芹的忧思、他的"辛酸泪"，与志士仁人是相通的，在写到转世还泪的林黛玉那声声悲泣时，他是有着与千古文人相似的情感体验与心理认同的，这是黛玉的同时也是曹雪芹的哭泣意蕴的重要方面。而曹雪芹正是以黛玉的声声悲泣，从心底里为他曾经所属的贵族、为一个王朝唱起了一首无尽的挽歌。《红楼梦》是一部兴亡史，这是黛玉的也是曹雪芹的哭泣所包含的又一层意蕴。

黛玉的悲哭是凝聚了千百年仁人志士骚人墨客辛酸之泪的"千古一哭"。从庄子的"荒唐之言"到曹雪芹的"辛酸泪"，是一首长诗，一曲悲歌，一如从屈原的自沉到王国维的自沉之为一段完整的交织着辉煌与苦难、梦想与幻灭、欢笑与哀痛的历史一样，其前后不绝如缕的始终是一种血脉精神与生命气韵。然而不同的是，曹雪芹的悲哭具有更为深层的悲剧色彩，所谓"悲凉之雾，遍布华林"，给人一种末世的苍凉与寥落感。

黛玉的歌哭是曹雪芹为一个时代写下的象征，黛玉的美，是一种诗意的美，理想的美，可望而不可即的美；同时，亦是一种凄艳的美，一种脆弱的美，一种绝望的美，一种最后的美。黛玉形象和她的创造者曹雪芹都非常典型地体现着中国古典审美理念继承者和终结者的浓厚意味。然而那个时代所缺少的正是先秦儒家那种知其不可而为之的人生精神，那是庄子笔下横绝宇宙的鲲鹏形象与齐万物、等生死的逍遥游的境界。"十笏茅斋，一方天井，修竹数竿，石笋数尺，其地无多，其费亦无多也。而风中雨中有声，日中月中有影，诗中酒中有情，闲中闷中有伴……"修身养性，已臻于极高的境界，然而，"芥子园"式的局促封闭的空间，正象征着文士的心性人格和审美视野，已从汉赋式的"席卷天下、包举宇内、囊括四海之意，并吞八荒之心"，越来越趋向内化，趋向内省和退缩。黛玉似的这样自恋自怜、多愁善感、弱不禁风的人物形象在文人圈中被欣赏把玩、津津乐道，也已经意味着文士心性人格和审美情趣已从生机勃勃、精力弥满而越来越趋向纤柔和软弱化。当然，这种趋向的产生和形成是千百年封建专制统治的必然结果。在传统政治话语的挤压下，"学而优则仕"的豪言壮语已消失在历史的烟雨中，蜷缩在文人狭小的心灵空间之内。而曹雪芹亦感到当下时代中整个文化气脉的凋零与衰飒，以"黛玉的泪尽而亡"自觉不自觉地作了历史命运的承担者，这也许是中国士子的悲哀，亦是传统文化的悲哀，正是在这种意义之上，我们说《红楼梦》亦是千古文人伤心路的形象写照，只不过是以黛玉形象心灵的内化与弱化的双重倾向作为文人士子的表征，以文学的方式作了直接的呈现而已。李劼先生在《历史文化的全息图像——论〈红楼梦〉》的自序中说："在我看来，王国维自沉昆明湖与贾宝玉最终悬崖撒手在文化上具有前仆后继的一致性；而陈寅恪为柳如是作传与曹雪芹在《红楼梦》中推出大观园女儿世界又是一个息息相通的历史性呼应。审美向度的严重阙如和人文灵魂的空前缺席，使历史败落到了无以复加的地步，致使一些先知先觉者不得不首先承担死亡的命运。"[1] 用语中有一股无名的萧瑟与悲凉，但内在精神却是警策人心、发人深思的。"黛玉之死"是预示着一个时代精神的终结，还是一种新的人文景致的别具匠心、意味深长的开端，如果要追问黛玉的社会文化史意义，可能亦在于此吧。

2. "诗词的大观园"：《红楼梦》的意境美

《红楼梦》是一首诗，是一首文人千古咏叹的诗。它的出现，是中国古典诗化小说的完美总结与艺术超越。

"诗入小说"本来是中国古典小说富于民族审美积淀的重要文化现象。这从《庄子》的飞扬灵动的寓言叙事中就可略见端倪，发展到韩愈的"以文为戏"，明清时代的"诗文小说"，诗意的艺术精神对小说的渗透和影响不绝如缕。中国古代的小说家首先是诗人，历来保持着一种对人生缺憾的敏锐意识，并且善于以一种艺术的方式将这种意识诗意化、审美化。所谓的"忧患意识"，经常构成文人传统抒怀的底蕴。这样，在古典小说的创作中，就不可避免地渗入情绪化的诗词，由此形成了中国古典"诗化小说"的美学传统。

从中国古典小说发展的具体过程来看，"诗入小说"经历了一个"点缀呈

---

[1] 李劼《历史文化的全息图像——论〈红楼梦〉》自序，东方出版中心1995年版。

奇—情节构成—情境小说"的发生演变阶段。魏晋南北朝是中国文学的"自觉时期","诗入小说"的现象就大量存在。如《搜神后记》中记丁令威学道成仙，化鹤归辽，不被故乡少年识重，徘徊空中云："有鸟有鸟丁令威，去家千年今始归。城廓如故人民非，何不学仙冢累累"，较好地体现了当时有家难归的思想情感。梁代吴均的《续齐谐记》中的《清溪庙神》记赵文韶与清溪庙女神恋爱的故事，其中穿插了男女对歌，用乐府诗《繁霜》表达了神女渴求情爱的幽思之情，汤显祖评其为"骚艳多风，得九歌之余韵"。

此后唐宋小说"诗化"的创作实践就从来没有停止过，然而虽然唐代是诗歌创作的繁盛时期，但是在"唐传奇"中，诗和小说并没有得到充分的融合，小说中的诗歌还只是文人"逞才、史笔、议论"的工具。一直到明代，虽然在诗词的情节建构上较前有明显的进步，似与小说的发展有了进一步的融合，但小说中大量诗词的运用，还是游离于整个小说所创设的情境之外的。如《剪灯新话》中四分之三的小说都有文人化的诗词歌赋，但看起来有些与故事情节的结合还是比较生硬的。孙楷第先生说："及祐为《剪灯新话》，乃于正文之外赘附诗词，其多者至三十首，按之实际，可有可无，似为自炫。……是以此等文字，以文艺言之，其价值固极微，若以文学史眼光观察，则其在某一期间某一社会有相当之地位，亦不必否认。"① 只是对诗入小说的文学史意义进行了肯定，而对于逞才使能的大量罗列诗词的现象颇为不满。其实，从诗入小说的内在进程来看，《红楼梦》以前小说中的诗词，只是点缀品，没有充分发挥诗词的美学功能，诗赋的过多插入反而或多或少分散了作者对小说自身艺术规律的注重，忽视了对现实生活画面与细节写实性的描摹和对人物性格多层面的刻画，从而影响了形象的塑造和小说的审美品格。而只有到了《红楼梦》，才把诗词和故事叙事、人物性格的刻画以及环境描写充分融合起来，使小说具有了一种诗情画意的美学品格和一种富于抒情的"诗骚传统"，从而成为中国诗化小说意境化的最高典范。作为最成功的诗化小说，《红楼梦》是对发端于《庄子》的小说诗化倾向的一个完美总结与超越。从《庄子》"荒唐之言"的优美序曲，到《红楼梦》"荒唐言"完美而集其大成的最后乐章，中国古代小说艺术走过了漫长的诗意化的历程。

《红楼梦》中的诗词歌赋、谣谚、诔、联额、灯谜，前八十回有140多

---

① 孙楷第《日本东京所见小说书目》，人民文学出版社 1958 年版。

首，一百二十回共有260多首，这在某种程度上就使得作品具有了浓郁的诗意色彩。当然，这种诗意化的生成是由两个方面的因素来决定的，一方面是大量的诗词本身所营造的抒情韵味和艺术空间，使得作品的叙事无一不染上浓厚的感情色彩；另一方面，亦是作者悲婉之情自然流露的结果。曹雪芹为他所钟情的几个女子，于悼红轩中披阅十载，以一种痛泯与感伤的血泪般的诚挚情感为女子写心，记下了几个"令他难以忘怀的女子"，以及无才补天的遗憾。所以从感情的层面上讲，《红楼梦》无疑具有浓厚的抒情气氛和挽歌情调。

然而我们这里所说的言情却并不只是指个人的怀旧情怀，而是升华为对于整个人生的广大了解和生命的顿悟。虽然我们在太虚幻境看到"堪叹古今情不尽时"的联语，实际此情已经远远超出了个人情感的意义，已经由狭义的男女之情引申为广义的对尘世生活的眷恋，从而具有一种审美的指向与历史的维度。《红楼梦》的全部意象就包含在这样的感叹之中，感叹中充溢着对人生的悲剧意识和对人文精神泯落的无限忧伤：不尽之情带来短暂的欢乐，更带来无穷的痛苦。感叹之中有着对尘世生活、对人生悲观的深刻认同，对美的被毁灭、纯情备受历史伦理压抑的充分体认，那种笼罩全书的难以排遣的幻灭感时时萦绕于我们的心头。正是从此种意义上说，《红楼梦》是中国文学历史上最为深刻的悲剧小说，作者对诗意的关怀、对人文审美精神的执着，至今令我们这些凡夫俗子对这位精神前辈肃然起敬。

《红楼梦》的诗化不仅表现为小说叙事中诗词的穿插运用，更为重要的是用诗词来揭示人物的精神活动和性格特征，对作品作出诗意深化，从而达到了一种诗与物化、诗与环境的水乳般交融。诗词与人物的身份性格结合得巧妙无垠。春灯制谜中，贾母的谜语是"猴子身轻站树梢"，形象地勾画出贾母高高在上的地位以及这地位的飘摇无定。而黛玉的"更香"谜则意味着悲切凄咽的心理体验。又宝钗的《咏白海棠诗》："珍重芳姿昼掩门，自携手瓮灌苔盆。胭脂洗出秋阶影，冰雪招来露砌魂。淡极始知花更艳，愁多焉得玉无痕？欲偿白帝凭清洁，不语婷婷日又昏"，则表现出她恪守封建礼教、淡泊守志、不饰雕琢的个性；同时也暗示了她日后守寡、孤独落寞度余生的悲惨结局。在这群清纯可人的女孩们生活的伊甸园中，每一次诗会，她们都会献上一段优美的独唱，咏絮、咏海棠、咏蟹、咏菊……无一不成为纯情少女们精神风貌的生动写照，诚如李劼先生所说的咏海棠："探春的清高，湘云的爽直，宝玉的由衷赞叹，宝钗的自持大度，黛玉的风流不群，仿佛五片花瓣构成一个绚丽的梅花图案。"①而黛玉的《葬花吟》"桃李明年能再发，明年闺中知有谁""侬今葬花人笑痴，他年葬侬知是谁""一朝春尽红颜老，花落人亡两不知"，则诗意地完成了自己命运的话语述说。她以一颗极度敏感、脆弱的诗魂之心，唱出了一首呜咽悲泣的挽歌，这里面，既有自怜自叹的身份认同，又有对命运无常的悉心领会。从隐喻的层面上而言，又可以说成是对中国历史上所有富于才情女子的深情悲悼，乃至是为历代文人沉痛地写心达情。《红楼梦》中的诗词本身便具有一种环境描写与故事叙事的双重功能，从大观园题咏、春灯制谜、菊花诗会、芦雪庵联诗、柳絮咏，以至后来黛玉湘云的秋夜联咏，这本身就标示出大观园中那群无忧无虑的少女们心境的由浓渐淡、由热趋冷，以贾府为代表的整个封建社会由盛及衰，以及传统的伦理道德与历史逻辑对女子摧残的由弱到强、无孔不入之事实的三重含蕴。其实，这种死寂幻灭的情感在林黛玉的《唐多令》中就已经昭然若揭："粉堕百花洲，香残燕子楼。一团团、逐队成球。飘泊亦如人命薄：空缱绻，说风流。　　草木也知愁，韶华竟白头。吟今生，谁舍谁收！嫁与东风春不管：凭尔去，忍淹留！"纯然一幅秋意瑟瑟的世界末日图。这种悲凉的气氛在"寒塘渡鹤影，冷月葬诗魂"中发展到极致，这样一种凄美的绝唱无异是对美与灵魂被毁灭的深刻反抗。

《红楼梦》的整体叙事都是在诗意的笼罩下进行的，起首的神话隐括自不必说，整个世俗历情的故事也是在一种悲悯的诗意中形成的，这里面有庄骚的血脉，有《诗经》的清灵，有五言诗的绝响。有传统的诗歌意象，如竹、菊等，这种物象融入具体的环境描写中，便具有了意味深远的文化意蕴。林黛玉的《咏菊》《问菊》《菊梦》三首，无异是一次精神"菊花自叙"的完成。"菊"这一意象，在传统文化的底脉中是清持高守的品格象征，在陶渊明的"采菊东篱下，悠然见南山"中最终形成文人"孤贫乐道"式的定格。黛玉以陶令自比，满腔幽怨被诉诸万古高风，但孤标傲世、高格自许的诗魂和审美气度在这个浊闹不堪的世界中也无非"南柯一梦"，醒来亦是一片忧伤的怅惘之情：惊声雁断，衰草寒烟。

---

① 李劼《历史文化的全息图像——论〈红楼梦〉》，东方出版中心1995年版。

3. "神话预设"：观念化叙事空间的建构

中国古典小说的空间设置往往表现为一种"观念化的空间"而不是"写实的场面营造"的审美特征，这在《红楼梦》中有鲜明的体现。《红楼梦》的开头，就显现了它的不凡。《红楼梦》的头回，第一大段，什么都没有发生（石头欲到红尘中走一遭），第二大段，一切早已结束（不知过了几世几劫，石头早已造历幻缘），第三段才从苏州的一个城门说起，由甄（真）士隐引出贾（假）家的故事。真才子之书，大开大合，挥洒自如于天地之间。而作为救赎者的空空道人和癞头和尚，也随作者之笔自由出入于天上人间。

第一回中，他们或双或单共出现五次，前两次如上所说，是在灵界（天上）。中间一次出现在甄士隐的梦中（这是精心安排的奇妙过渡，既非天上也非人间）。第四次便是甄氏梦醒，和尚（注意，是和尚而非道士）一见英莲就哭着说：舍我吧，舍我吧。第五次出现的是道士，了了数行文字，恍恍惚惚之间，此时的甄士隐已然失去了其所珍视与固有的一切，掌上明珠英莲，房舍，田产，健康……渐露下世的光景，道人唱一曲《好了歌》前来接引，已让人心寒落泪，感慨万千，若有所思，亦如有所悟。全书在在处处，显现作者以其七巧玲珑之心，长袖善舞，精心结撰艺术结构与境界。值得注意的是，作者让道士与和尚各司其职，救赎其各自拯救的对象。道士救赎男子：甄士隐、柳湘莲、贾瑞等等，和尚负责女子：甄英莲、钗、黛等等。双真在世间同时现身出手，是在宝玉、凤姐因马道婆作法而危殆之时。

我们一直认为：《红楼梦》的神话预设是全书的精神总纲，全书的总旨是大彻大悟，即是作者所谓："因空见色，由色传情，传情入色，自色悟空……"当然，这里所谓的"空"，并不是"空其所有"，而是一种面对死亡的勇气，是一种直面生存的执着探索。由此说来，红楼梦的纲领便由两个层次构成，一是第一回的神话系统，它引领着小说的精神和审美层面，规定着小说对生存的哲学思考；二是第五回的谶言形式，它指向小说的世俗层面，即宝黛之间的生死恋情与真假无二的现实世界。在这两个层面构成了小说的双重互动，体现着作者对人性的思索，对人之所以为人的生存关注。

这一说法在李劼先生的《历史文化的全息图像——论红楼梦》中得到相似的心理认同：与"情—灵—梦"的叙述结构相应，小说在第一回通过对顽石的神话故事的叙述，展现了意领全书的灵界；然后又在第五回中通过顽石在凡世的现身形象贾宝玉神游太虚幻境，推出笼罩整个小说所讲说的那个情感世界的梦境；最后，自第十七回以降，小说正式进入那个无论就人物还是就营造而言都已准备停当的大观园情爱世界，直到最后这个世界烟消云散，以及作为这个世界的灵魂的贾宝玉的悬崖撒手。按照这样一种自我相关自我展开的总体结构，小说的结尾似应与开卷一样，归于灵界。① 虽然对李先生对人类原始发生学意义上的人类灵魂即人类审美精神的缺失与焦灼心存不苟之见（我们认为应该是一种更深层次上的对人类生存的关注，虽然李先生曾以海德格尔的存在论与《红楼梦》相比照，但其阐释还是不太充分，着意点也好像不在此），但这种开拓的勇气和灼见还是令人高山仰止的。

由此说来，小说的"空间化构设"便不可能只是指具体的"大观园"意象，即使是大观园，也不是一个具体的所指，而是对应于外界浊世的一片"纯情儿女"的精神领地。这里只能是一种隐喻的空间，我们谓之"观念化的叙事空间"。所谓"观念化的叙事空间"，即是指在这些小说创作中，人物活动的场景、处所并不只是一个个具体的"对象实体"，而是蕴含了作者的哲学命意与情感寄托，从而成为具有一定"虚拟性"与"隐喻性"的叙事空间。对比中西小说的不同可以更好地说明这个问题，西方古典小说、戏曲追求情境的真实性，其舞台布景亦是与生活毫无二致的；相对而言，中国古典小说、戏曲则没有这样严格的真实性要求，其时空设置也并不是与实际生活完全统一的，中国古典的戏曲论中也很少有强调布景的运用的。这些都表明：中西哲学背景的差别与思维方式的迥异形成了不同的文学作品的时空观——"写实"与"写意"。

为了说明这个问题，我们不妨推开去，从古典小说的发生、发展以及中西对比的视角来作一点更充分的讨论。（关于《红楼梦》的叙事空间，李劼先生在《历史文化的全息图像——论红楼梦》中有详细的阐释，读者可自行参看）按照叙事学的观点，在任何叙事文学中，时间和空间都是必不可少的因素，但不同文化背景下的叙事传统对时空因素的强调却有着不同的着重点和侧面。从总体上来说，西方的叙事传统更多地依赖时间因素来编织故事，从古希腊神话开始，西方叙事作品就注重通过起、承、结三个在时间上联贯的段落来构成结构上的统一。而中国古代小说，空间却是极其重要的一个叙事因素，它规定了中国古典小说的"空间化"叙事审美特征。

---

① 李劼《历史文化的全息图像——论〈红楼梦〉》，东方出版中心 1995 年版，第 24 页。

　　罗钢在《叙事学导论》中指出："中国古代小说，尤其是长篇小说的结构特征却是所谓'缀段性'，全书没有一个贯串始终的故事，只有若干较小规模故事的连缀，连缀的中介也不是时间的延续，而是空间的转换。"[1]浦安迪在《中国叙事学》中亦云：中国的叙事文学没有形成与上古史诗的对应关系，而是"神话—史文—明清奇书文体"式的发展链条。由于先秦时期重"礼"文化的影响，由此形成了中国自神话以来的重"非叙述、重本体、善图腾"的"空间化"的叙事格局。[2]浦先生的这种观点无疑是十分精当的，也是符合中国传统叙事文的美学特征的。中国古代的小说家（包括近世的小说家）在构思讲述故事的时候，遵循的不仅仅是以情节为中心的原则，故林岗认为："中国叙事艺术的精华可以说集中地体现为叙事空间化的努力。"[3]这种叙事特征同西方小说就有了明显的区别。阅读西方小说或戏剧作品，不到最后往往不知道故事的收场与结局如何。在整个阅读过程中，悬念往往扮演一个十分重要的角色，这是西方文学对情节细心组织后的阅读效果；相反，中国古典作品则没有周密组织的人为创制的悬念，它们所遵循的是自然而然的故事过程本身。

　　由此可见，"空间"作为中国古典叙事文学的一个必不可少的成分，具有多么重要的作用，小说往往通过空间的转换来组织故事情节、推动故事的发展。这一点在古代神话和早期宣扬佛、道的小说中就有鲜明的体现，空间的建构往往成为此类小说不可缺少的重要因素。在这些所谓的早期"小说"中，地点的变幻是构成小说结构的重要组织方式，作者往往通过人修炼成仙或因恶为鬼或于鬼幽居的空间转换来塑造人物形象。如干宝《搜神记》中著名的《韩重与紫玉》等故事即是如此。

　　小说发展到明清时期，由于受到园林文化对小说思维渗透的影响，而更加重视小说艺术空间的建构。然而和早期小说的"空间"多为具体的地点相比较，此时的小说空间虽有些还是"具象性"的，但却形成了一种观念化的空间意识，即"首尾大照应，中间大关锁"的叙事格局，小说作者在大的时空背景下来铺叙故事，展开人物的命运。如《红楼梦》《水浒传》《三国志演义》《金瓶梅》等小说的开头便具有了这样的创作意图。

①　罗钢《叙事学导论》，云南人民出版社1994年版，第79页。
②　浦安迪《中国叙事学》，北京大学出版社1996年版，第43页。
③　林岗《明清之际小说评点学之研究》，北京大学出版社1999年版，第172页。

空间，作为叙事艺术的一个必要组成部分，在大部分小说中（尤其是西方古典小说中）是"具象性"的，即为故事中的人物提供一个活动的舞台。然而中国古典小说由于受到传统哲学和思维方式的"重自然流程"观念的影响，其空间便具有了"写意性"的审美特征，从而使空间突破了具体的"所指"，而具有"象征"的含义，成为一种"观念化的叙事空间"。

对于中国古典小说中这种"观念化空间"的叙事意识，我们认为至少可以从以下两个方面来加以阐释：一是"叙事空间"的象征性与隐喻性，如《金瓶梅》中的"永福寺"、《红楼梦》中的"大观园"等，我们就不能以普通的寺、园视之，而应该考虑到作者空间命意的象征性；二是指"楔子"与"正文"、"入话"与"正话"之间的时空关系，这一点我们认为是中国古典小说最具有民族特色的鲜明的"空间表达"的艺术特征。

"楔子"和"入话"的设置是中国古典小说区别于西方小说的明显特征。"楔子"和"入话"多讲述一个和正文有关联的小故事（前期的话本有些没有这样的必然联系，多是等待听众的一种热场手段），或是作者的一番命运因果、劝善惩恶的说教。这种"入话"和正文故事有机融合的体例，便赋予中国传统小说特定的结构模式和一种结构文化美学方面的意义。"楔子"和"入话"，其作用不仅是与正文故事存在着叙事结构上的类似性，而且所蕴含的"叙事空间"也并不少于正文故事情节的生动性与曲折性，往往起到"说楔子敷陈大义"、笼罩全篇的重要作用。如《水浒传》开头的"洪太尉误放妖魔"、《金瓶梅》的"冷热金针"，都是以一个小的故事引发出一个更加宏大的故事叙述的。在这种富于民族特色的小说结构方式中，"楔子"与"正文"、"入话"与"正话"的相互推衍与阐释便形成了小说叙事的"大、小空间"之间的互动，具有了特定的空间张力，其具体表现为"楔子"与"入话"为小说情节的展开提供了一个大的时空背景，形成一个大的时空观念下的独立的叙事单元；而"正文"与"正话"便是在这种大的时空观念下来描绘人物、展开情节的。换句话说，也就是这种大的时空背景已经规定了小说故事的叙事格局，小说情节的发展与人物的塑造无非为作者的哲学观念提供一个形象的诠释而已。

当然，观念化小说空间的营造方式也不是一成不变的，有些小说的开头只是为了制造某种氛围和情调，以此来暗示故事的结局。这在《红楼梦》等明清长篇章回小说中表现得也尤为明显，并且多为一种伤感、凄冷、无奈的气氛所笼罩。如《三国演义》的开篇是明杨慎的一首词：

> 滚滚长江东逝水，浪花淘尽英雄。是非成败转头空。青山依旧在，几度夕阳红？　　白发渔樵江渚上，惯看秋月春风。一壶浊酒喜相逢。古今多少事，都付笑谈中！

这首词放在开头，作者是深有寓意的。毛宗岗评曰：（一部大书）"以词起，以词结。"可见它在小说结构的建构中是有着十分重要的意义的。我们一向认为：这不仅仅是一首词，它还是一个谶语。汉末以来，群雄并起，逐鹿中原，一代枭雄曹操、刘备、孙权等，最后还不都是一一湮没于历史的荒芜与蔓草之间吗？政权更迭，三国鼎立，最后还不都是无可奈何地走向了自己的尽头与归宿。历史就是这样，循环往复，任何的英名与伟业都不过是过眼烟云，转瞬即逝。这首词表面上看起来写得苍凉大气，但实际上仍是一种落寞、空幻的情绪萦绕其间，整部小说都是在这种氛围之中演绎着人生的悲欢离合、世事的流转变迁。

小说这种富于民族特色的"叙事空间"的建构，是受到传统的民族文化心理和特定的思维方式的影响而形成的一种叙事方式和策略，当然也含有一种原始思维的凝结。由于中国古代的宇宙观是一种自然论的立场，坚信世界万物的起灭都是自然而然的，而不是由心中的目的和意志所主宰的，由此在小说的叙事上"感悟到古人叙事空间化的本质实际上就是以事物运动自然而然的顺序有组织讲技巧地'罗列'出来。这种'罗列'使我们感觉不到情节的因果特性，感觉不到时间在组织故事中的作用，于是时间似乎从叙事中消失了，而只剩下空间性的因素"[1]。

"空间"并非单纯意义之空间，而是一种负载着文化意义的观念空间的生成，是特定的民族"情结"（如天命观、因果观、道心论、天人合一、循环论等）在文学审美上之体现。由此看来，《红楼梦》原初意义的"神话空间"预设就和神话小说的地点设置有了明显的不同，由神话开篇而最后归于虚空（宝玉撒手尘寰，追随空空道人而去）。历经尘劫而最后归入大化之中，人生的轮回和意义不也是如此吗？在这种神话式的楔子里面，是作者，是文人，穷究

---

[1]　林岗《明清之际小说评点学之研究》，北京大学出版社1999年版，第172页。

天人之际、思索人类生存意义的理念展示。它发抒的是一种对生命存在的本初意义上的礼赞以及和伦理现实中人生意义极其紧张的二元张力。正是在这种二元话语的对立中，"人之为人"的生存意义才得以凸显。也正是在这一点上，亦可谓是李劼所谓的"灵"之意蕴。《红楼梦》向我们所展现的，毕竟不是一曲哀婉缠绵的爱情悲歌，而是对人之在世的关注。空间的"灵""梦""情"对比正显示出一种对"现世"审美救赎的人文景观。这，也许正是曹雪芹创作《红楼梦》的真正动机所在吧。

四、问题讨论

林黛玉与薛宝钗是《红楼梦》中塑造得最为突出的两个女性形象，二者在书中的相提并论可以说是贯穿始终的。在第五回中，作者为金陵十二钗中的每位女子各自写下判词，唯有薛、林二人命运的隐喻被写进了同一首："可叹停机德，堪怜咏絮才。玉带林中挂，金簪雪里埋。"应该说，这两个人物承载的现实思考与情感追求，各自有其不可取代的象征意义。而关于黛玉、宝钗孰优孰劣的讨论，由于读者看待问题的角度不同，出现了对立的观点乃至争议，这对我们了解红楼梦的人物塑造和主题思想，有重要的启发意义。

1. 论黛胜于钗

《红楼梦》以贾宝玉、林黛玉的爱情悲剧为线索，描写贾、王、史、薛四大家族的腐朽生活以及从繁华走向破败的历程。这部诞生在封建末世的巨著，包含了丰富的社会容量。其中不乏封建社会摇摇欲坠的时代投影，身处其中，"呼吸领会之者，唯宝、黛二人而已"（鲁迅《中国小说史略》）。因此，书中主人公与中心人物——黛玉和宝玉之间的步调是一致的，他们不仅在日常相处中亲密无间，更拥有精神上的投契与心灵的共鸣。《红楼梦》中与宝玉产生情感关系的两位女主人公，宝钗与宝玉是世俗眼中的"金玉良缘"，而黛玉与宝玉是神话传说中绛珠仙草与神瑛侍者转世姻缘，二者相较，显然是黛玉更胜一筹。

这样的看法，从《红楼梦》中对黛玉、宝钗的褒贬中可以得到印证。林黛玉具有灵魂性的、情感化的生存方式，使她在贾府这一充斥着利害算计的冷酷世界中成为绝无仅有的诗意化身。这一孤标傲世的，极具才华、个性而愁郁悲苦的人物形象，在一定程度上，甚至寄寓了作者自身的人格精神，体现着古往今来文士贤哲遗世独立的风骨，具有独特的艺术魅力。曹雪芹将种种符合世俗眼光的封建淑女的标准品质赋予了宝钗，却把浪漫脱俗的情怀给予了黛玉。无论是面对满地落花的自怜自伤，还是身处爱情中的多愁善感，都产生了令人难忘的艺术感染力。在塑造黛玉这一人物形象时，作者倾注了充沛的情感，带着无限礼赞与怜惜，饱含强烈的愤激和不平，用抒情式的笔墨，写她严酷艰难的处境、难以自抑的悲哭与哀愁。宝、黛之间的情感纠葛，更是极尽缠绵匝测之致。而对宝钗的一举一动，作者总是予以冷静客观的观察描写，还屡屡通过宝玉的心理活动，表现出对宝钗又敬又畏的感受。

主人公贾宝玉把自己的爱情毫无保留地许给了黛玉，对黛玉高洁而固执的个性有极为深刻的体察与理解。在大观园中，宝玉与众多姣好纯真的少女们朝夕相处，敏感多情的少年对待姊妹和身边的侍女们，一面保持着平等尊重的态度，一面又暗自为她们的离去而担忧。面对杏树结子满枝，宝玉想得更深更远，他领悟到的是韶华易逝、光阴短暂的无奈，甚至情不自禁地为百花凋零、红颜化为枯骨的命运而落泪。只有用情至深的黛玉，方能进入他的内心世界，也只有黛玉和他心意相通，为大观园聚散无常的世情同一掬泪。黛玉替众芳收拾锦囊，亲手埋葬落花，用自己固执而又纯粹的举动打动了宝玉。二人之间有着一致的精神追求，堪称真正的灵魂知己。大观园中的一众姊妹，唯独黛玉不劝宝玉寻求什么立身扬名的举业之途，因此宝玉对黛玉是敬慕有加的。他们怀揣着追求真挚爱情和美好生活的愿望，用热烈的情感执着对抗现实的重重阻碍，以生命来爱着彼此，向世人展示了神话幻境所预示的死生不渝的情缘。

令宝玉"纵然是齐眉举案，到底意难平"的世外仙姝，归根结底是一位超越了现实尘俗的性灵的诗人。这样的诗人，在大观园中是孤独的、不容于世的寂寞存在。林黛玉身处贾府日复一日受风刀霜剑的摧折，不断地体味心灵深处的深刻孤独。她崇尚自然，追求个性的禀赋，与封建家族丑恶虚伪面相格格不入，最终衔恨而死。在贾府物质世界的规则秩序中，寄人篱下、没有倚靠的黛玉是十足的弱者，而她却始终保持着遗世独立的风骨。探春在筹备第一次诗社时，曾写下了一份诗启，道出结社的目的，是仰慕"薛林之技"，希望众姊妹一起切磋交流。这是林黛玉以自己的精神存在，重建了一个同污浊的现实相对抗的诗意世界，执着地追求自主人格，坚持着内心化、情感化的生存方式。作者对黛玉的才情灵性不吝笔墨地加以渲染，使读者与之同一歌哭。黛玉独特的个性气质，也是中国古代士大夫文人精神气度的写照，具有超越形象本身的文化意义。

与此相比，作者来塑造薛宝钗的形象时，很少能看到主观情感的投注，在表现这个人物时，更多采用秉笔直书的形式。作者通过多维度的观察，刻画出一个世故老练的标准封建淑女的形象。宝钗深通人情，擅长笼络人心，在现实世界的规则中游刃有余，因而得到贾府上上下下的一致好评。但是，这样一个人物，在精明圆熟的同时，也不免有走向圆滑虚伪的表现。《滴翠亭杨妃戏彩蝶》一回，世人多以为是《红楼梦》中展现宝钗负面性格的一个典型场景。写宝钗前往潇湘馆看黛玉，看见宝玉进去，即想到黛玉性多猜忌，自己一起跟进去，多有不便，容易引起嫌疑，于是抽身回来。通过一个小小的举动，表现了宝钗在介入宝、黛情感关系中的思虑深重。宝钗因为黛玉的嫉恨而萌生退意，可见她在面临情理冲突之时，总是恪守原则，压制内心的情感，显得十分谨慎。在宝钗止步潇湘馆之后，作者并没有就此告一段落，令宝钗在此局中黯然离场，这既不符合小说的主旨，也削弱了宝钗的世故与老练。因而情节发展到这里陡生波折，以一双玉色蝴蝶的翩然招引，将宝钗置于窥探者的位置。宝钗的心绪为明媚春光所吸引，便顺势取出扇子向草地下扑去。蝴蝶忽起忽落，将宝钗引到池边滴翠亭上，正巧听到了亭中人的窃窃私语。作者切换了画面，却保留了潇湘馆驻足的片刻举动所引发的观察者的视角，转而让宝钗窥探到仆从之间流传的隐私。处在这一境地的宝钗，为求自保而想出了一个"金蝉脱壳"的计谋，于是在尴尬处境中顺利脱身，并且将窥探的行为转嫁给了黛玉。宝钗抽身而退之际，还不忘反咬黛玉一口。这一情节的设计，就充分表现出宝钗并不柔弱的性格，且不乏狡猾虚伪的一面。

《红楼梦》中写宝钗常伴身边的药品"冷香丸"，也象征着宝钗对情感的克制隐忍。宝钗为人处世技巧高超，自不待言，而她几乎从未表现出纯粹的个人情性。从小开始，她对女子常爱的花儿粉儿就没有一丝的执着，身上也极少表现出女儿性。因此，目睹大观园中红颜的凋零，宝钗是心如止水的，没有丝毫的动容。这样的人生，正像脂砚斋的评论："香可冷得，天下一切无不可冷。"一个"冷"字，揭示了宝钗最显著的个性特征。第三十二回金钏愤而投井的情节，作者写出了不同人物的表现。袭人听到先是"唬了一跳"，继而想到平时同气连枝之情，"不觉流下泪来"；王夫人因为丫鬟之死，也不由心存愧疚，声称"岂不是我的罪过"。独有宝钗只是淡淡的反应，"这也奇了"，认为她并非赌气投井，而是自己不小心失了脚掉下去的，在她心目中金钏"也不过是个糊涂人，也不为可惜"。这样的话语虽为安慰而发，却不能不承认其中有颠倒黑白、扭曲是非的部分。当气性刚烈的尤三姐自杀而亡时，薛姨妈为其叹息不已，而宝钗却毫不在意，认为生死为人之常情、无需执着。比较宝玉、黛玉在面对大观园中种种悲惨人事的挚情，宝钗对身边近在咫尺之人发生的意外，竟持以如此冷漠的态度，这无疑是她对自身长期克制导致的结果。通过这一惊心动魄的情节，作者向我们揭示了宝钗的性格特征。这在第六十三回《寿怡红群芳开夜宴》中"任是无情也动人"的签语中得到一语定评。而宝钗的冷漠，愈发凸显了黛玉至情至性的可贵。倘若将这样的人物置于黛玉之上，显然是很难让人信服的。

2. 论钗胜于黛

黛玉的人品才情为红楼之最，然而在小说所刻画的现实人生中，宝钗才是"艳冠群芳"的中心人物。倘若离开大观园太虚幻境的浪漫想象，宝钗的圆融通达不仅让她能在贾府的现实空间中从容生存，而且备受众人推崇，成为"宝二奶奶"的理想人选。她空而无我，故而能容摄万事万物。她不似黛玉一心牵挂宝玉一人，因此待人接物妥帖周到，不但受到贾母的喜爱，就连书中不招众人喜欢的赵姨娘等，也不得不佩服、称赞她。因为宝钗能够恪守儒家伦理规范所推崇的言行，于是不少人认为这样的女子才是宝玉乃至很多人心目中理想妻子的化身。而令宝玉深深倾慕的黛玉，并不是能够成就美满姻缘的选择。正如孙渔生所指出的，以黛玉为妻，未必是男性的上佳之选，因为她有诸多的缺点，"虽具有妙才，殊令人讨苦"（《章安杂说》）。而宝钗最终赢得了贾府上下的认同，与男主人公宝玉举案齐眉，也令不少读者魂牵梦萦、思慕不已。这一形象胜于黛玉，也是一种常见的看法。

宝钗在大观园众芳中的地位，在《红楼梦》的出场介绍中已见一端。作者写宝钗的同时，还借众人之口，从侧面指出了黛玉"过于尖酸"的缺点，从而衬托出宝钗的才德并重："不想如今忽然来了一个薛宝钗，年岁虽大不多，然品格端方，容貌丰美，人多谓黛玉所不及。而且宝钗行为豁达，随分从时，不比黛玉孤高自许，目无下尘，故比黛玉大得下人之心。便是那些小丫头子们，亦多喜与宝钗去玩。"作者在这里写出了林黛玉的孤高自许、目无下尘，除了宝玉与身边丫头紫鹃外，贾府众人都对她言语刻薄、锋芒毕露的表现略有微辞。这里揭示的黛玉缺点，正是宝钗的优点。宝钗懂得装愚守拙，从无一丝"小性儿"，喜怒之情，罕见于形色。薛宝钗性格中识大局、顾大体的成分，以及为人处事的理智、冷静，正是传统儒家伦理社会所推崇的理想人格。故而有人评论"宝钗用屈，黛玉用直。宝钗循情，黛玉任性"（涂瀛《红楼梦问答》）。宝钗的品行，显示出儒家人格精神对于修养情性、克己为人的要求，也是她认同与自觉追求封建伦理道德的结果。

宝钗才德兼备，对薛家的营生事务无不通晓，善于理财治家，具有多方面的才能。在贾探春兴利除弊的过程中，宝钗协助探春理家，出谋划策，表现出重要的作用。因为了解世态人情，有丰富的现实阅历，就不容易斤斤于一己得失。《红楼梦》中涉及宝钗的情节，常以"贤""识""端方""贞静""豁达""老实""停机德""全大体""稳重和平"等词来加以形容。她能够与各方面的人物都保持着合宜得体的距离，对黛玉尖刻、奚落的语言，也从不计较，表现出女子身上罕见的阔大格局。

在情感的表达上，宝钗端方持重，较少有儿女情长的流露。而宝玉与黛玉之间则充斥着争吵、斗气与哭泣。黛玉对宝玉的全情投入，常常使双方陷入不可自拔的痛苦之中，对爱情的不确信与未来的不确定，加剧了她的敏感多疑。全书的情节冲突多围绕宝、黛的爱情展开，宝、黛屡屡以琐细小事引发口角，进而惊动贾府众人，显示了爱情与礼教的尖锐矛盾。两个人在情感的纠缠中常常处于忘我的、不顾世俗眼光的状态，一个愤而砸玉、寻死觅活，一个涕泪齐下、病痛交加。宝钗的情感态度与黛玉不同，当她知晓与宝玉有金玉良缘的说法，便存下心思，刻意回避。在大观园中与宝玉相处，也是若即若离，以绸缪布局来赢得众人的支持。仅见的大怒，则发生在宝玉以杨贵妃体丰怯热来比宝钗之时，然而她也没有如黛玉一般大吵大闹、涕泪俱下，而是顺势借题发挥来讽刺宝玉几句，就匆匆离去以避免事态发展，体现出一般女子难以企及的胸襟与涵养。

在大观园中，宝钗的诗才是唯一可以与黛玉相提并论者，甚至难分轩轾。第一次海棠诗社中，尽管宝玉极力为黛玉叫好，社长李纨在品评诸人吟咏时，仍推崇宝钗诗为最上。因而从一开始，宝钗的诗已获得了魁首的地位。第二次诗社中，由宝钗拟定吟咏菊花的题目，黛玉扳回一局。作者紧接着即又让蘅芜君的螃蟹咏讽喻诗，再次获得众人的叹赏。从《红楼梦》的五次诗社可以看出，作者几乎把大观园一众姊妹的才华桂冠赋予了宝钗，让她在诗社的竞题角韵、临场骋才中独擅胜场。而只有在个人化的场景中，黛玉顾影自怜的吟咏才表现出极大的感染力。二者的品格，在第六十三回"寿怡红群芳开夜宴"中得到更为明确的区分。宝钗抽花签，得到的是尊贵而娇艳的牡丹花，这与其温厚端庄而美貌多才的形象是相符的。黛玉抽得的芙蓉花，高洁而不染纤尘，却包蕴着无可奈何的愁怨。两相比较，牡丹的雅俗共赏显然超越了芙蓉，书中正是通过种种细节的烘托，不断向读者交代宝钗作为众美之首的地位。

大观园的一众女子之中，宝钗是作者书写得极为丰满、立体的一个中心人物形象。她以多维的表现践行着儒家的伦理人格，呈现出敦厚与机警并存的复杂面貌。当身为女子的天性与伦理原则发生冲突之时，她总是自觉地依据原则来牺牲自己的真实性情。虽然，宝钗最终得到了家族长辈的首肯，名正言顺地嫁给了宝玉，但却始终没有能得到宝玉的心，这正是宝钗一生的悲剧根源。作者对人情世相有着极其冷峻的认识和悲悯，在薛宝钗这一形象上，也倾注了哲学式的思索与观照，具有发人深省的意义。

3. 论钗黛兼美

《红楼梦》中宝钗、黛玉两个人物形象，堪称一时瑜亮，孰优孰劣，长期以来未有定论。在全书提纲挈领的第五回中，宝玉遇到了一位梦中女子，名曰"兼美"。作者让这一神秘人物集中了宝、黛之长处："其鲜艳妩媚，有似乎宝钗；风流袅娜，则又如黛玉。"而在梦醒之后，这一两全其美的形象被设定为宝玉的长辈秦可卿，与情窦初开的宝玉生出了一段风流的遇合。这一人物形象足以证明，在作者心目中，钗、黛之间的关系并不是非此即彼的，而是可以兼容调和起来的。因此，关于钗、黛的比较，还有一种钗黛合一的看法。怜惜黛玉之性灵，未必即不仰服宝钗之周全；称道宝钗之才干，未必即有损于黛玉之高洁。二者各以其独特的神韵，吸引了一代又一代的读者。

钗、黛之所以能够融合，也因这两个形象各自凝聚了人类共通的情感与生命体验，具有一定的普遍意义。宝钗代表了贾府中的群体意识与规则秩序，其立身处世近乎儒家。儒家注重的现实功用和对人与人关系的洞察，在不排斥仕途经济的宝钗身上得到完美的体现。而黛玉象征了个体意识与自主人格的追求，更近于道家的思想观念。道家对独立人格的呼唤、对浊世的批判与对理想世界的探求，在黛玉超凡脱俗的风骨中得到了绝好的写照。书中第十八回写宝钗、黛玉等众姐妹与宝玉一起奉命题匾赋诗，描述了元妃大观园省亲的盛况。宝钗的题匾"凝晖钟瑞"与黛玉的"世外仙源"，一个雍容颂圣，一个弃绝人世，二者结合起来，正是传统的文人士大夫在入世与出世之间摇摆平衡的生动反映。而古代文人儒道互补、多元共存的心理结构，也与《红楼梦》对兼具钗黛之美的理想女性要求形成呼应。

在对待同宝玉的爱情上，宝钗和黛玉的态度恰好反过来，一个执着热忱，一个冷淡疏远。在第四十二回中，黛玉无意中提及了《西厢记》和《牡丹亭》中的曲词，宝钗恐吓黛玉应该"下跪""受审"，且得"实说"，否则不会罢休。她又无力反抗，只好垂头答应，受到了宝钗语重心长的劝诫。宝钗在黛玉身上想起了自己年幼时的经历，于是告诉黛玉，《西厢记》《琵琶记》这些也是她过去曾热衷读过的"闲书"。后来长大成人，在礼教的规束之下自觉地放弃了过去的爱好，甚至从心底不认同女子具有学问性情是一件好事，原因即在于识字之后，不去看"正经书"，而是"见些杂书，移了性情，就不可救了"。因此，钗、黛之异，也代表了一个人青春和成熟阶段的不同表现。走向成熟往往要伴随着自我牺牲与压抑，对此，庄子主张葆真全性、绝圣弃智，恢复到"婴儿"的状态。儒家礼教主张以伦理原则来克制自然人性，对礼教的认同，即意味着个性的坠失。

当宝钗选择成为一个稳重的成年人，她不得不将少女的天真、稚气和单纯丢诸脑后。宝钗出生于"珍珠如土金如铁"的皇商家族，幼年丧父、长兄无能的现实处境，使她过早地承担起家庭的重任。父亲去世后，宝钗并不排斥以选秀来巩固薛家地位，对家庭的责任感成就了薛宝钗务实的处事原则。她不再将见识视野局促于闺阁之中，而是以大局为重，冷静、客观地分析处理问题。黛玉实现的是纯粹真挚的、不添加任何杂质的爱情；宝钗完成的是冷静世俗的、牵系着家族兴衰的良缘。黛、钗代表的是个体生命中可能经历过的不同阶段，这就使两者能在时间的维度上统合起来。

在《红楼梦》第四十五回"金兰契互剖金兰语"中，宝钗与黛玉从相互猜疑、争斗走向和解，最终冰释前嫌，结成"金兰契"，形成钗、黛关系的升华。作者让黛玉来承载宝钗的深情厚谊，也使这两个人物在长期相互比照中产生的惺惺相惜浮出水面。宝钗雪洞一般的生活环境与冷若冰霜的性情相得益彰，昭示了内心的淡然无求；而黛玉茕茕独立的个人境遇，令其不染世俗污秽、玉洁冰清。只是她们一个坚持自我，一个空而无我，虚负绝世才华，终究都免不了置身"薄命司"所预示的悲剧命运。脂砚斋在第四十二回的总批中写道："钗、玉名虽两个，人却一身，此幻笔也。今书至三十八回时，已过三分之一有余，故写是回，使二人合二为一。请看黛玉逝后宝钗之文字，便知余言不谬矣"，指出了钗、黛在后文中趋于融合、统归一人的走向。《红楼梦》的后四十回已经散佚，而钗、黛的情感归处也成了千古谜题，只留给后世无尽的叹惋！

五、拓展资料

1. 曹雪芹、高鹗《红楼梦》，人民文学出版社 2000 年版

2.《胡适红楼梦研究论述全编》，上海古籍出版社 1988 年版

3. 鲁迅《中国小说史略》，上海古籍出版社 1998 年版

4. 俞平伯《红楼梦研究》，人民文学出版社 1973 年版

5. 周汝昌《红楼梦新证》，北京华艺出版社 1998 年版

6. 李劼《历史文化的全息图像——论〈红楼梦〉》，东方出版中心 1995 年版

7. 胡文彬《红楼梦在国外》，中华书局 1993 年版

8. 余英时《红楼梦的两个世界》，上海社会科学院出版社 2002 年版

9. 王丽娜《中国古典小说戏曲名著在国外》，学林出版社 1988 年版

10.［美］夏志清《中国古典小说史论》，胡益民等译，江西人民出版社 2001 年版

后记

　　人类栖息于天地人间，文学不仅是存在的表征、呼吸的形式，也是我们以良知和性灵观照、体验和书写宇宙自然、社会人生的过程。无论是在崇山峻岭中跋涉，还是在母亲河边徘徊，无论是在兰亭流连诗酒美景，还是在幽州台、文武赤壁凭吊，发思古之幽情……当回想起那些流传千古的诗句，即景即情心心相通之时，我们不难感受到诗人们的慧眼心胸向无尽时空，向婆娑宇宙，大千世界，向往古来今、千秋万代打开的闪亮瞬间和永恒光芒。希望这本书能辉映些明光，伴随我们诗意地栖居于人间世。彼岸有光，心中有灯，脚下有路，这是我们对自己和读者的一份期许与祝愿。

　　本书从 2021 年起筹划，由孙敏强教授、孙福轩教授、吴琳博士、吴雪美博士、王依艺博士、韩明亮博士等负责各部分的撰写。本书资料不少取于 2003 年浙江古籍出版社《多维视野中的百部经典》，当时众多老师、同学景慕先贤、赏鉴才情，为之贡献了学识与辛劳。从改编到书成，经历了数载春秋，其间叩问经典，论析疑难，又增新知之趣。书稿交出版社后，经责编宋旭华先生建议，定名为《中国古典文学鉴赏十四课》，并斟酌拟定了各章目录，在此一并致谢。

孙敏强　孙福轩　吴　琳

2025 年夏

图书在版编目（CIP）数据

中国古典文学鉴赏十四课 / 孙敏强, 孙福轩, 吴琳, 等
著. — 杭州 : 浙江大学出版社, 2025. 6
　ISBN 978-7-308-24854-9

　Ⅰ. ①中… Ⅱ. ①孙… ②孙… ③吴… Ⅲ.①中国文学–
古典文学–文学欣赏 Ⅳ. ①I206.2

中国国家版本馆CIP数据核字(2024)第080457号

中国古典文学鉴赏十四课

孙敏强　孙福轩　吴　琳 等 著

责任编辑	宋旭华	
责任校对	胡　畔	
封面设计	周　灵	
出版发行	浙江大学出版社	
	（杭州市天目山路148号　邮政编码310007）	
	（网址：http://www.zjupress.com）	
排　　版	杭州林智广告有限公司	
印　　刷	杭州宏雅印刷有限公司	
开　　本	710mm×1000mm　1/16	
印　　张	16.75	
字　　数	266千	
版 印 次	2025年6月第1版　2025年6月第1次印刷	
书　　号	ISBN 978-7-308-24854-9	
定　　价	68.00元	